Feder & Klinge

1. Auflage 2018

ISBN 978-3-7641-7084-4

Lektorat: Kathleen Neumann

Coverillustration und Innenvignetten: Rebecca Andel
Umschlaggestaltung: Alexander Kopainski
unter Verwendung von Fotos von Shutterstock © dyha1965; © after6pm; © Vasya Kobelev; © Klavdiya Krinichnaya; © kzww; © Lora liu; © Ilona Shulha

Druck und Bindung: GGP Media GmbH, Pößneck
Gedruckt auf Papier aus geprüfter nachhaltiger Forstwirtschaft.
www.ueberreuter.de

Rebecca Andel

FEDER & KLINGE

ueberreuter

I

Rabenkralle

Eins

Natürlich wusste Nummer 023, dass er eines Tages einen Namen gehabt hatte. Er war eindeutig ein Mensch und Menschen hatten Namen, so viel war ihm klar; auch dass »Nummer 023« kein Name war, obwohl er sich nicht erinnern konnte, wann und von wem er diese Tatsachen einst gelernt hatte. Er hatte sicher Eltern gehabt, irgendwann; schließlich hatte jeder Mensch Eltern, und seine Eltern hatten ihm den Namen gegeben, den er vergessen hatte.

»Klone«, sagte Nummer 331 in der Dunkelheit neben ihm. »Vielleicht sind wir Klone, das könnte doch sein, oder? Deswegen die Fähigkeiten. Sie haben uns genetisch optimiert. Wir wurden in Reagenzgläsern gezüchtet, deswegen haben wir keine Namen. Und keine Eltern, die nach uns suchen.«

Nummer 331 war nicht dumm, wie er es von sich selbst behauptete, aber Nummer 023 wusste, dass er in diesem Punkt falsch lag. »Nein, das kann nicht sein. Klone haben doch keinen Bauchnabel.«

»Keine Ahnung«, sagte Nummer 331 enttäuscht. »Woher weißt du …«, doch dann brach er ab und Nummer 023 hörte leises Rascheln, als der Junge im Bett neben ihm sein T-Shirt hochschob und wahrscheinlich seinen Bauchnabel betastete.

»Natürlich weiß ich nicht, woher ich das weiß«, sagte Nummer 023 leise.

»Klar. Du kennst mich ja, ich rede manchmal schneller, als ich denke. Aber ich glaube dir. Du bist schlauer als ich. Und auch älter. Glaube ich zumindest.«

Schweigen breitete sich zwischen ihnen aus.

»Ich kann nicht schlafen«, sagte Nummer 331 nach einigen Minuten.

»Ich auch nicht«, antwortete Nummer 023 und richtete sich auf. »Hast du Lust auf das Namensspiel?«

Das Spiel hatten sie vor einigen Nächten erfunden; es war Nummer 023s Idee gewesen. Er hatte überlegt, ob sie sich wohl an ihren Namen erinnern könnten, wenn sie ihn zufällig hörten, also hatten sie begonnen, wahllos Namen aufzuzählen.

»Thomas«, sagte 331 nach einigem Überlegen.

»Ach, den hatten wir doch schon vorgestern.«

»Stimmt, entschuldige. Kilian?«

»Hm, nein, da passiert nichts. Darius.«

»Nope«, sagte 331. »Blasius? Oder vielleicht Neidhart Fürchtegott der Dritte?«

Sie prusteten los. 023 lachte selten, noch seltener als die anderen, sodass er fast vergessen hatte, wie gut es tat.

»Du spinnst ja«, ächzte 023, als seine Rippen schon schmerzten. »Wir müssen das ernst nehmen«, fügte er dann etwas tadelnd hinzu.

»Sorry. Wie wäre es mit Leo?«

»Leo würde mir gefallen. Aber nein, ich glaube nicht.«

Sie waren erneut zu keinem Ergebnis gekommen, als 023 nach einer Weile nur noch 331s leises Schnarchen hörte. Er konnte noch immer nicht einschlafen und starrte in die Dunkelheit, versuchte sich zu erinnern, an irgendetwas, an die winzigste Kleinigkeit, die ihn näher an die Antwort brachte. Manchmal, wenn er nachts so dalag, kamen ihm Fetzen von etwas wie Erinnerungen in den Sinn, obwohl er natürlich nicht wusste, ob er schlicht und einfach langsam verrückt wurde und sich Dinge einbildete, ob sein Kopf Geschichten über seine Vergangenheit erfand.

023s Äußeres gab wenig über ihn preis. Spiegel gab es hier keine, aber sie bekamen beim Essen Metallteller, und in deren Rückseite konnte man sein Aussehen zumindest erahnen. Nummer 023 hatte dunkle Augen und halblanges schwarzes Haar. Er konnte das Geräusch von Scheren nicht ertragen und so hatte die Krankenschwester mit den blonden Zöpfen, die auch allen anderen die Haare schnitt, ihn die letzten paar Male in Ruhe gelassen. Sie war eigentlich ziemlich nett, was hier eine Ausnahme darstellte.

Hier, das war die Anstalt: Es gab Gitter vor den Fenstern und es gab Zellen und den Speisesaal.

Und es gab die anderen. 023 war nicht sicher, wie viele sie waren; aber er vermutete, dass es um die siebenhundert Insassen geben musste. Die Nummern gingen, soweit er wusste, bis 713, aber zu manchen Nummern gehörte kein Gesicht, entweder sie waren ausgelassen worden oder denjenigen, die diese Nummern getragen hatten, war etwas passiert. Obwohl 023 hoffte, dass Ersteres zutraf, war er eigentlich fast sicher, dass es wohl Letzteres sein musste, denn Dr. Mobius, der Leiter der Anstalt, hatte sicherlich keine Nummern ausgelassen, das passte nicht zu ihm. Außerdem erschien ab und zu ein bekanntes Gesicht einfach nicht mehr im Speisesaal. Wie damals der kleine Feuermagier. Eines Tages war er plötzlich weg gewesen.

Kaltes Prickeln breitete sich auf 023s Rücken aus. Er wollte nicht an Dr. Mobius denken, wirklich nicht. Er knüpfte lieber konzentriert und mit zusammengezogenen Brauen die andere Gedankenkette weiter, genauso wie schon unzählige Male davor.

023 vermutete, dass er seit etwa einem Jahr hier war, oder besser gesagt, dass seine Erinnerung etwa ein Jahr weit zurückreichte. Obwohl das schwer zu sagen war, wenn ein Tag wie der andere war. Er hätte gerne eine Strichliste geführt, aber Stifte oder Papier gab es hier nicht und Wände und Boden waren zu hart, um mit den Fingernägeln etwas einzuritzen. Eine Zeit lang hatte er sich für jeden Tag ein Haar ausgerissen und unter seiner Liege platziert, auf 42 Haare war er gekommen, doch dann waren sie nach der Rückkehr aus dem Speisesaal plötzlich weg gewesen und er hatte beschlossen, dass es sowieso egal war.

Außerdem entglitten ihm seine Gedanken fast immer, sobald er sie gedacht hatte. Er fragte sich oft, ob das früher auch so gewesen war oder ob man ihnen etwas ins

Essen mischte, das sie langsam und träge werden ließ, ihre Gedanken lähmte. Vermutlich ja. Aber irgendetwas musste er doch essen.

Die fühlbaren, vernarbten Striemen auf 023s Rücken, die manchmal unangenehm juckten, ließen ihn annehmen, dass er auch vor der Anstalt kein besonders feines Leben gehabt hatte, und seine eindeutig irgendwann gebrochene Nase und die trotz seines jungen Alters beginnende Steilfalte zwischen seinen Augen bestärkten ihn in diesem Gedankengang. Er war weder besonders klein noch besonders groß und eher hager gebaut, außerdem wusste er von 331, dass er eine Tätowierung über dem rechten Schulterblatt hatte, weswegen er wahrscheinlich über achtzehn war; zwei oder drei Jahre älter als 331 vielleicht, der etwa sechzehn sein musste, aber vermutlich auch nicht viel älter. Laut 331 war die Tätowierung etwa handflächengroß und zeigte einen stilisierten, dunklen Vogel. 023 ärgerte sich oft, dass er sie nicht selbst sehen konnte. Einmal hatte 331 für ihn versucht, die Tätowierung mit Spucke auf dem Boden nachzuzeichnen, aber er konnte nicht besser zeichnen als ein Fünfjähriger, also hatte ihn das auch nicht schlauer gemacht.

Auch viele der anderen Insassen wirkten so, als hätten sie kein schönes Leben hinter sich. Nummer 616 etwa, eines der wenigen Mädchen hier: Sie hatte eine riesige Verbrühung am linken Arm und auch eine am Hals, die sich bis in ihr Gesicht zog. 023 fand sie trotzdem sehr hübsch.

»He«, hatte sie wütend gesagt, als sie 023 zum ersten

Mal aufgefallen war und er genau das gedacht hatte. 616 konnte Gedanken lesen; aber sie war ihm nicht lange böse gewesen, obwohl sie ansonsten ziemliche Angst vor Männern zu haben schien. Vermutlich hatten viele der anderen Jungen und Männer hier ganz andere Gedanken über sie als nur den, dass sie hübsch war. Inzwischen redeten sie jeden Tag nach dem Essen miteinander, die fünf unbeobachteten Minuten, in denen die anderen langsam vom Speisesaal zurück zu ihren Zellen schlurften. Ein paarmal hatte 616 ihn sogar geküsst, was natürlich strengstens verboten war.

331 wiederum hatte schreckliche Angst vor der Dunkelheit; er hatte 023 erzählt, dass er oft nachts seine Anfälle gehabt hatte, als er noch alleine in der Zelle gewesen war. 023 schauderte. 331s Fähigkeit war gefährlich. Er verfügte über enorme körperliche Kräfte und war während seiner Anfälle deshalb kaum kontrollierbar. Aus diesem Grund wurde er im Speisesaal auch immer von Dr. Mobius höchstpersönlich mit schweren Ketten an den Stuhl gefesselt. Doch eines Tages war im Speisesaal kurz der Strom ausgefallen und 331 war im Dunkeln durchgedreht. Selbst als es wieder hell wurde, war er nicht zu beruhigen gewesen und so hatte er zuerst seine Fesseln und dann den im Boden fest verschraubten Tisch, der etwa 300 Kilo wiegen musste, einfach aus der Verankerung gerissen und quer durch den Saal geworfen. Zum Glück war niemandem etwas passiert. Die Aufseher mit ihren Elektroschockern waren sofort herbeigestürmt, doch 023 hatte seine Hand auf 331s Schulter gelegt, ihm gut zugeredet, und er hatte sich wieder beru-

higt. Die Aufseher hatten ihn dann zu 331 in die Hochsicherheitszelle verlegt, wahrscheinlich hatten sie sich erhofft, dass 331 dadurch ruhiger würde.

Der Plan war aufgegangen, 331 hatte seit Monaten keinen Anfall mehr gehabt. Sie fesselten ihn nachts auch nicht mehr mit den schweren Eisenketten ans Bett. 023 war nicht unbedingt unglücklich über seine Verlegung in die Hochsicherheitszelle; 421, mit dem er zuvor eine Zelle geteilt hatte, war ein schräger Vogel, im wahrsten Sinne des Wortes, denn er konnte fliegen – nun ja, eigentlich war es mehr ein Schweben –, und sie hatten sich nie sonderlich gemocht.

»Weißt du, ich will das nicht. Wirklich nicht«, hatte 331 ihm in der ersten Nacht leise erzählt. »Ich war einer der ersten, die ihre Fähigkeit entdeckten. Als sie mir einmal Blut abnehmen wollten, bin ich durchgedreht und habe die eine Krankenschwester, die mit den schwarzen Haaren, schwer verletzt. Vielleicht ist sie sogar tot. Es war, als würde ich aus einem bösen Traum erwachen. Plötzlich lag sie vor mir und wir waren beide voller Blut. Es war grauenhaft. Ich habe sie seitdem nie wieder gesehen. Ich hoffe, sie ist nicht wirklich tot. Ich wollte das nicht, ich mochte sie sogar sehr, sie war eine von den Guten, genauso wie die mit den blonden Zöpfen. Dr. Mobius, ja, dem würde ich ohne Zögern den Hals umdrehen, ich habe es natürlich auch schon einige Male versucht. Vielleicht hast du es mitbekommen, oder war das damals, als du in Einzelhaft warst? Na ja, egal. Jedenfalls ist Dr. Mobius genauso stark wie ich, wenn nicht sogar stärker. Deswegen bringt auch immer er mich zum Speisesaal und bindet mich fest. Ich habe jedes Mal tagelang kein Essen bekommen, wenn ich ihn angegriffen habe. Inzwischen habe ich aufgegeben. Ich will niemanden verletzen, niemanden von den anderen. Nur Dr. Mobius. Aber es geht einfach nicht.«

Es stimmte, 331 hatte aufgegeben. Aber 023 nicht, niemals. Er gab nicht auf, egal wie sehr seine Gedanken ihm zu entgleiten drohten. Und eines Tages würde auch er seine Fähigkeit entdecken, die er natürlich geheim halten würde. Sie würden ihn nicht kriegen, sie würden keine Gelegenheit bekommen, seine Fähigkeit zu untersuchen. Er hoffte nur, dass sie ihm irgendwie dabei helfen würde, aus diesem Höllenloch zu verschwinden, obwohl seine Gedankenkette immer an diesem Punkt endete, mit der schlimmsten Befürchtung: die, dass er den Rest seines Lebens hier sein würde. Nur er und das riesige, unendlich leere Loch in seiner Brust – dort, wo eigentlich ein Herz schlagen sollte.

∞

»Das ist sehr gut, Ariane. Wirklich. Deine Traumtagebücher und Kurzgeschichten natürlich auch, aber das hier ist noch mal eine andere Kategorie. Es ist großartig. Sehr spannend. Bedrückend, aber spannend«, sagte Dr. Marvin Jelinek freundlich und blinzelte sie über den Rand seiner silbernen Brille an.

»Danke«, nuschelte Ariane und fühlte Hitze auf ihren Wangen.

»Ich finde es toll, dass du jetzt wirklich einen Roman angefangen hast, ich habe nämlich das Gefühl, das Schreiben hilft dir sehr. Meiner Ansicht nach solltest du an diesem Projekt auf jeden Fall dranbleiben. Was meinst du?«

Ariane überlegte. Sie war in dieser Hinsicht nicht so enthusiastisch wie Dr. Jelinek. Ja, es stimmte, wenn sie schrieb, fühlte sie sich gut und konnte für eine Weile die Welt um sich vergessen, aber dafür ging es ihr hinterher oft schlechter als vorher. Sie wusste selbst, dass ihre kläglichen Versuche nie von Erfolg gekrönt sein würden; genauer gesagt waren ihr ihre Texte sogar oft schrecklich peinlich. Sie schrieb bestenfalls mittelmäßig und außerdem brach sie alleine beim Gedanken, eine Lesung zu halten, in kalten, klebrigen Schweiß aus. Insgesamt hatte sie einfach Angst, dass alles, was sie tat, nur ein ständiges Scheitern bedeutete.

Dr. Jelinek lächelte. »Ich weiß, was du jetzt denkst, Ariane«, sagte er halb zwinkernd. »Du denkst: ›Oh, er sagt das doch nur, weil er mein Psychologe ist und mich bestärken muss. Ich habe schon wieder nur Mist geschrieben. Außerdem wird er gleich anfangen, den Text psychologisch zu analysieren.‹ Habe ich recht?«

Ariane senkte betreten den Kopf.

Sie mochte Dr. Jelinek, das tat sie wirklich – immerhin ließ er sie die meiste Zeit mit seltsamen Fragen in Ruhe, nicht so wie ihr letzter Psychologe, und man konnte sich wirklich gut mit ihm unterhalten. Aber er war *zu* gut, es war manchmal fast so, als könne er Gedanken lesen. Und natürlich analysierte er sie, wie jeder Psychologe eben. Ariane nahm es ihm nicht übel. Es war schließlich sein Job, und er war ihr sympathischer als jeder andere Seelenklempner zuvor. Meist ließ er Ariane während ihrer Sitzungen einfach reden und sie musste sich eingestehen, dass sie ihn mittlerweile als eine Art väterlichen

Freund ansah, obwohl das vermutlich nicht gerade gesund war.

»Erwischt, Ariane. Sieh mich an, bitte«, sagte er freundlich und sie blinzelte zurück. »Ich habe das nicht nur gesagt, weil ich finde, dass dieser Text einen großen Therapieerfolg darstellt, weil du damit eine Möglichkeit gefunden hast, deine Gefühle auszudrücken. Ich finde ihn *wirklich* gut. Ich würde gerne mehr davon lesen. Ist das alles, oder hast du schon mehr geschrieben?«

»Na ja, ein bisschen. Vielleicht dreißig Seiten insgesamt«, murmelte sie. »Es soll Teil einer Trilogie namens ›Feder und Klinge‹ sein.«

»Willst du mir etwas über das Buch erzählen? Ich bin mir sicher, du hast schon alles mindestens bis zum letzten Band genau durchgeplant, ich kenne dich doch. Lassen wir mal das Psychozeug beiseite und spielen Buchkritiker, in Ordnung? Ich lese sehr gerne.«

Ariane blickte sich um. Ja, das war kaum zu übersehen. An den Wänden von Dr. Jelineks Behandlungszimmer gab es kaum einen Zentimeter, der nicht von deckenhohen Bücherregalen bedeckt war.

Dr. Jelinek merkte, dass ihr der Anfang schwerfiel. Wie immer.

»Darf ich ein paar Fragen stellen?«, schlug er vor.

»Schätze schon.«

»Also gut. Wer ist deine Lieblingsfigur?«

»Auf jeden Fall 023. Aber das haben Sie sicher schon gemerkt, oder?«

»Tja, er ist mir auch sympathisch. Sympathischer als 331. Ich mochte die Figuren mit übernatürlichen körperlichen Kräften noch nie am liebsten. 331 tut mir zwar leid, er ist sicher auch ein spannender Charakter, aber ich habe das Gefühl, in dieser Geschichte geht es um Nummer 023.«

Ariane schmunzelte innerlich. Er hatte natürlich recht. Es war nicht so, dass sie 331 nicht mochte, aber er war ein simpler Charakter, einfach zu schreiben, nicht so wie 023.

»Hat 023 einen Namen?«, fragte Dr. Jelinek weiter.

»Ja, natürlich. Das greift zwar in der Handlung vor, aber Sie dürfen es ja sowieso niemandem weitererzählen.«

Dr. Jelinek lachte und wackelte zustimmend mit dem Kopf.

»Er heißt Raban. Raban Kraill.«

»Rabenkralle. Wie schön«, sinnierte Dr. Jelinek. »Das wäre doch ein guter Titel für den ersten Band. Erzähl mir doch etwas über Raban. Hat er Eltern?«

»Nun ja, ja. Natürlich hat er welche. Das hat schließlich jeder, nicht wahr? Allerdings waren sie keine besonders guten Eltern, sie haben ihn vernachlässigt und sogar geschlagen, und nachdem ihnen das Sorgerecht entzogen wurde, als er drei war, kam Raban in eine Pflegefamilie. Seine Pflegemutter war zwar nett zu ihm, aber er war auch oft sehr einsam. Und bald fingen die anderen Kinder an, ihn zu drangsalieren. Er war immer anders als die anderen. All das will ich im Prolog erzählen, aber der ist noch nicht fertig.«

»Hm, ein Außenseiter also. Und ein Underdog. Sehr interessant. Na gut, ich will gar nicht, dass du mir zu viel über ihn verrätst. Ich will mir ja schließlich nicht selbst die Spannung verderben. Du bringst nächste Woche wieder mit, was du geschrieben hast, ja?«, fragte er mit erwartungsvollem Gesichtsausdruck.

Ariane musste plötzlich lächeln. Sie hatte gar nicht bemerkt, wie viel sie preisgegeben hatte. Das war Dr. Jelineks Magie, der hinterhältige Bastard entlockte ihr ihre Gedanken wie kein anderer. Aber dafür war er schließlich da, und sie konnte ihm einfach nicht böse sein. Er war einer der wenigen Menschen, von denen Ariane wusste, dass er es gut mit ihr meinte.

»Also, Ariane«, sagte ihr Psychologe in diesem Moment fröhlich, »nun kommt wieder dein Lieblingsteil der heutigen Sitzung. Tut mir leid, ich mache es kurz, ja?«

»Na schön. Dann legen Sie mal los.«

»Natürlich könnte ich falschliegen, aber ich habe das Gefühl, dass du hier über deine Zeit in der Psychiatrie geschrieben hast. Du hast dich damals sicherlich genauso eingesperrt gefühlt wie Raban, oder? Du wusstest nicht, was mit dir passiert, hattest schreckliche Angst, deinem eigenen Kopf nicht mehr vertrauen zu können, und ständig kamen irgendwelche Ärzte an und wollten etwas von dir. Sie haben dir Angst gemacht und du hast dich von deinen Eltern im Stich gelassen gefühlt.«

Ariane schwieg. Klar hatte er irgendwo recht, und logischerweise flossen ihre eigenen Erlebnisse in ihre Arbeit ein, aber dieses Buch war *anders,* und es fiel ihr schwer, dieses seltsame Gefühl zu beschreiben, das sie verfolgte, seit sie mit ihrem Roman begonnen hatte. Es war so, als *müsste* sie es einfach schreiben, als würden die Worte angeflogen kommen und sie müsste sie nur noch in die Tasten ihres Laptops hämmern.

Ja, manchmal war es sogar schon fast unheimlich, diese Empfindung, dass die Worte sich eigentlich von selbst schrieben, dass sie nicht einmal aus Arianes eigenem Kopf kamen, sondern von weit her.

Sie räusperte sich und schüttelte innerlich den Kopf. *Verrückt, Ariane. Das ist verrückt. Sag das bloß nicht.*

Und das Geheimnis mit Raban würde sie Dr. Jelinek auch nicht verraten. Er würde wieder viel zu viel hineininterpretieren und dann würden sie ewig lange darüber diskutieren, aus welchem Teil ihres Unterbewusstseins dieses *Gefühl* gekrochen war. Am Ende würde Ariane wieder dasitzen und sich fragen, ob sie nun verrückt war oder doch nicht. In diesem Punkt war sie sich nämlich bis heute nicht sicher. Nein, dieses Geheimnis gehörte nur ihr.

»Klingt überzeugend«, sagte sie schließlich schwach.

»Nun zu deiner erklärten Lieblingsfrage. Entschuldige bitte. Nimmst du deine Medikamente?«

Sie nickte. Sie fühlte sich schlecht, ihn anzulügen, aber es entsprach immerhin halb der Wahrheit. Vor einigen Wochen hatte sie die Medikamente heimlich abgesetzt. Doch dann hatte sie wieder eine *Episode* gehabt und die Tabletten schließlich widerwillig weitergenommen. Sie mochte nicht, wie dumpf die Psychopharmaka sie im Kopf machten, aber wenn sie wieder begann, Dinge zu sehen, die laut Dr. Jelinek nur in ihrem Kopf existierten, ging es wohl nicht anders.

Das Problem war nur, dass sie so unendlich *echt* aussahen.

Früher hatte sie noch versucht, anderen Menschen diese schwarzen Schlieren zu beschreiben, die sich zu einem Schemen verfestigten, bis dann …

Dr. Jelinek kritzelte etwas mit dem Kugelschreiber auf seinen Block. Ariane sah alarmiert auf, aus ihren Gedanken gerissen.

»Beruhige dich. Ich mache mir nur Notizen. Ariane, du weißt, dass ich einer Einweisung niemals zugestimmt hätte, wäre ich damals schon dein behandelnder Psychologe gewesen. Das ist dir klar, oder? Du bist alles andere als verrückt, und ich bin auch überzeugt, dass du niemals eine Gefahr für dich selbst warst. Mit dir ist alles in bester Ordnung, verstehst du? Dein Hirn bringt nur vielleicht manchmal ein paar Botenstoffe durcheinander. Das ist okay, nichts, wofür du dich schämen musst.«

»Okay«, sagte sie schwach.

»So, die unangenehmen Fragen sind schon vorbei. Wir haben noch zehn Minuten. Erzähl mir doch noch etwas über die anderen Charaktere, ja? Wer ist eigentlich dieser Dr. Mobius? Er klingt sehr unsympathisch. Ich hoffe, du hast nicht mich zum Vorbild genommen.« Sein Gesichtsausdruck machte eindeutig klar, dass dies ein Scherz gewesen war.

Sie musste lachen und genauso wie Raban bemerkte sie verwundert, wie gut das tat.

»Natürlich nicht«, versicherte sie ihm. »Ich habe einfach versucht, einen guten Bösewicht zu entwerfen. Er verkörpert für mich alles, was mit der Welt nicht stimmt: Er ist machthungrig, korrupt und unfassbar geldgierig. Für seinen eigenen Vorteil geht er über Leichen und menschliche Wärme ist ihm völlig fremd. Leider hat er in den besonderen Fähigkeiten der Jugendlichen in der Anstalt etwas entdeckt, was ihm unglaublich viel Macht bringen wird, und auch sehr viel Leid über die Welt. Aber darüber kann ich noch nicht mehr verraten, das würde zu viel von der Handlung vorwegnehmen.«

»Verstehe. Und was ist mit diesem Mädchen, in das Raban verliebt ist? Die mit den Brandwunden? Magst du sie?«

Ariane zog die Brauen zusammen und schüttelte vehement den Kopf. »Oh nein, auf gar keinen Fall. Sie ist fast noch schlimmer als Dr. Mobius. Ich kann sie nicht ausstehen.«

»Wirklich? Wieso das denn?«

Sie überlegte. Dann beschloss sie, Dr. Jelinek zumindest so viel im Voraus zu erzählen.

Ariane räusperte sich. »Weil sie Raban verraten wird.«

*

Nach ihrer wöchentlichen Sitzung traf sie sich wie jedes Mal zum Kaffeetrinken mit ihrem Cousin Martin. Er war gerade neunundzwanzig geworden, somit etwas über zehn Jahre älter als Ariane – und wie sie sich eingestehen musste, war er ihr einziger Vertrauter neben Dr. Jelinek. Martins Lebensgefährte Jonas war zwar auch nett und er mochte Ariane, das wusste sie, aber es war mit ihm ein wenig wie mit ihrer Mitbewohnerin Therese – über wirklich wichtige Dinge konnte sie mit ihm einfach nicht reden.

Diesmal war Jonas nicht mitgekommen und Martin winkte ihr schon von ihrem Stammtisch zu. Kaffee hatte er auch schon bestellt.

»Hey«, sagte er warm, als er sie zur Begrüßung umarmte. »Wie geht es meiner Lieblingscousine?«

»Ganz in Ordnung, schätze ich«, sagte Ariane und lächelte ihn dann an. »Hey, bin ich wirklich deine Lieblingscousine?«

»Ist ja nicht schwer, bist die einzige«, flachste Martin ihren alten Running Gag weiter. »Erzähl mal, was sagt der Seelenklempner?«

»Er meint, wir machen Fortschritte«, sagte Ariane und zog die Brauen hoch.

»Ist doch gut, oder?«

»Ja, schon. Aber ich weiß noch immer nicht, ob ich jetzt alle Tassen im Schrank habe oder nicht.«

»Bei dir ist alles ganz richtig, Liebes. Vertrau mir. Genug von dem deprimierenden Zeug, oder? Wie steht's mit Elias?« Martin lehnte sich vor und grinste verschwörerisch. »Wann lerne ich ihn endlich kennen? Du erzählst ja nie etwas über ihn. Sag, sieht er eigentlich gut aus?«

Ariane merkte, wie sie rot wurde. »Ach, Martin, das ist doch nichts Ernstes. Wir hatten drei Dates, nicht mehr. Ich glaube, der wird schnell weg sein, wenn er herausfindet, dass ich einen Dachschaden habe.«

»Blödsinn, Ariane. Du hast ihn doch über Therese kennengelernt, oder?«

Ariane senkte ihren Blick und rührte in ihrem Kaffee. Ja, das stimmte schon, und sie und Therese hatten sich immerhin in der Psychiatrie kennengelernt. Trotzdem, Therese war das genaue Gegenteil von Ariane: Sie hatte unzählige Freunde und arbeitete neben dem Studium einigermaßen erfolgreich als Model. Wegen ihrer schweren Bulimie und Selbstmordgedanken hatte sie sich freiwillig einweisen lassen und war zwei Monate Arianes Zimmergenossin gewesen, bevor sie nur drei Tage vor Ariane entlassen worden war.

Ariane mochte Therese, das tat sie wirklich: Therese war sehr praktisch veranlagt, sie war auch diejenige gewesen, die die Idee mit der betreuten WG gehabt hatte. Und dafür war Ariane ihr unendlich dankbar. Sie hätte damals unmöglich wieder bei ihren Eltern einziehen können, ebenso wenig wie Therese, die zu Hause auch Probleme gehabt hatte. Früher hatte zweimal die Woche eine Sozialarbeiterin bei ihnen vorbeigeschaut. Doch seit Ariane vor ein paar Monaten achtzehn geworden war, beschränkte sich die Betreuung auf die wöchentlichen Sitzungen bei Dr. Jelinek.

»Ach ja, wie geht es Therese übrigens?«, fragte Martin.

Ariane schwieg und wickelte geistesabwesend eine ihrer braunen Haarsträhnen um den Zeigefinger.

»Huhu, Martin an Ariane«, sagte er und in seiner Stimme schwang schon wieder die Besorgnis mit, die Ariane so hasste.

»Therese geht es gut. Sie hatte seit Ewigkeiten keinen Rückfall mehr. Sicher seit drei Monaten nicht.«

»Ooh«, sagte Martin plötzlich. »Jetzt weiß ich, woher der Wind weht. Ariane, wenn Therese aus der WG auszieht, kannst du natürlich auch gerne wieder bei mir und Jonas wohnen, das weißt du doch.«

Ariane fühlte sich mies. Natürlich gönnte sie Therese, dass sie auf dem Weg der Besserung war. Und außerdem freute sie sich über Martins Angebot. Es war nur so, dass alle so schrecklich *glücklich* waren; bei allen lief es toll, nur eben bei ihr nicht. Als sie damals bei Martin und Jonas gewohnt hatte, war es furchtbar für sie gewesen, ihr Glück jeden Tag zu spüren und zu wissen, dass sie selbst sich wahrscheinlich nie so fühlen würde. Und dass sie wahrscheinlich obendrein ein schlechter Mensch war, der anderen ihr Glück nicht gönnen konnte, machte alles nur noch schlimmer.

Sie schluckte das eklige Gefühl hinunter. »Danke, Martin«, sagte sie.

»Versprich mir, dass du heute Abend Elias anrufst, ja? Er klingt sehr nett. Und auch wenn es nichts Ernstes wird, ein wenig Kuscheln hat noch niemandem geschadet.«

Ariane grinste schief.

Martins Augen weiteten sich. »Was habe ich verpasst? Seid ihr euch etwa schon nähergekommen?«

Ihr Grinsen wurde breiter. »So könnte man es nennen, ja.«

Martin hielt seine Hand zum High Five hin, jauchzte leise, als Ariane etwas zögerlich einschlug, und dann legte er schon mit den Fragen los. »Und, wie war es? Toll, ja? Ich sehe es dir an der Nasenspitze an. Jetzt erzähl schon. Ich will alles wissen. Einfach alles.«

»Oh Mann, Martin, du bist so peinlich«, gluckste Ariane hinter ihren vor das Gesicht geschlagenen Händen hervor. Aber dann beugte sie sich verschwörerisch nach vorne und begann zu tuscheln.

Als sie nach Hause ging, lag immer noch ein leichtes Lächeln auf ihren Lippen. Die Treffen mit Martin taten ihr immer gut. Er war ein Mensch, in dessen Nähe man sich einfach geborgen fühlen musste – und immer wenn sie sich trafen, fühlte Ariane sich für einige Stunden erfrischend *normal*. Erst in der U-Bahn fiel ihr auf, dass sie Martin nichts von ihrem Buch erzählt hatte. Egal, dann eben nächstes Mal. Ihre Gedanken waren schon wieder dabei, durch die Pforte in ihre Fantasiewelt zu entschwinden, aber sie holte sie noch einmal zurück. Zu Hause würde sie weiterschreiben. Sie konzentrierte sich aufs *Hier und Jetzt*, wie Dr. Jelinek ihr das immer riet.

Das Problem war nur, dass Ariane das Hier und Jetzt nicht ausstehen konnte. Die U-Bahn war voll und wie so oft fühlte Ariane sich, als würde jeder sie anstarren, sie beobachten. Irgendwie angeekelt, als wäre sie ein hässliches Insekt.

Atmete sie zu laut? Sah sie irgendwie seltsam aus?

Der altbekannte eiserne Ring schnürte sich wieder um ihre Brust.

Nur noch drei Stationen. Sie sah sich verstohlen um. Keine Anzeichen von Halluzinationen. Keine dunkle Gestalt, die aus dem Nichts erschien und sie beobachtete. Bis jetzt zumindest nicht.

Als Ariane endlich ausstieg, war sie schweißgebadet und ihre Schultern hatten sich komplett verkrampft. Sie umklammerte den Schlüsselbund in ihrer Manteltasche, hielt sich an der Gewissheit fest, dass sie ihn einem Angreifer ins Gesicht rammen würde. Immer wieder wandte sie sich um und ihre Schritte wurden schneller und schneller, bis sie fast rannte. Mit jedem hastigen Blick auf die Umgebung suchte sie den Schemen, die Gestalt, die sie so gut kannte. Aber nein, nichts. Zum Glück.

Nachdem sie die Wohnungstür aufgeschlossen hatte, lehnte sie sich erst mal zehn Minuten an die kühle Wand und wartete, bis ihr Atem sich wieder beruhigt hatte.

Als es wieder ging, hörte sie schon Therese rufen.

»Ria, bist du das? Bist du beim Schuheausziehen umgefallen?«

Ariane räusperte sich. »Hey, Therese«, rief sie zurück und öffnete die Tür zum Wohnzimmer.

Therese saß vor dem Fernseher und lackierte sich die Zehennägel grellpink.

»Wie geht's? Wie war die Uni heute?«

»Gut, gut«, antwortete Therese aufgeräumt und betrachtete befriedigt ihr Werk. »Sag, hast du nicht Lust, nachher mit in die Bar zu kommen? Ich treffe ein paar Leute dort. Anne kennst du ja und Simon. Hey, du könntest ja Elias anrufen und fragen, ob er auch mitkommen will.«

»Also ich weiß nicht …«, sagte Ariane zögernd. Dafür müsste sie noch mal nach draußen und sie hatte doch eigentlich schreiben wollen.

»Na los, sei kein Frosch«, bestärkte Therese sie. »Das wird lustig. Komm schon, ruf Elias an.«

Ariane fingerte ihr Handy aus der Tasche und starrte es an, als wäre es ihr schlimmster Feind.

»Soll ich für dich anrufen?«, fragte Therese grinsend.

»Nein. Nein, ich schaffe das schon.«

Ariane atmete tief durch. Warum war das noch immer so schwierig für sie? Wahrscheinlich riefen gerade Millionen Menschen auf der Welt jemanden an. Warum fiel es gerade ihr so schwer?

Bevor sie noch länger darüber nachgrübeln konnte, drückte sie entschlossen auf seinen Namen und dann wählte es schon.

»Hey«, sagte sie zögerlich, als er sich mit seiner aufgeräumten Stimme meldete. »Wie geht's, alles klar bei dir?« Sie schluckte.

»Ja, alles in Ordnung. Bei dir?«

Sie setzte zu einer Antwort an, als er schon weiterredete.

»Ariane, ich wollte mich sowieso schon bei dir melden. Aber sag zuerst, warum du anrufst, ja?« Er lachte leise.

»Ähm, ich wollte dich nur fragen, ob du spontan Lust hast, etwas zu unternehmen. Mit Therese, Simon und Anne und so weiter. Und mit mir natürlich.« Sie atmete aus. Das war so seltsam. Letzte Woche hatte er ihr noch morgens Kaffee gekocht und nun kam ihr das plötzlich so komisch vor.

»Oh. Hm, normalerweise gerne, Ariane, aber ich muss … ich muss hier noch eine wichtige Arbeit fertig schreiben. Tut mir leid.«

»Ach, ist doch kein Problem«, sagte sie betont fröhlich. »Macht gar nichts, wirklich. Dann mach's gut und wir hören uns wieder, ja?«

»Hey, warte mal. Hm, hättest du vielleicht Lust, dich am Donnerstag mit mir zu treffen?«

»Moment mal, ich muss nachsehen …« Das war gelogen. Ariane musste nicht nachsehen, denn sie wusste genau, dass sie nie etwas vorhatte, außer freitags zur Therapie zu gehen. Aber sie wollte schließlich normal wirken. »Nein, doch, Donnerstag ist gut. Weißt du was, diesmal überlege ich mir, was wir unternehmen können, okay? Mir wird schon etwas Tolles einfallen. Ich schreibe dir dann noch eine SMS.«

»Klingt super. Na dann wünsche ich dir noch einen schönen Abend, ja?«

»Ich dir auch. Viel Erfolg mit deiner Arbeit.«

Ariane legte mit zittrigen Fingern auf.

»Und?«, fragte Therese gespannt.

»Er kann nicht. Therese, sei mir nicht böse, aber ich glaube, ich bleibe heute auch lieber zu Hause. Ich wollte noch etwas schreiben.«

»Na schön«, sagte Therese leichtherzig. »Dann eben ein anderes Mal. Alles in Ordnung mit Elias? Er hat sich doch gefreut, dass du angerufen hast, oder?«

»Keine Ahnung, ehrlich gesagt«, antwortete Ariane und seufzte. »Du kennst mich, ich bin nicht gerade eine Expertin in diesen Dingen. Ich hatte erst einen Freund, du weißt ja, Daniel aus der Psychiatrie und das hat heiße drei Wochen gehalten, bis er entlassen wurde. Ich fürchte, Elias wird mich auch ziemlich schnell wieder absägen.«

»Ach nein. Er ist ein netter Kerl, wirklich. Na dann, ich muss los. Wann lässt du mich mal dein geheimnisvolles Buch lesen?«

»Wenn es gedruckt wurde«, sagte Ariane bestimmt.

Also nie, fügte sie in Gedanken hinzu.

Therese lachte. »Na gut, dann viel Erfolg beim Schreiben.« Sie nahm ihre Handtasche und war schon zur Tür hinaus.

Ariane fühlte sich plötzlich wie ein Luftballon, aus dem gerade alle Luft entwich. Sie ging zum Kühlschrank, schnappte sich eine Dose Bier und dann ihren Laptop. Das Bier vertrug sich zwar nicht mit ihren Medikamenten, aber sie beschloss, dass eines nicht so schlimm sein würde.

»Hallo, Raban«, sagte sie leise ins Nichts hinein, als sie den Laptop aufklappte und die Datei öffnete. »Schön, dich wiederzusehen.«

Ein warmes Gefühl, eine Art Aufregung, die ihre Brust fast schmerzhaft zusammenzog, breitete sich in ihr aus.

Dann begann sie, in die Tasten zu hämmern.

Zwei

»Psst«, zischte 616 aus der Ecke, an der sie ihn immer abfing. 023 lächelte sie an und stahl sich schnell aus der schlurfenden Masse zu ihr hinüber.

»Hey«, sagte er leise, sah sich nach allen Seiten um und hauchte einen kleinen Kuss auf ihre Lippen. »Wie geht's dir?«

»Wie immer, denke ich. Ich …« 616 blickte sich ebenfalls um und lehnte sich dann nahe an ihn heran. »Es ist etwas Schlimmes passiert, glaube ich. Meine Zellengenossin, du weißt schon, die Unsichtbare, Nummer 077, sie ist seit gestern Abend verschwunden. Ich meine, wirklich verschwunden, nicht bloß unsichtbar. Sie haben sie geholt und nicht wieder zurückgebracht.«

Ein sich windender Knoten bildete sich in 023s Magen. »Scheiße«, sagte er leise. »Und du hast keine Ahnung, wo sie hin ist?«

616 kaute an ihrer Lippe und schüttelte den Kopf. Sie blickte ihn von unten an und Tränen bildeten sich in ihren Augen. »Ich würde sie so gerne suchen.«

»Ich wünschte, ich könnte dir helfen. Wirklich. Aber es

ist zwecklos, das weißt du doch. Als wir versucht haben, den kleinen Feuermagier zu finden, war ich nachher gefühlte hundert Jahre in Einzelhaft. Ohne Essen. Wir müssen uns etwas anderes überlegen. Eines Tages kommen wir hier raus, mir wird schon etwas einfallen, vertrau mir«, redete er hastig auf sie ein.

»Wirklich?«, fragte sie leise.

»Ja«, antwortete er bestimmt und drückte sie fest an sich.

»Ich habe wieder versucht, die Gedanken der Aufseher zu lesen. Aber sie denken einfach nie an etwas Wichtiges, es ist zum Verrücktwerden. Mit Dr. Mobius funktioniert es schon gar nicht. Ich komme nicht in seinen Kopf hinein. Es ist, als wäre er immun«, erzählte sie ihm, wie schon so oft zuvor.

023 blickte aufmerksam den schlurfenden Gestalten nach. »Wir müssen weiter«, stellte er fest.

»Ich wünschte, wir hätten nur einmal genug Zeit zum Reden.«

»Ich auch. Warte. Ganz kurz haben wir noch. Gib mir noch einen Kuss, ja?«, fragte er bittend.

Sie erfüllte ihm den Wunsch und er lehnte sich an ihre Schulter, sog ihren Geruch tief ein. Diese Momente ließen ihn weiterhoffen, diese zwei Minuten menschliche Wärme jeden Tag. Oft hatte er die Vermutung, dass er noch nicht besonders viel Wärme in seinem Leben abbekommen hatte.

»Okay. Jetzt müssen wir los.« Sie eilten nebeneinander den von Neonröhren erleuchteten Flur entlang und holten die anderen langsam aber sicher ein.

»Bist du mit deiner Fähigkeit weitergekommen?«, fragte 616 leise aus ihrem Mundwinkel heraus.

023 schüttelte den Kopf.

»Wir sehen uns morgen«, hauchte er ihr zu, als sich die Masse in männliche und weibliche Personen trennte. Die Mädchen waren eindeutig in der Unterzahl.

»Ich sehe dich im Traum.«

»Ich dich auch«, flüsterte sie zurück und dann war sie schon weg. Wie jeden Tag.

023 beeilte sich, zu 331 aufzuschließen, und zuckte zusammen, als die Lautsprecherdurchsagen wieder losgingen. Die Stimme klang heute besonders geschäftig und hallte laut durch die Gänge.

»Achtung, wichtige Durchsage. Ihr alle wisst, dass wir nur euer Bestes im Sinn haben. Wir wollen, dass ihr so schnell wie möglich wieder entlassen werden könnt. Wenn wir alle zusammenarbeiten, wird das bald möglich sein. Wir suchen noch immer dringend die besonderen Fähigkeiten der Unsterblichkeit, des Zeitreisens und der Gedankenveränderung beziehungsweise Gedankeneinpflanzung. Des Weiteren gefragt sind Teleportation, Telepathie und die Fähigkeit, Menschen von den Toten wiederauferstehen zu lassen. Wenn ihr diese Fähigkeiten an euch oder an jemand anderem bemerkt, sagt eurem Aufseher Bescheid. Die Belohnung ist eine sofortige, bedingungslose Entlassung und hohe finanzielle Zuwendungen für euer restliches Leben. Sogar im Falle der Unsterblichkeit.« Die krächzende Stimme aus dem Lautsprecher begann ihr berühmtes emotionsloses Lachen, das einem die Haare zu Berge stehen ließ.

»So ein Blödsinn«, zischelte 023 331 zu, als er ihn endlich eingeholt hatte.

331 nickte bestätigend. »Wie soll denn jemand bitte schön Unsterblichkeit an sich feststellen, hä?«, flüsterte er zurück.

»Wir haben schließlich nichts, um uns aufzuhängen, nichts, damit wir das mit der Unsterblichkeit mal austesten könnten«, bemerkte 023 zynisch und zog wütend die Brauen zusammen.

»Stillgestanden!«, kam schon die Lautsprecherdurchsage. »Bewahrt Ruhe und bedenkt wie immer: Wir meinen es gut mit euch.«

331 schnitt eine Fratze und 023 bemerkte, wie seine Fingerknöchel weiß anliefen.

»Ruhig«, beschwor er ihn. »Bleib ruhig, Mann. Wir müssen besonnen bleiben. Nur wenn wir weiterhin unser Hirn benutzen, finden wir einen Weg.«

331 atmete tief durch und nickte. »Ja, du hast ja recht«, murmelte er.

Der Aufseher scheuchte die in – bis auf die Größe – identischen schwarzen Leinenhosen und T-Shirts gekleideten Jungen und jungen Männer in ihre Zellen und versperrte die Türen hinter ihnen.

023s und 331s Hochsicherheitszelle war die letzte am Gang.

023 blickte dem Aufseher mit dem kantigen Kiefer direkt in die Augen und versuchte, alle Fragen in seinen Blick zu legen.

»Hast du Kinder?«, würde er ihn zum Beispiel fragen wollen. »Sind sie in unserem Alter? Wie kannst du nur bei so etwas mitmachen? Wie bist du bloß zu so einem eiskalten, gleichgültigen Menschen geworden? Kannst du nachts überhaupt schlafen?«

Doch Fragen hatten keinen Sinn, das hatte 023 sehr schnell gemerkt. Für zu viele Fragen gab es bei manchen Aufsehern sehr schnell einen hübschen Elektroschock als Belohnung. Der Aufseher mit dem kantigen Kiefer war berüchtigt für seinen lockeren Umgang mit dem Elektroschocker.

Und einen Elektroschock abzubekommen war schrecklich, noch schlimmer als tagelanger Essensentzug. 331 schienen die Elektroschocks weniger auszumachen als den anderen, aber sie setzten ihn trotzdem außer Gefecht. Bei diesem Gedanken fiel 023 etwas auf.

»Wo ist eigentlich Dr. Mobius?«, zischte er 331 zu.

»Halt's Maul, 023!«, sagte der Aufseher barsch, als 331 mit den Schultern zuckte. Er schubste die beiden in ihre Zelle und versperrte die Tür hinter ihnen. Dann steckte er den Schlüssel wieder ein. Seine Arbeit war getan. Er klopfte sich die Hände an der Hose ab, kramte seine Zigaretten aus der Tasche und steckte sich eine an.

*

»Schlaues Kerlchen, dieser 023. Zu schlau für sein eigenes Wohl, hm, Doc?«, sagte der Aufseher, nachdem Dr. Mobius zehn Zentimeter neben ihm wie aus dem Nichts erschienen war, und nahm einen tiefen Zug von seiner Zigarette.

»Sie sprechen ein wahres Wort, Stavanger. Sehr wahr«, bestätigte Dr. Mobius.

Der Aufseher mit dem kantigen Kiefer zuckte nicht mit der Wimper. »Na, genießen Sie Ihre neue Fähigkeit?«

»Oh, es ist wunderbar, mein Lieber. Wirklich wunderbar. Unsichtbarkeit habe ich mir schon lange gewünscht. Sie werden schon sehen, bald können Sie das auch alles.«

»Aber sicher. Ich zweifle nicht im Geringsten an Ihren Fähigkeiten, Dr. Mobius«, sagte Aufseher Stavanger und zog die Mundwinkel hoch. »Wie läuft es denn so?«

»Oh, gut, gut. Einige Fähigkeiten mit simplem genetischen Code können wir schon ohne Probleme auf andere übertragen. In der Theorie zumindest. Für mehr fehlen uns noch immer die Forschungsgelder. Allerdings sind das leider nur relativ einfache und langweilige Fähigkeiten. Dennoch, wenn sie in einigen Monaten Lust haben sollten, ihre Nase schrumpfen lassen zu können oder grün anzulaufen …«

»Oh nein, vielen Dank, ich denke, darauf kann ich verzichten«, knurrte Stavanger und trat seine Zigarette mit seinen schweren Stahlkappenstiefeln aus. »Aber Sie machen doch weiter, oder? Sie finden eine Möglichkeit, die richtig interessanten Fähigkeiten zu übertragen?«

»Oh, das werde ich. Auf jeden Fall. Nun, wenn Sie mich entschuldigen, ich muss noch diesen Psychokinetiker in seine Zelle bugsieren. Er hat zwar schon ewig keine Mätzchen mehr gemacht, aber man kann ja nie wissen. Oh, Stavanger, eine Frage noch, ich lege, wie Sie wissen, großen Wert auf Ihre Meinung. Finden Sie, wir sollten 023s Dosis erhöhen?«

Stavanger runzelte die Stirn. »Nun ja, Dr. Mobius, er kommt mir zwar immer noch so vor, als würde er wieder etwas aushecken. Aber es ist sicher nichts, mit dem Sie nicht fertigwerden. Sie könnten ihn doch sofort in Flammen aufgehen lassen. Außerdem kriegt er ja schon das doppelte der normalerweise maximalen Dosis. Ich denke, wir sollten es dabei belassen. Wollen ja nicht unsere wertvollen Ressourcen verschwenden.«

»Er bekommt sogar das dreifache«, knurrte Dr. Mobius. »Zäher Bursche, dieser 023. Ich bin gespannt, wann sich sein Talent zeigt. Unsterblichkeit ist es jedenfalls nicht, obwohl seine Dosis schon jeden Bären umgehauen hätte. So weit bin ich schon. Er war der Erste, der einen Ausbruchsversuch unternommen hat, damals, bevor Jakov alle Erinnerungen gelöscht hat, da haben Sie noch gar nicht für mich gearbeitet. Bis zur Kanalisation ist er gekommen. Dort haben wir ihn gefunden. Wäre fast ertrunken, der Bursche. Ich kann Ihnen also versichern, in klinischer Hinsicht kann er definitiv sterben. Obwohl ich ihn natürlich sofort reanimiert habe. Wir brauchen ihn noch.«

»Sie werden sicher herausfinden, was seine Fähigkeit ist, Dr. Mobius«, murmelte Aufseher Stavanger. »Ich bin mir sicher, Sie werden es bald rausfinden.«

*

023 konnte mal wieder nicht einschlafen. Er massierte grübelnd seine verkrampften Schultern und hörte 331s vertrautem Schnarchen zu.

Diesmal begann er eine neue Gedankenkette. Es half ihm, seine Gedanken in logisch zusammenhängenden Ketten zu organisieren. Er hatte das Gefühl, je öfter er sie durchging, desto weniger entschlüpften ihm die Gedanken.

Er zählte erneut alle Erinnerungsfetzen auf, die er für Episoden aus seinem Leben vor der Anstalt hielt. Da war ein Gürtel mit eiserner Schnalle und er fühlte Schmerzen auf seinem Rücken; dazu ein verzerrtes Gesicht, hohlwangig und umrahmt von schwarzem Haar. Irgendwo war ein nackter ausgezehrter Oberkörper, bedeckt von Tätowierungen. Es könnte sein Vater gewesen sein, dachte 023 manchmal. Aber er hoffte, dass es nicht so war. Die Vorstellung, dass er liebevolle Eltern hatte, irgendwo da draußen, war schöner; also dachte er über dieses Bild nicht so gerne nach.

Das Bild der Frau mit den kühlen, wohltuenden Händen war ihm eindeutig lieber. Manchmal, wenn er sich konzentrierte, konnte 023 ihre Finger auf seiner Stirn spüren. Er fragte sich oft, ob sie seine Mutter gewesen war, aber andererseits sah sie ihm in diesen kleinen Fetzen, die er von ihr erhaschen konnte, überhaupt nicht ähnlich.

Dann gab es noch zwei Fetzen, die immer wieder auftauchten. Da war dieser Junge, der auf ihn herabsah und eine Schere hämisch zwischen seinen Fingern klicken ließ. Er war feist, mindestens einen Kopf größer als er und hatte einen unfassbar brachialen Ausdruck in den Augen. »Soll ich?«, fragte er lockend. »Soll ich? Soll ich dir was abschneiden? Gib mir einen Grund, nur einen

Grund!« Es verhieß nichts Gutes und bei dieser Erinnerung fühlte 023 die Panik, die in ihm hochstieg.

Und am Schluss kam das Bild, das ihm am meisten widerstrebte: ein Skalpell in seiner eigenen Hand, die er an der kleinen Brandnarbe auf dem Zeigefinger erkannte. Seine Fingerknöchel waren weiß angelaufen und dann stach er zu, schnitt tief in weiches, nachgiebiges Fleisch und bohrte tiefer, fühlte nichts als puren, glühenden Hass durch seine Adern pumpen.

An dieser Stelle brach die Gedankenkette ab.

023 fragte sich oft, ob er es *verdient* hatte, hier zu sein. Er hatte manchmal dieses schreckliche Gefühl von Schuld und die Gewissheit, dass er in seinem früheren Leben etwas Schlimmes getan hatte, dass er wirklich jemanden ernsthaft verletzt hatte und nun seine gerechte Strafe erhielt. Vielleicht war dies seine Bestrafung.

023 drehte sich seufzend auf die andere Seite und dachte lieber an etwas anderes. An 616 zum Beispiel. In Gedanken hatte er begonnen, auch ihr Namen zu geben.

Er hatte vor einigen Nächten einen gefunden, der zu ihr passte.

»Feuerauge«, sagte er leise in die Dunkelheit hinein und beschloss, sie ab jetzt so zu nennen.

Feuerauge war etwas Besonderes, das wusste er. Sie war *anders*. Feuerauge war ihm ähnlich, oft kam es ihm so vor, als wären sie zwei die Einzigen, die noch echte Menschen mit echten Gedanken waren in dieser Welt, die sie ihre Realität nannten. In den fünf Minuten nach dem Essen, die er jeden Tag mit ihr hatte, konnte er kurz alles vergessen, die Anstalt, seine Gedankenketten, einfach alles. Dennoch fragte er sich oft, warum er nicht mehr für sie empfand.

Er wusste nicht, wie sich Liebe anfühlte oder ob er schon einmal verliebt gewesen war. Natürlich, es war schön, Zeit mit Feuerauge zu verbringen, und es war auch schön, ihr nahe zu sein. Aber trotzdem ... Es war, als könnte das, was er empfand, einfach nicht alles gewesen sein.

Seltsam war auch, dass er keinerlei Begehren für sie verspürte.

Hatte er das noch nie im Leben getan, Begehren empfunden? Oder war das eine Nebenwirkung der Medikamente, die sie ihnen mit ziemlicher Sicherheit gaben? Das war wahrscheinlicher, denn er erinnerte sich zumindest daran, dass er eigentlich irgendetwas anderes als eine Art genügsame Freude über Körperkontakt empfinden sollte, wenn er ein Mädchen küsste. Vielleicht nicht einmal Liebe, aber zumindest irgendetwas anderes als das, was er eben fühlte, das seltsam flach und hohl war.

Wenn er ab und zu probeweise seine Hand in seine Leinenhose steckte, passierte absolut nichts, außer dass er merkte, dass er kitzelig war, obwohl er sich ziemlich sicher war, dass etwas passieren sollte, dass er etwas fühlen sollte, *irgendetwas*. Seltsamerweise schien 331 in dieser Hinsicht keinerlei Probleme zu haben. Er versuchte zwar immer, es heimlich in der Nacht zu machen, und 023 tat auch immer so, als würde er schlafen, aber er hörte es natürlich trotzdem.

Wie auch immer, wahrscheinlich hatte Feuerauge genau deswegen ihn erwählt. 023 hatte schon oft bemerkt, dass sie zu vielen männlichen Insassen großen Abstand hielt, nur zu ihm nicht.

Vor ihm hatte sie keine Angst. Aber 023 befürchtete oft, dass sie eigentlich Angst vor ihm haben sollte, dass er jemand war, vor dem man sich fürchten musste.

023 massierte sich die Schläfen. Er mochte Feuerauge, das tat er wirklich, und die Gespräche mit ihr waren der einzige Lichtblick, aber irgendetwas war auch falsch. Etwas stimmte einfach nicht, doch er konnte das Gefühl nicht in Worte fassen. Auch diese Gedankenkette brach immer genau an dieser Stelle ab.

Und wie jede Gedankenkette ließ sie ihn mit dem Gefühl zurück, dass ihm etwas ganz Entscheidendes fehlte oder genommen worden war. Irgendwann, vor langer Zeit.

∞

Ariane hielt inne, nahm noch einen Schluck von ihrem schalen Bier und seufzte leise.

Für heute war es wohl genug, vielleicht noch eine kurze Szene, aber dann sollte sie schlafen gehen. Es war schon halb drei Uhr morgens. Sie ließ ihre Schultern kreisen. Ihr war diese Stelle eigentlich schrecklich peinlich gewesen, sie hatte sie nicht schreiben wollen, aber nun war es eben geschehen und Dr. Jelinek würde sich am Freitag austoben können. Es hatte so sein müssen. Raban war immerhin neunzehn, schon fast zwanzig, und obwohl sie sich mit Männern nicht besonders gut auskannte, war ihr klar, dass ein 19-Jähriger eben nicht bloß Händchen halten wollte. Außer er wurde von einem soziopathischen Bösewicht unter Drogen gesetzt.

Sie mochte Feuerauge nicht, aber sie war wichtig. Ariane hatte schon oft überlegt, ob Raban wirklich in sie verliebt war, so wie es auch Dr. Jelinek gesagt hatte.

Nein, beschloss sie dann. Raban war einfach nur unendlich einsam und sehnte sich nach Zuneigung und nach jemandem, der ihm ähnlich war. Und auch wenn Ariane Feuerauge nicht ausstehen konnte, musste sie ihr lassen, dass ihr Scharfsinn Rabans in nichts nachstand. Und dass sich die beiden deswegen doch, auf eine gewisse Art und Weise, zueinander hingezogen fühlten. Oh ja, Feuerauge war hochintelligent und berechnend. Und wenn Raban nicht das dreifache einer normalen Dosis an Beruhigungsmitteln bekommen würde, würde er wahrscheinlich auch merken, dass sie es nicht gut mit ihm meinte, sondern ihn nur benutzte.

Liebe war es jedenfalls nicht. Keine echte Liebe, nicht so, wie es sein sollte.

Ariane fragte sich wie schon so oft, ob sie eigentlich selbst jemals für jemanden so gefühlt hatte, ob sie jemals jemanden wirklich geliebt hatte. Natürlich, es war schön, jemandem nahe zu sein, so wie sie es Daniel gewesen war und dann Elias, aber richtige Gefühle mit weichen Knien und allem Drum und Dran hatte sie nur in ihren Träumen. Da funktionierte es plötzlich, genauso wie es in schlechten Liebesromanen beschrieben wurde, mit allem, was dazugehörte – die Welt um sie herum verschwamm und so weiter. Diese Empfindungen waren echt, echter als alles, was sie kannte. Manchmal fühlte sich Ariane sogar so, als wären ihre Träume das echte Leben und die reale Welt ein böser Albtraum, in den sie nicht gehörte.

Das war auch ein Punkt, der dafür sprach, dass sie verrückt war. Dieser Mann in ihren Träumen … Natürlich existierte er nicht wirklich, aber wenn er sie im Traum küsste, fühlte es sich so schrecklich *echt* an. Real. So, als würde sie in seine Arme gehören, die sie fest umschlungen hielten. Als würde sie mit diesem Mann bis ans Ende der Welt gehen und darüber hinaus. Als würde ihre Liebe ewig währen.

Ariane schlug die Hände vor den Kopf und ächzte auf. Sogar ihre eigenen Gedanken waren ihr peinlich.

Es war bloß ein Traum. Sie liebte einen fiktiven Mann, den sie auch noch selbst erfunden hatte.

Du verhältst dich wie ein kleines Mädchen, das noch an den Prinzen aus dem Disneyfilm glaubt, schalt sie sich selbst.

Sie verstand nur nicht, warum es sich so real anfühlte. Wie *Schicksal*, an das sie nicht einmal glaubte.

Und das Geheimnis, das sie nie jemandem erzählen würde, war, dass dieser Mann aussah wie Raban.

Beziehungsweise war es eher so, dass Raban aussah wie dieser Mann, von dem sie träumte, seit sie sechzehn war.

Und genau deswegen schrieb sie die nächste Szene mit einer Mischung aus Eifersucht und seltsamer Genugtuung.

Nein, es war nicht Feuerauge, mit der er glücklich werden würde. Sie liebte ihn nicht. Im Gegenteil.

Drei

616 strich mit ihrer Hand über die glatte Betonwand und lächelte in die Dunkelheit.

023 wurde wacher im Kopf, sie konnte es spüren. Vielleicht zeigten sich endlich Ergebnisse. Es war auch wirklich an der Zeit.

Sie versuchte nun schon seit Monaten, die Erinnerungen aus seinem Kopf zu zerren, die wie hinter einer dicken Stahltür vergraben waren. Es war schwerer, als sie gedacht hatte, dennoch funktionierte es bei ihm viel besser, als es mit all den anderen zuvor funktioniert hatte.

Die Gedanken der anderen waren dumpf, schwerfällig, reduziert auf lebensnotwendige Instinkte und animalische Triebe. Natürlich gab es einige Ausnahmen, aber 023 hatte eindeutig das am besten funktionierende Hirn in der ganzen Anstalt, von ihr selbst und Dr. Mobius einmal abgesehen.

Und er hatte einen unbändigen Überlebens- und Freiheitsinstinkt.

Sie hoffte mit jeder Faser ihres Bewusstseins, dass sie sich nicht täuschte. Aber doch, es musste einfach so sein.

Seine Fähigkeit würde der Schlüssel dazu sein, von hier abzuhauen. 023 war zu verbissen und außergewöhnlich für eine durchschnittliche oder gar nutzlose Fähigkeit.

Bald, bald würde er sie entdecken. Und dann würde er ihr Ticket in die Freiheit sein.

Nein, sie täuschte sich nicht. Sie war kein Mensch, der sich irrte. 023 hatte Potenzial. Sie tat gut daran, weiterhin in ihn zu investieren.

Doch sie war auch kein geduldiger Mensch. Sie wollte und konnte nicht mehr lange warten, denn sie war nahe dran am Durchdrehen, hier drinnen. Schon jetzt bemerkte sie mit jedem Tag, wie ihre Gedanken verworrener und leerer wurden, und ertappte sich dabei, wie sie stundenlang dasaß, an die Wand starrte und nachher nicht mehr wusste, an was sie gedacht hatte.

∞

Donnerstag

»Hey, Elias«, sagte Ariane leise, als er ihr einen Kuss auf die Wange hauchte und sie anlächelte. Doch sein Gesichtsausdruck blieb grüblerisch. Ariane wusste sofort, um was es ging. Alles fühlte sich plötzlich schrecklich leer an.

Natürlich, sie hatte sowieso gewusst, dass es so kommen würde, und sie hatte sich selbst geschworen, nicht verletzt zu sein.

Und tatsächlich fühlte sie nur diese dumpfe Leere, als Elias die Brille auf seiner Nase hochschob – er tat das immer, wenn er nervös war – und tief durchatmete.

»Ariane, ich glaube, das mit uns wird nicht funktionieren«,

murmelte er. »Es tut mir leid. Ich wollte es dir lieber persönlich sagen …«

Sie nickte mechanisch und machte eine Handbewegung, um ihn zum Weitersprechen aufzufordern. Warum machte er es nicht einfach kurz und schmerzlos?

Er sah sie traurig an. »Ich mag dich wirklich, Ariane, aber ich habe oft das Gefühl, du wärst gar nicht wirklich hier, weißt du? Als würdest du in einer Traumwelt leben, zu der ich keinen Zutritt habe.«

»Ist in Ordnung«, sagte sie ruhig. »Ist es wirklich, Elias.«

Er sah sie mit einem Hundeblick an. »Ehrlich?«, fragte er. »Du bist nicht … Also, es ist wirklich okay für dich? Ich weiß, du machst gerade eine schwere Zeit durch … Ach verdammt, ich will dir doch nicht auch noch wehtun! Ich fühle mich wie ein richtiges Arschloch.« Er fuhr sich durch seine verwuschelten Locken und sah auf einmal geradezu bemitleidenswert aus, als wäre er derjenige, der verlassen wurde.

Ariane fühlte gar nichts. Vor einigen Tagen hatte sie noch ihre Hände in diesen Locken vergraben und sich so erfrischend *normal* gefühlt.

»Sag mir nur eines, Elias. Ist das wirklich der einzige Grund?« Wenn Therese ihm von der Geschichte mit dem Skalpell erzählt hatte, dann …

Sein Gesicht verzog sich. »Oh Gott, das habe ich befürchtet. Du denkst, ich wäre einer dieser Aufreißertypen, die Mädchen nur rumkriegen wollen, und dann sind sie weg, oder? Ich schwöre dir, so ist es nicht.«

Ariane musste plötzlich lachen. »Nein, nein. So bist du nicht, das weiß ich. Vergiss es. Es ist okay. Ich habe auch keine tiefer gehenden Gefühle für dich, glaube ich.«

Er sah sehr erleichtert aus. »Weißt du, ich habe irgendwie den Eindruck, dass du nicht frei für eine Beziehung bist. Als wärst du eigentlich in jemand anderen verliebt. Als würdest du nicht mich wollen. Ich … Es tut mir wirklich leid.«

Ariane atmete durch und legte ihm eine Hand auf die Schulter. »Da hast du vielleicht gar nicht so unrecht«, sagte sie müde.

Elias zögerte und räusperte sich, dann fasste er sich anscheinend ein Herz und sprach weiter. »Es ist so … Ich suche nach der wahren Liebe. Das tue ich wirklich. Nenn mich naiv oder zu verträumt, aber es ist eben so. Und ich denke, dein Herz ist nicht für mich bestimmt.«

»Vielleicht im nächsten Leben«, sagte Ariane und zuckte mit den Schultern.

»Wollen wir Freunde bleiben?«, fragte er und wieder huschte dieses Schuldbewusstsein über seine Züge.

Erst jetzt verspürte sie eine Art Wut. *Das willst du doch nicht wirklich, oder?*, sagte die hämische Stimme in ihrem Kopf. Trotzdem nickte sie. »Ja, klar, gerne. Man sieht sich sicher mal mit Therese in der Bar, oder?«

Er nickte, *erleichtert*, wie die Stimme zischelnd befand.

»Also dann, ich muss los, ja? Habe noch etwas zu erledigen.« *Ariane, du kleine Lügnerin.*

»Okay. Also, man sieht sich, mach's gut.«

»Mhm«, machte Ariane, in Gedanken schon weit, weit weg, bei ihrem Laptop und Raban, der auf sie wartete.

Aber dann holte sie sich noch einmal zurück.

»Ich hoffe, du findest deine wahre Liebe, Elias«, sagte sie leise.

Dann ging sie.

Vier

»Sehr verehrte Damen und Herren, sehr verehrte Sponsoren und Unterstützer. Willkommen zu unserer wöchentlichen Sitzung, in der ich Ihnen wie jede Woche die neuesten Fortschritte unseres Projekts präsentiere.« Dr. Mobius funkelte die Anzugträger und die zwei perfekt geschminkten Frauen in der Runde über den Rand seiner silbernen Brille an. »Wie die meisten von Ihnen ja bereits wissen, hat Obediphenitan – ein Medikament zur Behandlung von psychischen Krankheiten – bei unserer Testgruppe äußerst erstaunliche Nebenwirkungen gezeigt: Obediphenitan ist der Auslöser für Genmutationen, die übernatürliche Fähigkeiten hervorrufen. Heute kann ich Ihnen nun mit Stolz verkünden, dass es uns gelungen ist, die entscheidenden DNA-Sequenzen zu identifizieren und zu isolieren, die für die besonderen Fähigkeiten der Probanden verantwortlich sind. Nun müssen wir es nur noch schaffen, ein Medikament zu entwickeln, mit dem sich jede beliebige Person die Mutationen auf Wunsch einverleiben kann. Ich kann Ihnen versprechen, dass ein Produkt, das dies ermöglicht, uns alle unermesslich reich und geradezu allmächtig machen wird, wenn wir es nun noch bewerkstelligen können, die etwas interessanteren und komplizierteren Fähigkeiten zu finden und letztendlich zu übertragen.«

Rasnikova hob die Hand. Dr. Mobius verdrehte innerlich schon die Augen, und tatsächlich war seine Frage so unfassbar dumm wie die letzten paar Male, als er den Mund aufgemacht hatte.

»Aber funktioniert die Entwicklung der Fähigkeiten denn nicht bloß bei Menschen mit psychischen Problemen?«

Am liebsten hätte Dr. Mobius ihm weitaus größere Probleme als solche psychischer Natur bereitet, aber er schüttelte freundlich den Kopf und erklärte das Prozedere extra für Rasnikova nochmals. Er war zwar dumm, aber er hatte geradezu obszön viel Geld und tat für noch mehr Geld und Macht alles.

»Nein, Vladimir. Das ist viel zu vereinfacht ausgedrückt. Und tatsächlich sind wir über diesen Punkt längst weit hinaus. Es ist richtig, dass die Entwicklung der Fähigkeiten mithilfe von Obediphenitan nur dann möglich ist, wenn gewisse genetische Voraussetzungen gegeben sind, die auch mit psychischen Erkrankungen in Verbindung gebracht werden. Dies ist auch die Erklärung dafür, dass einige Probanden keine Fähigkeit entwickelten. Sie verfügten ganz einfach nicht über die benötigten genetischen Voraussetzungen für die Mutationen. Diese Probanden waren also völlig nutzlos für mich. Daher habe ich nur jene in meiner Testgruppe behalten, die die benötigten Voraussetzungen in ihrer DNA aufweisen. Weswegen einige Probanden allerdings noch immer keine Fähigkeit aufweisen, obwohl die Anlagen stimmen, weiß ich nicht. Vielleicht braucht es bei denen einfach nur länger. Ich werde es sicher noch herausfinden. Jedenfalls, um Ihre Frage zu beantworten: Ja, ganz am Anfang unserer Experimente standen tatsächlich verschiedene psychische Krankheiten.« Dr. Mobius holte tief Luft, bevor er mit seinen Erklärungen fortfuhr. »In der Tat verdanken wir die Entdeckung der Genmutationen, die das Obediphenitan hervorruft, einem Zufall. Ursprünglich wollte ich zusammen mit Dr. Kühleborn von Pharma Prosper lediglich ein neues Psychopharmakon entwickeln, das geradezu alle psychischen Krankheiten behandelt und somit die armen, erkrankten Bürger darin unterstützt, sobald wie möglich wieder in die Arbeitswelt zurückzukehren. Also habe ich uns eine möglichst breit gefächerte Probandengruppe organisiert, um Obediphenitan auszutesten. Nun, Sie können sich unsere Überraschung kaum vorstellen, als sich plötzlich Probanden in Luft auflösten oder mit einem Fingerschnippen unser Labor durch die Gegend fliegen ließen.« Dr. Mobius ließ den Blick mit einem zufriedenen Lächeln über die Zuhörermenge streifen. Mit einem wölfischen Grinsen fuhr er fort. »Tatsächlich habe ich im Rahmen eines kleinen Unfalls, bei dem ich etwas von dem Obediphenitan abbekommen habe, auch meine eigene Fähigkeit entdeckt. Wie Sie alle wissen, bin ich seitdem in der Lage, die Fähigkeiten anderer Menschen durch bloßes Berühren des jeweiligen Probanden in meine eigene DNA zu integrieren. Nun, lieber Vladimir, ich schweife ab.« Er drehte sich um und begann, auf einem Whiteboard zu kritzeln, als würde er den Sachverhalt einem Vorschulkind erklären.

»Jetzt müssen wir es nur noch schaffen, ein Medikament zu entwickeln, das es einem ermöglicht, sich alle Fähigkeiten je nach Belieben anzueignen. Und mit angemessenen Forschungsgeldern wird daraus die Pille, die Menschen fliegen lässt, die Pille, die Menschen unsterblich macht, die Pille, die Menschen Gedanken lesen lässt, und vieles mehr. Und für diese Pillen werden sehr viele Menschen bereit sein, sehr viel Geld zu zahlen.«

Rasnikova hatte anscheinend sowieso nur »Geld« gehört, zumindest leuchteten seine Augen freudig auf.

»Unsterblichkeit?«, fragte die Frau neben Rasnikova aufmerksam. »Sind Sie damit etwa schon weitergekommen?«

»Noch nicht, Elaine, leider. Wir können schwer überprüfen, wer diese Fähigkeit haben könnte, schließlich können wir unsere Probanden nicht einfach umbringen, oder? Wir müssen da auf einen Zufall hoffen.« Er lachte kühl. »Allerdings bin ich mir sicher, selbst wenn in meiner momentanen Probandengruppe niemand diese Fähigkeit hat, werden wir sie eines Tages finden. Mit ausreichend finanziellen Mitteln kann ich noch so viel mehr ermöglichen! Trotzdem, auch jetzt ist uns gigantischer Reichtum bereits sicher. Welcher Mensch würde nicht gerne unfassbar schön sein wie unsere liebe Nummer 458, die vor der Einnahme von Obediphenitan, wie ich Ihnen flüstern kann, wahrlich keine Aussichten hatte, Model zu werden. Welcher Mensch würde nicht gerne komplett ohne Schlaf auskommen wie Nummer 198? Ich kann Ihnen gerne eine Liste mit den bisher bekannten Fähigkeiten zusammenstellen. Sie können sich dann jetzt schon aussuchen, was Sie in wenigen Monaten zuerst ausprobieren wollen.«

Auch Elaines Augen begannen zu leuchten. Noch eine letzte Hand hob sich. Der ruhige Mann mit den strahlend grünen Augen vom anderen Ende des Tisches räusperte sich. Dr. Stephan Molkow, wenn Dr. Mobius sich recht entsann.

»Dr. Mobius, eine Frage noch. Wenn Sie selbst durch das Obediphenitan übernatürliche Fähigkeiten erhalten haben, müssen Sie doch auch psychische Vorerkrankungen gehabt haben, oder? Ich will Ihnen nicht zu nahe treten, ich bin nur neugierig.«

»Oh, gar kein Problem, lieber Kollege«, sagte Dr. Mobius leichthin und in scherzhaftem Ton. »Nein, keine psychischen Erkrankungen, aber eine Persönlichkeitsstörung. Wissen Sie, ich bin ein diagnostizierter Soziopath. Also nehmen Sie sich lieber vor mir in Acht.«

Zuerst waren die Zuhörer sich sichtlich unsicher, ob das ein Witz gewesen war und ob sie lachen sollten, doch dann breitete sich ein entkrampfendes Lachen durch die Reihen aus.

Nur Dr. Molkow verzog keine Miene. Aus seinen stechenden Augen sah er den ebenfalls lachenden Dr. Mobius ruhig und nachdenklich an.

∞

Arianes Finger flogen über die Tasten. Ihr Herz schlug wie wild und nur am Rande wurde ihr klar, dass es so hüpfte, weil sie gleich wieder eine Stelle mit Raban schreiben würde. Sie hielt kurz inne und stand auf, tigerte ruhelos durch ihr Zimmer und rief sich die nächste Szene ins Gedächtnis. Doch, als Nächstes würde sie die Szene von Rabans Ausbruchsversuch vorbereiten. Er würde einen Lüftungsschacht entdecken, während er zu einem Untersuchungsraum gebracht wurde, um ein MRT zu machen. Mit 331 und 616 würde er einen Ausbruchsplan vorbereiten. Doch Dr. Mobius würde durch sein Überwachungssystem davon Wind bekommen und das Trio ganz genau so weit kommen lassen, dass sie an der Luft der Freiheit zwar schnuppern durften, diese jedoch nicht erlangen würden. Und dann würden sie alle für lange Zeit in Einzelhaft kommen.

Manchmal tat es ihr fast leid, wie schlecht sie ihren Lieblingscharakter behandelte. Doch es musste sein, wenn sie die geplante Handlung vorantreiben wollte. Zuerst musste Raban durch die Hölle gehen, wie der Rest der Welt es tun würde, wenn Dr. Mobius' Plan aufgehen würde. Riesige Lager zum Züchten neuer Fähigkeiten würden errichtet werden, einige wenige Reiche würden mithilfe ihrer neu erworbenen Fähigkeiten ein globales, diktatorisches Regime aufbauen und über die *gewöhnliche* Menschheit mit eiserner Faust herrschen, die Welt in Angst und Schrecken versetzen.

Das war alles Stoff für die weiteren Bände.

Ariane ging ins Bad, wusch sich das Gesicht mit eiskaltem Wasser und starrte sich eine Weile im Spiegel an. Sie betrachtete die hektischen roten Flecken auf ihren ansonsten blassen Wangen und die eigentümlich funkelnden grünbraunen Augen.

Machst du dich gerade hübsch für ein Date mit einer imaginären Person?

»Geht dich gar nichts an«, entgegnete sie ihrer Gedankenstimme trotzig und streckte ihrem Spiegelbild die Zunge heraus. Dann ging sie zurück in ihr Zimmer und schrieb weiter, von Dr. Mobius und Raban und 331 und der noch ahnungslosen Menschheit außerhalb der Anstalt, bis sie um drei Uhr früh mit dem Kopf auf der Tastatur einschlief.

Am nächsten Morgen löschte Ariane ärgerlich 33 mit sinnlosen Buchstaben und Zahlen vollgeschriebene Seiten. Dann machte sie sich bereit für ihren Termin mit Dr. Jelinek. Therese saß schon am Küchentisch und frühstückte, sie aß in letzter Zeit immer furchtbar gesund: eine riesige Müslischüssel mit Obst. Ariane beschloss, sich nach der Therapie mit Martin ein Stück Pizza zu holen, und machte sich Kaffee. Sie hatte in der Früh niemals Hunger. Trotzdem setzte sie sich kurz zu Therese an den Tisch, sie wusste noch aus der Zeit in der Psychiatrie, dass es Therese half, wenn jemand während des Essens bei ihr war.

»Hey. Na, Uni heute?«, fragte sie etwas übermüdet.

»Mhm. Und du, wieder die ganze Nacht geschrieben?«

Ariane nickte.

»Sag, Ria, denkst du nicht, dass du nächstes Semester wieder zur Uni könntest? Es schien dir doch zuerst sogar Spaß zu machen. Und vielleicht würde es dir helfen, neben dem Schreiben noch etwas anderes zu haben.«

Ariane rührte Strudel in ihren Kaffee. Ihr erstes Semester im Doppelstudium Germanistik und Psychologie hatte in einem Desaster geendet, als sie mitten im Hörsaal eine ausgewachsene Panikattacke bekommen hatte. Sie wollte noch immer vor Scham im Boden versinken, wenn sie daran dachte. Ein harmloser Goth in einem Ledermantel hatte sie aus dem Augenwinkel so schrecklich an die Gestalt erinnert, die ihr seit ihrer Kindheit nur allzu gut bekannt war. Und dann war sie durchgedreht. Dr. Jelinek hatte sie daraufhin für das Semester beurlaubt.

»Normalerweise mache ich das nicht«, hatte er gesagt. »Ich finde es wichtig, dass meine Patienten ihr tägliches Leben aufrechterhalten. Aber ich bin auch überzeugt, dass ihr jungen Menschen viel zu sehr gehetzt werdet nach der Schule. Ein halbes Jahr Selbstfindungsphase vor der Uni sollte schon drin sein. Mach etwas draus, Ariane. Nicht jeder hat diese Chance. Schreib dein Buch. Du weißt, ich sehe großes Potenzial in dir, auch wenn du mir sicherlich gleich wieder vehement widersprechen wirst.«

Jetzt lebte sie von der kleinen Unterstützung, die das Sozialamt ihr bewilligt hatte, und ihr graute schon wieder vor dem Tag, an dem sie ins Leben hinaustreten musste. Sie hätte es zwar nie zugegeben, nicht einmal vor Dr. Jelinek, aber viel zu oft fühlte sie sich wie ein einziges, riesiges Versagen. Sie fühlte sich nutzlos und keineswegs so, als würde sie irgendwann *etwas zur Gesellschaft beitragen*, wie ihr Vater es so gerne ausdrücklich erwähnte. Sie hatte zwar noch drei Monate Schonfrist, aber es wurde immer schwieriger, die Gedanken zu ignorieren.

Trotzdem, du tust etwas, ermahnte sie sich selbst. *Es mag zwar sinnlos sein, aber das sind 99 Prozent der Managerposten auch …*

Bei diesem Gedanken musste sie lachen, obwohl er zugegebenermaßen etwas gemein war.

»Du bist ja gut gelaunt«, sagte Therese überrascht.

»Mhm. Ausnahmsweise. Gewöhn dich nicht daran!« Ariane grinste.

»Sorry. So war's nicht gemeint.«

»Ich weiß schon. Komisch, oder? Elias hat mich gestern abgeschossen, aber ich denke, ich komme ganz gut damit zurecht.«

»Er hat was?«, fragte Therese entrüstet. »Oh Mann, so ein Arschloch. Dem werd ich was erzählen!«

»Ach, ist schon gut. Er war sowieso nicht mein Typ. Zu hipstermäßig.«

»Trotzdem. Tut mir echt leid. Hey, magst du lauter pinke, viel zu süße Cocktails in dich reinschütten, bis du ihn vergessen hast? Heute Abend?«

»Mal sehen. Ich schreibe dir, ja? Muss jetzt los.« Sie hüpfte vom Sessel und wagte sich in die Außenwelt. Seltsam, komischerweise war sie wirklich nicht besonders traurig wegen Elias. Aber sie nahm sich trotzdem in Acht. Die negativen Gedanken hatten die unangenehme Angewohnheit, sie völlig unerwartet aus dem Hintergrund anzufallen.

»Also«, sagte Dr. Jelinek und schlug die Beine übereinander. »Da hat sich ja viel getan bei dir, nicht wahr?«

Ariane knabberte an ihrem Finger. Sie hatte lange überlegt, ob sie Dr. Jelinek die neu geschriebenen Szenen zeigen sollte. Doch dann hatte sie beschlossen, dass es nicht schaden konnte. Er war schließlich der Gehirnklempner und hatte eine Zusatzausbildung als Kunsttherapeut. Offensichtlich erschien es ihm sinnvoll, über ihre Texte zu sprechen.

»Bevor ich weiter darauf eingehe, welche Vermutungen ich

hege, würde ich gerne noch ein paar Dinge zur Handlung wissen, ja? Also, was ist das zum Beispiel für eine Geschichte mit Rabans Kindheit?«

Ariane setzte an. »Ich habe ja erzählt, dass er früh in eine Pflegefamilie kam. Na ja, es war eigentlich eher so etwas wie ein Kinderdorf, eine große Pflegefamilie eben. Raban war immer hochintelligent und sehr gut in der Schule, außerdem mochte ihn seine Pflegemutter besonders gerne und kümmerte sich verstärkt um ihn, weil er als Kind sehr klein und mager war. Sie machte sich oft Sorgen um ihn, weil er anders war. Außerdem war er sehr scheu und hatte auch einige seltsame Ticks, wahrscheinlich weil sein Vater ihn lange Zeit schlimm verprügelt hatte. Also entwickelten die anderen Kinder ziemlich schnell eine Art Hass gegen ihn. Besonders Nicolas, ein verrohter und zu groß gewachsener Junge, einige Jahre älter als Raban, hatte es auf ihn abgesehen. Er begann, ihn fertigzumachen. Zum Beispiel hat er, als sie noch kleiner waren, Rabans einziges Stofftier von zu Hause zerschnitten, seine einzige Erinnerung an seine Vergangenheit. Als Raban danach eine Abneigung gegen Scheren entwickelte, machte Nicolas sich einen Spaß daraus, ihn mit der Schere zu verfolgen und damit zu drohen, ihm irgendwelche Körperteile abzuschneiden. Mit jeder Strafe der Pflegemutter verstärkte sich Nicolas' Hass gegen Raban nur noch mehr.

Eines Tages eskalierte die Situation. Raban muss etwa fünfzehn oder sechzehn gewesen sein, Nicolas fast achtzehn. Er sollte bald ausziehen und auf eigenen Beinen stehen, und machte es sich zum Ziel, Raban noch einmal richtig fertigzumachen. Er und seine Freunde erwischten ihn, banden ihn fest und fanden es lustig, so zu tun, als würden sie ihm die Eier abschneiden. Aber Raban hatte sich schon längere Zeit zuvor heimlich mit einem Skalpell aus dem Biounterricht bewaffnet und trug es stets im Ärmel bei sich. Er durchtrennte die Fesseln hinter seinem Rücken und rammte Nicolas das Skalpell in den Bauch. Dann rannte er davon.«

»Ganz schön brutal«, sagte Dr. Jelinek und hob eine Augenbraue.

»Hm. Ja, vielleicht. Aber diese Sache ist für den Plot wichtig. Und Raban musste sich eben einmal richtig wehren, wissen Sie? Keine Sorge, Nicolas hat überlebt. Er war nicht einmal besonders schlimm verletzt. Raban wollte ihn nicht töten, er ist einfach durchgedreht. Nachher lebte er eine Weile auf der Straße, weil er natürlich Angst hatte, verhaftet zu werden. Er hatte dort eher zwielichtigen Umgang mit älteren Jugendlichen und finanzierte sich seinen Lebensunterhalt mit Stehlen. Natürlich legte er sich auch einen Decknamen zu, um nicht gefunden zu werden, er nannte sich Hagen, nach der Nibelungensaga, weil das immer sein Lieblingscharakter aus der Literatur war.« Ariane musste grinsen. »Ein älterer Freund, der ganz gut zeichnen konnte, hat ihm auch sein Tattoo gestochen, obwohl Raban damals natürlich noch nicht achtzehn war. Es ist ein Rabe, weil er seinen Namen und seine Identität als Geheimnis bewahren musste, und dennoch nie vergessen wollte. Er hatte zu der Zeit einen ziemlichen Hass auf die Gesellschaft, diese unendliche Ansammlung voller Nicolasse.«

Dr. Jelinek lachte auf. »Was für ein treffendes Bild. Und dann?«

»Nun ja, eines Tages wurde er natürlich doch erwischt. Er kam in den Jugendmaßregelvollzug. Dort und in einigen Kinder- und Jugendpsychiatrien pickte Dr. Mobius seine späteren

Probanden heraus, um sie in seine Anstalt verlegen zu lassen. Raban war einer von ihnen. Dr. Mobius konzentrierte sich auf Jugendliche, die niemand vermissen würde, damit er sie ungestraft als Versuchsobjekte missbrauchen konnte.«

Schwer atmend hielt Ariane inne und grübelte. Dr. Jelinek war schon seltsam. Er hatte oft sehr ähnliche Ansichten wie sie, was die Gesellschaft betraf, und dennoch lebte er mitten in ihr. Sie hatte das noch nie verstehen können.

Dr. Jelinek unterbrach ihre Gedanken. »Darf ich etwas dazu sagen?«, fragte er sanft.

Ariane senkte den Kopf und nickte. Sie wusste, was kommen würde.

»Das Skalpell, Ariane. Welche Bedeutung hat es für dich?«

»Sie kennen die Geschichte«, murmelte Ariane müde.

»Ich will aber deine Version hören. Wir haben bis jetzt erst zwei Mal darüber gesprochen und du warst beide Male sehr wütend. Bitte erzähl es mir noch mal.«

»Na schön. Ich war sechzehn. Natürlich war ich nie normal, nicht in der Art, wie meine Eltern es sich gewünscht hätten, aber ich war relativ gut in der Schule, kreativ, aufgeweckt, wenn auch etwas schüchtern. Ich ging auch zur Therapie, weil ich seltsame Ängste entwickelt hatte; vor dem Telefonieren, vor fremden Menschen, vor der Dunkelheit, vor lauten Geräuschen und Menschenansammlungen. Ich kann Ihnen exakt sagen, woher diese Ängste kamen. Seit ich etwa drei Jahre alt bin, werde ich verfolgt von etwas, was Sie ›Halluzinationen‹ nennen würden. Ich sehe eine Gestalt, die andere Menschen nicht sehen konnten. Es hat angefangen, als ich noch sehr klein war. Ich war auf dem Spielplatz und spielte, wie ein normales Kind das eben tut. Auf einmal erschien eine Gestalt aus dem Nichts. Zuerst waren da nur schwarze Schlieren, doch dann wurden sie zu einem Schemen und dann war da diese Gestalt. Ich konnte sie nicht genau erkennen oder vielleicht habe ich auch die Erinnerung verdrängt. Die Gestalt war hochgewachsen und trug einen dunklen Mantel und eine tief ins Gesicht gezogene Kapuze. Sie war menschenähnlich, aber natürlich erscheinen Menschen nicht mit einem Plopp aus dem Nichts, nicht wahr? Die Gestalt starrte mich an, doch dann löste sie sich plötzlich wieder in Luft auf. Ich versuchte, es meinen Eltern zu erklären, aber sie dachten natürlich an einen imaginären Freund. Je älter ich wurde, desto verärgerter reagierten sie auf das Thema. Die Gestalt erschien oft, wenn es mir schlecht ging oder wenn wichtige Dinge in meinem Leben passierten. Sie erschien einfach, starrte mich aus tief liegenden Augenhöhlen unter einer Kapuze an und kaum, dass ich sie genauer betrachten konnte, löste sie sich wieder in schwarzen Nebel auf. Ich begann, in ständiger Angst zu leben. Als es immer schlimmer wurde, brachten sie mich das erste Mal zu einem Psychologen. Da war ich neun. Ich hatte nie viele Freunde. Niemand wollte mit dem seltsamen Mädchen befreundet sein, das Dinge sieht, die nicht da sind.« Ariane holte tief Luft und lachte bitter.

Dr. Jelinek sah sie freundlich an und nickte aufmunternd.

Sie fühlte, wie sie sich in Rage redete, doch es machte nichts. Sie fuhr fort, wie im Rausch.

»Diese Gestalt war immer da, war die lauernde Angst im Hinterkopf, auch wenn ich sie manchmal monatelang nicht sah. Wissen Sie, ich denke, wenn nicht alle so ein großes Ding daraus gemacht hätten, hätte ich normal aufwachsen können. Ich war nie bösartig, nicht *gefährlich*, nur etwas ängstlich. Aber das war ich auch nur, weil mir eingeredet wurde, ich sei nicht normal, ich sei gestört und verrückt.

Und dann wurde ich sechzehn. Ich lag im Bett und schlief. Träumte von etwas Schönem. Es war wirklich ein schöner Traum. Ein romantischer Traum sogar, es ging um einen Mann, schreiben Sie sich das auf Ihr Klemmbrett, wenn Sie wollen, so was hören Psychologen doch gerne, oder? Jedenfalls wachte ich auf, weil ich plötzlich wusste, dass jemand in meinem Zimmer war. Und da stand die Gestalt und starrte mich an. Ich konnte sie nicht genau erkennen. In diesem Moment dachte ich, dass ich noch träume, fühlte keine Bedrohung. Ich richtete mich auf und wollte auf die Gestalt zugehen, mit ihr sprechen. Sie sah mich an, *musterte* mich, und so seltsam es auch klingt, sie *erschrak.* Innerhalb einer Sekunde löste sie sich wieder in dem schwarzen Nebel auf, den ich so gut kenne, doch diesmal ließ sie etwas zurück.

Ein leises Klirren erklang und auf dem Boden lag das Skalpell. Ich hob es verwundert auf und schnitt mich versehentlich daran, ziemlich tief, weil es sehr scharf war.

Erst in diesem Moment wurde ich richtig wach und begann zu schreien. Meine Mutter kam ins Zimmer und sah mich. Ich umklammerte das Skalpell und war völlig aufgelöst und blutüberströmt, ich weinte, schrie, versuchte, ihr von dieser Gestalt zu erzählen. Meine Mutter wandte den Blick ab, überprüfte, ob alle Fenster und Türen verschlossen waren. Dann rief sie die Männer mit den weißen Jacken und ich wurde eingewiesen.«

Ariane atmete tief durch und sah Dr. Jelinek in die Augen. Ihre Stimme klang nun bitterer als je zuvor, als sie die nächsten Worte sprach.

»Ich weiß, für Sie sind es Halluzinationen. Aber für mich ist es Realität. Seit fünfzehn Jahren.«

Sie konnte das leise Schlucken des Psychologen hören. Er machte sich keine Notizen, bemerkte sie befriedigt. Er sah sie bloß an, prüfend. »Ich glaube dir, Ariane«, sagte er leise.

Sie räusperte sich. »Was? Wie?«

»Ich glaube dir, dass es für dich real war. Wie ich dir schon oft versichert habe, halte ich dich nicht für *verrückt*, wie du es immer ausdrückst. Weißt du, was ich denke?«

Sie hörte ihn nur am Rande. Die Enttäuschung wog schwer in ihrer Brust. Er glaubte ihr nicht *wirklich*. Er hatte bloß knackigere Begriffe für »*Du bist verrückt*«.

»Schießen Sie los«, murmelte sie dennoch.

»Ariane, ich denke, diese Gestalt steht für dich für viele Dinge, die du weggeschlossen hast. Sie steht für Wut, für Verzweiflung, für Traurigkeit. Es ist – denke ich – kein Wunder, dass sie zum ersten Mal aufgetaucht ist, als du drei warst. Damals hat deine Mutter deinen kleinen Bruder durch die Fehlgeburt verloren, nicht wahr?«

Ariane nickte und wartete ab. Dr. Jelineks Ausführungen klangen immer sehr logisch. Auch wenn sie ihnen im Endeffekt nie zustimmen konnte, waren sie stets sehr interessant. Sie *wusste* einfach, dass das, was sie gesehen hatte, real gewesen war. Trotzdem, sie würde sich wie immer gerne eines Besseren belehren lassen. Immerhin würde das bedeuten, dass sie nicht verrückt war, nur ein wenig durcheinander.

»Das war damals sicher sehr schwierig für dich. Deine Eltern waren in einem emotionalen Ausnahmezustand. Du warst plötzlich nebensächlich. Das hat dich wütend gemacht, denke ich. Du warst alt genug, um zu verstehen, dass deine

Wut von deinen Eltern nicht gerne gesehen war; aber nicht alt genug, um ihren Schmerz zu verstehen. Sie wollten in dieser Situation kein wütendes Kind. Also warst du brav, obwohl du innerlich immer wütender und trauriger wurdest.«

Ariane krampfte ihre Finger um die Armlehne, bis sie weiß anliefen. »Kann schon sein«, sagte sie gepresst.

»In welchen Situationen ist die Gestalt noch erschienen?«, fragte Dr. Jelinek ruhig.

»Ganz unterschiedlich. Als mich die anderen Kinder in der Schule geärgert haben. Als ich einmal von zu Hause weggelaufen bin. Sogar als mein Großvater gestorben ist.«

»Du hast deinen Großvater sehr geliebt«, stellte Dr. Jelinek fest.

Ariane musste nach dem Taschentuchspender greifen, der ihr stets so pathetisch vorgekommen war. Zum ersten Mal fühlte sie eine Träne auf ihrer Wange, weinte sie um ihren Großvater. Sie hatte noch nie um ihn weinen können, nicht einmal bei seinem Begräbnis, als alle mit betroffenen Gesichtern dagestanden hatten.

»Ja. Er hat mich verstanden. Er war der Einzige, der mich verstanden hat. Und Martin natürlich. Aber Martin hat auch eine schwierige Geschichte. Trotzdem, das waren die schönen Momente meiner Kindheit. Ich, Martin und unser Großvater. Er hat uns so viel beigebracht.«

»Du fühlst dich von deinen Eltern ebenso verstoßen, wie Martin von seinen Eltern verstoßen wurde, weil er homosexuell ist, nicht wahr? Diese Sache verbindet euch beide, dich und Martin«, sinnierte Dr. Jelinek.

»Es waren schöne Zeiten mit Opa Alfred«, sagte Ariane trübsinnig. »Ich kann es einfach nicht verstehen, das mit Martin«, fügte sie dann hinzu. »Er ist der großartigste Mensch, den ich kenne. Es macht mich unfassbar wütend, dass seine Eltern so zu ihm sind. Sie haben sich so schrecklich verhalten, dass ich gar keine Worte dafür finden kann.«

Dr. Jelinek nickte und schien so in Gedanken zu sein, dass er ihre Ausführungen über Martin wohl gar nicht mitbekommen hatte. »Nun, weißt du, was ich denke, Ariane? Ich denke, diese Gestalt ist eine Art Manifestation deines Unterbewusstseins. Du hast schon sehr früh erkannt, dass Schmerz und Wut und Trauer von den meisten Menschen als unerwünschte Schwächen angesehen werden. Also hast du all diese Dinge weggesperrt, aus deinem Unterbewusstsein ausgeschlossen und in diese Gestalt hineinprojiziert. Irgendwann hat sich dann alles selbstständig gemacht. Und niemand hat deine Schreie nach Hilfe verstanden, nicht einmal deine Eltern. Sie dachten, das Problem wäre gelöst, wenn sie dich zum Psychologen schicken. Vielleicht hast du dich deshalb wie ein Problem betrachtet, das gelöst werden muss? Und das hat dich noch wütender gemacht. Um ehrlich zu sein, du weißt, ich habe deine Eltern kennengelernt. Ich muss zugeben, dass sie nicht ganz einfach sind.«

Ariane kreuzte die Finger unter dem Kinn und sah Dr. Jelinek aufmerksam an. Es hörte sich alles so logisch an. Das tat es immer. Trotzdem wusste sie, dass es nicht die ganze Wahrheit war. Sie hörte ihm dennoch weiter zu.

»Diese Gestalt beinhaltet sozusagen all das, was du von dir selbst abtrennen musstest, von deiner Seele, wenn du so willst. Aber, Ariane, die Sache ist die: Schmerz, Wut, Angst und Trauer sind trotzdem ein Teil von dir. All diese Gefühle sind in jedem Menschen. Manche kapseln diese Gefühle sehr erfolgreich ab, für lange Zeit sogar, aber das kann sehr schlimme

Folgen haben. Ich denke, du hast über das Schreiben sehr viele Dinge erkannt. Weißt du, was ich meine?« Er lächelte sie an.

»Dass in Menschen mit psychischen Problemen eine große Kraft schläft wie in meinem Buch?«, fragte sie leise.

»Ich bin schon lange Psychologe, Ariane. Zwanzig Jahre, um genau zu sein. Ich habe in dieser Zeit Menschen kennengelernt, die so viel mehr erkannt haben, als es die sogenannten ›normalen‹ Menschen je tun könnten. Unglaublich sensible, geniale, mitfühlende und wertvolle Menschen. Mir ist völlig klar, dass es in der heutigen Gesellschaft nicht einfach ist.« Er seufzte. »Jedenfalls, in dir sehe ich diese Kraft ebenso, Ariane. Du bist ein ganz besonderer Mensch, fähig zu großen Dingen. Lass deine ungeliebte Seite zu. Lass die Angst zu, den Schmerz, die Wut. Äußere sie ... Du hast mit deinem Buch schon einen großartigen Anfang gemacht.«

»Finden Sie?«, fragte Ariane.

»Ja. Wir haben sehr viele Fortschritte gemacht in letzter Zeit. Du kapselst deine Gefühle nicht mehr so ab wie früher. Und ich denke, das haben wir deinem Schreiben zu verdanken. Lass uns noch kurz über das Skalpell reden, in Ordnung? Kann es sein, dass du die dunkle Seite in dir, die den Tod als Erlösung gesucht hat, deine damaligen Selbstmordgedanken, in diese Gestalt projiziert hast? Dass du dich deswegen nicht daran erinnerst, es gekauft zu haben?«

Ariane hob den Blick und lächelte. »Das kann schon sein, Dr. Jelinek. Ich weiß nicht, wenn Sie das sagen, kommt es mir so logisch vor.«

Lügnerin.

Sie hatte das Skalpell nicht gekauft, und das wusste sie ganz genau.

Dr. Jelinek strahlte und klatschte in die Hände.

»Du schreibst weiter, ja? Ich freue mich schon darauf, nächste Woche weiterzulesen. Oh, wir haben nur noch zehn Minuten. Erzähl, wie geht es eigentlich diesem jungen Mann, den du kennengelernt hast? Elias, so heißt er doch?«

»Oh, es ist nichts daraus geworden. Ist aber nicht schlimm. Er war einfach nicht der Richtige, denke ich.«

»Tut mir leid. Bist du sicher, dass es nicht schlimm ist?«

»Ja«, sagte sie bestimmt.

Dann richtete sie sich auf und sammelte ihren Mut. »Dr. Jelinek«, sagte sie entschlossen. »Darf ich Sie etwas fragen?«

»Aber natürlich«, antwortete er, etwas aus dem Konzept gebracht.

»Wie geht es Ihnen eigentlich? Wie fühlen Sie sich in der heutigen Gesellschaft? Haben Sie auch eine abgetrennte Seite?«

Er räusperte sich. »Mich hat noch keiner meiner Patienten während der Sitzung gefragt, wie es mir geht«, sagte er etwas unsicher.

»Aber ich frage Sie: Wie geht es Ihnen?«

»Nun, gut eigentlich.« Er zögerte.

Ariane musterte ihn eindringlich.

Er atmete tief durch. »Nein, nein, das ist eine Lüge. Es geht mir nicht immer gut. Ich mag meinen Job, das tue ich wirklich. Dennoch – ich denke, dass der riesige Anstieg an psychischen Erkrankungen schon bei Kindern und Jugendlichen in den letzten Jahren und Jahrzehnten einen ganz einfachen, logischen Grund hat. Es kann nicht ewig so weitergehen, Ariane. Dir ist das klar, mir ist das klar und sehr vielen anderen Menschen ist das klar. Die Menschen leben nicht artgerecht, wenn man das so sagen darf. Die Welt ist hoffnungslos übertechnologisiert, zumindest bei uns in der ersten Welt. Man wird jeden Tag überflutet mit Bildern, Geräuschen, man arbeitet sich sein ganzes Leben krumm, um vielleicht eines Tages mal Kinder und ein Haus zu haben. Aber durch all das geht die natürliche Entdeckungsfreude der Menschen verloren, das Mitgefühl mit anderen, alles, was den Menschen eigentlich erst zum Menschen macht. Man hört jeden Tag, wie man zu sein hat, und kaum fällt man aus dem Rahmen, wird man geächtet und zum Beispiel zu mir geschickt. Dabei bräuchten so viele Menschen einfach nur einmal eine Pause.

Und dann sieht man im Fernsehen, wie schlecht es Menschen anderswo geht. Man fühlt sich schuldig, man will ihnen helfen, aber man weiß, dass man das als kleines Zahnrad nicht kann. Man fühlt sich schuldig, weil es einem selbst ja besser geht als diesen anderen Menschen. Und trotzdem geht es einem nicht gut. Man will ihnen helfen, aber es geht einfach nicht. Und doch wäre man glücklicher, wenn man weniger hätte. Heutzutage kann man nicht mehr einfach in den Wald gehen, sich eine Hütte bauen und dort einige Monate Ruhe finden. Wenn man das tun würde, hätte man gleich hundert Anzeigen am Hals und würde als seltsam betrachtet werden. Es gibt in unserer Welt nichts mehr zu entdecken, nichts zu erleben. Das ist tragisch, wirklich tragisch. Viele Menschen haben sich dem gefügt und sind zu Robotern geworden. Auch ich, weil man sich eben fügen muss, wenn man überleben will. Diese Tatsache tut mir leid für Menschen wie dich, Ariane. Es tut mir leid für Menschen, denen all das klar ist. Du bist feinfühlig und intelligent, du wärst zu Großem fähig, und doch wurdest du von Kind an ausgegrenzt. Menschen wie du haben es nicht verdient, als unnormal betrachtet zu werden. Du wirst dich eines Tages in die Gesellschaft integrieren müssen, aber ich denke, das ist dir klar. Vergiss nur nie, wer du wirklich bist!« Er seufzte tief und schwieg lange. Nach einer Weile setzte er erneut an. »Ich habe einen Sohn. Ich liebe ihn über alles. Er ist jetzt acht. Ich sehe ihn jedes zweite Wochenende für 24 Stunden. Nicht mehr und nicht weniger. Ich werde ihn nie richtig aufwachsen sehen, nicht so, wie es seine Mutter tut. Das ist hart. Ich würde ihm gerne so vieles beibringen, über die Welt und wie sie funktioniert, über Tiere und Pflanzen, über Philosophie und über Menschen.«

»Das tut mir leid«, sagte Ariane ehrlich. »Haben Sie die Wut zugelassen?«

»In gewissem Rahmen, ja. Ich male gerne, fasse meine Wut in Bilder. Das hilft. Genauso, wie dir das Schreiben hilft.«

»Ich bin mir nicht sicher, ob es hilft«, grübelte Ariane.

Dr. Jelinek lächelte. »Ich bin mir allerdings sehr sicher. Ich denke, dass du in deinem Buch sehr viel in Worte fassen kannst, was dir bis dahin nicht erlaubt war, in Worte zu fassen. Symbolisch zwar, aber in Worte gefasst.«

Ariane erstarrte. »Zum Beispiel?«, fragte sie.

»Zum Beispiel deine Gestalt. Kommt es dir nicht auch seltsam vor, dass deine Gestalt ziemlich an Raban erinnert? Oder eher Raban an deine Gestalt? Ich denke, du hast dieser Seite deiner Persönlichkeit, die du so lange weggeschlossen hast, sogar schon ein Gesicht und eine Persönlichkeit gegeben. Das macht sie weniger angsteinflößend, oder? Wenn sie menschliche Züge hat, menschliche Intentionen? Eine Vergangenheit, einen Grund, warum sie zu der angsteinflößenden Gestalt geworden ist?«

Ariane konnte spüren, wie ihr Gesicht bleich wurde. »Sie meinen, Raban ist die Gestalt?«

»Liege ich da etwa falsch?«

Ariane konnte sich keinen Zentimeter bewegen. Nein, natürlich lag Dr. Jelinek nicht falsch. Doch sie konnte nicht antworten.

*

Diesmal war Jonas mitgekommen. Ariane mampfte hungrig ihre Pizza und sah den beiden beim Turteln zu.

Sie waren so glücklich. Jetzt begann der Schmerz doch zu wühlen. Natürlich, es hätte nicht funktioniert, die Sache mit Elias. Das war Ariane klar. Es tat einfach weh, zu wissen, dass sie nicht das haben konnte, was Martin und Jonas hatten.

»Hey, Ariane«, sagte Jonas fröhlich. »Geh doch mal mit uns abends weg. Wir finden dir einen Neuen, ja? Einen, der dich verdient hat. Wir können für dich *Wingman* spielen. Hast du heute Abend Zeit?«

»Vielleicht nächstes Wochenende. Hab heute schon was vor.«

»Na gut. Aber nächstes Wochenende wirklich, ja? Versprichst du es? Das wird lustig.«

»Mhm. Ja, machen wir.«

»Wir werden ja wahrscheinlich sowieso bald nicht mehr so viel Zeit haben …«, begann Jonas, schlug sich dann aber sofort eine Hand vor den Mund.

Martin stieß ihm einen Zeigefinger in die Seite und blickte ihn mahnend an.

»Ups«, sagte Jonas leise.

»Was habe ich verpasst?«, fragte Ariane leichthin, doch als Martin nicht antwortete, zog sie eine Augenbraue hoch und wurde eindringlicher. »Martin. Warum willst du es mir nicht sagen?«

Sie erzählten sich doch normalerweise alles.

Martin räusperte sich. »Ich wusste nicht, wie du reagieren würdest. Es ist auch alles erst in Planung. Ariane, es ist so …« Er beugte sich nach vorne und lächelte sein Verschwörerlächeln, das Ariane so gut kannte.

»Du weißt ja, dass dieses neue Gesetz in Planung ist. Wir haben uns nur gedacht … Weißt du, wir würden gerne ein Kind adoptieren.«

»Oh«, sagte Ariane taub. »Martin, aber das ist doch einfach wunderbar. Wirklich. Ich freue mich so für euch.« Sie lächelte und es war nur zu einem winzigen Teil gespielt.

Natürlich freute sie sich wirklich. Sie liebte Martin von Herzen und wünschte ihm alles Glück dieser Welt. Aber da war der Teil in ihr, den sie laut Dr. Jelinek weggeschlossen hatte.

Fragst du dich gerade, wo dein Glück bleibt? Ach, Kleines, das hast du doch nicht verdient. Du doch nicht.

»Ihr wärt sicher die besten Väter der Welt. Jedes Kind wäre glücklich, euch zu haben.«

»Meinst du?«, fragte Martin erleichtert. »Es ist nur … Du weißt ja, wie manche Leute zu unserer Beziehung stehen.« Er zögerte und sprach nicht weiter, doch Ariane hörte trotzdem das unausgesprochene »wie meine Eltern«. Stattdessen sagte Martin leise: »Aber wie gesagt ist alles erst in der Planungsphase. Wer weiß, ob das Gesetz wirklich durchgeht.«

Ariane blinzelte ihm aufmunternd zu. »Ach, notfalls heirate ich Jonas und adoptiere mit ihm zusammen das Kind.« Sie lachte. »Na ja nein, vielleicht lieber nicht, aber ihr habt jedenfalls meine volle Unterstützung, sagt Bescheid, wenn ich euch irgendwie helfen kann.«

»Danke, Ariane«, sagte Jonas ehrlich und richtete seine stechend knallblauen Augen auf sie. »Das bedeutet auch mir sehr viel. Ich wünschte, deine Tante und dein Onkel wären so wie du.«

»Das bringt nichts, Jonas«, sagte Martin ernst. »Ich wünschte auch oft, Arianes Eltern wären anders. Besonders ihr Vater. Er ist unserem Großvater wie aus dem Gesicht geschnitten, hat aber nichts von seiner Herzenswärme. Übrigens, Ariane, hast du deine Eltern in letzter Zeit gesehen?«

»Seit Monaten nicht«, murmelte Ariane. »Und davor auch nur, weil ich fürs Sozialamt meine Geburtsurkunde gebraucht habe.«

Martin seufzte. »Du musst mit ihnen reden. So kann das nicht weitergehen. Wenn du willst, komme ich mit.«

Ihnen war beiden klar, dass das alles noch schlimmer machen würde, doch Ariane nickte trotzdem dankbar.

Am Abend saß sie mit Therese in einer Bar, in der die Musik laut und schlecht war, und weinte in einen ekelhaft süßen, pinken Cocktail.

»Warum kann ich nicht auch einmal glücklich sein?«, hickste Ariane und ekelte sich ein wenig vor sich selbst. Die drei Cocktails vermischten sich mit ihren Medikamenten und sie war objektiv betrachtet sternhagelvoll.

Therese nahm ihr sanft das halb volle Glas ab. »Ach, Ria, du bist doch noch so jung. Heul dir doch wegen diesem Idioten nicht die Augen aus, Schätzchen. Nächstes Wochenende machen wir dich ein bisschen zurecht und kommen wieder hierher. Dann lernst du jemanden kennen, versprochen.«

»Aber ich suche doch auch die wahre Liebe, Therese. Genauso wie Elias. Und Martin, aber der hat sie schon gefunden. Den Richtigen treffe ich doch nicht in einer Bar mit glitzernden Girlanden.« Sie wischte sich die Tränen ab. Himmel, was redete sie da eigentlich? Sie ließ ihre melodramatische Seite doch normalerweise nicht so in der Öffentlichkeit hinaus.

»Du darfst nur nicht immer so schüchtern sein, Liebes. Natürlich wirst du nächstes Wochenende vermutlich nicht deine wahre Liebe treffen. Und auch übernächstes nicht. Aber irgendwann. Bis dahin solltest du dich mal auf dich selbst konzentrieren.«

»Du hast ja recht«, murmelte Ariane und luchste Therese den Cocktail wieder ab. »Ich bin ein schlechter Mensch«, redete sie vor sich hin. »Sitze hier und heule dir die Ohren voll. Ich bin immer so melodramatisch. Das hasse ich. Ich will das gar nicht. Erzähl du mir doch auch mal, wie es dir geht. Ich kenne dich, glaube ich, gar nicht. Andererseits kenne ich auch sonst fast niemanden.«

Therese schwieg.

»Wie schaffst du das? Immer so normal zu sein?«

Anders als üblich schienen die Worte nicht einfach an Therese vorbeizuziehen.

Sie wickelte eine blonde Strähne um ihre glitzernd lackierten Nägel. »Ich weiß, dass du mich für eine hohle Tussi hältst«, begann sie und würgte Ariane ab, als sie protestieren wollte. »Sag nichts. Ich weiß es. Du siehst mich auf diese Art an. Ich weiß, du meinst es nicht böse, aber du tust es. Genauso wie alle anderen.«

»Ich halte dich nicht für eine hohle Tussi. Ich kenne dich bloß überhaupt nicht.«

»Das tut niemand«, entgegnete Therese kurz.

»Ich glaube, ich bin oft neidisch auf dich«, gab Ariane nach langem Schweigen zu. »Du bist toll, wirklich. Du bist umwerfend hübsch und obendrein intelligent. Und du schaffst es, dein Leben zu leben. Du kannst gut mit Menschen umgehen. Und ich? Ich kann gar nichts. Nicht einmal alleine rausgehen, ohne Angst zu haben. Nicht einmal irgendwo anrufen.«

Therese lachte bitter. »Ja, vielleicht. Aber ich? Ich bin oberflächlich. So bin ich aufgewachsen. Als Kind habe ich Ballett getanzt. Das Einzige, was zählte, war, dass ich hübsch, schlank und talentiert bin. Mein Onkel hat mich angefasst, weißt du? Er hat gesagt ›Ich kann nicht anders. Du bist zu hübsch.‹ Er hat mir eingeredet, es wäre meine Schuld. Glaubst du, es ist Zufall, dass ich eines Tages einfach nur noch kotzen wollte?«

Ariane schluckte. Sie hatten noch nie über Thereses Bulimie geredet; oder über Thereses dysfunktionale Familie, Therese hatte immer abgewinkt, und obwohl Ariane früher oft gehört hatte, wie sie auf der Toilette würgte, hatte sie es nachsichtig ignoriert. Und die andere Sache hätte Therese in nüchternem Zustand wahrscheinlich niemals erwähnt.

»Das tut mir leid«, begann Ariane, aber Therese winkte ab.

»Bin drüber hinweg.«

Ariane bezweifelte es, aber sie wusste aus Erfahrung, dass es nichts brachte, weiterzusprechen. Therese würde abblocken.

»Ich werde so weitermachen, Ariane. Mein ganzes Leben lang. Ich kann nicht anders. Aber du, du bist anders. Kannst du dir vorstellen, dass ich dich ebenfalls oft beneide?« Sie lachte freudlos. »Dich berührt das alles nicht, Ariane. Du bist etwas Besonderes. Ich fühle mich manchmal so leer wie ein Abziehbild, ein hübsches Gesicht auf einem Modemagazin. Du hast all das längst hinter dir. Oft kommst du mir vor, als wärst du unbesiegbar, weil es dich nicht kümmert, wie du aussiehst oder was Menschen von dir denken.«

Ariane rückte näher und legte zögernd eine Hand auf Thereses Rücken. Sie hatte Angst davor, andere Menschen zu berühren, aber jetzt gerade erschien es ihr richtig.

»Das stimmt doch nicht, Therese. Natürlich kümmert es mich. Aber ich bin eben nicht so hübsch wie du, das kann man nicht ändern. Und dass ich mich nicht dafür interessiere, was andere von mir denken, stimmt sowieso nicht. Ich habe bloß längst akzeptiert, dass die meisten schlecht von mir denken.«

»Du wirst sicherlich berühmt mit deinem Buch«, sagte Therese trübsinnig. »Du wirst mit deinem Verstand berühmt. Und ich bin bloß ein schönes Gesicht.«

»So ein Blödsinn. Sowohl dass ich berühmt werde als auch dass du nur ein hübsches Gesicht bist«, murmelte Ariane leise und streichelte zögerlich Thereses Rücken. »Du bist toll, ehrlich, Therese. Ich mag dich wirklich gerne.«

»Ach, Ariane«, sagte Therese leise. »Ich wünschte, wir könnten uns besser kennen. Aber gleichzeitig weiß ich, dass es nicht geht. Es ist für mich manchmal so, als wärst du aus einer ganz anderen Welt.«

»Komisch. Dasselbe könnte ich über dich sagen. Aus meiner Perspektive, meine ich. Aber Elias hat auch so etwas Ähnliches über mich gesagt«. Sie zögerte, dann sprach sie es aus. »Er meinte, es wäre so, als hätte ich mein Herz schon jemand anderem gegeben.«

»Und? Hast du?«

»Vielleicht.«

Therese setzte sich wieder auf und war plötzlich ganz wie immer. Ariane merkte, dass der Moment der Vertrautheit zwischen ihnen vorbei war.

»Erzähl. Erzähl, wie sieht er aus?«

»Hm. Also er hat dunkles Haar, etwa bis hier.« Sie legte die Handfläche an ihre Schultern. »Er ist ziemlich schlank, groß. Also zumindest größer als ich, aber andererseits ist das nicht schwer. Hat ein Tattoo. Wäre nicht dein Typ, er ist eher so ein bisschen düster.«

»Klingt ja spannend«, sagte Therese mit glänzenden Augen. »Und? Warum schnappst du ihn dir nicht?«

Ariane schwieg lange und versank wieder in ihren Cocktail. »Er ist wohl unerreichbar«, sagte sie dumpf.

Und dabei beließen sie es.

Ariane träumte von ihren Eltern.

Ihre Mutter warf sich auf dem Bett hin und her, Angst in den Augen und sie schrie vor Schmerzen.

»Bleib bei ihr«, beschwor ihr Vater sie. »Bleib hier. Ich hole den Arzt.«

Ariane nickte, obwohl Tränen über ihre Wangen liefen.

»Du bist doch mein großes Mädchen, nicht wahr? Du schaffst das. Pass auf sie auf!«

Dann war er weg. Draußen lag Schnee, so viel Schnee, und er hatte den Telefonmast unter sich begraben. Aus dem Hörer, der neben dem Bett lag, kam nur leises Surren.

»Mama?«, fragte Ariane vorsichtig.

Ihre Mutter stöhnte und plötzlich waren die weißen Laken voller Blut.

Panik kroch in Arianes Eingeweide. »Mama!«, sagte sie eindringlich. »Wach auf. Bitte! Du darfst jetzt nicht schlafen.«

Das Blut tröpfelte weiter, breitete sich unter ihrer Mutter aus. Ariane ergriff zitternd ihre Hand und merkte plötzlich, wie klein ihre eigenen Hände waren. Sie waren winzig. Sie war doch selbst noch ein Kind …

Die Türe krachte auf und ihr Vater stürzte herein, einen wilden Ausdruck in den Augen. Er legte Ariane ein kleines Baby in die Arme.

»Er ist dein Bruder. Du musst gut auf ihn achtgeben. Lass ihn ja nicht fallen!«

»Werde ich nicht«, sagte Ariane fest und umklammerte das Kind. Liebe breitete sich in ihrer Brust aus, Liebe für dieses kleine Wesen, das vertrauensvoll in ihren Kinderarmen lag.

»Doch, wirst du. Du wirst es falsch machen, wie du alles falsch machst.«

Ariane hielt das Kind fest umschlungen und lief nach draußen. Sie hielt es warm und fest in ihren Armen.

Doch da brach die Erde unter ihr auf und begann zu beben. Noch eine Weile konnte sie das Neugeborene halten, aber dann bebte die Erde stärker und stärker, als würde sie sie beide von ihrer Oberfläche werfen wollen.

Direkt vor Arianes Füßen tat sich ein bodenloser Abgrund auf, sie strauchelte, verstärkte ihren Griff, doch es war zu spät. Das Kind fiel aus ihren Armen, hinein in die bodenlose Schwärze.

Ariane wollte schreien, doch da war dumpfer Schmerz in ihrer Kehle. Ihr Vater baute sich vor ihr auf.

»Du hast alles kaputtgemacht. Wie konnte ich nur an dich

glauben? Ich wusste von Anfang an, du würdest es nicht schaffen.«

Da schrie sie.

Als sie aus dem Traum aufschreckte, klebten getrocknete Tränen an ihren Wangen.

Sie wusste, dass sie nicht mehr einschlafen würde. Also setzte sie sich an ihren Laptop und schrieb, das leise Summen hallte immer noch in ihrem Kopf.

Die getrockneten Tränen auf ihren Wangen juckten.

Fünf

Seit drei Tagen hatten sie ihm nichts zu essen gebracht. 023 konnte inzwischen seinen eigenen Magen nicht mehr spüren, es war, als wäre da anstelle seines Magens bloß ein schwarzer Knoten.

Doch eine gute Sache hatte die Einzelhaft: Immer, wenn er hier gewesen war, in dieser viel zu hellen Zelle, war es, als würden ihm seine Gedanken nicht mehr ständig entwischen. Er war so klar im Kopf wie seit Langem nicht mehr.

Die Luke ging auf und zwei Hände in Chirurgenhandschuhen schoben ein Tablett in die Zelle. Kein Essen. Natürlich nicht. Nur ein Plastikbecher mit Wasser.

023 wollte sich schon darauf stürzen, doch dann kroch plötzlich ein Verdacht in seinen Kopf. Was, wenn sie die Medikamente nicht nur ins Essen mischten?

Ihm war schwindelig und er fühlte sich krank vor Hunger, trotzdem arbeitete sein Gehirn auf Hochtouren. Doch, natürlich mischten sie die Medikamente auch ins Wasser. Dadurch, dass er vor lauter Hunger das Wasser wieder erbrach, sank die Konzentration des betäubenden Mittels in seinem Blut. Deswegen fühlte er sich so klar im Kopf!

Mit einem entschlossenen Handgriff packte er den Becher und goss das Wasser auf den Boden.

Seine Kehle war trocken. Er robbte zur Toilette, schob jeglichen Ekel beiseite, spülte einige Male, schöpfte und trank dann einige große Schlucke aus seinen Händen. Es tat gut.

Dann kroch er zur Mitte des Zimmers und rupfte sich einige Haare aus, begann sie auf den Boden zu legen.

Er entwarf einen Plan der Anstalt und prägte sich ihn so fest ein, wie es ging. Hoffentlich würde er ihn nicht vergessen, wenn er wieder aß. Er beschloss, nie mehr das Wasser zu trinken, das man ihm gab. Er würde weiterhin das Wasser aus der Dusche und der Toilette trinken, wenn er dadurch ein wenig mehr im Besitz seiner geistigen Kräfte sein konnte.

Als Nächstes versuchte er erneut, seine Fähigkeit zu finden. Er fixierte den leeren Becher, versuchte ihn fliegen zu lassen. Nichts passierte. Natürlich.

Ihm fiel mittlerweile beim besten Willen nichts mehr ein, was er noch ausprobieren konnte. Er hatte in den letzten Tagen alles ausgetestet, sogar sich Beine aus Eisen wachsen zu lassen oder Blumen aus der Toilette sprießen zu lassen, also drehte er sich auf den Bauch und legte die Arme neben seinen Kopf. Es war immer hell in der Einzelhaftzelle, deswegen fiel Schlafen schwer; aber auf diese Weise konnte er das grelle Licht zumindest ein wenig von seinem Gesicht abschirmen.

Er versuchte, sich an früher zu erinnern. Vielleicht gelang es ihm ja besser, wenn er nicht unter Drogen gesetzt wurde. Angestrengt dachte er seine Gedankenketten weiter, aber nichts passierte. Darüber schlief er irgendwann ein.

Etwas surrte und er versuchte, den Schmerz an seinem Schulterblatt zu ignorieren.

»Hey, Hagen«, sagte eine Stimme, an die er sich nicht erinnern konnte. »Warum ein Rabe?«

»Ich will nicht darüber reden. Mach einfach weiter.«

»Oh, es geht um ein Mädchen, ja?«

»Nein, Mo. Es geht nicht um ein Mädchen. Warum denkst du immer, dass es um ein Mädchen geht?«

»Ich weiß nicht. Ich mag Mädchen, du etwa nicht?«

»Doch, klar. Hab bloß die Richtige noch nicht getroffen, weißt du? Es war nie was Ernstes.«

»Warst du etwa noch nie verliebt?«

Er überlegte. »Doch, ich glaube schon. Aber da war ich noch ein Kind. Sie war einfach wunderbar. Warmherzig. Das konnte man in ihren Augen sehen. Aber sie hatte sehr kühle Hände. Interessant, oder? Ich erinnere mich vor allem an ihre kühlen Hände.«

Er schwieg kurz. »Und du?«

»Nein, Mann. Klar, Mädchen sind toll. Aber meine wahre Liebe ist die Kunst, weißt du doch.«

Das Bild wurde plötzlich klar. Er betrachtete eine fleckige Ziegelwand und eine dreckige Matratze, die am Boden lag.

»So, fertig«, sagte die Männerstimme. »Willst du mal sehen?«

Jemand hielt ihm einen Spiegel vors Gesicht.

Er sah kurz sein eigenes Spiegelbild, deutlich wie noch nie, die zusammengezogenen dunklen Brauen und die leicht gekrümmte Nase. Dann kam ein zweiter Spiegel hinzu und er sah den Raben. Er breitete seine Schwingen aus, stilisiert und doch unglaublich lebensecht.

»Und, wie findest du es, Hagen? Hagen, Mann, ich werde nie darüber hinwegkommen, was für einen blöden Namen du hast.« Die Stimme lachte, aber es klang freundschaftlich.

Er schwieg, bis er nach einer Weile endlich die richtigen Worte fand. »Es ist genau so, wie ich es wollte. Danke, Mann. Er wird mich immer erinnern.«

»An was denn erinnern?«

»Keine Ahnung. Habe ich wohl vergessen.«

Er schrak aus seinem Traum und fühlte Triumph.

Ein kleiner Fetzen Erinnerung!

Bestärkt setzte er sich auf und zeichnete seinen Plan aus Haaren weiter.

Hagen. Ob das sein Name war?

Irgendwie wusste er, dass es nicht so war. Der Name war ein Deckname gewesen, und er stammte aus einem Buch oder einer Geschichte … Einer *Sage*? Eine Sage, die er geliebt hatte und die er oft gelesen hatte. Er wusste zwar nicht, woher er es wusste, aber plötzlich war es ihm aus einer vagen, dumpfen Erinnerung heraus völlig klar. Allerdings musste er dem Mann namens Mo recht geben, es war wirklich ein bescheuerter Name.

Wie im Wahn riss er sich weitere Haare aus, zeichnete

den Lüftungsschacht ein, die von Wachen bewachten Ausgänge und starrte schließlich auf den fertigen Gebäudeplan.

Er würde es hier rausschaffen, koste es, was es wolle.

Mit besonderen Fähigkeiten oder ohne. Er würde es schaffen. Er *musste* es einfach schaffen!

∞

»Das wird ja richtig beklemmend, Ariane«, sagte Dr. Jelinek sinnierend. »Raban will unbedingt ausbrechen, nicht wahr? So wie du. Wird er es schaffen?«

»Ja. Bald. Ich bin schon auf Seite hundert. Es wird zwar noch einiges passieren, aber ja, er wird es schaffen.«

»Wie?«

Ariane lehnte sich zurück und betrachtete Dr. Jelinek. Er nestelte an seiner Brille und sah mächtig gespannt aus. Sie beschloss, es ihm zu erzählen.

»Er wird seine Fähigkeit finden.«

»Welche Fähigkeit?«

»Er ist ein Zeitreisender«, sagte Ariane schlicht.

»Wirklich? Puh, das gibt viel Stoff für weitere Bände!«

»Ja«, sagte Ariane und fühlte, wie ihre Wangen vor Aufregung zu glühen begannen. »Nun, es ist so: Er wird einen neuen Freund finden. Einen kleinen Jungen, gerade 13 oder 14. Nummer 429. Dieser Junge wird tatsächlich derjenige sein, der unsterblich ist. Er wird sein T-Shirt zerreißen, die Fetzen zu einem Strick flechten, sich in der Dusche erhängen und einfach nicht sterben. Dr. Mobius wird natürlich hellauf begeistert sein und ihn schlussendlich umbringen.«

»Moment, Moment«, sagte Dr. Jelinek und runzelte die Stirn.

»Ich dachte, er ist unsterblich? Wie kann Dr. Mobius ihn dann töten?«

»Oh, ja, genau. Das wird später noch erklärt: Dr. Mobius kann ja die besonderen Fähigkeiten einer Person selbst übernehmen, wenn er sie berührt und es sich wünscht. Dadurch stirbt aber die Person. Also ist er der Einzige, der Nummer 429 töten kann, und das tut er auch. Es ist so: Zuerst wurden die Insassen mit einzigartigen Fähigkeiten in Ruhe gelassen. Wenn Dr. Mobius sie nämlich getötet hätte, ihre Fähigkeiten übernommen hätte, hätte er keine Experimente mehr mit ihnen anstellen können. Und er will schließlich ganz genau wissen, wie die Fähigkeiten funktionieren, er will einfach alles darüber herausfinden. Also hat Dr. Mobius nur getötet, wenn es noch jemand anderen mit derselben Fähigkeit gab. So wie bei dem kleinen Feuermagier oder der unsichtbaren Zellengenossin von 616. Es gab beziehungsweise gibt noch andere mit ihren Fähigkeiten … Aber als Dr. Mobius Nummer 429s Unsterblichkeit entdeckt, wird er übermütig. Er will ja unbedingt selbst unsterblich sein und das ist ihm wichtiger als alles andere – sogar wichtiger als seine Forschungen! Und als Dr. Mobius den kleinen 429 tötet und seine Unsterblichkeit auf ihn übergeht, befindet sich Raban gerade zum Blutabnehmen im Zimmer. Raban wünscht sich nichts mehr auf der Welt, als das rückgängig zu machen. Plötzlich findet er sich am Abend des Vortags wieder. So hat Raban seine Fähigkeit des Zeitreisens entdeckt.«

»Und? Hat er es ungeschehen machen können?«, fragte Dr. Jelinek und ließ gespannt seinen Kugelschreiber klacken.

»Nein. Nach dem Essen hat er 616 die Neuigkeit berichtet. Und sie hat ihn verraten.«

»Warum das?«, fragte Dr. Jelinek und runzelte die Stirn. »Ich dachte, die beiden sind ein Liebespaar.«

Ariane lächelte. »Ich kann Ihnen doch nicht alles verraten. Es geht nächste Woche weiter, wie immer.«

»Hm, na schön«, murrte Dr. Jelinek enttäuscht. »Ehrlich, Ariane, ich finde, du solltest dein Buch zu Wettbewerben einschicken, sobald es fertig ist.«

»Meinen Sie?«, fragte sie und wurde rot. »In Ordnung, vielleicht mache ich das wirklich.«

Dr. Jelinek lächelte. »Oh, ich habe die Zeit völlig übersehen. Jetzt haben wir die ganze Stunde über dein Buch geredet«, sagte er schuldbewusst.

»Macht doch nichts. Nächste Woche dürfen Sie in meinem Gehirn herumstochern, so viel Sie wollen.«

»Gut, dann machen wir das so … Du gehst heute deine Eltern besuchen, nicht wahr? Bist du aufgeregt?«

»Aufgeregt? Nein. Ich will nur nicht.« Ariane zuckte mit den Schultern. »Ist es schlimm, dass ich meine Eltern nicht besonders leiden kann? Ich fühle mich oft schuldig deswegen.«

Dr. Jelinek schüttelte den Kopf. »Familie kann man sich eben nicht aussuchen.«

*

»Hey, Mama«, sagte sie betont fröhlich, als ihre Mutter ihr zwei Küsschen auf die Wange hauchte. Eines links und eines rechts. Als wären sie entfernte Bekannte.

Ariane schluckte den Knoten in ihrer Kehle hinab und sah

sich um. Alles war wie früher, bloß die Bäume waren ein wenig größer.

»Wo ist er?«, fragte sie leise und ihre Mutter nickte zur Terrasse.

Natürlich.

Der Knoten wuchs.

Sie stieg die Stufen hinauf, die ihr jedes Mal so seltsam klein erschienen. Als sie noch ein Kind gewesen war, waren sie sehr hoch gewesen, wie für Riesen gemacht, doch jetzt war sie erwachsen.

»Hallo, Vater«, sagte sie, den Kopf gesenkt. Er saß in seinem Schaukelstuhl, wie immer. Wie damals.

Damals war sie auf seinen Schoß geklettert und er hatte sie getröstet, wenn sie sich das Knie angeschlagen hatte.

Jetzt nickte er ihr nur mit dem Kopf zu. »Ariane«, stellte er fest. »Willst du einen Kaffee?«

»Nein, danke.«

»Gut. Setz dich doch.«

Sie kam der Aufforderung nach.

»Du warst lange nicht mehr hier.« Es klang vorwurfsvoll. In ihrem Inneren begann die Wut zu schwelen, die sie laut Dr. Jelinek weggeschlossen hatte. Diesmal würde sie die Wut nicht wegschließen, das hatte sie sich versprochen.

»Du hast recht. Ich war lange nicht mehr hier«, sagte sie ruhig.

»Deine Mutter würde sich freuen, wenn du öfter kommen würdest«, sagte er, sein Gesicht im Schatten.

Ihre Mutter war drinnen und machte Kaffee.

»Und du? Würdest du dich freuen, wenn ich öfter kommen würde?«

Ihr Vater machte eine unbestimmte Kopfbewegung. »Wie geht es mit deiner … Therapie?«, fragte er und spuckte das letzte Wort fast aus, gab ihm dadurch einen giftigen Ausdruck, als wäre eine Therapie etwas unglaublich Ekelhaftes und Verachtenswertes.

»Oh, sehr gut, Vater. Weißt du, ich bin schon fast wieder *normal im Kopf.*«

Er nickte befriedigt und Ariane hätte fast gelacht, die Situation war zu surreal. Er kannte sie nicht. Er erkannte nicht einmal den triefenden Sarkasmus, der von ihren Lippen geflossen war.

»Und, hast du schon eine Arbeit gefunden?«, fragte er mit gerunzelter Stirn.

»Ja, natürlich. Jemand hat mich eingestellt, obwohl ich erst achtzehn bin und keinerlei Arbeitserfahrung habe. Ich wurde dreihundert anderen Bewerbern vorgezogen und bekomme zwanzig Euro die Stunde, weißt du?«

»Wirklich?«

»Ja, wirklich«, sagte Ariane honigsüß und doch so bitter. »Es ist echt toll. Es macht mir großen Spaß, eine Stripperin zu sein.«

Erst jetzt begriff er. »Deinen Sarkasmus kannst du dir sparen, Mädchen«, fauchte er. »Fang endlich etwas Nützliches an mit deinem Leben. Deine Mutter macht sich fast kaputt vor lauter Sorgen.«

Seine Worte schnitten tief, vor allem weil Ariane wusste, dass er *recht hatte.*

Sie würde eines Tages etwas Nützliches aus ihrem Leben machen müssen. Bald. Schon jetzt war sie nicht mehr als eine Versagerin.

Aber sie fühlte sich ... zerbrochen. Sie war achtzehn und fühlte sich zerbrochen.

Welcher Ausweg blieb ihr?

Die Tatsache, dass die Selbstmordgedanken eigentlich nie weg gewesen waren, nicht wirklich, wurde ihr mit aller Brutalität bewusst, als sie dasaß, ihren Vater anstarrte und die Vögel zwitschern hörte.

Ob ihre Eltern sie vermissen würden? Vielleicht. Aber wahrscheinlich nicht. Sie waren noch immer jung genug, um ein Kind zu adoptieren. Sie würden einen Neuanfang bekommen.

Martin, ja, er würde sie vermissen. Aber es würde vorbeigehen. Er hatte ja Jonas.

Ariane atmete tief durch und schüttelte den Kopf.

Wieso dachte sie so etwas? Sie wollte doch leben. Das wollte sie wirklich.

Sie stand auf, ging in den Garten hinein, folgte den Wegen ihrer Kindheit.

Sie wollte leben. Sie wusste bloß nicht wie.

In ihrem früheren Geheimversteck legte sie sich auf den Boden und starrte den Baum an. Damals hatte sie ihren Namen eingeritzt, jetzt war die Rinde des Baumes über die unbeholfenen Buchstaben gewuchert.

Mit einem Ruck stand sie auf.

»Nein«, sagte sie fest. »Ich bin zu jung, um aufzugeben.«

Und dann lief sie, so schnell sie konnte.

Ariane betrachtete die Tabletten mit Misstrauen, wie sie es immer tat. Und dann schluckte sie sie doch, spülte sie über den Widerstand in ihrer Kehle.

Sie nahm ihr Handy, starrte die SMS von Martin an.

»Hey, Liebes. Diesen Samstag? Wir lassen es krachen wie in alten Zeiten. Sag mir, ob du kannst.«

Sie schüttelte den Kopf, legte das Handy beiseite. Sie würde ihm morgen antworten.

Jetzt hatte sie andere Dinge zu tun. Sie setzte ihre Kopfhörer auf, blendete die Welt aus, versetzte sich in Stimmung. Die langsamen Bassklänge brachten sie in die andere Welt, Aufregung ballte sich in ihrem Bauch zusammen.

Raban.

Nur er war jetzt wichtig.

Vor ihrem inneren Auge rappelte er sich auf, stark und zäh, er wischte das Haar beiseite und wartete, dass sich die Tür öffnete.

Sie kamen, um ihn zu holen, das wusste er. Sein Blick war konzentriert auf die schwere Stahltür gerichtet. Er hatte einen Plan.

Ariane bewunderte das Bild vor ihrem inneren Auge.

Raban war stark. Er würde es schaffen, auch wenn er es noch nicht wusste.

Was er wohl von ihr denken würde?

Ob er sie mögen würde?

Ariane schüttelte unwillig den Kopf. Nein, Raban würde sie nicht mögen. Sie war schwach.

Ach, sieh einer an, nicht einmal deine eigene Romanfigur mag dich. Nicht einmal deine eigene Fantasie. Wie könnte dich jemals jemand lieben?

»Halt doch die Klappe«, fauchte Ariane ins Nichts.

Dann begann sie zu schreiben.

Sechs

Dr. Mobius drehte sich in seinem Schreibtischsessel und lachte.

Es war zu amüsant, wirklich. Ausgerechnet der kleine 429. Er würde sein Schlüssel sein, der Anfang und das Ende.

Zuerst war noch Nummer 023s Blutabnahme angesetzt, auf 12 Uhr. Und dann würde er die Geheimnisse der Unsterblichkeit entschlüsseln.

Dr. Mobius' Finger streichelten sanft die kleine Petrischale, die vor ihm auf dem Schreibtisch lag.

»Jakov« stand auf dem Plastik geschrieben, mit dicken, schwarzen Strichen.

»Ich werde unsterblich sein, mein Sohn«, hauchte Dr. Mobius.

»Kannst du dir das vorstellen? Weißt du, ich habe mir etwas überlegt, Jakov. Sobald ich herausgefunden habe, wie ich deinen Tod rückgängig machen kann, werde ich dich auch eines Tages unsterblich machen. Dich, nur dich. Nur wir beide werden für immer die Welt regieren. Bald, sehr bald werde ich dich wieder bei mir haben, mein Sohn. Ich werde einen Zeitreisenden finden und in die Vergangenheit reisen, um deinen Tod zu verhindern. Oder ich finde jemanden, der Tote zum Leben erwecken kann. Ich verspreche es dir.«

Er ging in den Nebenraum und stellte die DNA wieder ins Kühlregal.

Aber vielleicht war es aussichtslos, unter den Insassen nach einem Zeitreisenden zu suchen. Immerhin hätte ein Zeitreisender längst alles ungeschehen gemacht. Ein Zeitreisender wäre sicherlich zurückgereist und hätte seine Eltern getötet, oder ihn selbst, als er ein Kind gewesen war, etwas in der Art.

Dr. Mobius befürchtete tatsächlich, dass es unter den momentanen Probanden keinen Zeitreisenden gab.

Aber vielleicht das nächste Mal. Das nächste Mal würde er alles anders machen. Er würde viel schneller alles daran setzen, ihr Vertrauen zu gewinnen. Vielleicht würde er sich als einer von ihnen maskieren.

Er würde es schaffen. Jakov war sein – sein eigen Fleisch und Blut, der erste und einzige Mensch, für den er jemals so etwas wie Zuneigung gefühlt hatte.

Er wollte ihn zurückhaben.

*

023 betrachtete träge sein Blut, wie es durch die Nadel aus der Vene lief. Dann fiel sein Blick auf das Skalpell auf dem Operationstisch.

Das Skalpell.

Das Skalpell war auf irgendeine Weise wichtig, doch

seine Gedanken wurden schwer. Sie nahmen immer zu viel Blut, nachher fühlte man sich den ganzen Tag zittrig und schwach.

Sein Blick huschte umher. Die Krankenschwester?

Wahrscheinlich würde er sie überwältigen können, aber nein, sie war eine gutherzige Frau. Sie hatte sanfte, unschuldige Augen, die verstohlen unter ihren roten Haaren hervorblinzelten.

Sie war bloß irgendjemand, und 023 konnte in ihrem Blick lesen, dass sie ebenso wenig hierhergehörte wie er. Wie sie wohl hierhergelangt war? Nicht, dass es wichtig gewesen wäre. Sie hatten alle keine Namen hier.

Nein, nein, nicht die Frau.

Etwas anderes. Jemand anderes. Dr. Mobius.

Ganz plötzlich war ihm klar, dass etwas Wichtiges passieren würde. Er wusste bloß noch nicht was.

Die schweren Stahltüren wurden aufgerissen und Dr. Mobius zerrte den kleinen 429 in den Raum. 023 richtete sich auf, bereit zu kämpfen, den Kleinen zu verteidigen. 429 war höchstens dreizehn. Er war ein netter Junge, er hatte es nicht verdient, hier zu sein. Er sollte bei seinen Eltern sein und Spaghetti mit Fleischbällchen essen oder etwas in der Art. Etwas Schönes.

Doch Dr. Mobius schnippte mit den Fingern und 023 wurde von einer unsichtbaren Druckwelle in das Krankenhausbett zurückgeworfen, wo er bewegungsunfähig liegen blieb.

»Ist 023 noch nicht fertig?«, fragte Dr. Mobius ungeduldig. Die rothaarige Krankenschwester schüttelte schüchtern den Kopf.

»Nun ja, was auch immer. Sie sind fertig hier. Gehen Sie hinaus!«

»Ähm …«

»Sie haben mich schon verstanden. Husch, husch!«

Sie schlich gebückt aus dem Raum und warf 023 noch einen ängstlichen, entschuldigenden Blick zu.

Dr. Mobius kam mit irrem Blick auf 023 zu.

»Na? 429 ist doch dein Freund, oder? Willst du ihm nicht helfen?«

023 versuchte angestrengt, sich zu bewegen, das verdammte Skalpell zu erwischen und es tief in Dr. Mobius' Kehle zu rammen. Aber er konnte sich nicht rühren.

»Eigentlich wollte ich ja warten, bis du hier fertig bist, doch dann wurde ich zu ungeduldig. Und außerdem – ich denke, dem kleinen 429 hier wird es helfen, wenn ein Freund dabei ist. Es wird leider etwas unangenehm für ihn werden.« Dr. Mobius lachte.

»Das Lustige ist, dass du dich nicht einmal an all das erinnern wirst, sobald ich deine Erinnerung daran wieder gelöscht habe, mein lieber 023. Also kann ich es dir sogar verraten. Unser 429 hier heißt eigentlich Alef. Und ich brauche noch ein bisschen Blut von ihm. Nur als kleinen Vorrat, zur Sicherheit.«

Ein äußerst ungutes Gefühl braute sich in 023s Brust zusammen. Was hatte Dr. Mobius bloß vor?

Dr. Mobius zog sich Latexhandschuhe an und rammte eine Nadel in Alefs Armbeuge, der völlig teilnahmslos wirkte. Fast im Plauderton fuhr er fort. »Alef ist das einzige Kind, das mir selbstständig zugelaufen ist. Plötzlich stand er da, so einsam und verstört, da musste ich ihn einfach mitnehmen. Hatte wohl seine Eltern verloren. Und nun ist er derjenige, der mich unsterblich machen wird.«

Dr. Mobius ließ Alefs Blut in ein Reagenzglas tröpfeln. 023 versuchte erneut mit aller Kraft, sich zu befreien, Dr. Mobius' Fesseln zu durchbrechen, doch es gelang ihm nicht.

Und auch Alef war gelähmt, 023 sah bloß seine dunklen Kinderaugen, die ihn um Hilfe anflehten. Doch er konnte ihm nicht helfen.

»Weißt du, 023? Ich frage mich oft, was deine Fähigkeit ist«, fuhr Dr. Mobius fort. »Sie hat offensichtlich nichts damit zu tun, deinem Freund zu helfen.« Er begann zu kichern.

»Ich habe schon oft überlegt, dir deinen Namen zu verraten. Das wäre doch lustig, nicht wahr?«

Die Wut, die in 023s Brust schwelte, war weiß. Er wollte nichts mehr, als diesen Mann tot zu sehen. Dr. Mobius legte seine Hand sanft auf Alefs Schulter. »Ich frage mich auch oft, ob ich vielleicht zu gierig geworden bin, 023. Vielleicht sollte ich das nicht tun. Vielleicht ist es zu voreilig. Aber ich muss einfach.«

Fassungslos beobachtete 023, wie Dr. Mobius sich die Handschuhe wieder auszog und seine Finger um Alefs Handgelenk schloss. Alef bäumte sich unter Dr. Mobius' Berührung auf, krampfte und dann brach sein Blick. Dr. Mobius lachte schrill.

023 war klar, dass Alef tot war. Dumpfe, faulige Leere breitete sich in seinem Herzen aus. Es war zu spät.

»Ich wünschte, ich könnte das ungeschehen machen«,

dachte er. »Ich wünschte, ich könnte an einem Ort sein, wo das nicht passiert. Wenn ich nur die Zeit zurückdrehen könnte … Nur ein bisschen …«

Plötzlich rauschte es in seinen Ohren. Ihm wurde schwarz vor Augen, und als er das nächste Mal denken konnte, lag er keuchend auf dem Boden seiner Zelle.

∞

Dr. Jelinek sah Ariane auf seine unverkennbare Art und Weise über den Brillenrand an.

»Willst du das Manuskript nicht an einen Verlag schicken?«, fragte er.

»Nein«, sagte sie leise und wand sich. »Ich glaube, es ist noch nicht gut genug.«

»Doch, das ist es. Es ist ein großartiger Plot!«

»Ich weiß nicht«, flüsterte sie.

»Erzähl mir etwas über Dr. Mobius. Wer ist Jakov?«, fragte Dr. Jelinek abrupt.

»Jakov war sein Sohn«, erzählte Ariane und spürte, wie sich ihre Wangen erhitzten. »Er war siebzehn und hat seinem Vater oft im Labor ausgeholfen. Ganz am Anfang der Experimente haben er und Dr. Mobius eine Dosis Obediphenitan abbekommen. Sie beide haben davon eine Fähigkeit davongetragen, die von Dr. Mobius kennen Sie ja schon …«

Dr. Jelinek sah sie gespannt an. »Und Jakov?«

»Nun, er konnte die Gedanken von Menschen manipulieren. Am Anfang stand er noch hinter seinem Vater. Dr. Mobius hatte ihm erzählt, dass er mit den Experimenten die Welt verbessern würde. Also tat Jakov, was Dr. Mobius wollte. Er manipulierte die Gedanken aller Insassen, löschte jegliche Erinnerung an ihr früheres Leben. Er veränderte ihre Gedanken an Ausbruchsversuche, er ließ die Insassen an das glauben, was in den Lautsprecherdurchsagen verkündet wurde.«

»Aber Raban versuchte trotzdem, auszubrechen«, sagte Dr. Jelinek langsam und klar.

»Ganz genau. Und Jakov wurde einiges bewusst. Er verstand, dass sein Vater das Falsche tat. Und dass man nie den Freiheitsdrang von Menschen unterschätzen darf, ja, dass man Menschen um kein Ziel der Welt ihrer Freiheit berauben darf. Und dann konfrontierte er seinen Vater. Er sagte ihm, dass er aussteigen würde.«

»Dr. Mobius hat das nicht gefallen, schätze ich?«, fragte Dr. Jelinek.

»Nein, ganz und gar nicht«, bestätigte Ariane. »Er wünschte sich nichts mehr, als Jakovs Fähigkeit selbst zu besitzen. Die Gedanken seines Sohnes manipulieren zu können. Und dann berührte er ihn während ihres Streits, fasste ihn am Oberarm ...«

»Und daran starb Jakov«, vervollständigte Dr. Jelinek langsam. »Puh, das ist ein ganz schön heftiger Plot.«

»Ja, ich weiß. Aber Raban ist nahe an der Lösung. Der erste Band ist fast fertig. Raban wird in die Vergangenheit zurückreisen ...«

Dr. Jelinek atmete tief aus und lehnte sich zurück, schielte auf die Uhr.

Ariane lächelte. Ihr war klar, was er dachte. Sie hatten vierzig Minuten ihrer Sitzung damit verbracht, über das Buch zu reden.

»Wie geht es dir, Ariane?«, fragte Dr. Jelinek prompt.

»Gut«, log sie. »Sehr gut sogar. Ich denke mittlerweile wirklich, dass ich mit der Schriftstellerei an etwas dran bin.«

Das stimmte zwar nicht, aber Dr. Jelinek strahlte. »Sehr gut«, sagte er enthusiastisch. »Dann lesen wir uns nächste Woche, ja?«

Sieben

023 kam in seiner Zelle zu sich, und plötzlich begannen die Gedanken, auf ihn hereinzuströmen. Eine brennende Euphorie beherrschte seinen Körper.

Er kannte diesen Abend. Gleich würde man 331 hereinbringen. Und wie zur Bestätigung drehte sich der Schlüssel im Schloss und der Wärter scheuchte 331 ins Zimmer.

023 schnappte sich 331s T-Shirt von gestern, das neben seiner Liege am Boden lag, und warf es in die Ecke der Zelle.

331 sah ihn an, als wären ihm Hörner gewachsen, doch 023 ignorierte es. »Ich wünschte, ich wäre hier, nur eine Minute früher«, sagte 023 in seinem Kopf und wieder ruckte die Realität ein Stück und er fand sich erneut auf dem Boden der Zelle. 331s T-Shirt lag nicht mehr in der Ecke, sondern wieder neben der Liege, wo es eine Minute zuvor gewesen war. Nein, nicht eine Minute zuvor, *jetzt.*

Das Grinsen breitete sich sehr, sehr langsam auf 023s Gesicht aus.

Er war ein Zeitreisender.

Das war seine Fähigkeit. Und nun hatte er Zeit bis morgen, um Alefs Leben zu retten. Er würde es schaffen, aber zuvor würde er 331 und 616 davon erzählen.

Doch er musste es vorsichtig tun. Seit seinem letzten Ausbruchsversuch wusste er, dass Dr. Mobius seine Wanzen überall hatte.

Erneut drehte sich der Schlüssel und der Wärter stieß 331 in die Zelle.

»Hey, Mann«, sagte 023 ruhig.

»Ich glaube, ich muss dir etwas zeigen.«

∞

Ariane wälzte sich im Bett hin und her. Sie konnte nicht einschlafen. Das dumpfe Pochen in ihrem Kopf zerrte an ihren Nerven; eine Nebenwirkung der Medikamente.

Sie drehte sich auf den Rücken und starrte in die Dunkelheit.

Nach langer Zeit bemerkte sie plötzlich etwas Nasses auf ihrer Wange. Ungläubig hob sie die Finger und betrachtete die glitzernden Tropfen in dem Streifen Mondlicht, der durch ihr Fenster drang. Sie weinte.

Plötzlich gab es kein Halten mehr. Die Tränen brachen nur so aus ihr heraus und schüttelten sie. Sie krümmte sich auf der schmalen Matratze und begrub den Kopf in ihrem Kissen, brüllte ihren Schmerz in die Daunenfedern. Nur ein leises, verzweifeltes Geräusch drang hervor.

Sie hatte seit langer Zeit nicht mehr geweint, bloß in ihren Träumen. Plötzlich, mit einem Schlag, wurde ihr ihre Einsamkeit bewusst.

Sie hätte genauso gut der einzige Mensch auf dieser Welt

sein können. Und das, beziehungsweise eher derjenige, nach dem sie sich sehnte, existierte nicht.

Wünschst du dir noch immer, deine Fantasie wäre echt? Wirklich, Ariane? Du bist ein erwachsener Mensch, Schätzchen, sagte die Stimme höhnisch.

»Halt deine Klappe«, sagte Ariane, noch immer schluchzend, in die Dunkelheit. »Ich bin am Ende, kannst du das nicht sehen? Ich bin am Ende. Kannst du mich nicht endlich in Ruhe lassen?«

Ihre Worte hallten lange nach.

Sie wünschte sich einfach nur irgendjemanden, der sie in die Arme nahm, nein, nicht *irgendjemanden*; sie wagte ihren heimlichen Wunsch nicht einmal zu denken, aus Angst, die Stimme würde zurückkehren.

Wenig später, in dem Moment zwischen Wachsein und Traum, als ihre Tränen versiegt waren, wartete Raban auf sie und zog sie schweigend an sich.

»Hältst du mich für schwach, Raban?«, fragte Ariane leise.

Er lächelte, schüttelte den Kopf und legte seinen Finger an ihre Lippen. »So etwas darfst du gar nicht denken, Ariane. Du musst auf dich selbst vertrauen. Ich weiß es bereits, aber du noch nicht. Vertrau mir. Du wirst Großes vollbringen, unendlich Großes.«

Sein Geruch umströmte sie, als er sie noch näher und näher zog. Er roch irgendwie nach … nach Luft und nach dem Fliegen und Freiheit.

»Woher weißt du das?«, flüsterte Ariane müde.

»Ich weiß es einfach.«

»Du hast viel schlimmere Dinge erlebt als ich, Raban. Verdammt noch mal, *ich* habe dir all das angetan. Und trotzdem bist du stark geblieben. Ich muss dir doch wie ein verwöhntes, kleines Mädchen vorkommen, das nicht zufrieden ist mit dem, was sie hat. Und obendrein grausam. Wie kannst du mich nicht für schwach halten? Wie könntest du mich jemals mögen?«

Er schwieg und zog auf seine unverwechselbare Art die Brauen zusammen. »Es ist nebensächlich, was du erlebt hast, Ariane. Woher der Schmerz ursprünglich kam, ist nicht mehr wichtig, wenn er sich bereits so tief in deine Seele gefressen hat.«

Er hauchte ihr einen sanften Kuss auf die Stirn, so leicht wie ein Flügelschlag und sah ihr tief in die Augen.

»Und außerdem darfst du nicht vergessen, dass du mir auch etwas geschenkt hast.«

»Was meinst du, Raban?«

»Du hast mir die zwei Dinge geschenkt, ohne die ich nicht leben kann. Die gleichzeitig die einzigen zwei Dinge sind, die ich zum Leben brauche.«

Ariane kuschelte sich tiefer in die Decke, und wenn sie nicht schon am Rande des Traumes gewandelt wäre, hätte sie sich über seine Worte gewundert. Sie kamen nicht aus ihrem eigenen Kopf, schwebten plötzlich in der Luft, als hätte er sie wirklich ausgesprochen.

»Was habe ich dir geschenkt?«

»Die Freiheit. So viel davon, dass ich sie niemals aufbrauchen kann, egal wie lange ich lebe. Und dich selbst.«

Sie schmiegte sich enger an ihn und legte ihren Kopf an seine Schulter. Es tat so gut, seine beruhigende, ernste Stimme zu hören.

»Und jetzt schlaf, Ariane. Lass die Gedanken ruhen. Ich bin immer bei dir, das weißt du doch, oder?«

»Ist nicht sonderlich schwer, wenn du nur in meinem Kopf existierst«, sagte sie sarkastisch.

Er lächelte. Seine ungewöhnlich spitzen Eckzähne gaben seinem Lächeln immer etwas Wissendes, und auch eine leicht hinterlistige Note, die sie schwach in den Knien werden ließ.

Er legte seine Hände an ihre Schläfen und zog sie näher, hüllte sie ein in seinen Geruch und seinen Mantel und dann küsste er sie.

»Weißt du«, sagte er danach in die Dunkelheit. »Ich habe in meinem Leben oft gestohlen. Aber es gibt nur eine Sache, bei der es sich gelohnt hat, sie zu stehlen.«

»Was war es, Raban?«

»Es war dein Herz. Ich weiß, ich habe es gestohlen. Und ich habe keinerlei Gewissensbisse.«

Endlich schlief sie ein.

Acht

023 überlegte fieberhaft. Er hatte keine Ahnung, ob Dr. Mobius auch in ihrer Zelle Wanzen platziert hatte, aber es war wahrscheinlich. Er wagte es nicht, 331 die Wahrheit einfach zu sagen. Dr. Mobius durfte auf keinen Fall zu früh von seiner Fähigkeit erfahren. Er musste ganz genau beobachten, was dieser Wahnsinnige als Nächstes plante.

Ob er es 331 einfach zeigen konnte?

»Was ist denn jetzt, Mann?«, fragte 331 neugierig.

»Warte. Einen Moment noch«, flüsterte 023. Er zog die Brauen zusammen und zuckte plötzlich mit den Schultern. Was hatte er schon zu verlieren? Ja, es war unvorsichtig, aber er hatte keine Wahl. 023 war chancenlos, Dr. Mobius alleine zu besiegen, egal ob er in der Zeit zurückreisen konnte oder nicht. Nicht mit all seinen Fähigkeiten – die 023 wahrscheinlich gar nicht alle kannte.

Natürlich, er hatte bereits darüber nachgedacht, so weit zurückzureisen, dass er Dr. Mobius einfach vorher töten konnte, vor *all dem*. Aber eine vehemente innere Stimme warnte ihn davor, irgendetwas sagte ihm, dass es keine gute Idee war, zu große Sachverhalte in der Zeit zu verändern. Wenn er Dr. Mobius vor *all dem hier* tötete, würde er wahrscheinlich nicht Zeitreisen können, denn die Fähigkeiten waren höchstwahrscheinlich das Ergebnis von Dr. Mobius' Experimenten.

»Das wäre dann ein Paradoxon«, kam es ihm plötzlich in den Sinn. 023 runzelte die Stirn. Es war einfach zu seltsam, auf einmal Dinge zu wissen, obwohl man sich nicht daran erinnern konnte, sie jemals gelernt zu haben.

023 und 331 erschraken, als sich die Luke öffnete und der Wärter ihre abendliche Essens- und Wasserration auf einem Tablett in die Zelle schob. In zehn Minuten würden sie das Licht abschalten. Schweigend aßen sie und tatsächlich ging bald das Licht aus.

023 wusste plötzlich mit völliger Gewissheit, dass es die einzige Möglichkeit war. Er tastete sich zu 331s Bett und setzte sich neben ihn. Es war ein großes Risiko, aber es ging eben nicht anders.

»Nimm meine Hand«, sagte 023 fest. Er konnte spüren, wie 331 zusammenzuckte.

»Alter? Was ist mit dir?«, fragte er entsetzt.

»Es ist nicht das, was du glaubst. Ich finde dich nicht ein Stück attraktiv, entschuldige«, sagte 023 ungeduldig. »Versprochen. Vertrau mir. Ich bitte dich, vertrau mir einfach. Es ist sehr wichtig.«

331 zögerte kurz, dann fasste er 023 zaghaft an der Hand.

»Und jetzt?«, fragte er misstrauisch.

»Du wirst schon sehen«, sagte 023 mit halbem Grinsen. Er konzentrierte sich auf den Ort und die Zeit – nur zehn

Minuten früher würden reichen. Und dann passierte es erneut.

Es war, als würde die Realität aus ihren Angeln gerissen, ein übelkeitserregendes Geräusch erklang, als hätte man Zeit und Raum in einer Art verbogen, die den Naturgesetzen keineswegs behagte, und als sich alles wieder ordnete, wusste 023 sofort, dass es funktioniert hatte.

331 saß neben ihm und starrte ihn an. Es war wieder hell.

»Was zur Hölle, Alter?«, fragte er tonlos.

Gut, zumindest hatte 331 keinen Schaden davongetragen. Heißer Triumph breitete sich in 023s Brust aus.

»Psst. Warte. Du bist ja ein schlauer Junge, oder? Warte zwei Minuten oder auch drei. Denk nach. Und denk um Himmels willen leise nach.«

Nach einer Weile öffnete sich die Luke und die abendliche Wasserration erschien erneut.

331s Augen weiteten sich. »Das ist doch ...«, begann er langsam.

»Pst«, machte 023. »Du weißt ja ...« Er ließ seinen Blick schweifen, legte einen Finger an die Lippen und fuhr sich dann in einer unmissverständlichen Geste über die Kehle. 331 verstand.

»Hast du es kapiert?«, fragte 023, so leise es ging.

331 nickte mit weit aufgerissenen Augen.

Er war nicht dumm, so wie alle immer behaupteten.

»Dir ist klar, was das bedeutet?«, fragte 023 weiter, und auf 331s Gesicht breitete sich zum ersten Mal, seit sie sich kannten, ein ehrliches Lächeln aus. 023 war sich nicht sicher, ob er schon jemals ein so ehrliches Lächeln gesehen hatte.

Das Licht wurde wieder abgeschaltet und 331 flüsterte nur ein einziges Wort, so leise es ging, in der Dunkelheit.

»Wann?«

Es war ein Wort voller Sehnsucht, voller Hoffnung, so wie 023 es noch nie von ihm gehört hatte.

»Bald«, flüsterte er zurück. »Sehr, sehr bald.«

023 konnte sich nicht erinnern, wann er sich zuletzt nach dem Aufwachen voller Tatendrang gefühlt hatte. Aber an diesem Morgen war es so.

Er fieberte auf den Moment hin, in dem endlich die Tür aufgehen würde und sie in den Speisesaal gebracht werden würden. Natürlich hätte er auch einfach ausprobieren können, ob seine Fähigkeit auch in die Zukunft funktionierte, aber er war vorsichtig. Er würde nichts Unüberlegtes tun. Zuerst würde er noch mit Feuerauge reden müssen.

Er würde vorerst nur beobachten. Warten. Nur, wenn er Dr. Mobius' Pläne in- und auswendig kannte, konnte er sie später infiltrieren.

Und trotzdem wollte er Alef retten.

Der Plan nahm in seinem Kopf immer mehr Gestalt an.

Endlich war es so weit.

Als er sich mit 616 in der Ecke traf, so wie jeden Tag, sprang sein Herz förmlich aus der Brust. Am liebsten hätte er die Neuigkeit laut herausgeschrien, doch das ging natürlich nicht.

»Was ist los?«, fragte sie sofort.

»Lies doch einfach meine Gedanken«, hauchte er in ihr Ohr. »Tu es.«

Sie schien überrascht. »Ähm, na gut, in Ordnung.«

Sie konzentrierte sich und er konnte fast spüren, wie sie in seine Gedanken eintauchte.

Einige Momente später keuchte sie laut auf. »Nein«, flüsterte sie leise. »Bist du verrückt geworden oder ist das wahr?«

»Es ist wahr, Feuerauge«, sagte er und bohrte seinen Blick in ihren, suchend, und eine seltsame Unruhe ergriff ihn, als er nicht die erwarteten Gefühle in ihnen las.

Sie klammerte sich an seinen Arm, schluchzte trocken auf, halb lachend und halb weinend und schüttelte ihn. »Bring mich hier weg«, flüsterte sie. Etwas, das fast an triumphierenden Wahnsinn grenzte, flackerte in ihrem Blick. »Bring mich weg von hier. Bitte!«

Er sah sich hastig um und drängte sich noch näher an die Wand.

»Bald, Feuerauge. Sehr bald. Ich muss noch beobachten. Ich muss wissen, was Dr. Mobius vorhat, sonst kann ich es nicht verhindern. Ich will uns alle retten. Aber wir werden hier rauskommen, so viel ist klar.«

Er runzelte erstaunt die Stirn, als plötzlich Wut in ihren Augen aufflammte.

»Das hast du auch schon das letzte Mal gesagt. Dass ich mich gedulden müsse. Dass es bald so weit sein würde. Und es ist schiefgegangen, 023. Es ist unendlich schiefgegangen. Wir waren wochenlang in Einzelhaft. Scheiß auf die anderen. Wir beide, ist das nicht alles, was zählt?«

023 kaute unentschlossen auf seiner Unterlippe. So

gerne er Feuerauge hatte, irgendetwas stimmte nicht. Er hatte eine völlig andere Reaktion erwartet.

»Hey, Feuerauge«, sagte er sanft und streichelte ungeschickt über ihren Arm. »Ich habe Freunde hier, das weißt du doch. Genauso wie du. Ich kann sogar 077 retten, du mochtest sie doch, oder? Ich bringe sie zurück, auch den kleinen Feuermagier, das verspreche ich. Und dich werde ich auch hier rausbringen. Ich muss nur noch eine Weile beobachten und planen. Ich weiß nicht, ob es auch in die Zukunft funktioniert.« Er sah sich hastig um und überlegte, ob auch hier Abhörgeräte waren. Allerdings hätte Dr. Mobius sie dann wohl schon längst erwischt.

Also flüsterte er weiter hastig in ihr Ohr.

»Vertrau mir nur noch ein einziges Mal, Feuerauge. Ich weiß, was ich tue.«

Er war kein Gedankenleser, aber er begriff, dass das, was er in ihren Augen sah, nichts Gutes bedeutete.

»In Ordnung«, sagte sie dennoch. »Ich vertraue dir.«

»Ich werde uns hier rausholen. Ich verspreche es.«

Sie nickte mechanisch und dann musste er gehen.

Wie jeden Tag.

Nur er und die Leere in seiner Brust.

∞

Ariane stockte. Es war seltsam, sie empfand fast eine hämische Genugtuung, dass 616 Raban verraten würde. Sie mochte 616 noch immer nicht.

616 war eine Opportunistin, hatte Raban nur ausgewählt,

weil er die meisten Ambitionen zeigte, auszubrechen, und die Medikamente ihn nicht in einem so großen Ausmaß wie die anderen zu einem willenlosen Zombie machten.

Und jetzt, wo ihr diese Chance schon so greifbar nahe vor Augen stand und Raban sie nicht nutzte, weil er kalkulierte und nicht überhastet handelte, wuchs ihre Wut bis ins Grenzenlose.

616 stand für alles, was Ariane an einer gewissen Art Menschen hasste. Sie nannte diese Art Menschen *Seelenvampire*. Menschen, die einen glauben machten, sie wären ebenso auf der Suche nach wahrhaftiger Zuneigung wie man selbst. Menschen, die zuerst Mitleid erweckten, dann Aufmerksamkeit forderten und schlussendlich alles an liebevollen Gefühlen, die man geben konnte, aus einem heraussaugten. Doch in Wirklichkeit interessierten sie sich nur für sich selbst. Ihr erster Freund war so ein Mensch gewesen.

Ariane schauderte. Er hatte nur leere Worte von sich gegeben. Manipulation, nichts weiter.

Und genau so ein Mensch war 616 in Arianes Vorstellung.

Sie war wütend, weil Raban ihr nicht gehörte. Weil er nicht tat, was sie von ihm verlangte. Sie sah ihre Investition als gescheitert an.

Und deswegen würde sie ihn verraten.

Neun

023 erwartete die Situation, wusste schon, was passieren würde. Doch diesmal würde es nicht passieren. Alef würde nicht sterben und Dr. Mobius würde nicht unsterblich werden, denn 023 würde es verhindern.

Erneut betrachtete er das Gesicht der rothaarigen Krankenschwester und das Skalpell. Jetzt war ihm klar, warum es ihm beim ersten Mal so wichtig erschienen war. Sein Plan stand fest. Er würde eine Waffe benötigen, und dass Dr. Mobius genau an diesem Tag so unvorsichtig gewesen war, das Skalpell liegen zu lassen, würde ihm zugutekommen. Sobald Dr. Mobius mit Alef hereinkam, würde er aufspringen und einen epileptischen Anfall simulieren, um für Ablenkung zu sorgen. Dann würde er so schnell wie möglich eine Sekunde zurückreisen, das Skalpell vom Tisch nehmen, versuchen, in Alefs Zelle zu reisen, am Vorabend, zu einer Zeit, in der das Licht abgedreht war. Er würde Alef schnappen und mit ihm zusammen in eine sichere Zeit reisen, ihn dort lassen und die Zeit dann weiterlaufen lassen. Dr. Mobius würde denken, dass Alef ausgebrochen war.

Der Plan war zwar nicht wasserdicht, aber es war der einzige, den er hatte. Nur so würde er so wenig wie möglich verändern, aber gleichzeitig Alefs Leben retten und Dr. Mobius' Unsterblichkeit verhindern. Und außerdem würde er ab diesem Zeitpunkt eine Waffe haben. Er würde nur den geeigneten Zeitpunkt finden müssen.

Feuerauge konnte er noch nicht wegbringen. Er wusste genau, dass er schon ein riesiges, unberechenbares Risiko einging, indem er Alef wegbringen würde. Aber es ging um Alefs Leben und um die endgültige Unbesiegbarkeit von Dr. Mobius. Es gab keine andere Möglichkeit.

Und so hatte er die Chance, Dr. Mobius' Pläne noch länger unauffällig zu verfolgen.

Diesmal zuckte er nicht zusammen, als sich die schweren Stahltüren öffneten.

Doch dann erstarrte er. Dr. Mobius war alleine. Alef fehlte.

Er sprang auf, die Raumzeit wurde nur um eine Sekunde gequetscht oder um zwei, dann stand er neben dem Operationstisch und hielt das Skalpell in der Hand. Alef fehlte noch immer.

Dr. Mobius grinste triumphierend und sah ihm direkt ins Gesicht.

»Husch, husch«, sagte er sanft in Richtung der Krankenschwester. Sie starrte Raban panisch an, ihn und das Skalpell in seiner Hand, und floh diesmal regelrecht.

Und dann waren da nur noch 023 und Dr. Mobius. Sie umkreisten sich, 023 hielt das Skalpell so fest, dass seine Fingerknöchel weiß hervortraten.

»023«, sagte Dr. Mobius sanft. »Lass uns reden. Du

weißt doch sowieso, dass du jederzeit gehen kannst, nicht wahr?« Er lachte leise.

Eine eiserne Faust umklammerte 023s Brust. Dr. Mobius wusste es.

»Sie haben völlig recht. Nichts hält mich mehr hier«, zischelte 023 nach einer Schrecksekunde.

»Nichts? Nicht einmal die Wahrheit?«

»Die Wahrheit?«, höhnte 023.

»Ja, die Wahrheit. Fragst du dich nicht, warum ich von deiner Fähigkeit weiß? Und warum Alef schon tot ist, und ich unsterblich, hier und jetzt, zu diesem Zeitpunkt, wo wir miteinander plaudern?«

Es war, als würde ihn die eiserne Faust nun in den Magen schlagen.

023 taxierte Dr. Mobius scharf. Sie verfolgten sich um den Operationstisch, kreisten sich gegenseitig ein.

Er darf dich nicht berühren, wisperte eine Stimme in seinem Kopf.

Kurz fragte er sich, warum Dr. Mobius ihn nicht mit seinen Kräften lähmte, bis es ihm klar wurde. Sie waren sich ebenbürtig. Er würde es sofort ungeschehen machen können und hätte obendrein noch den Vorteil, zu wissen, was Dr. Mobius tun würde. Außerdem *brauchte* er ihn.

»Schachmatt, Dr. Mobius«, fauchte 023.

»Nun, nicht exakt«, sagte Dr. Mobius lächelnd.

Oh, wie 023 sein Lächeln hasste. Es triefte vor Gift und Hohn.

»Es ist genauer gesagt eine Pattsituation, nicht wahr, mein Lieber? Du kannst mich nicht töten, egal wie sehr du mit deiner pathetischen Waffe fuchtelst. Ich bin einerseits unsterblich und andererseits stärker als du. Und viel zu schnell. Du kannst mich in diesem Moment nicht töten und auch nicht in einem Moment vor all dem. Denn wenn ich nicht mein Experiment begonnen hätte, wenn nicht alles so passiert wäre, wie es passiert ist, könntest du nicht Zeitreisen. Dann hätten wir ein schönes Paradoxon.« Er kicherte. »Ich bin mir sicher, du weißt, was das heißt. Warst ja immer ein schlauer Bursche.«

023 wich ihm weiterhin aus. »Nun gut, es bleibt trotzdem noch ein Zeitraum, in dem ich Sie töten kann«, knurrte er. »Die Zeit, in der ich meine Fähigkeit schon habe und in der Sie Alef noch nicht kaltblütig *ermordet* haben.«

»Oh, oh, da wäre ich mir nicht zu sicher.« Dr. Mobius wackelte tadelnd mit dem Zeigefinger. »Erstens, woher willst du wissen, dass du nichts kaputt machst? Du hast keine Ahnung, ob du nicht alles viel schlimmer machst. Ich an deiner Stelle würde es nicht darauf ankommen lassen, ein handfestes Paradoxon hervorzurufen. Außerdem, das Experiment hat sich ab der ersten Sekunde selbstständig gemacht. Es gibt sehr viele Menschen, die darüber Bescheid wissen. Zu viele. Sie würden es weiterführen, wenn ich tot wäre. Und ich kann dir flüstern, ich war noch gnädig zu euch. Es gibt Schlimmere als mich.«

023 schwieg.

»Na, siehst du«, sagte Dr. Mobius befriedigt. »Ich schätze, es bleibt uns nichts anderes übrig, als zusammenzuarbeiten. Ich verspreche dir, es wird dir an nichts mehr fehlen. Jeder Wunsch, den du je hattest, er wird dir erfüllt werden, solange du tust, was ich sage.«

023 zog es in Betracht. Etwa eine Zehntelsekunde lang.

Sein Gehirn ratterte.

Dann legte er das Skalpell vor sich auf den Tisch.

»Na schön«, sagte er friedfertig. »Nein, Sie bleiben genau da, wo Sie sind«, fügte er grimmig hinzu, als Dr. Mobius sich ihm näherte. »Glauben Sie mir, im Zweifelsfall ist es mir wert, das Raum-Zeit-Kontinuum zu zerstören und zu sterben, solange Sie auch sterben.«

Dr. Mobius zuckte mit den Schultern und schnippte demonstrativ gelangweilt ein Staubkorn von seinem Kittel. »Wie du meinst.«

»Reden Sie«, sagte 023 schließlich.

»Was willst du wissen?«, fragte Dr. Mobius.

»Woher wissen Sie es?«, fragte 023 zurück.

Dr. Mobius' Grinsen wurde haifischbreit. »Deine kleine Freundin, mein Lieber. 616. Sie hat dich verraten.«

Leere breitete sich in 023 aus. »Das ist nicht wahr«, sagte er dumpf.

»Ist es leider doch. Du weißt doch selbst, dass sie dich nie geliebt hat, oder? Tief in dir weißt du es. Zu schade, nicht wahr? Komm schon, tu es. Reise zurück. Sieh nach, ob ich die Wahrheit sage.«

Das nun schon vertraute Geräusch erklang, als er fortgerissen wurde.

»Dr. Mobius«, tönte Feuerauges Stimme hinter der Tür, weinerlich, wie er es ihr nie zugetraut hätte. »Es tut mir wirklich leid, Sie zu stören. Aber ich habe eine wichtige Information für Sie.«

»Und welche wäre das, Schätzchen?«

»023. Ich denke, er hat eine Fähigkeit, die Sie interessiert. Sie wissen ja, ich kann Gedanken lesen. Er ist es, er ist derjenige, den Sie suchen. Er ist ein Zeitreisender.«

Die Wut glühte nun so weiß, dass 023 sie heiß pochend hinter seinen Augäpfeln spüren konnte.

Seine Wut brachte ihn zurück, zerquetschte die Zeit und den Raum erneut, bis er sich in genau der Situation fand, die er verlassen hatte. Es funktionierte also auch vorwärts. Dr. Mobius grinste ihn erneut über den Operationstisch hinweg an.

»Verrat«, sagte er honigsüß. »Ich weiß, wie weh das tut. Wenn man von demjenigen, dem man sich so nahe glaubte, verraten wird.«

»Sie wissen gar nichts«, keuchte 023.

»Oh doch, ich weiß vieles. Deinen Namen zum Beispiel, 023. Ich weiß, wie sehr du darauf brennst, ihn zu erfahren. Wir sollten wirklich zusammenarbeiten. Ich würde dir raten, mein Angebot anzunehmen. Ich garantiere dir Reichtum und Macht für dein weiteres Leben sowie die Sicherheit und Freiheit deiner Freunde. Was kannst du dir sonst noch wünschen? Töten kannst du mich nicht. Nun doch, das kannst du wohl schon, aber es wird auch deinen Tod bedeuten, vielleicht sogar das Ende der Welt. Und wenn nicht, werden andere kommen, schlimmer als ich, geldgieriger und ruchloser. Glaub mir, Junge, ich bin noch harmlos gegen das, was meine Geschäftspartner alles tun könnten.«

»Ich kann sie alle umbringen«, sagte 023 kalt. »Jeden Einzelnen.«

Dr. Mobius lachte. »Oh nein, ich fürchte, das kannst du nicht. Ich hatte von Anfang an einige Verbündete.«

»Wen?«, fauchte 023.

»Oh, das muss ich dir nicht sagen. Du solltest nur wissen, dass es so ist. Ich bin unbesiegbar, weißt du das etwa noch nicht? Ich dachte, du wärst intelligent.« Dr. Mobius verlor sich in einem Heiterkeitsanfall. »Wie gesagt, es wäre klug von dir, mit mir zu kooperieren.«

023 atmete tief durch, sammelte sich und dachte nach. Ob Dr. Mobius bluffte? Er konnte sich nicht sicher sein. Er würde nachdenken müssen, lange und gründlich. Einen Plan entwerfen. Aber das konnte er nicht hier und jetzt tun. Er musste zurückgehen, weit zurück.

»Gut«, sagte er dann. »Ich werde es tun. Sie haben recht. Erfüllen Sie mir nur einen Wunsch.«

»Was auch immer du willst«, sagte Dr. Mobius mit glühenden Augen.

»Meinen Namen.«

»Na schön«, erwiderte der Mann im weißen Kittel schmunzelnd und 023 hasste ihn noch ein wenig mehr, falls das überhaupt möglich war.

»Raban«, sagte er schließlich.

»Wie?«, fragte 023 tonlos.

»Raban. Dein Name. Raban Kraill. Du wolltest ihn wissen.«

Raban griff nach dem Skalpell, das vor ihm auf dem Tisch lag.

Es war, als würde der Rabe auf seinem Schulterblatt flattern, endlich wieder in die Freiheit entlassen.

Dann machte sein Wunsch sich selbstständig.

»Ich will in eine Zeit, bevor all das angefangen hat … Lange davor.«

Diesmal klang das Geräusch, das ihn wegbrachte, eher nach einem Flügelschlag.

∞

Ariane saß wieder auf der altvertrauten Couch in Dr. Jelineks Praxis. Als er fertig gelesen hatte, hob sie vorsichtig den Blick.

Er starrte ins Nichts.

»Dr. Jelinek?«, fragte sie vorsichtig.

Er sammelte sich, sah sie an. »Es ist großartig, Ariane. Ein würdiges Ende für den ersten Band.« Er seufzte. »Ich habe viel über unser Gespräch letztens nachgedacht. Ich fürchte, ich bin unprofessionell geworden. Es tut mir leid. Wie geht es dir, Ariane?«

Sie dachte lange über die Frage nach. Dann sah sie ihren Psychologen offen an. »Ich fürchte, es geht mir nicht besonders gut«, gab sie leise zu.

Er nickte traurig. »Ich finde es wunderbar, was du machst. Wirklich. Aber ich glaube, du flüchtest dich inzwischen zu sehr in eine Fantasiewelt. Und das ist teilweise meine Schuld. Fantasie kann therapeutisch wertvoll sein, ja. Aber ich habe das Gefühl, du entgleitest mir mehr und mehr. Dabei wäre es doch meine Aufgabe, dich für das Leben in der echten Welt vorzubereiten, zu trainieren. Ich habe mich zu sehr von meinen Emotionen leiten lassen in letzter Zeit.«

»Ja«, sagte Ariane leise, aber bestimmt. »Trainieren. Genau das wäre es. Wie man ein Tier trainiert. Es wäre nicht echt. Ich wäre nie echt. Ich gehöre nicht in diese Welt.«

Dr. Jelinek sah sie scharf an. »Normalerweise müsste ich sagen, dass das Blödsinn ist. Aber etwas hält mich davon ab. Ich weiß nicht, was es ist«, sagte er leise und ernsthaft verwirrt. »Du bist … Du weißt doch selbst, dass du nicht verrückt bist. Wenn du deine Medikamente nimmst, kannst du ein völlig normales Leben führen. Vielleicht bist du ein wenig depressiv, aber wer ist das nicht? Ich würde nicht einmal deine Halluzinationen als gefährlich einschätzen. Du warst damals noch fast ein Kind und hattest seit Jahren keine Episode mehr, nicht wahr?«

Ariane nickte. Es war zwar eine Lüge, aber sie wollte Dr. Jelinek nicht unnötig beunruhigen.

»Aber was ist es dann? Wer bist du wirklich? Sag es mir.«

»Ich weiß es nicht, Dr. Jelinek. Ich bin nicht einmal wirklich traurig, bloß unendlich einsam. Es ist so, als hätte man mich auf einem Planeten abgeworfen, auf den ich nicht gehöre. Als wäre ich die Einzige, die sieht, was schiefläuft auf dieser Welt. Und als hätte man mir eine Hälfte von mir genommen. Wie in dieser alten Sage mit den Wesen, die am Anbeginn der Zeit auseinandergeschnitten wurden und seitdem stets nach ihrem Gegenstück suchen, um wieder fliegen zu können.«

»Nun gut. Dann werden wir damit arbeiten. Erzähl mir einfach etwas, Ariane. Erzähl mir, wie es dir wirklich geht.«

»Ich weiß nicht. Ich fühle mich … einsam. Ich bin traurig, weil ich als Versagerin betrachtet werde. Eigentlich denke ich inzwischen wirklich, dass mit mir alles stimmt, dass einfach nur die ganze Welt verrückt geworden ist. Aber hauptsächlich bin ich einsam. Und ich kann nicht fliegen. Nicht frei sein. Weil mir etwas fehlt, das ich so schmerzlich vermisse, dass es ein riesiges, blutendes Loch in meiner Seele hinterlassen hat.«

Dr. Jelinek sah sie nur ratlos an. Ariane musste plötzlich lachen. Er sah irgendwie süß aus, wie er dasaß und nicht mehr wusste, was er tun sollte.

»Oder vielleicht bin ich doch verrückt? Keine Ahnung, Dr. Jelinek.«

»Nein, das bist du nicht. So viel weiß ich noch von meinem Fach. Es ist nur ... Alles was du sagst, alles was du schreibst ... Es bringt mich zum Nachdenken. Es bohrt sich wie Stacheln in meine Seele und stellt meine Welt auf den Kopf. Es verfolgt mich. Ich habe seit Jahrzehnten nicht mehr so viel nachgedacht, wie ich es seit unserem Gespräch letztens getan habe. Und auch dein Buch lässt mich nicht mehr los. Vielleicht hast du recht. Vielleicht suche auch ich nach etwas, das mir genommen wurde, vielleicht habe ich verlernt, was es heißt, frei sein zu wollen. Vielleicht ist wirklich die Welt verrückt geworden.«

»Habe ich Sie in eine Glaubenskrise gebracht?«, fragte Ariane leicht spöttelnd.

Dr. Jelinek schwieg lange. »Ich glaube, du solltest dir einen neuen Therapeuten suchen«, sagte er dann dumpf.

Ariane richtete sich auf. »Was?«, fragte sie leise, und Schmerz erfüllte ihre Brust. »Aber ich *mag* Sie!«

»Ja, ich mag dich auch«, sagte Dr. Jelinek leise. »Aber ich denke, genau das ist das Problem. Ich freue mich auf unsere Sitzungen. Es ist, als würde ich mit einem Freund reden, oder sogar als wärst du der einzige Mensch auf der Welt, mit dem ich wirklich reden könnte, dem ich wirklich vertrauen könnte, weil du Gefühle und Fragen in mir wachrufst, die ich schon seit Jahrzehnten begraben geglaubt habe. Das ist nicht gut«, sagte er verunsichert.

»Sie haben sich doch nicht etwa in mich verliebt?«, fragte Ariane verdutzt und betrachtete ihren Therapeuten ausgiebig. Sie mochte ihn sehr und fand ihn nicht einmal unattraktiv, aber er war mehr wie eine Art Vater für sie.

»Nein, nein, das ist es nicht, du bist ja auch viel zu jung für mich. Es ist einfach … seltsam. Ich habe so etwas noch nie erlebt. Einen Patienten, der mich genauso viel zum Nachdenken bringt, wie ich das eigentlich bei ihm tun sollte. Es ist einfach … Ach, ich weiß auch nicht, Ariane. Ich finde deine Gedanken und Gefühle nachvollziehbar. Weil du dich nicht einfach abfindest mit dem, was passiert. Weil du nicht abgestumpft bist, weil du dich nicht einordnest. Es widerstrebt deinem Innersten, das kann ich sehen. Und trotzdem ist es meine Aufgabe, dir all das zu nehmen, dich umzukrempeln. Und das will ich nicht.« Er vergrub erschöpft seinen Kopf in den Händen. »Himmel«, sagte er gedämpft. »Was rede ich eigentlich hier? Ich habe keine Ahnung, was in mich gefahren ist!«

»Wollen Sie mich wirklich abgeben?«, fragte Ariane leise und traurig.

»Ja. Nein. Ich weiß es ehrlich gesagt noch nicht. Ich muss darüber nachdenken, in Ordnung? Ich werde dich morgen anrufen. Kommst du bis dahin klar?«

»Ja, ich denke schon. Ich werde nicht in den nächsten Wald gehen und mich erhängen, versprochen.«

Dr. Jelinek lächelte schwach.

»Hey, Doc? Jetzt, wo es schon komisch ist, könnten Sie mich eventuell kurz in den Arm nehmen?«

Er zögerte, doch dann tat er es wirklich, sie atmete sein Aftershave ein, das nach einem gemütlichen Winterabend am

Kamin roch. Und irgendwie, ganz plötzlich, wurde ihr klar, dass es eine Art Abschied war.

»Auf Wiedersehen«, sagte sie leise und meinte es auch so. Sie wollte ihn wiedersehen, ahnte aber, dass es kein Wiedersehen geben würde. Zumindest nicht auf diese Art.

»Auf Wiedersehen, Ariane.«

In der U-Bahn wollte sie sich gerade Kopfhörer aufsetzen und das Tor in ihre Fantasiewelt öffnen, als plötzlich Elias gegenüber von ihr Platz nahm.

»Oh, hey, Ariane«, sagte er. »Was für ein Zufall!«

»Oh, ähm, hi«, nuschelte sie und grinste gezwungen. »Wie geht's denn so?«

»Gut, danke. Und dir?«

»Echt super eigentlich. Komme gerade von einem Vorstellungsgespräch«, log sie.

»Und, wie sieht's aus?«

»Toll, denke ich. Ich glaube, die mochten mich. Ich fahr jetzt noch zu einem Kumpel«, spann sie die Lüge über ihr normales Leben weiter. »Und du?«

Sein Blick huschte nervös umher. »Na ja, hm, ich fahre noch zu einer Freundin. Ich hoffe, du bist nicht, ähm, sauer oder so?«

»Ach, Blödsinn. Hab doch deswegen kein schlechtes Gewissen. Du hattest völlig recht, das hätte nicht funktioniert mit uns. Ich wünsch dir viel Spaß«, sagte sie mit breitem Lächeln. »Moment mal, ich muss hier aussteigen. Mach's gut, ja? Man sieht sich sicher bald bei Thereses Geburtstagsparty!«

»Ja, klar. Ciao dann«, winkte er ihr nach.

Sie ging einen ihr völlig unbekannten U-Bahn-Aufgang hinauf. Natürlich hatte sie nicht wirklich hier aussteigen müssen. Sie hätte es nur keinen Moment länger ausgehalten mit Elias, demjenigen, der aus einer anderen Welt kam. Sie hastete weiter, eine ihr unbekannte Straße entlang.

Sie ging und ging, bis sie plötzlich im Wald war.

Dort setzte sie sich auf eine Bank und dachte nach.

Als sie wieder aus ihren Gedanken auftauchte, war es schon dunkel.

Sie fand den Weg zurück, zurück in die U-Bahn-Station, wo es nach Menschen und nach Beton und nach verbranntem Eisen roch.

Irgendwo hinter ihren Augen waren Tränen, doch sie blinzelte sie weg, versuchte, normal zu wirken. Sie war nur ein normales Mädchen, das am Freitagabend nach Hause fuhr. Sie würde sich die Zehennägel lackieren, fernsehen und sich zum Abendessen einen Salat machen. Wie normale Menschen das eben taten. Sie würde nicht Dutzende Seiten in ihren Laptop hämmern und von einem Mann träumen, den es nicht gab.

Niemand beachtete sie. Es war gut so. Bald würde sie zu Hause sein.

Sie würde sich auch von Raban verabschieden. Das Buch war fertig. Vielleicht würde sie es zu einem Verlag schicken, vielleicht auch nicht, doch sie konnte nicht so weitermachen. Sie war zu alt, um in einer Fantasiewelt zu leben.

Doch plötzlich musste sie weinen. Es begann dumpf hinter ihren Augenlidern.

Und dann saß sie in der U-Bahn, von Weinkrämpfen geschüttelt und schlug die Hände vor ihr Gesicht. Die Menschen standen betreten auf und wechselten die Plätze. Es hätte ihr nicht egaler sein können. Sie wollte einfach nur weinen, nichts weiter. Als sie schon längst an ihrer Station vorbeigefahren war, hatte sie das Gefühl, keine Tränen mehr zu haben.

Es war zu Ende. Da gab es nichts mehr, was zu vergießen war. Es war vorbei.

Sie richtete sich auf, wischte ihre Wangen trocken und sah sich um. Niemand saß mehr auf den Plätzen um sie herum. Irgendwo am Ende des Waggons lungerte ein betrunkener Punk herum. Sie würde zur Endstation fahren müssen und dann zurück. Egal.

Ihr Blick wanderte in den angrenzenden Waggon. Da war ein Banker im Anzug, eine alte Dame und ein junger Mann mit dunklem Haar, der zurückblickte.

Im Bruchteil einer Sekunde fühlte sie sich, als wäre sie schockgefroren worden.

Da war ein junger Mann mit halblangem dunklen Haar und dunkel glühenden Augen.

Mit einer eindeutig irgendwann gebrochenen Nase.

Er trug einen schwarzen Ledermantel.

Sein Blick bohrte sich so unverwechselbar in ihren, dass ihr schwindelig wurde und die Welt aus den Angeln kippte.

Raban.

Ariane erstarrte noch ein Stück mehr, falls das überhaupt möglich war. Dann zwang sie sich aus ihrer Reglosigkeit. Die U-Bahn blieb stehen, sie riss die Tür auf und rannte los, die Rolltreppe hinauf, mitten hinein in ein wirklich schlechtes Stadtviertel, in dem man nachts als Frau eher nicht alleine sein sollte. Aber das war ihr im Moment egal. Sie hörte Schritte hinter ihr, die schneller wurden, aber sie wagte nicht, einen Blick über ihre Schulter zu werfen.

Irgendwann konnte sie nicht weiterlaufen und hielt keuchend bei einem Haustor inne. Kurz überlegte sie, einfach zu klingeln, um Hilfe zu bitten, aber was hätte sie schon sagen sollen?

Hilfe, ich bin eine Verrückte und werde von einem meiner Romancharaktere verfolgt?

Nein. Sie schüttelte ärgerlich den Kopf. Nein, das war alles Blödsinn. Sicher war Raban, nein, *der Mann* in der U-Bahn nicht wirklich da gewesen, eine erneute Halluzination, nichts mehr.

Sie hatte heute Morgen vergessen, ihre Medikamente zu nehmen, fiel ihr siedend heiß ein.

Sie hatte halluziniert.

Oder es war einfach nur irgendein Mann gewesen, der Raban ähnlich sah.

Sie interpretierte zu viel in die Sache hinein.

Aber dann stand er knapp vor ihr und sah sie schweigend an.

Er sah aus, als wäre er direkt den Seiten ihres Romans entsprungen. Die Steilfalte kräuselte sich zwischen seinen Augenbrauen. Die Nase sprang markant aus dem Gesicht. Die dunklen Augen starrten sie aus tiefen Höhlen an.

Verdammt, er *roch* sogar so, wie sie es sich immer vorgestellt hatte!

Er trug eine schwarze Leinenhose – genauso eine, wie er sie in der Anstalt tragen musste –, Stiefel und einen schwarzen Pullover mit Kapuze und darüber bauschte sich der offene Ledermantel. Auch seine Stimme klang, wie sie es geträumt hatte, etwas rau und weder tief noch hoch.

»Hallo, Ariane«, sagte er ernst.

Sie begann zu brüllen, zog ihre Hand mit dem Schlüsselbund aus der Tasche und versuchte, ihn anzugreifen. Er wehrte sie mit einer Hand ab und begann, halb amüsiert und halb zynisch zu lachen.

»Lass es einfach bleiben, Ariane. Ich will dir nichts tun, glaub mir, bitte. Ich will bloß mit dir reden.«

Sie hielt inne, stach noch einmal halbherzig mit ihren Schlüsseln zu und verstummte dann.

»Raban?«, fragte sie schwach und ungläubig.

»Gut erkannt. Psst!«, er legte einen Finger über seine schmalen Lippen. »Deine … ähm, Waffe kannst du wieder einstecken. Du erregst Aufmerksamkeit«, sagte er und deutete mit seinem Kopf auf eine alte Dame, die von der Straßenseite gegenüber misstrauisch aus dem Fenster starrte.

Ariane schüttelte hilflos den Kopf. »Ich halluziniere«, sagte sie und schlug die Hände vor das Gesicht. »Hab meine Medikamente vergessen. Nur eine Sekunde und du wirst weg sein.«

»Diesmal nicht«, antwortete er aufgeräumt und auch ein wenig bedauernd. »Leider bin ich so real wie du, wie die Straße und die misstrauische Lady von gegenüber.«

»Nein«, sagte Ariane klar. »Ich bin einfach nur verrückt. Husch, weg mit dir! Du bist eine Halluzination.«

Er lachte. »Ich wusste, dass du das sagst«, sagte er. Seine spitzen Eckzähne gaben ihm etwas leicht Hinterhältiges. »Wie kann ich dir beweisen, dass ich real bin? Ich muss wirklich dringend mit dir reden. Und du musst zuhören.«

Ariane schüttelte noch immer den Kopf.

»Deine Tätowierung. Zeig sie mir.«

»Zu Diensten, Mylady«, sagte er sarkastisch. »Wie könnte ich Nein sagen, wenn ich mich für Mylady ausziehen soll?« Er grinste sie erneut an, aber in seinem Blick lag kein Fünkchen Wärme. Raban zog seinen Mantel aus, knüllte ihn zusammen und warf das Knäuel in Arianes Arme. Die alte Dame von gegenüber schüttelte pikiert den Kopf und der Vorhang vor ihrem Fenster schloss sich.

Dann zog er seinen Pullover hoch und vor Arianes Augen erschien der Rabe; seine Flügel schienen mit den Bewegungen von Rabans Schulterblatt zu zucken. Da waren auch die weißen, striemigen Narben auf seinem Rücken, lebendig wie Schlangen im Licht der Straßenlaternen.

»Nein«, sagte Ariane fest. »Du bist ein Stalker. Du hast mein Manuskript gefunden, wie auch immer du das angestellt hast, und du imitierst Raban. Nicht mehr und nicht weniger, ich will gar nicht wissen, was du mit mir vorhattest, aber du kannst es vergessen. Ich werde jetzt gehen.« Und das tat sie. Wie betäubt setzte sie einen Schritt vor den anderen, warf hastige Blicke über ihre Schulter, und als er ihr nicht folgte, begann sie erneut zu laufen.

Doch schon nach wenigen Schritten erschien der altbekannte schwarze Nebel vor ihr und Raban lehnte plötzlich lässig vor ihr an der Hauswand und zündete sich demonstrativ gelangweilt eine Zigarette an.

»Oh, Ariane, du auch hier? Irgendwie wusste ich, dass wir uns hier treffen würden«, sagte er und strich sich das rabenschwarze Haar zurück, das ihm über die Augen gefallen war. »Jetzt überzeugt?«

Sie kämpfte gegen ein Schwindelgefühl, das sie in die Ohnmacht zerren wollte. »Nein. Nein, nicht wirklich. Was, wenn ich mir all das nur einbilde? Ich habe heute Morgen vergessen, meine Medikamente zu nehmen.«

»Ich habe eine sehr einfache Lösung«, dozierte Raban, zog an der Zigarette und hauchte ihr den Rauch ins Gesicht. »Wir werden in die nächste Bar gehen und ich werde uns zwei Bier bestellen. Wenn der Barkeeper mich auch sieht, werde ich wohl echt sein, nicht wahr?«

»Ähm … ja, klingt logisch«, sagte Ariane schwach und beschloss, einfach mitzuspielen.

Immerhin war es das, was sie sich gewünscht hatte, oder etwa nicht?

Die Fantasiewelt, die plötzlich real wurde?

Sie brach in einen innerlichen, hysterischen Lachanfall aus und schüttelte den Kopf. Sicherlich würde sie gleich aufwachen. Es war nur ein Traum, nichts weiter. Sie wusste nur noch nicht, ob es ein Albtraum war.

Raban eilte ihr mit langen Schritten voraus und blieb schließlich bei einer Kneipe stehen.

»Rock Bar«, tat das rote Neonschild kund.

»Also, wollen wir?«, fragte er und machte eine ausschweifende Geste.

»Ähm, nein. Warte noch kurz«, sagte Ariane stockend.

»Du bist so … anders, weißt du?«

»Oooh«, machte Raban und wandte sich ihr zu. Aus seinem Blick triefte jetzt eiskalter Zynismus und noch etwas anderes. Schmerz, wurde ihr klar. Eine Mischung, die ihr nur zu bekannt vorkam.

»Bin ich etwa nicht so, wie du es dir vorgestellt hast? Was behagt dir denn nicht an mir?«

»Ich weiß nicht. Seit wann rauchst du? Ich wusste nicht, dass du rauchst.«

»Nun, meine liebe Ariane«, sagte er leise und nahm noch

einen tiefen Zug, bevor er die Zigarette in den Rinnstein schnippte.

»Ich schätze, diese Dinge passieren, wenn du als Kind geschlagen wirst, jahrelang auf der Straße lebst und später dein Leben in einer Foltereinrichtung verbringst, in der deine Freunde alle nacheinander von einem Psychopathen dahingemetzelt werden. Ach ja, und das Mädchen, von dem du dachtest, es würde dich mögen, das dich stattdessen ans Messer liefert, das habe ich wohl noch vergessen.«

»Klingt logisch«, murmelte sie wie in einem Traum gefangen und trat hinter ihm in die Kneipe.

Das Schuldbewusstsein brachte sie fast um den Verstand. Aber mit ihrem Verstand war es wohl prinzipiell so eine Sache. Immerhin ging sie gerade mit ihrem Romancharakter ein Bier trinken.

»Hey, Mann«, sagte Raban zum Barkeeper. »Hätte gern zwei Bier für mich und meine ... ähm Freundin hier, ja?«

»Geht klar«, grinste der untersetzte Mann und begann, das Bier zu zapfen.

Arianes Augen weiteten sich.

»Hey, hast du ein paar Münzen? Du weißt ja, ich bin immer etwas knapp bei Kasse.«

»Ja. Ja, klar. Bist eingeladen.« Ariane knallte ein paar Münzen auf die Bar.

»Zum Wohl. Seid ein hübsches Paar, ihr beiden«, schrie der Barkeeper über die dröhnende Musik hinweg und zwinkerte Ariane zu.

Wie betäubt manövrierte sie sich, das Bier und Raban zu einem abgelegenen Tisch. Dann setzte sie sich und starrte ihn an.

»Du bist es also wirklich.«

»Wer sollte ich sonst sein?«

»Ich weiß nicht. Es ist nur nicht so alltäglich, dass eine Romanfigur aus einem Buch herausspaziert und mit mir einen trinken geht.«

»Nun ja, wegen dieser Geschichte wollte ich mit dir reden.«

»Wie … ähm, was?«

Raban kramte in seiner ausgebeulten Manteltasche und knallte einen riesigen Packen Papier auf den wackeligen Tisch. Ariane erkannte auf den ersten Blick ihr Manuskript. Mit zitternden Händen griff sie nach dem Stapel. Sie hatte das Manuskript noch nie ausgedruckt, doch jetzt lag es vor ihr, sogar mit Notizen in ihrer eigenen Handschrift, von denen sie sich nicht erinnerte, sie je gemacht zu haben.

Ihr wurde schon wieder schwindelig.

Und dann griff Raban erneut in die Tasche und legte vorsichtig ein Skalpell auf den Packen, das ihr schrecklich bekannt vorkam. Eiserne Finger drückten ihre Brust zusammen. Sie kannte es. Lag es nicht in ihrer Schreibtischschublade, das Skalpell, das die Gestalt damals in der Nacht in ihrem Zimmer hatte fallen lassen?

Dann, mit einem weiteren Handgriff, legte er einen Bogen Papier mit schwarzem Rand neben den Papierstapel.

Ariane starrte es an und eine schreckliche Leere herrschte plötzlich in ihrem Kopf.

Da war ein Foto von ihr, von dem sie nicht gewusst hatte, dass es existierte.

Sie sah mindestens fünf Jahre älter aus, hagerer, trauriger, mit einem gehetzten Zug um die Augen und einer beginnenden Steilfalte auf der Stirn.

Und um ihr Foto herum war ein schwarzer Rand gedruckt.

Da standen die Worte »In liebevoller Erinnerung«.

Ein eiskaltes Grauen kletterte ihre Wirbelsäule hinab.

»Woher hast du das?«, stammelte sie.

Er beantwortete die Frage nicht, schwieg stattdessen lange.

»Warum hast du dich umgebracht, Ariane?«, fragte Raban tonlos, doch dann korrigierte er sich sofort. »Nein. Die richtige Frage lautet: Warum wirst du dich umbringen?«

Zehn

Nach dem Ende

»Ich will in eine Zeit, bevor all das angefangen hat … Lange davor.«

Der Wunsch, der ihn weggebracht hatte, hallte noch immer in Rabans Kopf nach.

Er wusste sofort, dass etwas schiefgegangen war.

Um ihn herum zwitscherten Vögel, die Sonne schien, und er war auf einem Kinderspielplatz gelandet. Raban wich zögerlich hinter eine bunt bemalte Hütte zurück, sah sich um und begegnete plötzlich einem Blick. Ein kleines Mädchen in Latzhosen, mit kurz geschnittenem braunen Haar sah ihn mit offenem Mund an.

»Hey, Ria? Was machst du denn da?«, rief ein Junge, vielleicht dreizehn oder vierzehn, als sie auf Raban zuging.

Ihre Augen blickten grünbraun und riesengroß zu der Stelle, wo er gerade noch gestanden hatte.

Raban fluchte innerlich. Sie hatte ihn gesehen! Auch einem etwa dreijährigen Mädchen dürfte wohl bewusst sein, dass Menschen nicht einfach so aus dem Nichts erschienen.

Er musste vorsichtiger sein. Irgendwie war ihm klar, dass er eine Gestalt war, die man nicht gerne auf Kinderspielplätzen sah. Er trug noch immer die schwarze Anstaltskluft. Bei Gelegenheit musste er sich neue Klamotten besorgen.

Irgendwie hatte er das Gefühl, dass er in einer Zeit gelandet war, in der er selbst vielleicht noch nicht einmal geboren war. Er betrachtete das Mädchen mit Neugierde. Er war sich plötzlich sicher, dass sie irgendetwas mit ihm zu tun haben musste. Ob sie vielleicht sogar seine Mutter war?

»Nicht weglaufen, Süße. Sieh mal hier, die Schaukel. Die ist doch toll, oder?«, sagte der Junge freundlich und bugsierte das Mädchen in die andere Richtung.

»Marti, da war jemand. Ein Mann«, stammelte die Kleine. »Ein Geist oder so. Der ist plötzlich aus dem Nebel gekommen.«

Marti lächelte sanft und zog sie zur Schaukel.

»Marti. Was für ein bescheuerter Name«, dachte Raban.

»Und wie sah der aus, Ria?«, hörte er noch, dann waren sie außerhalb seiner Hörweite.

Raban sah nur noch ihren Blick über ihre Schulter, die neugierigen Augen, als er wieder in das ewige Zeitgefüge verschwand.

Zuallererst musste er sich wirklich neue Klamotten besorgen.

Raban nestelte an dem soeben gestohlenen Ledermantel und besah sich kurz in einem Schaufenster. Es war ein guter Mantel, wärmend im Winter und kühlend im Sommer, groß genug, um sich damit zuzudecken und einiges in den Taschen zu verstauen. Sehr praktisch. Jetzt gerade war es kalt. Matschiger Schnee bedeckte die Straßen der Stadt. Raban lachte leise, er wusste nicht einmal, wie die Stadt hieß, in der er sich befand, geschweige denn das Jahr oder den Tag. Aber es war nebensächlich. Er war frei. Zum ersten Mal in seinem Leben. Niemand suchte nach ihm, er konnte tun und lassen, was er wollte.

Er schlenderte ohne Ziel die Straßen entlang. Welches Ziel hätte er schon haben können? Nach dem Spielplatz hatte er sich einfach in die Zeit fallen lassen, an einen beliebigen Ort in einer beliebigen Zeit vor der Sache mit Dr. Mobius. Dort war er in ein Haus eingebrochen, hatte auf dem Dachboden geschlafen und drei Tage und drei Nächte gezittert. Er hatte Fieber gehabt. Entzugserscheinungen wahrscheinlich. Aber das war jetzt vorbei. Am ersten Morgen, als er wieder aufstehen konnte, hatte er einen kurzen Ausflug an einen Strand unternommen, der zu irgendeiner Zeit an irgendeinem Ort existierte. Dort hatte er sich in einer Duschkabine für Touristen gewaschen und sich neue Klamotten und einen Rucksack besorgt. Dann war er in die Zeit zurückgekehrt, in der er morgens seinen Dachboden verlassen hatte. Er mochte es irgendwie, eine Art Heimat in der Zeit zu haben, und diese Stadt mit dem Dachboden gefiel ihm. Sie war so gut wie jede andere Stadt. Erst vor einigen Stunden hatte er ein paar Sandwiches und eine Flasche Wasser aus einem Supermarkt mitgehen lassen. Stehlen war lächerlich einfach, wenn man genau wusste, wann alle wegsehen würden. Gewissensbisse verspürte er nicht. Er nahm sich nur, was er zum Leben brauchte, und immerhin rettete er sozusagen gerade die Welt. Trotzdem hatte er das Gefühl, dass er auch früher gestohlen hatte. Es ging ihm einfach sehr leicht von der Hand.

Vielleicht war er deswegen in der Anstalt gelandet? Weil er ein Dieb war?

Obwohl die Medikamente nach dem Entzug wohl keinen Einfluss mehr auf ihn hatten, erinnerte er sich nicht an die Zeit vor der Anstalt.

Raban beschloss, heute einfach nur Dinge zu tun, die ihm Spaß machten. Er hatte alle Zeit der Welt. Grinsend schlenderte er die Straßen entlang und betrachtete seine Umgebung, hörte in einem Musikgeschäft eine CD und war sich sicher, noch nie so schöne Musik gehört zu haben. Höchstwahrscheinlich hatte er Musik gehört in seinem früheren Leben, aber er wusste nicht welche, und heute tat er alles zum ersten Mal bewusst. Am Abend stahl er eine Dose Bier aus einem Supermarkt, setzte sich auf eine Parkbank und beobachtete zwei Krähen.

»Rabenvögel haben ihr ganzes Leben nur einen Partner«, sinnierte er und fragte sich nicht einmal mehr, woher er das wusste.

Plötzlich fühlte er sich einsam.

»Hey, Mann, kannst du mir mal sagen, wie spät es ist?«, rief er einem jungen Punk zu, der ein paar Bänke weiter herumlungerte. Er sehnte sich einfach danach, mit jemandem zu sprechen.

»Ist doch egal, Alter. Zeit bedeutet doch nichts, außer für die Arbeitsroboter«, rief dieser zurück.

Raban hob amüsiert eine Augenbraue. Nun ja, so konnte man es auch sehen.

Als er sich später in ein anderes Haus schlich und sich wieder in einem kalten, windigen Dachboden auf eine schimmelige Matratze bettete, schlug die Einsamkeit mit voller Kraft zu.

Ihm war plötzlich mit absoluter Klarheit bewusst, dass er

nichts und niemanden in dieser Welt hatte. Er vermisste 331 und Alef. Feuerauge vermisste er nicht mehr. Nicht einmal Hass konnte er ihr gegenüber empfinden, bloß unendliche Gleichgültigkeit.

Er hatte sie nicht geliebt, das war ihm in den drei Tagen klar geworden, die er schwitzend und fiebrig auf einem Stück Karton verbracht hatte, und jeder Zweifel war wie weggewischt gewesen an dem Morgen, als er ohne Entzugserscheinungen aufgewacht war. Er hatte ein Bild von ihr geliebt, das er sich aufgebaut hatte, in all den einsamen Nächten in der Anstalt. Und sie hatte ihn schon gar nicht geliebt. Sie war wohl auch kein guter Mensch gewesen. Es hatte eine Zeit gegeben, da hätte er alles für sie getan, einfach alles, doch jetzt war ihm klar, dass er niemals etwas von ihr hatte erwarten können. Eigentlich hatte er sie kaum gekannt.

Und sie hatte ihn verraten.

Trotzdem würde er sie befreien, er wusste zwar nicht, wer er war, beschloss aber, dass er ein Mann war, der zu seinem Wort stand. Sie würde die Luft der Freiheit riechen, bloß nicht mit ihm gemeinsam, wie er es sich lange Zeit erträumt hatte.

Raban wickelte sich in seinen Mantel und starrte in die Dunkelheit. Jetzt war er wirklich und wahrhaftig alleine. Und er fragte sich, ob das immer so gewesen war, ob da immer nur er selbst und seine spärlichen Besitztümer in einem Rucksack gewesen waren, sein Mantel und sein Skalpell und ein kalter, zugiger Dachboden und ein riesiges Loch in der Brust anstelle eines Herzens.

Wahrscheinlich. Das kalte, lähmende Gefühl kam ihm allzu bekannt vor, als wäre es in ihm zu Hause, als hätte er es schon sein ganzes Leben gekannt.

Aber das machte ihm keine Angst. Angst hatte er vor der Frage, ob es auch immer so bleiben würde. Ob da immer nur er und sein Rucksack, sein Mantel, sein Skalpell und das Loch in seiner Brust sein würden, das tiefe, blutige Loch, als hätte man vor langer Zeit einen Teil aus ihm herausoperiert.

Der neue Tag brachte neuen Mut. Raban packte entschlossen seine Besitztümer in den Rucksack, zog die Kapuze tief ins Gesicht und konzentrierte sich. Noch immer konnte er sich nicht überwinden, sich zu seinen Eltern zu wünschen oder zu tief in Dr. Mobius' Vergangenheit. Es war gefährlich, beschloss er. Den Gedanken, dass er auch Angst vor zu ausführlichen Antworten hatte, scheuchte er weg. Diesmal würde er den Wunsch anders formulieren. Er würde experimentieren und unterschiedliche Formulierungen ausprobieren.

»Ich will in die Zeit, bevor Dr. Mobius existiert, an einen Ort, wo er aber irgendwann existieren wird.«

Erneut verschob sich die Zeit, verschluckte ihn und gab ihn wieder frei. Raban sammelte sich und ließ die Schultern kreisen. An dieses Gefühl, durch Zeit und Raum gequetscht zu werden, würde er sich wohl nie gewöhnen. Vorsichtig sah er sich um. Diesmal war er auf einer Art Schulhof gelandet, wieder tauchten vor ihm einige spielende Kinder auf, doch er war zum Glück in einer schwer einsehbaren Ecke gelandet. Sein Blick blieb an einem Mädchen hängen, das abseits der anderen Kinder saß und trübsinnig mit einem Stöckchen eine liegende Acht in die trockene Erde ritzte.

In dem Moment, als er sie sah, hob auch das Mädchen ihren Blick und blickte zurück. Raban konnte es nicht fassen. Es war das Mädchen vom Spielplatz! Diesmal war sie ein wenig älter, und diesmal blitzte auch unverhohlene Angst in ihren Augen.

Raban schüttelte den Kopf. Nein, das konnte nicht stimmen. Dennoch formulierte sich der nächste Wunsch ohne sein Zutun.

»Ich will wissen, was ich mit diesem Mädchen zu tun habe.«

Die Zeit bog sich erneut und er befand sich plötzlich in einem Haus, sehr hübsch eingerichtet. Raban wirbelte herum, doch wieder traf ihn nur der nun schon bekannte Blick aus großen grünbraunen Augen. Diesmal saß das Mädchen am Küchentisch, vor ihr ein Zeichenblock, der Bleistift fiel aus ihrer Hand. Raban sah den Funken von Erkennen in ihren Augen. Bevor er wieder ins Zeitgefüge verschwand, fiel sein Blick auf das Blatt Papier.

Sie hatte ihn gezeichnet. Eine Kinderzeichnung. Aber er war nur allzu klar erkennbar in seinem Ledermantel und mit der Kapuze.

Raban machte schwer atmend Zwischenstation in der Stadt mit den Dachböden.

Dieses verfluchte Mädchen! Ratlos schlenderte er wieder durch die Straßen der Stadt, die ihm nun schon vertrauter geworden war. Was hatte sie bloß mit Dr. Mobius zu tun? Und mit ihm?

Fast schon wütend versuchte er es erneut. Es konnte doch wohl nicht schaden, zumindest Dr. Mobius' Eltern einen kurzen Besuch abzustatten?

»Ich will in die Zeit, kurz bevor Dr. Mobius beginnt, zu existieren.«

Er landete in einem U-Bahn-Waggon und sah sich neugierig um, suchte nach dem Paar oder zumindest nach einer Frau, die Dr. Mobius' Mutter sein könnte. Plötzlich spürte er den brennenden Blick im Nacken und wandte sich um.

Grünbraune Augen. Schon wieder. Erfüllt von nackter Panik.

Das Mädchen war nun älter, vielleicht vierzehn.

Fluchend quetschte er sich erneut in die Zeit und gelangte auf seinen Dachboden.

Das konnte doch nicht wahr sein! Was zum Teufel war es, das dieses Mädchen mit Dr. Mobius verband? Ob sie gar Dr. Mobius' Mutter war?

Er musste nachdenken. Mit zusammengezogenen Brauen schlich er sich durch das Treppenhaus auf die Straße und stahl etwas Brot, Obst, Wasser, ein Feuerzeug und eine Packung Zigaretten. Er wusste natürlich nicht, ob er früher geraucht hatte, bloß, dass es sehr ungesund war. Aber vielleicht half es ihm ja beim Nachdenken.

Auf einer Parkbank nahm er sein kärgliches Mahl zu sich und zündete sich anschließend eine Zigarette an.

Als er den Rauch in seine Lungen sog, musste er nicht husten. Vielleicht bedeutete das, dass er früher geraucht hatte. Er beschloss, es nicht zur Gewohnheit werden zu lassen oder nicht wieder zur Gewohnheit werden zu lassen.

Sinnierend trat er die Zigarette mit seiner Stiefelspitze aus.

Vielleicht stellte er einfach nicht die richtigen Fragen? Er musste es erneut probieren.

Zurück auf dem Dachboden suchte er nach neuen Formulierungen.

Endlich hatte er eine gefunden, die zu passen schien. Er nickte erschöpft. Ja, das könnte funktionieren.

Es war zwar gefährlich, aber er würde damit nicht zu viel verändern. Hoffentlich.

»Ich will an den Ort und in die Zeit, als Dr. Mobius geboren wird.«

Raban fand sich in einem Krankenhaus wieder. Der Flur war weiß gestrichen und doch wirkte er trostlos, die Farbe blätterte von den Wänden ab und die Mauern waren kalt.

»Wir kommen der Sache näher«, dachte er triumphierend, obwohl ihm an diesem Ort nicht nach Hochgefühl zumute war.

Es war seltsam düster hier.

Raban wanderte die Gänge entlang, keine Menschenseele war zu sehen. Irgendwann hörte er ein Geräusch.

Jemand weinte, wurde ihm mit einem Schlag klar. Er bog um die Ecke.

Schon wieder das Mädchen!

Nun musste sie etwa sechzehn sein. Sie hatte sich eng in eine Ecke gekauert, umarmte ihre eigenen Knie und wippte vor und zurück.

Und sie weinte.

Sowohl Ärger als auch ein Hauch Mitgefühl stiegen in ihm auf. Er wusste zwar noch immer nicht, was es mit diesem Mädchen auf sich hatte, aber er konnte sehen, dass sie litt. Dieser Ort hier erinnerte ihn unangenehm an die Anstalt. In ihren Augen, die fest auf die Wand gerichtet waren, zeigte sich purer, reiner Schmerz.

Ein fast liebevolles Gefühl stieg in ihm auf. Er wollte ihr helfen. Sie tat ihm leid, so wie sie hier saß.

Raban machte ein paar zögerliche Schritte auf sie zu und streckte seine Hand nach ihr aus.

Als sie ihn erblickte, begann sie panisch zu brüllen.

Hastig verdrückte sich Raban wieder um die Ecke. Eine Tür wurde aufgerissen und dann war da eine zweite Stimme.

»Ariane, was ist denn nun schon wieder?«, fauchte eine Frau genervt.

»Sie war hier. Die Gestalt. Ich schwöre es«, stammelte das Mädchen. »Direkt um die Ecke.«

»Na, dann wollen wir doch mal nachsehen, nicht wahr?«, sagte die Stimme resolut. Schritte kamen näher und Raban konzentrierte sich, reiste eine Zehntelsekunde in die Zukunft und sah kurz darauf die Situation aus der anderen Ecke des Ganges.

Eine Frau in einem weißen Arztkittel lugte um die Ecke, betrachtete eingehend die Stelle, an der er gerade noch gestanden hatte.

»Hier ist nichts, Ariane«, sagte sie verärgert. »Nichts und niemand. Sieh doch selbst!«

Das Mädchen namens Ariane stand auf, hatte offensichtlich Schwierigkeiten damit. Sie schlurfte wankend näher zu der Frau im weißen Kittel. Man hatte ihr die Schnürsenkel weggenommen, bemerkte Raban und zog die Brauen zusammen. Genauso wie ihm. Damals in der Anstalt.

Wo befand er sich? Es war jedenfalls kein Ort, an dem Kinder geboren wurden.

»Sie war hier! Die Gestalt! Ich schwöre es bei meinem Leben«, stammelte das Mädchen und hieb auf ihren Kopf ein. »Ich bin nicht verrückt, Sie müssen mir glauben, bitte!«

»Ariane, jetzt beruhige dich doch«, knurrte die Frau, und als das Mädchen namens Ariane begann, ihren Kopf aufheulend gegen die Wand zu schlagen, fixierte sie ihre Hände hinter ihrem Rücken und stieß ihr die Nadel ins Fleisch.

»Ein Beruhigungsmittel«, dachte Raban abrupt.

Als sich eilige Schritte näherten, verschwand er. Obwohl er dem Mädchen gerne geholfen hätte.

Die Panik in ihrem Blick war echt gewesen.

Und der Schmerz. Dieser tiefe, unerträgliche Schmerz, den er selbst nur allzu gut kannte.

Wieder auf dem Dachboden hieb er ebenfalls angestrengt gegen seinen Kopf, als würde er dadurch neue Ideen hervorrufen können. Er war absolut ratlos.

»Ich will wissen, wie ich mit diesem Mädchen verbunden bin.«

Er landete wieder auf dem Schulhof, den er nun schon kannte. Diesmal war sie wieder jünger, noch ein Kind. Ein paar ältere Kinder gruppierten sich um sie, bauten sich bedrohlich um das Mädchen auf, begannen, sie zu schubsen. Ärger stieg in ihm auf.

Er musste ihr doch irgendwie helfen können.

Raban näherte sich. Die anderen Kinder beachteten ihn gar nicht, doch ihre Augen weiteten sich.

Fluchend verschwand er sofort wieder.

»Ich will ihre Familie sehen, sehen, wie sie aufwächst!«

Das Mädchen und der Junge vom Spielplatz, den er nun schon kannte, Marti, lieferten sich ein Wettrennen auf einer riesigen Wiese. Es war Sommer. Ein alter Mann humpelte ihnen auf seinem Stock hinterher, so schnell er konnte, und lachte breit. Raban hechtete hinter einen Baum, doch es war zu spät. Sie hatte ihn schon gesehen.

»Marti, Opa«, schrie sie aufgeregt. »Da ist er wieder! Der Geist! Hier, hinter dem Baum!«

Diesmal war sie wieder fast so jung wie beim ersten Mal

auf dem Spielplatz, doch es musste wohl einige Monate später sein, denn sie hatte nun halblanges Haar und war ein paar Zentimeter gewachsen. Ihre Zöpfe hüpften, als sie atemlos auf ihn zurannte.

»Kommt, beeilt euch«, rief sie, doch Raban schüttelte ärgerlich den Kopf und wünschte sich auf seinen Dachboden zurück.

Das konnte doch einfach nicht wahr sein.

Er versuchte es erneut und erneut, immer wieder sah er nur dieses Mädchen.

Sie saß alleine an einem See, ließ trübsinnig Steine ins Wasser fallen, das nächste Mal kritzelte sie in einen Skizzenblock, prügelte sich mit einem viel älteren Mädchen, rannte eine Straße entlang, ihren Rucksack geschultert.

Jedes Mal bohrte sich ihr Blick in seinen und jedes Mal wurde Raban wütender und verzweifelter.

Irgendwann, wieder auf dem Dachboden angelangt, ließ er sich seufzend auf seine Matratze fallen. Das ergab doch alles keinen Sinn.

Aber inzwischen war er so ausgelaugt, dass er beschloss, seine Gedanken auf morgen zu verschieben.

Es war kalt. Er wickelte sich fest in seinen Mantel, und ehe er blinzeln konnte, war er schon eingeschlafen.

Er träumte von ihr.

Sie saß wieder an diesem See, war wohl ungefähr sechzehn. Diesmal huschte keine Angst durch ihren Blick, keine Panik. Sie wandte sich einfach nur um und sah ihn an.

»Raban«, sagte sie leise.

»Ariane?«, fragte er vorsichtig.

Sie lächelte und nickte.

»Wie hast du mich gefunden?«, fragte sie, kaum hörbar, und ging auf ihn zu.

Er musste plötzlich lachen. »Wie ich dich gefunden habe? Die bessere Frage wäre, wie ich dich nicht hätte finden können. Mir scheint fast, du bist allgegenwärtig.«

»Wie meinst du das?«, fragte sie neugierig und kam noch näher. Ihre grünbraunen Augen funkelten und ihr braunes langes Haar wehte im Sommerwind. Sie war barfuß und trug ein graues Sommerkleid, das ihr, wie Raban fast wie nebenbei bemerkte, außergewöhnlich gut stand.

»Ich meine«, sagte er, und seine Kehle war plötzlich trocken. »Ich meine, dass alle Wege, die ich einschlage, nur zu dir führen. Ich weiß nicht, warum das so ist. Es ist eben so. Weißt du, warum das so ist?«

Sie lächelte, ein ehrliches breites Lächeln, und schüttelte den Kopf. »Vielleicht ist es eben so. Einfach nur so«, sagte sie und auf einmal, er wusste nicht mehr, ob sie zuerst auf ihn zugekommen war oder er auf sie, aber plötzlich lag sie in seinen Armen.

Raban fühlte ihren warmen Körper. Etwas in seiner Brust erwachte und er konnte nicht mehr anders, als sie fest an sich zu ziehen und seine Nase in ihrem Haar zu vergraben. Sie roch nach frisch gemähtem Gras, nach einem Weizenfeld im Sommer und nach Wasser. Nach Zuhause. Ihr Geruch floss wie Wasser in das blutende Loch in seiner Brust, kühlte es und füllte es aus.

Irgendwo, tief im hintersten Winkel seines Bewusstseins, war ihm klar, dass er träumte, aber dieser Moment, der See, die zirpenden Grillen, die untergehende Sonne und das Mädchen in seinen Armen, all dies war so real, wie es vielleicht noch keine Situation in seinem Leben je gewesen war.

Die Zeit zerbrach für eine Weile und dann bemerkte er, wie sie nun auf der Wiese lagen und sie aus großen Augen zu ihm aufblickte.

»Warst du schon einmal verliebt?«, fragte sie neugierig.

Er bekam eine Strähne ihres Haares zu fassen und wickelte sie um den Finger. »Ich kann mich nicht erinnern«, sagte er leise. »Vielleicht. Vielleicht auch nicht.«

»Ich kann mich auch nicht erinnern, ob ich schon einmal verliebt war«, sagte sie und rutschte noch ein Stück näher, falls das überhaupt möglich war.

»Das ist seltsam, oder? All das fühlt sich an, als gäbe es überhaupt keine Zeit. Keine Vergangenheit und keine Zukunft. Nur diesen Ort und diesen Moment.«

»Vielleicht ist das auch so«, murmelte er gegen ihre Wange und schlug die Augen auf. Er hatte nicht einmal bemerkt, dass er sie geschlossen hatte. Da war nur ihre Wärme gewesen. Nur ihr Geruch, den er niemals hätte beschreiben können, auch wenn er tausend Jahre dafür Zeit gehabt hätte. Als wären genau dieser Geruch und diese Wärme das gewesen, was er schon immer gesucht hatte.

»Sieh mal! Glühwürmchen«, bemerkte er, als sich die kleinen Funken um sie aus der Wiese erhoben. Die Sonne war inzwischen hinterm Horizont verschwunden.

Ihre Augen waren nun ganz dunkel. Sie lächelte, irgendwie spitzbübisch und auch ein wenig … wissend.

Und dann, ganz selbstverständlich, trafen sich ihre Lippen.

Alles war nebensächlich, es gab nur mehr ihren Körper und seinen, und Wärme und zirpende Grillen und die Sommernacht, die sich vom letzten Schein der längst untergegangenen Sonne nährte.

Er wachte auf, wurde beinhart in die Realität zurückkatapultiert, in der er auf einer schimmeligen Matratze lag, in seinen Ledermantel eingewickelt, und elendiglich fror.

Raban hustete. Hunger brannte in seinem Magen. Die kalte Morgensonne schien durch zerbrochene Fenster und er war einsam. Er hatte Kopfschmerzen.

Mit zusammengezogenen Brauen zündete er sich eine Zigarette an, schwor sich aber, nach diesem kein neues Päckchen anzubrechen.

Heute würde er herausfinden, was es mit diesem Mädchen auf sich hatte.

Plötzlich erinnerte er sich ein kleines Stückchen zu heftig an den Traum und seufzte heiser auf.

Wärme. Nähe. Er hatte keine Ahnung, ob er diese Dinge jemals in seinem Leben gehabt hatte. Sehnsucht und Einsamkeit vermischten sich zu einem unruhigen Gewimmel in seiner Brust.

Mit Feuerauge hatte er verstohlene Küsse getauscht, aber nichts in seinem Körper, nichts in seiner Seele, hatte jemals so gebrannt wie in diesem Traum.

Und Feuerauge hatte all das weggeworfen, mit nur einem Satz. Sie hatte ihn nie geliebt. Nicht so.

Jetzt gab es dieses Mädchen und ihr Geheimnis, das es zu ergründen galt.

Raban war längst klar, dass ihre Geschichte sowohl mit seiner als auch mit der von Dr. Mobius zusammenhing. Er musste nur noch herausfinden wie.

»Ich will in die Zeit, in der es beginnt.«

Er erstickte sein Keuchen, als er sich plötzlich in ihrem Zimmer wiederfand. Ihr Geruch war allgegenwärtig. Es war eine warme Sommernacht, genauso warm wie die Nacht in seinem Traum. Die Grillen zirpten durch das gekippte Fenster.

Das Mädchen, Ariane, warf sich auf dem Bett hin und her. Ob sie einen Albtraum hatte?

Nein. Nein, es war kein Albtraum, wurde Raban klar. Ihre blassen Finger, weiß im Mondlicht, verknoteten sich mit der Bettdecke und ihre nackten Beine rieben sich aneinander. Sie lächelte im Schlaf.

Es war ganz sicher kein Albtraum.

Eine Art Hunger erwachte in seiner Brust. Ganz plötzlich wusste er, welchen Traum sie träumte.

Denselben, den er gestern geträumt hatte.

Am liebsten wäre er zu ihr gegangen, hätte sich in ihr Bett gelegt, seinen Kopf an ihre Schulter gebettet, sie wieder geküsst. Doch er wollte ihr keine Angst einjagen. Während er noch überlegte, wie er sich bemerkbar machen konnte, wachte sie plötzlich auf.

Raban erschrak.

Er hatte nicht bemerkt, dass er das Skalpell umklammert hielt. Seinen Talisman, sein Totem. Aber jetzt, in diesem Moment, als sie ihre Augen aufriss und ihre Lippen sich zu einem Schrei formten, fiel es mit einem Klirren zu Boden.

Er flüchtete.

»Ich will die Wahrheit wissen. Die ganze Wahrheit«, sagte sein Kopf.

Er fand sich wieder in der Stadt mit den Dachböden, die

er nun schon wie seine Manteltasche kannte. Es war Herbst. Raban überlegte.

Dann ging er wieder in das Musikgeschäft, in dem nun andere Plakate hingen und hörte eine CD. Ging wieder nach draußen. Betrachtete die verdorrten Blätter an den Bäumen. Er war müde.

Zu müde, um zu seinem vertrauten Dachboden zu gehen. Ein blau gestrichenes Mietshaus zog ihn wie magisch an. Er holte den gestohlenen Universalschlüssel der Müllabfuhr aus seiner Hosentasche und schloss auf, stieg die Treppen zum Dachboden hinauf.

Dieser Dachboden war anders als sein üblicher.

Ein verstaubtes Bett, das ihm vage bekannt vorkam, stand dort. Raban zuckte mit den Schultern und warf sich auf die Matratze. Sie schimmelte immerhin nicht.

Trotzdem konnte er nicht einschlafen.

Der Dachboden war seltsam. Er wirkte, als wäre er früher ein Zimmer gewesen, nun aber schon seit Längerem unbewohnt.

Neugierig begann er, den Raum zu durchsuchen. Er fand ein paar Stofftiere, die ihm ebenfalls merkwürdig bekannt vorkamen.

Dann ging er zu dem Schreibtisch, der in einer Ecke stand, und zog einige Schubladen auf.

Ein Packen Papier fiel vor seine Stiefel.

Neugierig begann er zu blättern und erstarrte, als seine Augen über eine Nummer huschten: 023.

Der Papierstapel wäre fast aus seinen zitternden Fingern gerutscht. Wie war das möglich? Ungläubig schüttelte er den Kopf. Sein erster Instinkt war, wegzulaufen, weit weg. Doch dann atmete er tief durch und setzte sich auf. Er hatte doch die Wahrheit wissen wollen …

Wie elektrisiert verschlang er das Manuskript, verbrachte die ganze Nacht mit Lesen. Den Großteil der Geschichte kannte er natürlich, denn es war seine eigene. Doch einige wenige Szenen behandelten sein Leben vor der Anstalt. Sie erinnerten ihn unangenehm an seine verworrenen Träume …

Am Ende des Papierstapels angelangt, fiel sein Blick auf einen Bogen Papier, der ihm bisher noch nicht aufgefallen war. Mit zitternden Händen griff er danach.

Als er es umdrehte und das Mädchen auf dem Foto erkannte, erschrak er. *Sie*. Das Foto war in Schwarz-Weiß, mit einem schwarzen Rand. Sie sah älter aus, als er sie je gekannt hatte. Und der Schmerz, der früher nur in ihren Augen erkennbar gewesen war, hatte sich auf diesem Foto tief in ihr Gesicht gegraben.

Ariane Varitas.
Von uns gegangen, leise und unerwartet, im fünfundzwanzigsten Lebensjahr.

Die Feder ist mächtiger als die Klinge.
Ariane, deine Worte werden nie vergessen sein.
Du bist gegangen, aber dein Geist wird ewig währen.
Dass du bei uns warst, hat die Welt zu einem besseren Ort gemacht.
Wir hoffen, dass du auf der anderen Seite Glück findest und dass wir eines Tages wiedervereint sein werden.

In liebevoller Erinnerung:
Martin Varitas, Jonas Varitas und ihre kleine Tochter Susanna Varitas.
Therese Brachem.
Dr. Marvin Jelinek.

Rabans Brust krampfte sich zusammen. Er drehte die am Boden liegende Schublade um, als würde sie Antworten bereithalten.

Heraus fiel das Skalpell.

Mit zusammengezogenen Brauen betrachtete er es.

Und dann traf ihn die Erkenntnis wie ein Schlag ins Gesicht.

Ariane.

Sie hatte ebenfalls eine besondere Fähigkeit besessen und war daran zerbrochen. Und jetzt war Raban völlig klar, warum der Wunsch *»Ich will in eine Zeit, bevor all das angefangen hat«* ihn zu ihr geführt hatte. Warum alle seine Nachforschungen zu Dr. Mobius letztendlich zu ihr geführt hatten.

Sie *war* Dr. Mobius' Vergangenheit und seine Zukunft, hatte ihn erschaffen, genauso wie sie Raban erschaffen hatte.

Er und Dr. Mobius waren nichts weiter als Charaktere in einem Buch. Und Ariane war die Autorin.

*

Ariane starrte ihn an. Die Bar hatte sich inzwischen ziemlich geleert.

»Ich habe mich umgebracht?«, fragte sie verwirrt und betrachtete erneut die Todesanzeige.

»Nein, Ariane«, sagte er ernst.«Du *wirst* dich umbringen. Und ich werde dich verdammt noch mal davon abhalten!«

Sie sackte zusammen und knetete ihre Finger. Und dann packte sie all ihre Fragen in ein einziges Wort. »Warum?«

Er lachte, es klang ratlos. »Ich fürchte, was du schreibst, wird wahr.«

Sie saß da, ihre Arme um den Körper geschlungen, und schüttelte den Kopf. »Nein«, sagte sie leise. »Das ist einfach nicht möglich.«

»Doch, anscheinend schon«, sagte Raban schulterzuckend und nahm einen großen Schluck von seinem Bier.

»Und warum bist du hier?«, fragte sie, ihre Augen schwammen vor Hilflosigkeit.

»Das Problem ist, dass du nicht weitergeschrieben hast, Ariane. Du hast dir stattdessen mit vierundzwanzig das Leben genommen. Und all deine Romancharaktere sitzen jetzt fest. In der Welt, die du erschaffen hast, deiner Fantasiewelt. Nur ich, ich als Einziger, konnte entkommen.«

Sie schüttelte wieder den Kopf, nahm noch einen Schluck von ihrem Bier.

»Das stimmt doch alles nicht. Ich träume, nicht wahr?«

Er lächelte sein bestes Wolfslächeln. »Ich bin so echt wie dein Glas Bier, glaube mir.«

Sie sah sich verstört um. »Gut, nehmen wir an, du bist wirklich echt«, begann sie. »Warum bist du zu mir gekommen?«

»Habe ich doch gesagt. Ich lasse es nicht zu, dass meine Geschichte so endet. Der ewige Zeitreisende, der nichts an seiner Zukunft ändern kann. Ich will kein ewig Suchender sein, Ariane. Du musst weiterschreiben. Die Geschichte muss weitergehen, muss aufgelöst werden. Und ich werde dich verdammt noch mal davon abhalten, einfach davonzulaufen, den einfachen Ausweg zu nehmen. Du hast etwas losgetreten und wirst es zu Ende bringen.«

In ihren Augen schwammen jetzt Tränen. »Warum habe ich mich umgebracht, Raban?«

Er zog die Brauen zusammen. »Ich weiß es nicht, Ariane«, sagte er schlicht. »Das ist deine Geschichte, nicht meine.«

Sie fröstelte und zog ihren Kapuzenpullover eng um sich. In ihrem Kopf liefen die Gedanken Amok. »Du kannst mich nicht leiden, nicht wahr?«, fragte sie dumpf.

»Ob ich dich leiden kann?« Er lachte trocken. »Ich weiß nicht, könntest du jemanden mögen, der dein Leben entworfen, eiskalt durchgeplant, dich in die Hölle verdammt hat? Jemanden, der jeden Moment in deinem Leben als unbekannte Macht allgegenwärtig war? Jemanden, der dich in ein Schicksal geschickt hat, das du nicht selbst bestimmen konntest?«

Ariane war eiskalt. In Raban erwachte plötzlich der Wunsch, ihr den Mantel um die Schultern zu legen, doch seine Wut war stärker als dieses neue, andere Gefühl.

»Könntest du, Ariane?«, drängte er erneut.

Als sie schwieg, wiederholte er die Frage zum dritten Mal, obwohl in seiner Brust das andere Gefühl nun mächtiger und übermächtiger wurde. »Könntest du jemanden mögen, der deinen eigenen Untergang bedeutet? Einen Menschen, der dich bloß als Experiment wahrnimmt oder als Zeitvertreib? Einen Menschen, der aus bloßer Neugierde mit deinem Leben spielt?«

Arianes Hände zitterten, als sie nach seiner Packung Zigaretten griff und sich eine anzündete. Sie schwieg lange und bohrte schließlich ihre Augen in seine.

»Ich habe auch Fragen an dich, Raban«, sagte sie dann bestimmt.

»Könntest du jemanden lieben, der dich von Kind an verfolgt hat? Jemanden, der Angst und Einsamkeit in dein Herz gesät hat? Jemanden, der dich geprägt, geformt hat, bis du am Rande des Wahnsinns schreiten musstest? Könntest du die dunkle Gestalt lieben, die sich in der Ecke deines Zimmers aus dem Nichts manifestiert und ein Skalpell fallen lässt? Die Gestalt, die dich in die Psychiatrie gebracht hat? Die für dich nur Leid und Schmerz bedeutet hat, solange du zurückdenken kannst?«

Raban schluckte. Mit einem einzigen Klick eines Sekundenzeigers, einem einzigen Augenblick im ewigen Zeitgefüge, war ihm alles klar. Er verstand. Es war so offensichtlich und dennoch hatte er nicht einen Moment daran gedacht.

Es war diese Sekunde, in der seine Wut verpuffte.

Es war die Sekunde, in der etwas Neues begann. Zum ersten Mal sah er sie einfach nur an und erkannte etwas in ihrem Blick, der sich in seinen bohrte.

Das fehlende Stück.

»Dr. Jelinek hatte recht, Raban«, sagte sie. »Du warst es. Du warst die Gestalt. Es warst immer nur du. Nur wegen dir habe ich überhaupt begonnen, zu schreiben. Ich hätte ein ganz normales Kind sein können. Ich hätte *normal* sein können. Aber dann … Dann kamst du und hast meine Welt aus den Angeln gerissen. Und dann …«, sie schwieg, schien nach Worten zu ringen, doch dann sprach sie weiter. »Und dann habe ich mich in dich verliebt.«

Eine lange Stille folgte.

»Wer war zuerst? Die Henne oder das Ei?«, fragte Ariane schließlich.

Er schüttelte den Kopf, hilflos. Betrachtete Ariane, die ihr Gesicht in den Händen verbarg.

»Ich … Ariane, das wusste ich nicht. Es tut mir leid. Es tut mir unendlich leid, bitte verzeih mir. Damals, in der Nacht, als du geträumt hast, in dieser Nacht in deinem Zimmer …«, begann er.

»Du. Du warst es. Ich habe von dir geträumt«, sagte sie leise. »Du hast mich geformt, wie ich dich geformt habe, Raban …«

»Es gab keinen Anfang und kein Ende. Nur uns«, vervollständigte er langsam. »Verdammt, ich war so ein Idiot. Ich hätte es wissen müssen, das hätte ich wirklich. Spätestens in der Psychiatrie. Warum bin ich nicht selbst darauf gekommen, dass es sicherlich für dich nicht ohne Folgen bleibt, wenn dir immer wieder eine Gestalt erscheint, die nur du sehen kannst?«

Ariane atmete tief durch. Dann schüttelte sie den Kopf. »Vergiss es, Raban. Gehen wir nach draußen?«, fragte sie schließlich.

Er nickte.

Die frische Luft schlug ihnen wohltuend entgegen.

»Und was hat das alles nun zu bedeuten?«, fragte er, als sie so dastanden, fröstelnd, dicht an die Hauswand gedrängt.

»Ich weiß nicht, Raban«, flüsterte sie. »Ich war mir bisher nicht einmal sicher, ob so etwas wie Schicksal existiert. Aber all das … Es ist zu viel auf einmal. Ich weiß nicht mehr, was ich denken soll.«

»Ich weiß, wie du dich fühlst. Es ist … Ariane, das Loch in deiner Brust … Ich habe es auch. Diese Leere, als würde etwas fehlen …«

»Du hast mein Tagebuch gelesen?«, fragte sie, nur milde empört.

»Nein. Nur die Randnotizen in deinem Manuskript. Du hattest da etwas erwähnt.« Er hielt inne. »Ich habe keine Ahnung von Schicksal. Wir werden wohl nie wissen, was und wer zuerst war, du oder ich. Vielleicht ist es auch die Unendlichkeit.«

»Wir können all das nicht einfach ignorieren …«, sinnierte sie.

»Nein, das dürfen wir wohl nicht«, bestätigte Raban und massierte seine Schläfen. »Und was machen wir jetzt, Ariane?«, fragte er leise.

»Ich weiß es nicht. Was hältst du davon, wenn wir für den Anfang einfach ein wenig spazieren gehen?«

»Klingt gut«, bestätigte er und sie gingen los, schweigend.

An einer Parkbank hielten sie inne und setzten sich, fast synchron. Es begann zu schneien.

»Erzähl mir eine Geschichte«, sagte Ariane plötzlich unwillkürlich.

Raban zog die Augenbrauen zusammen. »Eine Geschichte? Ich weiß nicht, ob ich eine kenne.«

Sie wandte den Kopf und blinzelte ihn an.

»Na gut, in Ordnung. Ich glaube, ich kenne eine. Irgendjemand hat sie mir vor langer, langer Zeit erzählt. Eine Frau mit sehr kühlen Händen.«

»Deine Pflegemutter«, sagte Ariane unwillkürlich.

»Wirklich? Das war meine Pflegemutter? Wie heißt sie?«

»Valerie. Sie ist ein guter Mensch, wirklich. Und sie mochte dich sehr.«

»Hm, du musst es ja wissen. Du hast sie erfunden.«

»Erzählst du mir nun die Geschichte?«

»Kennst du sie etwa nicht?«, fragte Raban milde erstaunt.

»Nein«, sagte Ariane und runzelte die Stirn. So eine Szene hatte sie tatsächlich nie niedergeschrieben.

»Also gut«, sagte er und begann. »Einst gab es Wesen, die fliegen konnten, vor sehr, sehr langer Zeit. Sie waren glücklich, völlig im Reinen mit sich selbst und der Welt, die damals noch wunderschön war, ohne Sorgen und ohne Hass und Zwietracht. Doch jemand riss sie in der Mitte auseinander, sodass jeder Teil nur mehr eine Hälfte war, mit einem nutzlosen Flügel und einem Loch in der Seele. Seitdem wandeln die halben Wesen auf Erden und suchen ihre verlorene Hälfte, um wieder glücklich sein zu können. Um wieder fliegen zu können. Frei zu sein.«

Ariane seufzte. »Diese Geschichte kenne ich auch«, sagte sie leise und verträumt. »Aber ich habe nicht geschrieben, dass Valerie sie dir erzählt hat. Seltsam, dass du diese Erinnerung hast.« Sie dachte nach, doch ihre Gedanken waren zu verworren, um zu einem Schluss zu kommen.

»Und was passiert jetzt, Raban?«, flüsterte sie leise nach langer Stille.

»Ich weiß es nicht«, gab er zu.

»Ich habe nicht die geringste Ahnung.«

»Vielleicht sollte ich nach Hause gehen?«, schlug sie vor.

»Ich begleite dich«, sagte er und sie gingen die Straßen entlang, bis Ariane plötzlich zögerlich ihre Hand in Rabans gleiten ließ.

Und so gingen sie.

An der Haustür angelangt sahen sie sich an.

»Ich muss über vieles nachdenken«, sagte er.

Ariane nickte.

»Ich will meine Eltern kennenlernen.«

Sie zog die Brauen zusammen. »Sie waren keine besonders guten Eltern, fürchte ich. Und du musst vorsichtig sein, das weißt du, oder?«

»Ich will sie einfach nur sehen. Ich werde nicht mit ihnen sprechen, ihnen nicht einmal nahe kommen. Ich will sie nur einmal aus der Ferne sehen.«

»Soll ich mitkommen?«

»Nein. Ich glaube, ich muss das alleine tun. Aber ich komme zurück.«

»Wirklich?«

»Ja. Natürlich komme ich zurück. Ich werde dich finden, das weißt du doch. Ich werde dich immer finden. Unsere Geschichte ist noch nicht zu Ende.«

Und dann war er weg, mit einem Flügelschlag.

Zu Hause griff sie in die Schublade, in der die kleine Plastikkarte zu ihrem Sparkonto lag. Eigentlich hatte sie das Geld, das sie von Opa Alfred bekommen hatte, für schlechtere Zeiten gespart, aber nun war es so weit, das war ihr völlig klar. Sie klappte den Laptop auf und ging auf die Seite eines Reiseportals.

Sie würde weggehen. Weit weg. Wohin war ihr völlig egal. Sie ließ ihren Zeigefinger über das Display wandern und tippte wahllos auf eine Option.

Dann öffnete sie die Augen.

Chile.

Nun ja, warum nicht.

Sie brauchte einfach nur Zeit zum Nachdenken, genauso wie Raban.

Und wenn er so weit war, würde er sie finden.

Ohne zu zögern, buchte sie den Flug für den nächsten Tag und begann, ihren Rucksack zu packen.

Zum ersten Mal, seit sie sich erinnern konnte, war in ihrer Brust kein Loch. Stattdessen spürte sie ihr Herz pochen. Und Aufregung.

Freiheit.

Elf

Zwei Wochen später

Sie hatte eine kleine Hütte in Chile gemietet, von einem freundlichen Pferdezüchter mit verwittertem Gesicht, der über eine Internetplattform an Rucksacktouristen vermietete.

Am fünften Tag klopfte es an der Tür.

Sie wusste sofort Bescheid, schon bevor sie öffnete. Wer sollte sie sonst besuchen wollen, mitten in der Einsamkeit, die sie zum ersten Mal in ihrem Leben selbst gewählt hatte?

Er stand da, in seinem Ledermantel und mit seinem unverwechselbaren Geruch von Freiheit und Wind.

Ariane konnte nicht anders, als ihm entgegenzuspringen und sich in seine Arme zu werfen. In den letzten Tagen hatte sie wieder begonnen, zu zweifeln, ob all dies wirklich passiert war. Doch nun, als er vor ihr stand, wusste sie nicht mehr, wie sie es hatte infrage stellen können.

Er lachte, und Ariane vergrub im gleichen Moment die Erinnerung daran in ihrem Herzen. Das erste ehrliche, uneingeschränkt glückliche Lachen, das er ihr geschenkt hatte.

»Raban«, sagte sie aufatmend.

»Ariane«, murmelte er in ihr Ohr und schob sie auf Armlänge von sich. Er zögerte und kurz huschte etwas über sein

Gesicht, nur für den Bruchteil einer Sekunde. Er zog sie noch einmal näher und Arianes Augen weiteten sich – ob er sie küssen wollte? –, doch was immer es gewesen war, es war so schnell vorbei, wie es gekommen war. Er räusperte sich nur und umarmte sie dann noch einmal kurz.

»Hast du Lust auf einen Ausflug?«, fragte er dann.

»Wohin?«

»Du weißt, wohin«, sagte er und umfasste ihren Arm. »Du kannst dich doch noch erinnern, oder?«

Ihr grünbrauner Blick fiel in seinen schwarzen und dann nickte sie.

Der See. Die Grillen.

Die Zeit bog sich und dann waren sie dort. Die Sonne verschwand gerade hinter dem Horizont.

»Hast du nachgedacht?«, fragte sie und wandte sich ihm zu.

»Ja. Ich bin mir noch immer nicht sicher, aber ich denke, ich sehe nun schon einiges klarer.«

»Und zwar?«

»Ich vermute, dass es unendlich viele Paralleluniversen gibt, und durch die Zeitreisen spalten sich weitere Paralleluniversen ab, wenn etwas verändert wird. Aber wir leben trotzdem in unserem Universum, in einem kleinen Bruchteil der Möglichkeiten. Wir müssen also aufpassen, dass wir es nicht zerstören. Und wir dürfen auch nicht zulassen, dass Dr. Mobius es zerstört.«

Ariane betrachtete ihn grübelnd. »Willst du damit sagen, dass du mit mir gegen Dr. Mobius kämpfen willst?«

Raban grinste. Seine spitzen Zähne gaben ihm etwas Verschmitztes. »Aber natürlich! Ariane, wir sind die einzigen Menschen in diesem Paralleluniversum, die das tun können.

Was du schreibst, wird wahr und ich bin ein Zeitreisender. Wer, wenn nicht wir, sollte die Zukunft in Ordnung bringen?«

Sie atmete tief durch und nickte dann. »In Ordnung. Lass uns die Welt retten.« Plötzlich musste sie lachen.

Auch er schüttelte lächelnd den Kopf. »Wie sich das anhört! Aber … ich habe nachgedacht … Ich finde, wir haben beide zuerst einmal Urlaub verdient. Wir müssen alles planen, es darf nichts schiefgehen.«

Sie runzelte die Stirn. »Urlaub?«, fragte sie. »Was hast du dir denn vorgestellt?«

Er grinste wieder. »Wo willst du zuerst hin?«, fragte er leichtfertig. »Willst du Dinosaurier sehen oder lieber im Mittelalter leben? Willst du zu den alten griechischen Philosophen? Wir können zu jedem Ort und jeder Zeit der Welt reisen. Wir können überall unsere Pläne schmieden, wie wir die Geschichte mit Dr. Mobius zu einem guten Ende bringen.«

»Meinst du das ernst, Raban? Willst du mit mir reisen?«

Ein Strahlen überzog sein Gesicht »Ja. Pack dein Notizheft ein. Es könnte eine lange Reise werden.«

Vorfreude ballte sich in Arianes Brust zusammen. Sie konnte es noch immer kaum glauben.

Die Grillen zirpten und die Sonne ging unter.

»Wie hast du mich eigentlich gefunden?«, fragte Ariane schließlich in ihr friedliches Schweigen hinein.

Raban lachte. »Wie hätte ich dich nicht finden können?«

Ariane grübelte. »Denkst du, dass unser Schicksal miteinander verbunden ist?«

Er nickte. »Aber natürlich ist es das. Wir sind auf ewig miteinander verbunden, waren es schon immer. Wir wussten es nur bisher nicht.«

Es war nun wirklich dunkel geworden. Sie ließen sich auf das nasse Gras sinken.

An diesem Abend am See waren sie wie Kinder, sie schwammen und sprangen aus den Baumwipfeln ins Wasser. Dann lagen sie atemlos am Ufer. Raban zündete ein Feuer an, fing einen Fisch und sie grillten ihn.

»Wo willst du zuerst hin?«, fragte er mit im Mondlicht glänzenden Blick. Ihre Augen begannen ebenfalls zu leuchten.

»Es ist mir völlig egal. Lass uns einfach Abenteuer erleben.«

»Alles klar. Dann lass dich überraschen, ich überlege mir etwas. Nimm meine Hand«, sagte er und grinste frech.

»Warte«, sagte sie und zwinkerte ihm zu. »Mir gefällt es hier. Ich würde gerne noch ein kleines Weilchen länger bleiben.«

»Wie du willst. Wir können so lange bleiben, wie du magst.« Er wollte seine Hand wieder wegziehen, doch Ariane hielt sie fest.

Die Zeit verging wie im Flug, während sie gemeinsam den Sternenhimmel betrachteten, bis sie schließlich langsam am Feuer einschliefen und in den Traum fielen.

II

Tintenschwinge

Eins

331 lauschte gebannt Dr. Mobius' Worten. Es war neu, dass er im Speisesaal zu allen sprach. Normalerweise hörten die Insassen seine Stimme hauptsächlich in den krächzenden Lautsprecherdurchsagen.

Wir meinen es gut mit euch. Bewahrt immer Ruhe, dann werdet ihr bald wieder entlassen. Meldet alle ungewöhnlichen Vorkommnisse eurem Wärter.

331 unterdrückte ein höhnisches Lachen. Dass er nicht der Hellste war, wusste er selbst nur zu genau. Aber ihm war völlig klar, dass Dr. Mobius es *nicht* gut mit ihnen meinte.

Seit 023 weg war, war ihm das sogar klarer als je zuvor. Dessen Verschwinden war nun auf den Tag genau drei Wochen her. 331 hatte eine neue Möglichkeit entwickelt, einen Kalender zu führen: Für jeden Tag, der verging, bohrte er mit dem Fingernagel in seinen Arm, bis dort eine kleine Wunde zurückblieb. Aber leider begannen die ersten davon nun langsam zu verblassen, und 331 hatte oft das Gefühl, dass seine Gedanken noch träger waren als sonst.

Oft starrte er abends, bevor das Licht ausging, die kleinen roten Punkte auf seinem Arm an und kam beim Zählen ins Stocken, bis er schließlich einschlief.

Er vermutete, dass ihm das Denken so schwerfiel, weil er mit niemandem mehr wirklich reden konnte, seit 023 weg war, denn er hatte keinen neuen Zellengenossen bekommen. Inzwischen hatte 331 kaum noch Hoffnung.

Anfangs hatte er jede Sekunde gespannt darauf gewartet, dass 023 plötzlich in seiner Zelle auftauchen und mit ihm endlich von diesem gottverdammten Ort abhauen würde, weg in die Vergangenheit, in die Zukunft oder wohin auch immer – Hauptsache weg.

Aber er war nicht gekommen und 331 war sich nun fast sicher, dass ihm etwas Schreckliches passiert war.

Dr. Mobius steckte dahinter, das war klar – Dr. Mobius steckte hinter allem, was hier vor sich ging. Aber auch 616, das Mädchen mit der Brandnarbe im Gesicht, verhielt sich sehr seltsam, seit 023 weg war. Wie hatte 023 sie immer genannt – Feuerauge?

331s Gehirn ratterte förmlich, als Feuerauge sich nun erhob und neben Dr. Mobius trat. Was hatte das zu bedeuten? Wütend hieb 331 auf seinen Kopf ein. Wenn seine Gedanken nur nicht immer so langsam wären!

Dies war wichtig! Mit aller Kraft konzentrierte sich 331 auf Dr. Mobius' Worte. Seine Stimme schallte kühl durch den großen Speiseraum.

»Meine lieben Freunde ...«, begann er und 331 schnaubte. *Freunde?* Dr. Mobius fuhr fort:

»... mir ist natürlich bewusst, dass es euch schwerfällt, mir zu vertrauen. Mir selbst würde es auch schwerfallen.« Der Mann lächelte, doch seine Augen blieben kalt. »Dennoch kann ich euch versichern, dass mir euer Wohl sehr am Herzen liegt. Unsere liebe 616 hier hat das einzig Richtige getan, sie kooperiert mit mir. Ich will euch eine Geschichte erzählen und hoffe, dass ihr mir aufmerksam zuhören werdet. Vielleicht hat sich der eine oder andere gefragt, was mit Nummer 023 passiert ist, und mit einigen anderen, die nun nicht mehr hier unter uns sind …«

Gemurmel brach in der Halle los. 331 musste sich jetzt nicht mehr um Konzentration bemühen. Er war plötzlich so klar im Kopf wie seit Langem nicht mehr.

»Ich muss euch mitteilen, dass diese Insassen verlegt wurden. Und bedauerlicherweise muss ich auch sagen, dass die Verlegung dieser Insassen in eine andere Anstalt zu eurer Sicherheit war. Ihre Fähigkeiten sind extrem gefährlich – und die schlimmste Nachricht, vor der ich euch eigentlich bewahren wollte, ist: Einige der Erwähnten sind der Grund, warum andere nicht mehr unter uns weilen.«

Totenstille griff um sich. Die Jugendlichen, die alle mit der schwarzen Anstaltskluft gekleidet waren, starrten sich plötzlich gegenseitig misstrauisch von der Seite an.

»Ihr habt richtig verstanden. Manche der Insassen verwendeten ihre Fähigkeiten gegen andere. Sie wurden in eine Hochsicherheitsanstalt verlegt. Wie auch immer, meine Freunde, ihr fragt euch sicher auch, warum jemand, der es gut mit euch meint, euch daran hindern will, dieses Gebäude zu verlassen. Dies hat einen sehr einfachen Grund. Ihr seid außergewöhnlich, wie ihr sicherlich alle wisst. Außergewöhnliche werden gehasst und gefürchtet, doch ich habe euer Potenzial erkannt. Ich hindere euch also bloß zu eurem eigenen Schutz daran, die Außenwelt zu erkunden. 023 musste dies leider auf die harte Tour erfahren … Er unternahm einen Ausbruchsversuch. Es gelang ihm sogar. Doch das Leben in der Außenwelt nahm kein gutes Ende für ihn …« Dr. Mobius schüttelte scheinbar betrübt den Kopf.

Schwachsinn, dachte 331 unwillkürlich. Nein, egal wie überzeugend der Mann redete, er durfte ihm kein Wort glauben. Wenn 023 ausgebrochen wäre, hätte er ihm vorher Bescheid gegeben. Nun, obwohl, das hatte er ja …

331 spürte, wie Feuerauges Blick prüfend auf ihn fiel. *Sie kann Gedanken lesen,* dachte er noch. Und dann fixierte er nur noch die Brandnarbe an ihrer Wange. *Hässlich,* dachte er mit Genugtuung. *Hässlich, hässlich, hässlich …* Feuerauge wandte sich wütend ab. Puh, das war knapp gewesen. Auf keinen Fall durfte sie von 023s Fähigkeit erfahren, jetzt, wo sie anscheinend Dr. Mobius' Verbündete war.

Der Mann im weißen Kittel sprach weiter: »023 war eine Gefahr für euch alle, aber er war auch eine Gefahr für die Außenwelt – und die Außenwelt deshalb eine Gefahr für ihn. Zum Glück hat unsere liebe 616 hier mich gewarnt, was ihn betrifft. Sie hat somit das einzig Richtige getan und Schlimmeres verhindert. Nehmt euch also ein Beispiel an ihr, meine Freunde! 616 genießt ab sofort einen Sonderstatus. Sie hat ein eigenes Apartment neben dem neu gebauten Trakt bekommen und darf auch nach draußen. Selbstverständlich in meiner Begleitung. Zu ihrem Schutz, versteht sich. Stimmt doch, oder, 616?«

Das Mädchen nickte und lächelte. Raunen breitete sich aus.

»Und, wie ist es draußen, willst du unseren Freunden davon erzählen?«

616 hob mit zitternder Stimme an: »Ich war bloß einmal draußen ... Es war grauenhaft. Die Menschen, sie haben mich begafft ... Sie haben mich verhöhnt ... Dr. Mobius hat mich zwar beschützt, aber ich habe trotzdem gemerkt, wie sehr sie mich verachten, wie sehr sie mich am liebsten verletzen würden ... Sie forderten meinen Tod, nannten mich einen Freak. Wenn Dr. Mobius nicht da gewesen wäre, wäre es schlimm ausgegangen für mich, das weiß ich genau. Wir sind hier drinnen sicherer, glaubt mir.«

»Und welche Nachricht hast du an alle hier Anwesenden, meine Liebe?«, fragte Dr. Mobius an Feuerauge gewandt.

»Ganz einfach, meine Freunde: Tut das Richtige, kooperiert mit uns! Alle, die interessiert sind, können sich bei mir melden. Es winken hohe Belohnungen. Und die Zusammenarbeit mit uns ist der schnellste Weg in die Freiheit, ich versichere es euch. Handelt nicht wie 023! Ihr habt ja jetzt gehört, was mit ihm passiert ist!«, sagte Feuerauge eindringlich und ließ ihren Blick über die Anwesenden schweifen.

Lügnerin, dachte 331. Er glaubte ihr kein einziges Wort. Was auch immer mit 023 passiert war, Dr. Mobius' Version stimmte nicht. 023 war sein Freund gewesen, und ganz gewiss nicht gefährlich.

Dr. Mobius und Feuerauge, sie waren gefährlich. Und 331 würde sich ab sofort nur noch mehr vor ihnen in Acht nehmen. Vielleicht, vielleicht würde sich ja doch bald eine Gelegenheit zum Ausbruch ergeben … Oder vielleicht, wenn auch alles andere an Dr. Mobius' Geschichte nicht stimmte, vielleicht stimmte es dann auch nicht, dass 023 etwas Schreckliches passiert war. Vielleicht schmiedete er nur einen seiner berühmten Pläne, irgendwo da draußen in Freiheit. Vielleicht würde er doch noch kommen und 331 mitnehmen?

Hoffnung machte sich wieder in ihm breit. Hoffnung war das Wichtigste hier in der Anstalt. 023 hatte sie nie aufgegeben und immerhin hatte Dr. Mobius sogar selbst zugegeben, dass er es nach draußen geschafft hatte. 023 musste noch irgendwo da draußen sein, denn er war der klügste Mensch, den 331 je kennengelernt hatte.

∞

»Ach, Ariane …«, seufzte Martin und vergrub das Gesicht in den Händen. »Ariane, Ariane. Was ist nur mit dir geschehen?«

Er stand auf und ging ans Fenster, blickte in den Garten, wo die Sonne unterging. Jonas spielte gerade mit ihrer Tochter Susanna. Trotz seines Kummers breitete sich ein Lächeln auf Martins Gesicht aus. Endlich hatte er die glückliche, kleine Familie, die er sich immer erträumt hatte … Nur Ariane fehlte.

Jonas erhaschte durch die Glasscheibe Martins Blick, musterte ihn und hob Susanna hoch. Die beiden verschwanden aus seinem Blickfeld. Nur wenige Sekunden später hörte Martin sie an der Eingangstür.

»Alles in Ordnung?«, fragte Jonas und wiegte Susanna hin und her, die offensichtlich mehr als bereit fürs Schlafengehen war.

»Ja … Es ist nur … Ich habe gerade …«, Martin deutete vage auf den dicken Manuskriptstapel auf dem Couchtisch.

»Oh. Ich verstehe«, sagte Jonas sanft und platzierte ihre quengelnde Tochter auf dem Sofa.

»Soll ich … Soll ich bei dir sein, wenn du weiterliest?«

Martin dachte nach und schüttelte den Kopf. »Nein, das … Ich muss es alleine tun. Es ist ihr Vermächtnis. Ich denke, sie hätte gewollt, dass ich es alleine lese.«

Jonas nickte verständnisvoll. »Na schön. Dann bringe ich unsere Prinzessin in ihr Schlafgemach. Ruf mich, wenn du reden willst, in Ordnung?«

»Was los, Papa?«, fragte Susanna. Sie sprang vom Sofa, lief auf Martin zu und umarmte sein Knie.

»Ach, Schatz. Schau mal, siehst du das hier? Das hat deine Tante Ariane geschrieben. Aber du kannst dich sicher nicht mehr an sie erinnern. Du warst noch zu klein …«

Susanna betatschte interessiert die Seiten. »Vorlesen?«, fragte sie neugierig.

»Wenn du älter bist, Süße«, vertröstete Martin sie. »Tintenschwinge« war vieles, aber sicherlich kein Buch für Vierjährige. »Papi liest dir jetzt das Pferdebuch vor, ja?«

Susanna nickte folgsam, ließ sich von Jonas hochheben und warf Martin noch eine Kusshand zu. Dieser lächelte geistesabwesend und ließ sich mit einem tiefen Seufzen wieder auf die Ledercouch sinken. Andächtig blätterte er durch die Seiten, konnte sich aber nicht überwinden, weiterzulesen.

Dies war das Letzte, was er jemals von Ariane lesen würde. Er wollte es langsam angehen.

Schon jetzt, nach gerade einmal zwei Seiten, hätte er am liebsten sofort Dr. Jelinek angerufen und ihm die Ohren vollgeheult. Nicht nur, dass Arianes Buch unglaublich düster war, wie alles, was sie geschrieben hatte: Der Schmerz, den er fühlte, wenn er die Verzweiflung seiner Cousine zwischen ihren Zeilen las, brachte ihn schier um den Verstand.

Warum nur hatte er ihr nicht helfen können?

»So leid es mir tut, das sagen zu müssen, Martin: Sie hätten Ariane nicht helfen können«, hörte er wieder Dr. Jelineks Stimme und er sah seine traurigen, verdächtig glitzernden Augen hinter den Brillengläsern.

»Verzeihen Sie mir, Herr Varitas. Mein Gefühlsausbruch ist unprofessionell. Aber auch ich habe Ariane sehr gemocht. Sie war … Es war einfach, als wäre sie zu gut für diese Welt. Mit jedem Tag ist sie mehr verfallen. Jeder Rückschlag hat sie völlig aus der Bahn geworfen … Entschuldigen Sie!« Dr. Jelinek hatte nach diesen Worten zu seinem eigenen Taschentuchspender gegriffen und sich klangvoll geschnäuzt.

»Verdammt, mein Therapeut heult. Was mache ich jetzt?«, hatte Martin schief grinsend gesagt. Dann waren sie beide in Lachen ausgebrochen und auf ein Bier gegangen, statt die Therapiestunde zu Ende zu führen.

»Das hätte Ariane gefallen …«, begann Martin nachdenklich. »Wissen Sie was, Dr. Jelinek? Wir müssen Arianes Buch an einen Verlag schicken. Ihr Talent sollte endlich ausreichend gewürdigt werden, auch wenn sie selbst es nicht mehr erfahren wird.«

»Das machen wir«, hatte Dr. Jelinek entschlossen gesagt. »Für Ariane.«

»Für Ariane«, prosteten sie sich zu.

Zwei

1355

Ariane rekelte sich auf den etwas kratzigen und muffigen, aber dennoch gemütlichen Bettlaken und tastete mit den Händen neben sich umher. Als die nun schon vertraute Wärme an ihrer Seite nicht auffindbar war, verzog sie noch im Halbschlaf das Gesicht.

»Raban?«, fragte sie leise und rieb sich die verklebten Augen. Er saß nicht wie so oft auf dem knorrigen Holzsessel, bei dem man sich schnell mal einen Splitter einzog.

Ariane setzte sich auf.

»Raban?«, fragte sie, nun drängender. Ein lautes Krachen und Fluchen beantwortete ihre Frage. Ah, ja. Er hatte gestern etwas von Holzhacken erwähnt.

Ungeschickt zog sich Ariane das Kleid über das *Unterkleid*, bei dessen Anblick sie noch immer in Gelächter ausbrach, woraufhin Raban ihr jedes Mal einen Vortrag darüber hielt, dass sie nicht auffallen durften. Er hatte zwar recht, trotzdem sah dieses ausgebeulte, braune Ding einfach zum Schießen komisch aus. Alleine die Vorstellung, dass Männer im Mittelalter diese Dinger wahrscheinlich als den letzten Schrei der Dessous-Mode ansahen, ließ Ariane schon wieder kichern.

Lächelnd öffnete sie die Fensterläden der kleinen Hütte und ließ die Sonne herein.

Dann stieß sie die grob gezimmerte Tür auf, die in den Angeln knarrte, und trat nach draußen. Die Vögel zwitscherten. Es war ein wunderschöner Sommertag im Jahre 1355. Raban stand vor der Hütte, hatte sich das abgetragene mittelalterliche Hemd ausgezogen und hackte Holz. Als er Ariane erblickte, huschte der Anflug eines Lächelns über sein Gesicht und er hielt inne.

»Du kannst ruhig weitermachen«, sagte Ariane und zog grinsend eine Augenbraue hoch.

»Ja? Gefalle ich dir als Holzfällerbursche?«

»Mhm«, machte Ariane und setzte sich auf einen Baumstumpf.

»Na dann, die Show geht weiter«, sagte er und fuhr mit dem Holzhacken fort.

Zugegebenermaßen hatte Raban nicht ganz den Körperbau eines Holzfällers, er war eher schmächtig, hieb aber trotzdem mit beachtlicher Kraft auf die Scheite ein.

Arianes Gedanken begannen abzuschweifen, als sie die tanzende Tätowierung auf seinem Schulterblatt betrachtete. Und die roten und die weißen Striemen darunter …

Die gehen auf dein Konto, dachte sie und seufzte. Klar, eigentlich hatte er die Narben seinem Vater zu verdanken, und doch hatte *sie* seine Vergangenheit entworfen, ihn geformt, seine Geschichte geplant, schwarz auf weiß …

»Alles in Ordnung bei dir?«, fragte er. Sie hatte gar nicht bemerkt, dass er die Axt wieder gesenkt hatte.

»Ähm, ja. Klar«, antwortete sie und schüttelte den Kopf. »Müde. Wie spät ist es eigentlich?«

»Ariane«, sagte er stirnrunzelnd. »Wir sind im Jahr 1355. Armbanduhren sind noch nicht erfunden. Und Smartphones schon gar nicht.«

»Ach ja. Logisch«, antwortete sie träge, als er näher kam, sich über sie beugte und halb spöttisch, halb besorgt ihre Stirn befühlte.

»Hast du Fieber?«, fragte er und zog auf seine unnachahmliche Art eine Augenbraue hoch.

»Glaube nicht«, nuschelte Ariane und merkte, wie ihr Herz flatterte. Es hätte alles so schön sein können – wenn da nicht diese unüberwindbare Mauer zwischen ihnen gewesen wäre.

Seit drei Wochen schlichen sie und Raban nun umeinander herum und wussten noch immer nicht so recht, was das zwischen ihnen eigentlich genau war. Ja, sie hatten sich unzählige Male im Traum geküsst. Und einmal fast-aber-dann-doch-nicht, als er sie damals in Chile abgeholt hatte, aber es war einfach …

Es war zum Ausrasten! Natürlich, sie waren gerade im Mittelalter und es war großartig. Raban hatte sogar dem Großbauern, der ihnen für einige Münzen die Hütte ein paar Wochen überlassen hatte, erzählt, dass sie seine Frau war. Aber sie wusste, dass Raban mit der Gesamtsituation ebenso wenig zurechtkam wie sie.

Das Hauptproblem war wohl, dass er ein von ihr erfundener Romancharakter war und dass er sie ihr ganzes Leben lang verfolgt hatte, was ihr unendlich viel Leid beschert hatte. Ach ja, außerdem hatte sie mit ihrem Buch vielleicht die gesamte Zukunft der Menschheit zerstört und sie hatten beide keine Ahnung, wie es weitergehen würde.

»Du hast noch vergessen, dass du in deiner Zeit in sechs Jahren sterben wirst und ab dann niemanden mehr wiedersehen darfst, den du kennst, weil das vermutlich das gesamte Universum implodieren lassen würde«, fügte sie in Gedanken hinzu.

Insgesamt betrachtet war es wohl nicht so verwunderlich, dass weder sie noch Raban so genau wussten, welcher Art ihre Beziehung nun war. Es war alles so schrecklich kompliziert.

»Du grübelst mal wieder, hm?«, machte Raban und zog Arianes Hände von ihrem Gesicht weg. »Ich dachte, wir haben uns darauf geeinigt, dass wir erst mal Urlaub brauchen.«

»Ja, du hast recht, Raban … Aber es ist einfach … Was, wenn wir keine Lösung finden? Ich muss einen zweiten Band schreiben, klar. Aber was, wenn es nicht wahr werden wird? Was, wenn sich alles verselbstständigt? Wenn alles noch schlimmer wird, als ich es geplant hatte?« Sie kaute an ihren Fingernägeln.

Raban seufzte auf. »Na schön, na schön. In Ordnung. Wir müssen bald an unserem Plan weiterfeilen. Aber Ariane – warum machst du dir solche Sorgen? Du weißt doch, dass alles, was du schreibst, wahr wird. Du wirst schon eine Lösung finden. Und ich würde so gerne noch den Markt sehen?« Hoffnungsvoll sah er sie aus seinen dunklen Augen an.

Ariane nickte zögerlich. Klar, sie würde auch gerne den Markt sehen. Genau aus solchen Gründen hatte sie ja ins Mittelalter reisen wollen, oder etwa nicht? Ihre Leidenschaft für alles Mittelalterliche hatte sie auch Raban angehängt. Damals, als er nur ein Charakter in ihrem Buch gewesen war …

»Also gut«, beschloss sie und klatschte in die Hände. »Wir sehen uns den Markt an.«

»Und die Gaukler?«, fragte Raban grinsend. »Ich habe mal gehört, die sind toll.«

Ariane nickte erneut. »Ich werde vermutlich kaum etwas verstehen …«

Es war seltsam, sie hatte sogar – vor ewiger Zeit wie es ihr nun vorkam – einen halben Mittelhochdeutsch-Kurs an der Uni absolviert, doch Raban kam dennoch viel besser mit dem Kauderwelsch zurecht, das die Menschen hier sprachen.

Er hielt seine Tarnung als reicher Kaufmann aus dem Norden, der seine Frau aus dem Süden heimbegleitete, gewissenhaft aufrecht. So ließ sich gut erklären, dass sie anders sprachen als andere und bisher hatte niemand Verdacht geschöpft. Ariane hatte dennoch ihre Schwierigkeiten, obwohl das Mittelalter sie ungemein faszinierte. Doch daran, dass Raban ihr geraten hatte, die Klappe zu halten und ihn sprechen zu lassen, würde sie sich eher nicht gewöhnen können. Auch damit, dass er sie mit Argusaugen überwachte, ob sie sich ja nicht zu weit von ihm entfernte, kam sie schwer zurecht. Natürlich, er wollte sie nur beschützen, aber dennoch fühlte es sich seltsam an.

Trotzdem, es war schön hier und die Menschen waren freundlich und ungewohnt offen. Die Magd des Bauern hatte ihr sogar mit Händen und Füßen das Geheimrezept ihrer Knödel erklärt. Dennoch stand Ariane langsam wieder der Sinn nach anderen Zeiten. Ein Laptop wäre schön. Vielleicht würde ihr die rettende Idee kommen, sobald sie vor dem Bildschirm saß.

»Raban, kannst du mir einen Laptop klauen, wenn wir wieder in Chile sind?«, fragte sie hoffnungsvoll. »Ich habe kaum noch Geld. Und Goldmünzen werden sie vermutlich nicht annehmen.«

»Ich dachte, Klauen ist böse und verwerflich?«, meinte er grinsend.

»Nun ja, in diesem Fall … Ich schätze, wir könnten eine Ausnahme machen. Es ist für das Wohl der gesamten Menschheit, oder?«

»Alles klar. Wird gemacht. Aber wage es bloß nicht, mich wieder wegen meines großen Coups zu verurteilen.«

Ariane lächelte zurück. »Okay, abgemacht. Aber es war schon sehr frech, das musst du zugeben.«

»Und du musst zugeben, dass es der Bank nicht wehtut, um einige Goldmünzen leichter zu sein.«

»Also gut. Außerdem, du kannst ja nichts dafür, ich habe dich schließlich als Dieb entworfen«, sagte sie leichthin.

Rabans Stirn umwölkte sich. Verdammt! Sie hatte es schon wieder geschafft. Gerade, als sich die Situation entspannt hatte.

»Lass uns gehen«, sagte er abrupt und sprang auf.

Ariane trottete ihm hinterher und schalt sich selbst. Musste sie wirklich immer seinen wunden Punkt treffen? Sie konnte es Raban nicht übel nehmen. Vermutlich würde es jeden Menschen der Welt stören, wenn seine traurige Vergangenheit die Erfindung einer depressiven Autorin war.

Und genau das war die Sache, die zwischen ihnen stand. Die Barriere, die verhinderte, dass sie einfach ein normales, verliebtes Paar waren. Er war tief in seinem Herzen noch immer wütend auf sie, auch wenn er sie lieb gewonnen hatte. Beides konnte sie nur zu genau spüren.

Ihre Wut hingegen war schon lange abgeebbt. Es machte keinen Sinn, sich den Kopf zu zerbrechen, wer nun zuerst etwas falsch gemacht hatte. Sie existierten, sie hatten die Macht, in jede Zeit der Welt zu reisen und die Zukunft zu verändern, und wirklich jeder Idiot konnte sehen, dass sie sich mochten.

Sogar die Magd hatte, als Raban mit dem Bauern ein sehr kompliziert aussehendes Kartenspiel gespielt hatte, Ariane zur Seite genommen und kichernd auf Raban deutend Kussmündchen gemacht. Ariane hatte lächelnd genickt. Klar, sie hatte die frisch getraute Braut gespielt, eine Liebesheirat, wie sie zu diesen Zeiten sicher eher selten war.

Und jetzt ging Raban düster brütend voran und sie trottete hinterher.

»Hey!«, machte Ariane und knuffte ihn in den Rücken. »Lassen wir das, in Ordnung? Wir gehen jetzt zu einem waschechten Mittelaltermarkt! Und nachher retten wir die Welt. Lass uns glücklich sein, in Ordnung?«

Raban zog die Stirn in Falten, doch dann nickte er leicht. »Ich versuche es.« Er machte eine unbestimmte Handbewegung, die wohl das Ziel hatte, einen Arm um Ariane zu legen, doch dann fiel sein Arm herab und er tat, als müsste er sich nur an der Hüfte kratzen. Ariane fluchte innerlich.

»Übrigens war es ein sehr kluger Schachzug von dir, nach Chile zu reisen«, sagte Raban schließlich in versöhnlichem Tonfall. »Alle sind der Meinung, dass du auf einem Selbstfindungstrip bist. Du wirst dort in Ruhe schreiben können. Und außerdem kannst du von dort jederzeit in dein altes Leben zurückreisen, sobald wir fertig sind. Ich will nur ungerne riskieren, deinen Zeitstrang zu verändern und ein Paradoxon hervorzurufen. Wir müssen sehr vorsichtig sein.«

Ariane schauderte. Raban hatte recht. Es war gut, dass sie die Hütte in Chile hatten. Sie würden nach dem Ausflug ins Mittelalter wieder zu dem Zeitpunkt zurückkehren, an dem sie abgereist waren. Aber ihr altes Leben? Ihr altes Leben war ein Leben ohne Raban. Und in sechs Jahren würde sie tot sein …

Oder hatten sie diesen Zeitstrang bereits geändert? Nein, das war nicht möglich. Denn wenn sie nicht sterben würde, würde Raban nicht auf dem Dachboden ihre Todesanzeige finden und zu ihr zurück in die Vergangenheit reisen, um …

Ihr Gehirn drohte sich wie immer an dieser Stelle zu verknoten.

»Konzentrier dich auf das Hier und Jetzt, Ariane«, hörte sie Dr. Jelineks Stimme wie von weit her.

Von ferne vernahmen sie eine Leier und rochen Gebratenes. Beide wurden schneller und sahen sich mit erwartungsvollem Gesichtsausdruck an.

Ariane scheuchte ihre düsteren Gedanken beiseite. Sie waren nun ein Kaufmann und seine Frau, die im Jahr 1355 einen Markt besuchten. Staunend ließen sie sich von dem Treiben mitziehen, betrachteten einen Gaukler, dessen Faxen ziemlich ordinär erschienen, einen Feuerspucker, einen Spielmann, umherlaufende Kinder und einen Schmied, der Ariane ein wenig an Arnold Schwarzenegger erinnerte.

Arianes Blick blieb an einer Frau hängen, die sich die Fingernägel – wohl mit einer Art Pflanzensaft – rot gefärbt hatte und silberne, fein geschmiedete Amulette feilbot. Fasziniert trat sie näher. Dies war wirklich außergewöhnliche Handwerkskunst. Die Frau winkte Raban heran.

»Eine für Eure Maid?«, fragte sie lockend. Raban sah Ariane prüfend an.

»Willst du eine?«, fragte er leise.

Ohne zu zögern, legte die Frau eine besonders schöne Kette um Arianes Hals. »Für Euch, liebes Kind«, sagte sie. »Es hat magische Kräfte.«

»Na schön. Reicht das?« Raban reichte ihr eine kleine Goldmünze, auf der, wie Ariane kichernd bemerkte, Mozart prangte. Die Frau beschnupperte die Münze, biss hinein, bog die Münze ein wenig, nickte dann befriedigt und überließ Ariane die Kette.

»Das war unvorsichtig«, bemerkte Ariane, als sie weitergingen.

»Ach, was soll das schon bewirken? Falls Archäologen eines Tages die Münze finden sollten, werden sie an einen seltsamen Zufall denken. Die Numismatiker und die Wissenschaftler, die die Kohlenstoffdatierung vornehmen, werden sich ordentlich die Köpfe zerbrechen. Aber wahrscheinlich wird sie bis dahin sowieso eingeschmolzen sein«, entgegnete Raban leichtfertig und erstand eine Tonflasche mit Met.

»Wir sollten gehen. Unser Weltrettungsplan«, erinnerte Ariane ihn. Sehnsüchtig sah Raban zu einem weiteren Spielmann hinüber, dann nickte er aber.

»Ja, du hast ja recht«, sagte er trübsinnig.

Sie hatten einige Stunden auf dem Markt verbracht und es dämmerte schon, als sie den Hohlweg zu ihrer Hütte entlangschritten.

Dort angekommen schlug Ariane ihr Notizheft auf. Die Seite mit der Zeichnung der unterschiedlichen Zeitebenen öffnete sich automatisch. Sie hatten schon unzählige Male darüber gebrütet.

»Also gut, die Zeitlinien«, begann Raban, entzündete das Feuer und nahm einen Schluck Met. Ariane nahm ihm die Flasche weg und tat es ihm gleich. »Wir können Alef nur retten, wenn ich es irgendwie schaffe, zurück in die erste Zeitlinie zu gehen. Wir müssen genau die Zeit treffen, in der Dr. Mobius ihn noch nicht getötet hat, aber in der ich schon meine Fähigkeit hatte.«

»Ich glaube, dass Dr. Mobius geblufft hat. Ich denke nicht, dass es ein Paradoxon hervorrufen würde. Gut. So weit waren wir schon. Meinst du wirklich, dass sich jedes Mal neue Paralleluniversen abspalten, wenn du durch die Zeit reist und etwas verändert wird?«

»Ich vermute es«, antwortete Raban nachdenklich. »Ich sehe es so: Zeitreisen schaffen entweder Paralleluniversen, alternative Realitäten, oder sie funktionieren in abgeschlossenen Zyklen, in denen man sich dann schlimmstenfalls selbst begegnen würde. Aber als ich damals 331 meine Fähigkeit demonstriert habe, sind wir uns nicht selbst begegnet, obwohl wir zur selben Zeit am selben Ort waren, an dem wir vor der Zeitreise schon waren.« Er grübelte. »Wie hast du dir das beim Schreiben vorgestellt?«, fragte er dann.

Ariane kaute auf ihrer Unterlippe. »Ich muss ganz ehrlich sagen, dass ich darüber überhaupt nicht nachgedacht habe. Ich hatte noch nie ein großes Talent für Recherche«, gestand sie dann.

»Hm. Dann müssen wir wohl davon ausgehen, dass sich tatsächlich Paralleluniversen abspalten«, meinte Raban. »Ariane?«, fragte er dann. »Ich habe nachgedacht … Welche Namen hattest du eigentlich für alle anderen vorgesehen? Für 331 oder für Feuerauge?«

»Noch gar keine«, murmelte Ariane. »Das hatte ich auf später verschoben. Namen waren auch nie meine Stärke.«

Raban schwieg eine Weile, dann studierte er erneut das Notizheft. »Es ist eigentlich sowieso unwichtig, oder? Die Frage ist – soll ich Alef durch meine Fähigkeit retten? Oder solltest du ihn zurück ins Leben schreiben? Vermutlich wäre Letzteres besser und unkomplizierter. Ich habe Angst, dass wir bei den Zeitlinien etwas übersehen haben. Oder dass es problematisch werden könnte, dass du die Funktionsweise der Zeitreisen nicht genauer erläutert hast. Was, wenn sie in seltenen Fällen doch mit dem abgeschlossenen Kreislaufmodell – oder überhaupt ganz anders – funktionieren? Nein, es ist zu gefährlich. Du solltest ihn zurückholen. Das kannst du doch, oder?«

»Ich weiß es nicht!«, seufzte Ariane und massierte sich die Schläfen. Bleierne Stille breitete sich aus. »Ich habe Angst, dass es nicht funktioniert«, murmelte sie dann.

Raban betrachtete sie nachdenklich. »Also gut«, sagte er. »Machen wir ein Experiment. Du musst etwas schreiben. Wir werden sehen, ob es wahr wird.«

Arianes Stimme zitterte, als sie antwortete. »Bist du sicher?«, fragte sie nervös. »Was, wenn ich dadurch … ich weiß nicht. Wenn ich dadurch alles noch schlimmer mache?«

Raban grübelte. »Es muss etwas sein, das absolut keine Auswirkungen haben kann. Es soll ja nur ein Test sein.«

»Also schön«, meinte Ariane zögerlich. »Gut … Welchen Tag haben wir heute?«

»Den 27. Juli 1355.«

»Na gut«, sagte Ariane und knabberte an ihrem Bleistift.

Raban betrachtete ihn stirnrunzelnd und wirkte missbilligend.

»Was?«, fauchte sie. »Das Notizheft stammt auch ganz eindeutig nicht aus dem Jahr 1355. Aber hier ist kein Mensch. Und auch wenn uns jemand findet, behauptest du einfach, du hättest beides im fernen Land China gekauft oder so. Du musst gar nicht so tun, das mit der Münze vorhin war genauso leichtsinnig.«

Raban warf ihr einen finsteren Blick zu, nickte dann aber. »Entschuldige. Du hast ja recht«, sagte er versöhnlich. »Es werden uns schon keine auf Dinosauriern reitende Wikinger mit Maschinengewehren erwarten, wenn wir zurück in unsere Zeit kehren. Hoffentlich.«

Ariane lächelte. Plötzlich kam ihr eine Idee.

»Ich hab's«, flüsterte sie und begann dann, in das Notizheft zu kritzeln. Sie sprach die Worte dabei leise mit.

»Am Abend des 27. Julis 1355 saßen Ariane Varitas und Raban Kraill am Lagerfeuer. Ariane kritzelte etwas in ihr Notizheft. Ganz plötzlich erschien ein pinker Elefant aus dem Nichts. Er sah sich verwundert um und löste sich anschließend sofort wieder im Nichts auf. Niemand sah ihn – niemand außer Ariane und Raban.«

Raban verschluckte sich am Met. »Ein pinker Elefant?«, ächzte er.

»Mir ist eben nichts Besseres eingefallen«, entgegnete Ariane beleidigt und blickte sich um. Weit und breit war kein pinker Elefant zu sehen.

»Es wird offensichtlich doch nicht alles wahr, was ich schreibe«, flüsterte sie niedergeschlagen.

Raban richtete sich auf. »Wie wäre es, wenn du etwas … hm, etwas Sinnvolleres versuchst? Und das Ganze mehr in einen allgemeinen Kontext verankerst?«

Ariane kaute weiter auf dem Bleistift, nach einer Weile nickte sie. »Also gut«, sagte sie leise. »Wie wäre es mit …« Sie hielt inne und begann zu schreiben.

»Am Abend des 27. Julis 1355 saßen Ariane Varitas und Raban Kraill am Lagerfeuer. Sie waren aus der Zukunft angereist, um ihren Plan zu entwerfen. Ariane kritzelte in ihr Notizheft. Plötzlich löste sich ein Blatt von dem Lindenbaum, unter dem sie saßen. Es fiel direkt auf Rabans Schulterblatt und berührte hauchsanft die Stelle, an der er eine Tätowierung hatte, die einen Raben zeigte.«

Entschlossen setzte Ariane einen Punkt hinter den letzten Satz und Raban sah sich neugierig um. Ein Blatt löste sich. Atemlos verfolgten die beiden den unschuldigen Tanz, den es in der Luft vollführte. Schließlich senkte es sich auf Raban nieder und streifte sein Schulterblatt.

»Das war es«, sagte Raban schließlich belegt in die Stille hinein. »Funktioniert doch.«

»Ja …«, sagte Ariane zögerlich und stockte dann. »Aber wir haben ein Problem.«

»Und zwar?«

»Ganz offensichtlich muss das, was ich schreibe, Sinn ergeben, damit es wahr wird.«

»Und?«, fragte Raban. »Das ist doch kein Problem.«

»Natürlich ist das ein Problem!«, entgegnete Ariane panisch. »Ich darf keinen Logikfehler einbauen, sonst wird es nicht wahr!«

»Und weiter? Dann baust du eben keinen Logikfehler ein.«

Ariane lachte freudlos. »Keinen Logikfehler einbauen? Es geht hier um einen Roman über Zeitreisen, Raban! Weißt du, wie schwierig es ist, da keinen Logikfehler einzubauen?«

Raban schmunzelte. »Und besagter Zeitreisender bin ich. Zum Glück kann ich dir helfen und aus erster Hand berichten. Ich kenne mich ganz gut aus mit Zeit. Wir kriegen das schon hin, Ariane. Hab keine Angst!«

Ariane atmete tief durch und sah Raban in die Augen. Wie selbstsicher er wirkte. Er lächelte sie an und schon wieder bewirkte dieses Lächeln, das spitze Eckzähne entblößte, einen Aufruhr in ihrer Magengrube.

»Also gut«, sagte sie bemüht gefasst. »Ich habe da vielleicht eine Idee. Was, wenn ich in meinem zweiten Band jemanden einbaue, der alles wieder geradebiegen kann? Dann müssen wir das nicht mit Zeitreisen erledigen.«

»Gut, dann machen wir es so. Worauf warten wir noch?«

»Ich weiß nicht, Raban. Ich habe Angst, um ehrlich zu sein.«

»Warum?«, fragte er leichthin.

»Keine Ahnung«, sagte Ariane und umklammerte ihre Silberkette. »Es ist nur …«

Sie knabberte an ihrer Unterlippe, betrachtete Raban, wie er so im Feuerschein dasaß, in seiner Mittelalterkluft. Ihr Herz flatterte.

»Was, wenn wir alles wieder so sehr in Ordnung bringen, dass mein Buch einfach nur ein Buch bleibt? Was ist, wenn unser Treffen ein seltsames Paradoxon war, das aufgelöst wird, sobald ich alles so niedergeschrieben habe, dass es schlussendlich Sinn ergibt?«, fragte sie leise.

Durch Rabans entsetzten Gesichtsausdruck wurde ihr klar, dass er über diese Möglichkeit noch gar nicht nachgedacht hatte.

Sie nahm noch einen großzügigen Schluck Met, blickte ins Feuer und fasste sich dann ein Herz. Das war doch alles lächerlich so.

»Ich mag dich, Raban«, sagte sie. »Ich mag dich wirklich.«

Seine Stirn zog sich schon wieder in Falten. »Ich dich doch auch, Ariane. Es ist nur …«

»Spuck es aus«, sagte sie drängend, gespannt auf die Worte, die ihr hoffentlich erklären würden, warum er sie nicht endlich küsste.

»Was ist, wenn ich verrückt bin? Wenn ich derjenige bin, der sich all dies nur einbildet? Wenn ich schlicht und einfach in der Anstalt vollkommen durchgedreht bin und du nur in meinem Kopf existierst?«, sagte er hilflos.

Ariane brauchte einige Sekunden, um seine Antwort zu verarbeiten. Doch dann hielt sie nichts mehr. »Ich muss dir also beweisen, dass ich echt bin? Weißt du, welche Sorgen *ich* mir mache? Ich könnte doch genauso diejenige sein, die verrückt geworden ist! Was, wenn ich noch immer in der Psychiatrie festsitze? Wenn all das nur in meiner Vorstellung abläuft?« Sie bemerkte erst jetzt, dass sie zitterte. »Es war die Hölle dort, Raban. Ich … ich habe noch nie mit jemandem wirklich darüber gesprochen. Ja, mit Martin und Dr. Jelinek. Aber sie haben es nie verstanden. Wie könnten sie auch? Wie könnten sie es auch verstehen, wie es ist, ständig für verrückt gehalten zu werden, obwohl für mich alles so real erscheint?« Sie umarmte bebend ihre Knie.

»Und außerdem: Es tut mir leid, Raban! Es tut mir leid, dass ich dir das Leben an den Hals geschrieben habe, das du hattest. Ich habe doch nur versucht, alles zu verarbeiten. Ich wollte dir das nicht aufbürden. Aber du weißt doch, wir werden niemals sicher sein, wer von uns zuerst existiert hat. Es ist … Es ist wie ein Flügelschlag der Wesen, die einst zusammengehört haben. Ein einziger Flügelschlag, der alles in Bewegung gesetzt hat. Eine Schwinge im Gefüge der Zeit. Eine Tintenschwinge.«

Raban sah sie ernst an und kam näher, legte einen Arm um

sie. »Ariane«, sagte er vorsichtig und tätschelte ihren Rücken. »Ich weiß doch, dass du das nicht wolltest. Ich mache dir keine Vorwürfe.« Er atmete tief durch. »Geht … geht es dir jetzt besser?«, fragte er dann ernst.

»Was meinst du?«

Raban überlegte. »Also … In Büchern wird es oft so dargestellt, dass plötzlich alle Probleme der Heldin gelöst sind, sobald der Ritter auf dem weißen Pferd auftaucht. Natürlich kann ich dir nicht sagen, woher ich das weiß – aber ich habe Bücher gelesen, früher, oder?«

Ariane nickte. »Du hast sehr gerne gelesen«, bestätigte sie.

»Nun, jedenfalls, ich denke, ich bin kaum ein Ritter und ich weiß gar nicht, ob ich Pferde besonders mag. Aber auch, wenn ich kein strahlender Held bin, würde ich dir gerne helfen, so gut ich kann. Geht es dir besser, seit ich hier bin?«

Ariane hob die Schultern. »Ich weiß nicht«, sinnierte sie. »Natürlich sind nicht alle meine Probleme mit einem Schlag verschwunden. Aber es ist schon ziemlich hilfreich, dass ich mich nicht ständig fragen muss, ob ich verrückt bin. Obwohl – das tue ich. Nach wie vor. Aber immerhin kann ich das jetzt mit jemandem teilen.« Plötzlich musste sie lächeln. »Auch, wenn noch immer die Option besteht, dass du nur eine überaus überzeugende Halluzination von mir bist – ich bin froh, dass du da bist. Und du, Raban? Bist du glücklich? Bist du noch böse auf mich?«

Raban blickte seufzend ins Feuer. »Ich … nein. Es tut mir leid. Und dir muss nichts leidtun. Wirklich. Es ist nur …« Er hielt inne. »Ich kannte immer nur die Anstalt. Ich kannte nur Schmerz, Leid und den unbändigen Drang nach Freiheit. Nun habe ich jegliche Freiheit der Welt und ich weiß gar nicht, was ich damit anfangen soll.« Er schluckte. »Ich kann mich nur an ein oder zwei Jahre meines Lebens erinnern. In dieser Zeit habe ich mir nichts mehr gewünscht, als endlich frei zu sein. Aber nun, wo es so weit ist, brechen all diese Dinge über mich herein, die ich weggeschoben habe. Ich … ich frage mich, wer ich eigentlich bin. Was von mir echt ist und was nicht. All das ist schwierig. Es tut mir leid, wenn ich manchmal schroff zu dir bin.«

Ariane nickte angespannt und Raban fuhr fort. »Du weißt, ich habe meine Eltern gesehen. Ich habe sie nur betrachtet, aus der Ferne, als sie gerade einkaufen waren. Ich mochte sie nicht. Sie waren laut, ordinär und abstoßend. Ich war auch bei Valerie, bei meiner Pflegemutter.« Er holte tief Luft.

»Sie hatte ein kleines Mädchen an der Hand. Das Mädchen hatte sich über und über mit Eis vollgekleckert und Valerie hat es von ihrer Wange gewischt und ihr einen Kuss gegeben. Es war so ein liebevolles Bild. Und in diesem Moment konnte ich mich wieder an ihre kühlen Hände erinnern, die meine Stirn gestreichelt haben, als ich krank war … Aber ich konnte nicht wieder zurück. Ich konnte nicht zu ihr gehen und mich als ihr ehemaliger Ziehsohn Raban vorstellen.« Er zuckte mit den Schultern. »Wer weiß, ob es ein Paradoxon ergeben hätte. Vielleicht hätte es das, vielleicht auch nicht. Aber ich konnte nicht. Ich habe niemanden, zu dem ich kann.«

»Du hast mich«, sagte Ariane nach langem Schweigen. »Es tut mir leid, das weißt du, Raban. Es tut mir leid, dass du nur mich hast. Nur die verrückte Autorin, die dir Leben eingehaucht hat«, meinte sie bitter.

Raban machte eine ausladende Geste. »Aber das ist es ja, Ariane! Ich bin nicht wütend auf dich, schon lange nicht mehr.

Es ist nur … Nach einem Leben wie meinem kann man es schwer annehmen, wenn einem Glück geschenkt wird. Ich … ich weiß einfach nicht, ob all das *echt* ist«, schloss er angespannt.

Ariane schüttelte den Kopf. »Raban, das führt doch alles zu nichts«, sagte sie entschlossen. »Hier, hier, hier, sieh mal, wie echt ich bin!« Sie pikste ihn in die Seite. »Ich bin so echt wie du!« Dann legte sie ihre Lippen entschlossen auf seine.

Zuerst versteifte er sich, doch dann griff er vorsichtig nach ihrer Taille und endlich, endlich erwiderte er ihren Kuss. Fast zögerlich erkundete er ihre Lippen und löste sich nach einer Weile, die ihr wie die Ewigkeit erschien, wieder von ihr.

»Du bist also echt«, sagte er und zwinkerte sie an. »Also gut. Ich bin versucht, dir zu glauben. Welche Beweise hast du denn sonst noch so auf Lager?«

Erneut pikste sie ihn. Befriedigt merkte sie, dass er wirklich sehr kitzelig war. »Du brauchst also mehr Beweise? Na schön. Dann komm mal mit.«

Und dann lagen sie sich gegenüber, in einem Bett im Jahr 1355. Nervös sahen sie sich an.

»Und jetzt?«, fragte Ariane mit pochendem Herzen und streichelte über Rabans Narben auf seinem Rücken.

Sein Atem flatterte. »Ich weiß nicht. Hast du schon einmal … Du weißt schon?«

»Ja. Aber nicht oft. Und es war immer irgendwie … komisch«, gestand sie. »Und du?«

Im selben Moment schalt sie sich für den Gedanken, doch er lachte nur. »Ich weiß nicht, Ariane. Du weißt mehr über meine Vergangenheit als ich. Hatte ich Freundinnen? Wie weit bin ich mit ihnen gegangen? Keine Ahnung.«

Nun musste auch Ariane schmunzeln. Die romantische Stimmung war dahin, aber es machte ihr nichts aus. Sie war einfach nur froh, dass Raban nicht mehr den bitteren Tonfall hatte, mit dem er sonst über seine Vergangenheit sprach.

»Ich hatte schon das Gefühl, dass du einige Freundinnen hattest«, meinte sie nachdenklich. »Und ich bin mir auch sicher, dass du mit ihnen nicht nur Händchen gehalten hast. Ich habe dich immer als so eine Art Draufgänger gesehen, damals, als du noch auf der Straße gelebt hast. Du warst sicher ein Herzensbrecher. Aber so genau habe ich das alles nicht ausgeführt.«

»Hm«, machte Raban nachdenklich und strich vorsichtig über ihr Schlüsselbein. Die Berührung ließ Arianes Puls beschleunigen. »Ich hoffe, dass du das nicht seltsam findest, aber …«

»Was denn?«, fragte Ariane.

»Ich würde gerne warten«, murmelte Raban. »Nein, versteh mich nicht falsch«, fügte er eilig hinzu. »Das hat nichts mit dir zu tun. Es ist nur … Alles ist so verrückt. Und so verworren. Eigentlich …«, er zögerte, »eigentlich wünsche ich mir nichts mehr als ein normales Leben. Ich wäre gerne ein normaler Typ Anfang zwanzig – siehst du, ich weiß nicht einmal, wie alt ich eigentlich bin.«

»Zwanzig«, sagte Ariane wie aus der Pistole geschossen.

»Ja?«

»Ja.«

»Und wann habe ich Geburtstag?«

»Neunter Januar.«

»Verstehe. Hm. Jedenfalls wäre ich gerne … normal. Ich hätte gerne einen Job. Irgendwo. Vielleicht in einem Musikgeschäft. Ich denke, ich habe genug vom Rumtreiberdasein und dem Leben als Dieb.« Er zuckte mit den Schultern. »Und während ich dort arbeite, spaziert plötzlich ein Mädchen namens Ariane herein. Sie kauft eine CD und ich lade sie auf ein Eis ein.«

»Und dann?«, fragte Ariane gespannt.

»Dann hätten wir einige Dates und würden sehen, was sich daraus entwickelt.«

Ariane lächelte. »Das fände ich schön«, sagte sie.

»Aber es ist nicht so. Wir müssen zuerst die Welt retten.«

»Sieht so aus«, murmelte sie und zog Raban in ihre Arme.

Sein Atem wurde ruhiger.

Als er neben ihr eingeschlafen war, stand Ariane noch einmal auf. Sie fühlte sich seltsam glücklich, aber auch aufgekratzt, und schlafen konnte sie auf keinen Fall. Sie würde ein wenig spazieren gehen, nicht weit weg, nur etwas frische Luft atmen.

Mit breitem Lächeln setzte sie ihre bloßen Füße in den Wald.

Raban.

Ihr Seelenverwandter, früher ihre größte Furcht und nun doch ihr … Was waren sie denn eigentlich?

»Mein Raban«, flüsterte sie die Worte vorsichtig. Sie fühlten sich gut an. So wie das kühle, nasse Moos des mittelalterlichen Waldes, durch den sie gerade lief. Ein paar Glühwürmchen schwirrten um sie herum.

Ariane war glücklich.

Und dann hörte sie das Geräusch. Es war ein leises Ächzen. Ariane erstarrte. So lautlos wie möglich hob sie einen Stein auf, der ihr als Waffe dienen könnte. Sie lauschte.

»Hilfe!«

Es war die Stimme eines Mädchens. Ariane näherte sich ihr vorsichtig, bis sie im fahlen Mondlicht die am Boden liegende Person erkennen konnte.

Das Mädchen war höchstens siebzehn, sicher nur wenig jünger als Ariane selbst. Sie warf den Stein beiseite und lief besorgt näher. Blut floss über das Gesicht des Mädchens.

»Was ist mit Euch passiert?«, versuchte Ariane den seltsamen Dialekt nachzumachen, der die Zeit markierte, in dem das Mittelhochdeutsche langsam ins Frühneuhochdeutsche überging.

»Ich bin gestürzt«, sagte das Mädchen. Es klang für Ariane erstaunlich verständlich. Benommen versuchte die Verletzte, das Blut von ihrem Gesicht zu wischen.

Ariane strich ihr über die Schulter. »Lieg ganz still. Ich werde meinen Mann und die Magd des Bauern holen. Sie werden dir sicher helfen können. Bleib hier.«

Aber das Mädchen richtete sich auf. »Es geht schon wieder«, sagte sie und rubbelte das Blut weg.

Ariane erstarrte. Auf der Wange des Mädchens prangte eine Brandnarbe.

Hastig wandte sie ihren Blick ab und sah zu Boden, versuchte krampfhaft, Leere in ihrem Kopf herzustellen.

»Mein Mann … Ich werde ihn holen. Wartet einfach hier«, flüsterte sie hastig und dann lief sie, so schnell sie konnte.

Feuerauge!

Drei

»Wer ist das?«, fragte Susanna interessiert und betatschte das Papier des Fotoalbums.

»Der?«, lachte Martin und verwuschelte seiner Tochter, die neben ihm auf dem Sofa saß, das Haar. »Das bin doch ich, Schatz! Aber damals hatte ich einen Bart. Das sieht furchtbar aus, oder?«

Susanna betrachtete ihn kritisch. »Weihnachtsmann«, diagnostizierte sie dann entschlossen.

Martin musste kichern und blätterte weiter. »Und sieh mal hier, hier ist Papi! Damals hat er immer dieses fürchterliche Hemd getragen. Und hier haben wir geheiratet, sieh mal!«

»Eine Prinzessin«, sagte Susanna und studierte das Foto von Jonas' Schwester, die als Brautjungfer fungiert hatte.

»Ja, eine richtige Prinzessin«, bestätigte Martin und überblätterte die Fotos, die seine Eltern sowie Onkel und Tante zeigten. Er fühlte sich noch nicht dazu bereit, Susannas Fragen dazu zu beantworten, warum sie im Gegensatz zu anderen Kindern nur ein Paar Großeltern hatte.

Trotzdem starrte er das nächste Foto wehmütig an. Es zeigte Ariane und Opa Alfred.

»Wer ist das?«, fragte Susanna erneut.

»Das ist dein Urgroßopa mit deiner Tante Ariane. Damals war sie noch ganz klein, so alt wie du jetzt.«

»Sie hat ja ganz kurze Haare«, bemerkte Susanna kritisch.

»Ja, stimmt. Aber die sind wieder nachgewachsen. Sieh mal hier«, er blätterte weiter.

Susanna tatschte wieder über die Seiten. »Warum kommt sie uns nie besuchen?«, fragte sie dann.

Martin konnte nicht verhindern, dass Tränen in seine Augen schossen. Er hatte sich vor diesem Gespräch gefürchtet. Kurz überlegte er, ob er etwas sagen sollte wie »Sie ist jetzt im Himmel«, doch dann entschloss er sich für die Wahrheit.

»Tante Ariane ist leider gestorben, Schatz«, sagte er leise.

»Gestorben?«, fragte Susanna stirnrunzelnd.

»Ja. Wie der Hamster von deiner Freundin Marie.«

Entsetzen machte sich auf Susannas Gesicht breit. »Aber Marie war ganz traurig!«, flüsterte sie.

»Ja, man ist traurig, wenn jemand stirbt, den man gernhat.«

Hinter Susannas Stirn arbeitete es. »Bist du jetzt auch traurig, Papa?«, fragte sie mitfühlend und legte ihren Kopf an Martins Schulter. »Weil Tante Ariane gestorben ist?«

»Ja, manchmal bin ich noch traurig, Süße. Aber ich habe ja dich und Papi Jonas, das macht mich sehr glücklich.«

»Ach so«, nuschelte Susanna und gähnte. Dann richtete sie sich auf und fragte sehr ernsthaft: »Werden Papi und du auch sterben?«

Martin zog seine Tochter eng an sich, vergrub seine Nase in ihrem Haar und unterdrückte nur mühsam ein Schluchzen. »Nein, Schatz. Noch ganz, ganz lange nicht. Erst wenn du selber schon ururalt bist. Das dauert noch sehr, sehr lange.«

Susanna gab sich mit seiner Antwort zufrieden und Martin bemerkte, wie ihr Atem regelmäßiger wurde. Nach etwa zehn Minuten hob er sie vorsichtig hoch und trug sie in ihr Bett.

Nachdem er sie gut zugedeckt hatte, ging er ins Wohnzimmer und goss sich ein Glas Weißwein ein. Jonas saß am Esstisch und fluchte ab und zu leise über seine komplizierte Steuererklärung.

»Soll ich dir helfen?«, fragte Martin und legte seinen Kopf auf Jonas' Schulter.

»Ich komme schon klar«, brummelte Jonas. »Schläft unsere Kleine?«

»Wie ein Stein. Jonas, ich ... ich werde heute weiterlesen.«

Jonas sah vom Bildschirm auf. »Tu das«, meinte er. »Wenn du reden willst ... Ich bin für dich da.«

»Danke«, murmelte Martin und zog sich ins Arbeitszimmer zurück.

Seufzend ließ er sich in seinen Schreibtischsessel sinken und öffnete dann die Schublade. »Hallo, Ariane«, sagte er leise und dann begann er zu lesen.

∞

Tintenschwinge

»Schön, dass Sie alle gekommen sind«, eröffnete Dr. Mobius seine Rede und schickte ein enthusiastisches Lächeln in die Runde. »Ich freue mich, Ihnen allen zu sagen, dass es großartige Neuigkeiten gibt, wirklich überaus großartige Neuigkeiten!« Er machte eine Kunstpause und fuhr dann fort: »Zum ersten Mal ist es mir gelungen, die besonderen Fähigkeiten unserer Probanden tatsächlich in Pillenform zugänglich zu machen. Zugegebenermaßen bin ich mit den komplexeren Fähigkeiten noch nicht weit genug, doch die simplen Dinge können wir nun tatsächlich übertragen.« Er hielt drei Plastikröhrchen hoch und stellte sie bedächtig vor sich auf den Tisch.

Zuerst spiegelte sich vorsichtige Faszination auf den Gesichtern der Lauschenden, dann brach zögerlicher Applaus aus.

Dr. Mobius hob eine Augenbraue. »Nun, ich hatte mir schon fast gedacht, dass Sie gerne eine Kostprobe hätten. Ich habe hier drei Medikamente vor mir: Eines macht Sie unfassbar attraktiv. Eines gibt Ihnen die Fähigkeit, Ihre Haarfarbe durch reine Willenskraft zu verändern. Und eines wird Ihnen die Fähigkeit geben, so wunderschön zu singen, dass Sie sofort Milliarden mit Ihrer Musik machen könnten.«

Rasnikova zeigte auf, als wären Sie in der Schule. »Ich hätte gerne die Attraktivität«, sagte er entschlossen.

Dr. Mobius verdrehte innerlich die Augen. »Aaah, aber, Vladimir: Ich hatte nicht vor, die Fähigkeiten an Ihnen auszuprobieren. Wie würden Sie denn Ihrer Frau erklären, dass Sie plötzlich wunderschön sind? Vielleicht würde sie Sie gar nicht wiedererkennen!«

Elaine war die Einzige, die leise aufhüstelte. Der Rest blieb unbeeindruckt.

Dr. Mobius grinste, als Rasnikova die Arme beleidigt verschränkte. »Sie müssen bloß noch ein wenig Geduld haben, Vladimir«, sagte Dr. Mobius versöhnlich. »Sobald meine Forschungen abgeschlossen sind, können wir an die Öffentlichkeit gehen und dann bekommen Sie sofort jede Pille, die Sie sich wünschen. Aber bis dahin ist alles noch *topsecret.*«

»Und wie wollen Sie uns dann beweisen, dass sie uns nicht nur etwas vormachen?«, fragte Rasnikova scharf.

»Sehr intelligente Frage«, entgegnete Dr. Mobius. *Du neureicher Idiot,* fügte er in Gedanken hinzu. »Ich freue mich, zu verkünden, dass Dr. Kühleborn uns eine neue Probandengruppe organisiert hat. Sie ist vom Altersdurchschnitt her sehr viel heterogener. Nicht alle Probanden haben die nötige genetische Veranlagung, durch die sie mittels Obediphenitan Fähigkeiten entwickeln können. Und an diesen Probanden können wir nachweisen, dass mittels der Pillen die Fähigkeiten auch an Personen ohne besagte Veranlagung übertragen werden können.«

Dr. Molkow räusperte sich.

»Ja, Stephan?«, fragte Dr. Mobius.

»Um was für eine Probandengruppe handelt es sich?«, fragte er interessiert.

»Häftlinge. Männliche und weibliche«, entgegnete Dr. Mobius. »Manche haben die Veranlagung, deshalb testen wir an ihnen erneut Obediphenitan. Andere wiederum haben sie nicht, deshalb testen wir an dieser Probandengruppe auch erstmals die neuen Medikamente zur Übertragung der Fähigkeiten.« *Und im Gegensatz zur ersten Probandengruppe nehmen sie alle freiwillig an dem Experiment teil, weswegen ich mich nicht mit diversen Ausbruchsversuchen herumschlagen muss,* vervollständigte er den Gedankengang.

Er machte erneut eine Pause, wartete, bis die Spannung sich hochgeschaukelt hatte. »Stavanger?«, rief er dann mit erhobener Stimme.

Die Tür schwang auf und Stavanger führte eine Frau hinein, die Handschellen trug. Sie war etwa einen Kopf größer als er, obwohl Stavanger keine Probleme gehabt hätte, in einer Basketballmannschaft aufgenommen zu werden. Und obwohl Stavanger anzusehen war, dass er Gewichte stemmte, war die Frau um vieles massiger als er.

»Willkommen, Katharina«, sagte Dr. Mobius im Plauderton.

Katharina verzog ihr Gesicht zu einer wahrlich furchteinflößenden Grimasse. »Hallo, Doc«, zischelte sie durch schiefe Zähne.

Die Hälfte der Runde zuckte zurück.

»Also gut. Katharina, wir haben schon über das Experiment gesprochen. Bist du bereit?«

»Sie haben gesagt, ich komme dann fünf Jahre früher raus, Doc.«

»Aber natürlich, meine Liebe. Also, hier haben Sie die Pille, hier haben Sie ein Glas Wasser dazu. Los geht's!«

Katharina zögerte nicht. Sie spülte die Pille mit einem großen Schluck Wasser hinunter.

Nach einigen angespannten Sekunden begann ihr Gesicht sich zu verändern.

Sie schrumpfte, ihr Haar wuchs, ihre Augen wurden größer und ihre Wimpern länger.

Als es vorbei war, betrachtete Katharina ihre nun feingliedrigen Hände. »Ach du Scheiße«, sagte sie fasziniert.

Ein kollektives Keuchen ging durch die Runde.

»Ich habe noch nie eine so schöne Frau gesehen«, sagte Rasnikova andächtig.

Als wäre dies das Stichwort, brach nun Jubel aus. Dr. Mobius blickte befriedigt in die Runde. Endlich kapierten diese Schwachköpfe, dass sie Teil etwas *Großen* waren.

Als alle gegangen waren, zog Dr. Mobius sich in sein Büro zurück. Er schenkte sich ein Glas Whiskey ein und ließ die bernsteinfarbene Flüssigkeit in seinem Glas langsam kreisen.

»Jakov«, sagte er leise und strich über die Petrischale auf seinem Schreibtisch. »Bald ist es so weit, mein Sohn. Bald sind wir wieder vereint. Mir wird schon noch etwas einfallen.«

Er zog das Mikrofon zu sich heran, um zum wiederholten Mal eine Durchsage zu machen. »Gesucht werden weiterhin die Fähigkeit des Zeitreisens oder die Fähigkeit, Tote wiederauferstehen zu lassen. Meldet jedes ungewöhnliche Vorkommnis eurem Wärter und vergesst nie: Wir meinen es gut mit euch!«

Vier

1355

Raban wachte sofort auf, als sie an seiner Schulter rüttelte.

»Was ist los, Ariane?«, fragte er und setzte sich alarmiert auf, als sie nur unzusammenhängende Sätze hervorbrachte. »Was ist los?«

Ariane rang nach Worten. »Wir müssen verschwinden«, drang es dann über ihre Lippen. »Sofort!«

Raban sprang auf. Zum ersten Mal, seit Ariane ihn kannte, huschte nackte Panik durch seinen Blick. »Was ist passiert?«

»Feuerauge«, stammelte sie dann. »Sie ist hier!«

Raban starrte sie an. »Bist du sicher?«, fragte er drängend.

»Natürlich bin ich sicher! Ich habe ihren Charakter entworfen! Ich erkenne doch noch meine eigene Schurkin!«

Raban wirbelte auf dem Absatz herum. Er machte sich nicht die Mühe, das Hemd anzuziehen, begann aber damit, ihre Habe in sein Bündel zusammenzuraffen.

»Vergiss das Zeug. Wir müssen weg. *Sofort.* In die Zukunft, in die Vergangenheit, egal! Ein sicherer Ort. *Jetzt.*«

Raban warf noch Arianes Notizheft auf den Haufen, raffte das Lederstück zusammen und nickte dann. »Schon fertig. Wir können los. Nimm meinen Arm.«

Ariane griff nach seiner Hand, hielt dann jedoch inne.

»Was?«, zischte Raban. »Wir müssen weg hier, das hast du völlig richtig erkannt!«

»Aber … aber was ist mit Feuerauge? Sie ist verletzt, und …«

»Sie hat mich *verraten*, Ariane!«

»Ja, aber … Wir können sie doch nicht so einfach sterben lassen, oder? Was, wenn sie von Wölfen gefressen wird?«

Raban fluchte. »Ja, stimmt, du hast ja recht. Wir sagen den Bauern Bescheid. Los, beeil dich!«

Sie stürmten nach draußen in Richtung Bauernhof. Als sie angekommen waren, zog Raban Ariane beiseite. »Du musst mit den Bauern sprechen«, sagte er abrupt.

»Ich? Warum denn ich?«

»Weil Feuerauge dich nicht kennt! Ich bin mir sicher, sie sucht nach mir, Ariane! Wenn der Bauer ihr erzählt, dass ein Mann ihr Bescheid gegeben hat, und sie ihn fragt, wie dieser Mann aussah, weiß sie sofort, dass das ich war. Nein, es gibt keine andere Möglichkeit!«

Ariane schluckte, nickte dann aber. Raban reichte ihr eine Goldmünze und zog sich dann in den Schatten eines Baumes zurück.

Ariane fasste sich ein Herz, klopfte an die Tür und atmete erleichtert auf, als das Familienoberhaupt, der alte Bauer, die Tür öffnete.

Eilig erklärte sie dem Mann, dass sie ein verletztes Mädchen im Wald gefunden hatte. Zuerst schien er nicht zu verstehen, doch Ariane bemühte sich nach Kräften, ihre Mittelhochdeutsch-Kenntnisse zu verwenden und schlussendlich nickte er.

»Wo?«, fragte er. Ariane deutete vage in die Richtung, an die sie sich erinnerte. Sie hob die Goldmünze und reichte sie dem Bauern. »Für Eure Gastfreundschaft«, sagte sie. »Niemand hat uns gesehen«, fügte sie dann beschwörend hinzu. »Ihr habt mich nicht gesehen und schon gar nicht meinen Mann. Versteht Ihr?«

Der Bauer wog prüfend die Goldmünze ab und nickte.

»Ich danke Euch. Lebt wohl!«, murmelte Ariane noch, dann eilte sie in die Richtung, in die Raban gegangen war. Sie hörte noch, wie der Bauer seine Familie zusammentrommelte.

Dann packte sie Rabans Arm und sie verschwanden im Zeitgefüge.

*

»Wollen Sie über Arianes Manuskript sprechen, Martin?«, fragte Dr. Jelinek sanft.

Martin nickte zögerlich und kramte den Papierstapel aus seiner Umhängetasche. »Es ist … es ist schlimmer, als ich gedacht habe. Es tut noch immer so unglaublich weh …«

Dr. Jelinek nickte verständnisvoll und reichte ihm den Taschentuchspender.

»Es geht schon«, meinte Martin abwehrend und schwieg dann lange.

Dr. Jelinek sah ihn über die Brille hinweg an und schien stumm die Worte aus seinem Innersten herauszubeschwören.

»Es ist nur …«, begann Martin zögernd, »ich habe schreckliche Angst, meine eigenen Probleme auf meine Tochter zu übertragen. So wie Arianes Eltern ihre Probleme auf ihre Tochter übertragen haben. Ich … ich habe Angst, als Vater zu versagen. Ich will nicht, dass Susanna unglücklich wird, weil ich so oft traurig bin. Sie ist mein Ein und Alles, Dr. Jelinek.«

Dr. Jelinek lächelte freundlich. »Martin«, begann er vorsichtig. »Sie lieben Ihre Tochter, das weiß ich. Werden Sie immer für sie da sein?«

»Aber natürlich«, sagte Martin wie aus der Pistole geschossen.

»Werden Sie auch für Susanna da sein, wenn sie sich ganz anders entwickelt, als Sie sich das vielleicht denken? Werden Sie Susanna für den Rest Ihres Lebens unterstützen?«

Martin richtete sich auf. »Ich werde *immer* für meine Tochter da sein«, sagte er dann heiser. »Und ich stelle mir überhaupt nicht vor, dass sie irgendwie wird. Ich will einfach nur, dass sie glücklich ist.«

»Und wenn sie doch unglücklich wird? Solche Dinge passieren, Martin. Depressionen können zum Beispiel auch einfach so entstehen. Völlig grundlos.«

Martin dachte nach. »Wenn sie unglücklich ist, werde ich mich bemühen, sogar noch stärker für sie da zu sein«, sagte er dann bedächtig.

Dr. Jelinek lächelte. »Ich hätte auch nichts anderes von Ihnen erwartet, Martin. Sie sind ein großartiger Vater und das wird auch so bleiben, vertrauen Sie mir.«

Nun lächelte Martin auch und betrachtete das Manuskript auf seinem Schoß. »Wollen wir …«, setzte er an.

»Ich will Sie natürlich nicht dazu drängen, aber Sie können es mir gerne vorlesen«, sagte Dr. Jelinek leise.

Martin atmete tief durch. »An welcher Stelle waren wir?«, fragte er.

»Dr. Mobius hatte das Medikament an Katharina ausprobiert.«

»Ah ja, stimmt. Also, wollen wir?«

Nun atmete auch Dr. Jelinek tief durch. »Legen Sie los, Martin«, sagte er leise.

∞

Tintenschwinge

Feuerauge beendete ihre Ansprache mit einem theatralischen Seufzer und setzte sich wieder.

»Vielen Dank«, sagte Dr. Mobius und ließ sich ebenfalls auf seinen Sessel sinken. »Nun wünschen wir euch allen guten Appetit und vergesst nie: Wir meinen es gut mit euch!«

Das Essen war heute reichhaltiger als sonst. Es gab wahlweise Braten oder Spaghetti mit Fleischbällchen und zum Nachtisch Eis. Doch 331 war der Appetit vergangen. Er stocherte mit seiner Plastikgabel auf seinem Metallteller herum und sah sich zögerlich um. Niemand achtete auf ihn, alle freuten sich, dass das Essen schmeckte. Warum verstanden sie nicht, dass Dr. Mobius sich bloß bei ihnen einschmeicheln wollte?

Ob er … Er verwarf den beginnenden Gedanken sofort wieder. Es hatte keinen Sinn, erneut einen Aufstand gegen Dr. Mobius zu versuchen. Er konnte unmöglich gewinnen. Vor allem nicht jetzt, wo gemunkelt wurde, dass sich einige der Insassen Dr. Mobius und Feuerauge angeschlossen hatten und die anderen Insassen bespitzelten. Man konnte niemandem mehr trauen. Trübsinnig legte 331 das Plastikbesteck auf den Tisch und wartete, bis das Signal zur Rückkehr in die Zellen gegeben wurde.

Als es so weit war, schlurfte er langsam den Gang entlang. Er vermisste 023 mit jedem Tag mehr. Wenn er doch nur jemanden zum Reden gehabt hätte …

»Pst«, machte jemand hinter ihm. 331 ruckte mit dem Kopf und blickte über seine Schulter hinweg, doch er sah nur dieselben leeren Gesichter, die er jeden Tag sah.

»Pst«, hörte er erneut. Verwundert ließ er seinen Blick schweifen und sah schließlich nach unten.

Das Mädchen, das ihm aus dunklen Augen entgegenblickte, ging ihm kaum bis zur Mitte seiner Brust. Es war nicht ungewöhnlich, dass alle kleiner waren als er, aber sie war wirklich ganz schön klein und regelrecht mager.

»Was willst du?«, zischelte er leise.

»Ich will mit dir reden. Du bist 331, nicht wahr?«, fragte sie neugierig.

»Ja, allerdings. Und du bist …«

»Nummer 192«, flüsterte sie. »Wir haben nicht viel Zeit, ich fasse mich kurz. Du warst doch mit 023 befreundet, oder?«

331 sah sich hektisch um. Was, wenn sie auch ein Spitzel war?

»Keine Sorge, ich will dich nicht ausfragen. Ich will dir vielmehr anbieten, unserer Widerstandsgruppierung beizutreten. Wir sind erst zu zweit, ich und meine Zellengenossin, sie nennt sich die Schleicherin, weil sie unglaublich leise ist. Aber ich bin sicher, du wärst ein wertvoller Verbündeter«, erklärte 192 hastig.

331s Blick huschte hektisch zu der nun schon sichtbaren Weggabelung, bei der sich Mädchen und Jungen trennen würden.

»Und wie kann ich sicher sein, dass du nicht zu Dr. Mobius gehörst? So wie Nummer 616?«, fragte er verbittert.

192s Blick wurde traurig. »Das kannst du nicht«, wisperte sie. »Aber ich habe gesehen, wie du Dr. Mobius heute angestarrt hast. Ich weiß, was du fühlst. Ich wünschte, ich könnte ihm die Stirn bieten. Ich hasse ihn abgrundtief.« 192 ballte die Hand zur Faust.

331 dachte nach. 023 hatte manchmal gesagt, er hätte eine gute Menschenkenntnis … Wenn er 192 so ansah, traute er ihr keine Bösartigkeit oder Hinterlist zu.

Aber er würde noch nicht zusagen. Plötzlich keimte eine Idee in seinem Hirn. Das Namensspiel, das er so oft mit 023 gespielt hatte – er konnte sich noch genau erinnern, wie viel sie dabei übereinander erfahren hatten.

»Wenn du dir selbst einen Namen geben könntest … Wie würdest du heißen, 192?«, fragte er interessiert.

192 kaute an ihrem schmalen Zeigefinger herum und schien nachzudenken. »Eloise«, sagte sie schließlich.

»Eloise? Warum Eloise?«

Ihr Gesicht erhellte sich. »Weil ich durch mein Zellenfenster manchmal die Sonne sehen kann. Und das gibt mir Hoffnung. ›Eloise‹ ist vermutlich von Helios abgeleitet, dem Gott der Sonne. Das weiß ich. Aber ich weiß nicht, woher ich es weiß. Seltsam, oder?«

331 nickte bedächtig. »Ich verstehe«, sagte er. 023 hat-

te oft etwas Ähnliches gesagt. Auch er hatte oft Dinge gewusst, von denen er nicht sagen konnte, woher er sie wusste.

»Und welchen Namen würdest du mir geben, Eloise?«, fragte er.

Nun waren sie nur noch wenige Meter von der Gabelung entfernt.

»Julius«, antwortete 192 – Eloise – schließlich nach einigem Grübeln.

»Warum Julius?«, fragte 331 verwundert.

»Ich weiß nicht. Weil ›Juli‹ gut zu ›Sonne‹ passt vielleicht? Und deine Nase erinnert mich an Julius Cäsar.«

331 musste grinsen. Er hätte sich gerne weiter mit ihr unterhalten, doch inzwischen musste er sich wirklich beeilen.

»Dann bis morgen, Eloise.«

»Bis morgen, Julius!«

*

1890

Der Mann erhob sich aus dem Schlamm. Seine Gliedmaßen reagierten nur langsam. Die Bewegungen schmerzten.

»Mutter«, stammelte er und taumelte nach vorne. Um ihn herum war Wald. »Mutter. Wo ist meine Axt?«

Niemand antwortete. Er wurde wütend.

Nachdem er eine Weile gegangen war, kam er in eine Stadt. Sie war anders als jede Stadt, die er je gesehen hatte. Die Menschen stoben kreischend beiseite, wenn er durch die engen Gassen schlich, sie fürchteten sich vor ihm. Er grinste.

»Du da«, sagte er zu einem Jüngling und packte ihn am Kragen. »Sag mir, wo meine Axt ist.«

Das Bürschchen antwortete nicht. Er wurde noch wütender und stieß den Körper von sich. Was für eine Platzverschwendung.

Dann kamen die Gestalten. Sie stiegen aus einer Pferdekutsche. Sie trugen Uniformen. Uniformen waren meistens schlecht, Uniformen bedeuteten niemals etwas Gutes.

Auch diesmal bedeuteten die Uniformen nichts Gutes für Silas, denn die Männer knüppelten ihn nieder und nahmen ihn mit. Die Pferdekutsche schwankte und er musste sich übergeben. Er hatte Angst und rief nach seiner Mutter, doch sie kam nicht.

Mit Entsetzen wurde ihm bewusst, dass sie ja tot war, und er begann zu weinen.

Die Männer brachten ihn in ein Haus, in dem alles grau war. Jeder trug einen weißen Kittel und er kam in einen Raum, in dem ihm große Schmerzen zugefügt wurden. Das Rot explodierte vor seinen Augen und er schlug und brüllte.

Am nächsten Tag kamen sie wieder und wollten ihm eine Maske auf sein Gesicht setzen. Doch er wollte keine Maske tragen.

»Ich will hier weg«, sagte er weinerlich, nachdem er sich zur Wehr gesetzt hatte und er die Gestalten vor sich auf dem Boden liegen sah.

»Ich will wieder zurück. Zu dem Doktor, der mich wieder gesund macht.« Er hatte es versprochen.

Und diesmal wurde sein Wunsch erfüllt. Ein merkwürdiges Geräusch erklang und Silas blickte direkt in die Augen von Dr. Mobius.

Fünf

Chile

»Wie ist das möglich?«, fragte Raban erneut. Seine Augen waren blutunterlaufen und er ging nervös im Zimmer auf und ab. »Wie ist das möglich, Ariane?«

Sie vergrub ihr Gesicht in den Händen und ließ die Schultern sinken. »Ich habe keine Ahnung, Raban! Feuerauge kann doch nicht zeitreisen, oder? Ich dachte, du wärst der einzige Zeitreisende. So habe ich es geschrieben.«

»Dr. Mobius hat ständig nach einem Zeitreisenden gesucht. Ich erinnere mich noch gut an die Lautsprecherdurchsagen«, grübelte Raban. »Warum war er eigentlich so wild auf Zeitreisen?«

»Er will seinen Sohn zurückhaben«, entgegnete Ariane wie aus der Pistole geschossen.

»Seinen *Sohn*? Ach, stimmt, ich erinnere mich. Der kam in ›Rabenkralle‹ einige Male kurz vor, nicht wahr?«

»Genau. Jakov. Er konnte Gedanken manipulieren und hat all eure Erinnerungen an euer früheres Leben gelöscht. Aber dann hat Dr. Mobius ihn unabsichtlich umgebracht und ihm dabei die Fähigkeit geklaut.«

Raban starrte sie an. »Das wusste ich noch nicht. Stimmt, es gab da irgendeine Szene mit Jakov und Erinnerungen ... Aber ich glaube, mit meinen eigenen fehlenden Erinnerungen habe ich die nicht verbunden. Davon hättest du mir erzählen müssen, Ariane«, murmelte er tonlos.

»Ich ... Ja, ich weiß. Es tut mir leid, es war nie die Gelegenheit ... Bis jetzt war das ein schwieriges Thema zwischen uns ... Und ich wollte das mit Jakov ja alles erst im zweiten Band näher erklären«, stammelte sie. Sie holte tief Luft, wollte sich erneut entschuldigen für alles, was sie Raban aufgebürdet hatte, hielt aber im letzten Moment inne. *Sie hatte das nie gewollt.*

Und mit dieser Erkenntnis bohrte sich ein zweiter Gedanke in ihr Gehirn.

»Ich habe einen zweiten Band geschrieben«, sagte sie leise.

»Du hast *was*?«

»Ich meine – ich *muss* einen zweiten Band geschrieben haben. Vor meinem Tod. Ich wollte ja eine Trilogie schreiben, sie sollte ›Feder und Klinge‹ heißen – ›Rabenkralle‹ ist der erste Band. Doch, das ist die einzige Möglichkeit«, endete sie und erstarrte in Panik.

»Entweder das«, sagte Raban fieberhaft und tigerte weiter auf und ab, »oder dein Buch hat sich selbstständig gemacht.«

»Was für eine riesengroße Scheiße«, flüsterte Ariane und legte den Kopf auf ihre Knie. »Was sollen wir jetzt machen?«

Raban kam näher und kniete sich vor ihr hin. »Hey, Ariane«, murmelte er und legte seine Hand unbeholfen auf ihre Schulter. »Tut mir leid, dass ich dich angefaucht habe.«

»Ist schon gut. Du hast ja recht, ich hätte es dir sagen müssen.«

»Lass uns logisch überlegen, ja? Wem hättest du das Manuskript gegeben, wenn du einen zweiten Band geschrieben hättest? Damals, als ich im Dachboden deine Sachen durchstöbert habe, habe ich nichts gefunden, was wie ein zweites Manuskript aussah.«

»Ich hätte es Martin gegeben«, überlegte Ariane. »Doch, ja. Ich hätte gewollt, dass er es liest.«

»Gut. Ich werde in die Zukunft gehen, ich werde es finden und ich werde es stehlen.«

»Nein«, sagte Ariane so vehement, dass Raban zusammenzuckte. »Nein«, sagte sie erneut. »Ich will nicht, dass du es Martin wegnimmst. In der Zukunft … in der Zukunft wird das das Einzige sein, das er noch von mir hat.«

Raban seufzte auf. »Also schön. Und was schlägst du sonst vor?«

Ariane knetete ihre Stirn. Plötzlich sprang sie auf und ein fast manisches Grinsen überzog ihr Gesicht.

»Ich habe eine Idee.«

∞

Tintenschwinge

»Also, 616 …«, begann Dr. Mobius bedeutungsschwanger. Das Mädchen hatte die Beine übereinandergeschlagen und blickte ihn abwartend an.

Dr. Mobius lachte. »Weißt du, ich fühle mich seltsam, dich ›616‹ zu nennen. Normalerweise wollen immer alle ihren wahren Namen erfahren. Du etwa nicht?«, fragte er leichtfertig.

Feuerauge schüttelte den Kopf. »Nein ...«, sagte sie bedächtig. »Was hinter mir liegt, liegt hinter mir. Mein Name ist ›Feuerauge‹. Er gefällt mir.«

»Nun, dann also Feuerauge«, erwiderte Dr. Mobius. »Hättest du dir ausmalen können, dass du der einzige Mensch auf der Welt bist, dem ich wahrhaftig vertrauen kann, Feuerauge? Du bist einer derjenigen Menschen, die mich am meisten hassen sollten, und dennoch kooperierst du mit mir und hilfst mir dabei, dass auch andere das tun. Warum?«

Feuerauge lächelte. »Nun, ich nehme Sie als Chance wahr. Ich denke, dass wir voneinander profitieren können.«

Dr. Mobius nickte befriedigt. »Wir denken ähnlich. Deswegen verstehen wir uns wohl so gut. Und deswegen werde ich jetzt ausgerechnet dir, Feuerauge, etwas verraten, das bisher noch niemand weiß. Mehr noch, ich habe einen Auftrag für dich.«

»Fahren Sie fort«, sagte Feuerauge kühl.

Dr. Mobius nahm ein Reagenzglas vom Tisch. Eine einzige Pille lag unschuldig am Boden.

»Dies ...«, begann er leise, »dies ist der erste wirklich wichtige Prototyp. Eine Pille, die es ermöglicht, die Fähigkeit eines anderen in den eigenen Organismus zu integrieren. Die Fähigkeit gehört Silas, einem wahrhaftig ungemütlichen Mann. Er hörte Stimmen, die ihm befahlen, seine eigene Mutter mit einer Axt zu erschlagen ... Aber dies führt an dieser Stelle zu weit. Silas ist ebenfalls ein Zeitreisender, auch wenn seine Fähigkeit wankelmütiger ist als die deines Freundes 023. Es gibt nur diese eine Pille – die Fähigkeit war leider sehr instabil, vermutlich als Nachwirkung davon, was auch immer sie während seines Ausfluges ins Viktorianische Zeitalter mit ihm angestellt haben. Ich konnte gerade ausreichend genetisches Material für diesen einen Prototyp gewinnen. Leider ist der gute Silas nun verschwunden. Hoffentlich für immer, ich konnte den Kerl nicht ausstehen, genauso wenig wie deinen Freund.«

»Er ist nicht mein Freund«, sagte Feuerauge und zog eine Augenbraue hoch.

»Ach, natürlich. Ich vergaß, du hast ihn ja verraten. Natürlich ist er nicht dein Freund.« Dr. Mobius lachte.

»Inwiefern ist die Fähigkeit wankelmütiger?«, fragte Feuerauge neugierig.

»Nun, sie ist wohl nicht so einfach zu kontrollieren. Silas war völlig verstört, als er nach besagtem Ausflug ins Viktorianische Zeitalter zurückkam. Faselte etwas von einer Anstalt, bösen Menschen in weißen Kitteln, und dass er es ewig nicht geschafft hatte, zurückzukehren. Wie auch immer, Feuerauge. Ich wünsche, dass du dieses Medikament nimmst.«

Feuerauge erstarrte. »Ich?«, fragte sie perplex. »Aber Dr. Mobius, ich dachte, dass es Ihr größter Wunsch sei, selbst in die Vergangenheit zu reisen … Ihr Sohn, das haben Sie mir doch erzählt. Sollten nicht Sie das erledigen?«

Dr. Mobius umklammerte die Petrischale mit Jakovs DNA. »Natürlich, Feuerauge. Natürlich ist dies mein größter Wunsch. Aber bis dahin ist es noch ein weiter Weg. Meine Aufgabe ist es zuallererst, eine Möglichkeit zu finden, an Jakovs Fähigkeit zu gelangen. Nur so kann ich sichergehen, dass ich, nachdem ich zu ihm zurückgereist bin, ihn nicht aus Versehen mit meiner Berührung erneut töte. Du kannst dir gar nicht vorstellen, wie schrecklich dieser Moment für mich war, Feuerauge … Ich wollte meinem Sohn niemals Leid zufügen. Ich mag ein Monster sein, aber Jakov war alles für mich. Und doch starb er durch meine Hand, durch meine Gier …« Der Doktor umklammerte die Petrischale nun vehementer, seine Fingerknöchel liefen weiß an. »Nun, wie auch immer, Feuerauge. Deine Aufgabe hat mit Jakov nichts zu tun. Die Sache mit Jakov muss ich sorgfältig planen, es darf nichts schiefgehen. Deine Aufgabe ist es, 023 zu finden. Er stellt eine unberechenbare und unmittelbare Gefahr für uns dar, deshalb ist dein Auftrag auch so wichtig. Du musst ihn mir nicht bringen, ich muss nur wissen, wo er sich aufhält. Finde ihn und erstatte mir Bericht. Denn es ist nicht nur für unsere Sicherheit wichtig, ihn zu finden – ich bin auch ein überaus rachsüchtiger Mensch.« Er grinste.

Feuerauge dachte nach. »Warum ich?«, fragte sie dann.

Dr. Mobius zwinkerte ihr zu. »Weil ich dir vertraue. Ich meinte es ernst, als ich sagte, dass du meine wichtigste Verbündete bist. Durch den Verrat an deinem Freund hast du deine Loyalität bewiesen, das respektiere ich.«

Feuerauge sah Dr. Mobius lange an. Schließlich nickte sie und schluckte die Pille ohne Wasser hinunter.

∞

Martin musste sich mühsam zurückhalten, nicht sofort weiterzulesen. Ariane hatte wirklich das Talent gehabt, spannende Handlungsbögen aufzubauen. Zu schade, dass er bisher nur Absagen von Verlagen bekommen hatte.

»Zu düster … Nicht das, was wir suchen … Wenn das Jugendliche lesen, werden sie allesamt depressiv …« Martin seufzte. Langsam verstand er Arianes Frustration.

Es war wirklich bescheuert. Ihre Manuskripte waren gut, er fand sie sogar großartig. Er hatte einfach das Gefühl, es Ariane schuldig zu sein, dass er wenigstens eines ihrer Bücher veröffentlichen konnte. Wenn er sie schon nicht hatte retten können …

Martin nippte an seinem dritten Kaffee und ließ wehmütig eines von Susannas Spielzeugen, einen hässlichen Frosch, in der Hand tanzen. Eigentlich sollte er ja an seinen Geschäftsideen weiterarbeiten. Er hatte damals wegen Susanna seinen Job gekündigt, um Hausmann zu spielen, aber nun ging sie bereits in den Kindergarten und er hatte noch immer nichts Neues gefunden. Jonas war zwar sehr verständnisvoll, aber langsam hatte er das Gefühl, dass er auch etwas beitragen musste.

»Was soll ich machen, Frosch? Soll ich wirklich einen eigenen Verlag gründen?«

Der Frosch antwortete nicht. Natürlich nicht, Martin sprach mit einem Stofftier. Ob er Dr. Jelinek anrufen sollte? Er musste grinsen. Was sein Therapeut wohl dazu sagen würde, dass er schon mit Stofftieren sprach?

Irgendwie kam ihm diese Idee mit dem eigenen Verlag immer besser vor. Es musste doch einfach Menschen geben, die gerne genau die Bücher lasen, die sonst von niemandem gedruckt wurden. Doch – seine Idee war ausbaufähig.

Martin holte andächtig Opa Alfreds Sparbuch aus seiner Schreibtischschublade. Es war nicht viel, aber es stellte doch einen Grundstock dar.

Sein Entschluss zementierte sich immer fester. Es musste einfach funktionieren.

Das Klingeln der Türglocke riss ihn aus seinen Gedanken. Er runzelte die Stirn. Jonas arbeitete noch. Wer konnte das bloß sein? Er eilte die Treppen hinunter.

Zögerlich öffnete er die Tür. Ein junger Mann blickte ihn an. Er hatte sein dunkles Haar zu einem Zopf im Nacken gebunden und trug einen Anzug. Auf den ersten Blick wirkte er wie Mitte zwanzig, doch Martin spürte irgendwie, dass er trotz der Steilfalte zwischen seinen Augen jünger sein musste. Offensichtlich fühlte er sich in seiner formellen Kleidung unwohl, denn er nestelte unsicher an seinem Ärmel herum.

»Herr Varitas?«, fragte er vorsichtig und blickte ihn prüfend aus dunklen Augen an.

»Ganz genau. Ähm, ich will nicht unhöflich sein, aber wer zur Hölle sind Sie?« Martin musterte ihn prüfend.

»Mein Name ist Ra… Rafael Klein. Es geht um Ariane Varitas. Sie sind doch ihr Cousin, Martin Varitas, nicht wahr?«

Martin nickte vorsichtig. »Ja«, sagte er misstrauisch.

»Nun, ich … es geht um Arianes Arbeit als Schriftstellerin.«

»Ariane ist tot«, sagte Martin dumpf. »Was auch immer Sie wollen, Sie kommen zu spät.«

»Ich weiß«, sagte der junge Mann zu Martins Überraschung. »Ich musste mit großer Trauer von Ihrem Verlust erfahren. Es tut mir wirklich sehr leid.«, fügte Klein hinzu und musterte Martin eingehend.

»Aber Sie sind nicht wegen Beileidsbekundungen hier?«, mutmaßte Martin.

»Nein, tatsächlich nicht«, entgegnete der Fremde. »Ich bin Verleger und Ihre Cousine hat vor ihrem Tod Auszüge ihres Manuskriptes an unseren Verlag geschickt. Nun, die Sache ist die, wir würden es wirklich gerne drucken, aber natürlich ist es angesichts der Umstände schwierig, an das gesamte Manuskript zu kommen. Haben Sie eventuell eine Ausgabe?«

Martin sog scharf die Luft ein. Ariane hatte ihr Buch an einige Verlage geschickt, ja, aber sie hatte immer nur von Absagen gesprochen. Andererseits – am Schluss hatte sie kaum noch irgendetwas über sich preisgegeben. Martin hatte immer das Gefühl gehabt, dass sie sich für ihren ausbleibenden Erfolg schämte. Der Mann – Klein – konnte durchaus die Wahrheit sprechen.

»Warum kommen Sie dann erst jetzt?«, fragte er sein Gegenüber prüfend.

Klein hüstelte. »Wissen Sie, wie stressig mein Job ist? Was denken Sie, wie viele Manuskripte wir im Monat bekommen? Ich kann Ihnen flüstern, es sind viele. Die meisten sind sowieso nicht zu verkaufen. Doch auch, wenn uns etwas gefällt – oft passt es noch nicht sofort ins Programm. Zurzeit scheint es wieder eine größere Nachfrage für dystopische Romane zu geben, deshalb bin ich hier. Die Leseproben, die mir vorliegen, sind gut. Sehr gut sogar. Ich gehe doch recht in der Annahme, dass Sie Ihnen auch die Rechte für ihre Texte vererbt hat?«

»Woher wissen Sie das?«, fragte Martin verdutzt.

»Nun ja, ich wollte ihr natürlich eine E-Mail schreiben, als beschlossen wurde, ›Rabenkralle‹ zu veröffentlichen. Ich …

hören Sie, es tut mir leid, dass ich zu spät komme.« Er blickte Martin traurig an. »Es ist wirklich eine Tragödie, nicht wahr? Auf dem Foto in ihrem Lebenslauf sieht sie so fröhlich aus, so jung ...« Er kramte in seiner Aktentasche und zog eine Mappe hervor. »Sehen Sie, ich habe ihre Mails und alle sonstigen Unterlagen ausgedruckt. Diese hier ist die letzte, die ich erhalten habe. Ich habe ihr natürlich geschrieben, um ihr die frohe Nachricht zu verkünden, doch zurück kam nur das hier.«

Martin musterte prüfend die erste Seite und blickte auf etwas, das offensichtlich eine automatisierte Nachricht war.

»Mit großem Bedauern müssen wir bekanntgeben, dass Ariane Varitas in ihrem 25. Lebensjahr verstorben ist. Für alles, was ihre Arbeit als Schriftstellerin betrifft, verweisen wir auf ihren Cousin, Herrn Martin Varitas, der nun die Rechte an ihrem Gesamtwerk besitzt.«

Darunter war seine Adresse und seine alte Handynummer angegeben.

»Ähm, also ich ... es tut mir wirklich leid, dass ich so bei Ihnen hereinplatze. Aber unter der angegebenen Nummer war niemand zu erreichen.«

Martin kämpfte gegen die Tränen und registrierte Kleins Worte kaum. Die Erkenntnis, dass Ariane vor ihrem Tod ebendiese automatische Nachricht eingestellt haben musste, traf ihn wie eine Faust in den Magen. Was, wenn Klein früher gekommen wäre? Nur einige Monate früher? Hätte es geholfen?

»Ist ... ist alles in Ordnung, Herr Varitas?«

Martin riss sich zusammen. »Ich ... ja. Ja, natürlich.« Er blätterte weiter durch die Unterlagen und erkannte eine Szene aus »Rabenkralle« wieder. Klein sagte also tatsächlich die Wahrheit. Schlussendlich seufzte Martin tief. Es hatte keinen Sinn, darüber nachzudenken, was hätte sein können. Das Einzige, das er nun tun konnte, war, Arianes Vermächtnis zu ehren.

»Ja. Also, ja, ich bin natürlich interessiert, meine ich. Kommen Sie doch rein. Ich gebe Ihnen Kopien von allem, was ich habe. Und meine neue Handynummer natürlich. Ich musste sie leider vor einigen Monaten wechseln, weil … Nun ja, das interessiert Sie sicher nicht. Hier, setzen Sie sich. Wollen Sie einen Kaffee?«

»Nein, vielen Dank. Hübsch ist es hier.«

Klein schien Smalltalk ebenso wenig zu beherrschen wie Martin, denn er sah sich unsicher um und kratzte sich nervös am Kinn.

»Ich … also, ich hole dann mal das Manuskript, in Ordnung?«, nuschelte Martin und eilte die Treppen hinauf. »Tintenschwinge« lag auf seinem Schreibtisch, aber »Rabenkralle« hatte er lange nicht gelesen. Endlich fand er es in einem Hefter auf dem Regal und polterte wieder die Treppe ins untere Stockwerk hinunter.

Klein war aufgestanden und betrachtete die Familienfotos an der Wand. »Ihre Tochter ist ja wirklich ein Goldstück«, sagte er lächelnd.

Martin stutzte. »Woher wissen Sie, dass Susanna unsere Tochter ist?«, fragte er misstrauisch. Auch wenn er das Gefühl hatte, dass der Zeitgeist sich langsam wandelte, war es doch für viele Menschen zumindest noch ungewöhnlich, dass er gemeinsam mit Jonas ein Kind hatte. Selten diagnostizierte jemand auf den ersten Blick, dass sie eine Familie waren. Das nahm Martin den meisten Menschen nicht einmal übel – immerhin sah Susanna ihnen kein Stück ähnlich.

»Ach, das sieht man doch«, meinte Klein leichthin. »Aus Ihrem Gesicht und dem Ihres Mannes spricht der Vaterstolz Bände.«

»Und woher wissen Sie, dass …«

Klein deutete schmunzelnd auf das Hochzeitsfoto.

»Ach. Ja, klar«, murmelte Martin und kam sich blöd vor. »Ähm, also ich habe hier die Manuskripte.«

»Also doch«, flüsterte Klein.

»Wie bitte?«

»Ich, ähm … Also, Ihre Cousine hatte in einer E-Mail erwähnt, dass sie auch einen zweiten Band schreiben will. Aber ich habe nur Leseproben aus dem ersten Band. Wie heißt denn Band zwei?«, fragte er mit einem seltsamen Glühen in den Augen, das Martin nicht deuten konnte.

»Tintenschwinge«, antwortete er und legte beide Stapel auf den Tisch. »Also, ich überlasse Ihnen natürlich gerne beide Kopien. Ich habe sie zwar nicht digital, weil ich nach Arianes Tod nicht ihren Laptop durchwühlen wollte, das erschien mir pietätlos. Aber ich habe irgendwo noch andere Kopien. Eines Tages wollte ich beide Texte abtippen, aber ich … ich bin noch nicht dazu gekommen.«

»Höchst interessant«, murmelte Klein, der sich bereits in »Tintenschwinge« vertieft hatte und hastig durch die Seiten blätterte.

Martin betrachtete ihn eine Weile geistesabwesend, dann brach er die Stille. »Ähm, also … Wollen Sie nicht vielleicht den ersten Band zuerst lesen?«

»Hm? Oh, ja. Natürlich.« Klein schreckte aus seiner Lektüre auf und lächelte Martin an. »Ich wollte es natürlich ohnehin nicht hier lesen. Ich nehme es mit in den Verlag, in Ordnung? Sobald wie möglich werde ich Ihnen Bescheid geben.« Er stand auf und nahm seinen Mantel.

Martin, der überrumpelt von seinem überhasteten Aufbruch hinter ihm zur Tür eilte, rang um Worte. »Ähm, ja, vielen Dank. Also, Sie melden sich bei mir? Moment, meine Handynummer … Ich schreibe sie Ihnen hier drauf, ja?«, eilig holte er einen Kugelschreiber vom Couchtisch und kritzelte seine Nummer auf die erste Seite von »Rabenkralle«.

»Danke«, sagte Klein kurz angebunden und schien es plötzlich schrecklich eilig zu haben.

»Ich würde mich wirklich sehr freuen«, beteuerte Martin. »Außerdem habe ich so viele Fragen … Ich interessiere mich sehr für das Verlagswesen.«

»Ach, wirklich?«, fragte Klein zerstreut, während seine Augen immer noch über die Seiten huschten.

»Ja«, meinte Martin verunsichert.

»Ich muss leider wirklich los, tut mir leid. Auf Wiedersehen, hat mich sehr gefreut, Herr Varitas …«

Im nächsten Moment war Klein schon zur Tür hinaus.

Martin starrte verdutzt auf die Haustür und klatschte sich nach wenigen Sekunden gegen die Stirn. »Warten Sie«, sagte er unnötigerweise zur Haustür, klatschte sich erneut gegen die Stirn und riss sie auf. »Herr Klein?«, rief er und ging den Weg bis zum Gartentor. »Herr Klein?«

Er konnte doch noch nicht weit sein. Doch als Martin auf der Straße angelangt war, war Klein weit und breit nicht mehr zu sehen.

»Seltsam«, murmelte er zu sich selbst. Das war doch wirklich … Es war, als hätte sich der Mann in Luft aufgelöst.

Verwundert ging er zum Haus zurück. Dabei hatte er ihm

doch noch etwas sagen wollen! Ariane hatte »Tintenschwinge« niemals zu Ende geschrieben. Das vorläufige Ende, das bislang existierte, war offen. Aber andererseits – das würde Klein wohl selbst bald merken.

Sechs

Chile

Nur Sekunden, nachdem Raban verschwunden war, tauchte er in der anderen Ecke des Zimmers wieder auf. Ariane machte einen kleinen Satz. An diese Sache würde sie sich wohl nie gewöhnen. »Und?«, fragte sie panisch und stürzte Raban entgegen, der in seiner formellen Kleidung wirklich ungewohnt aussah.

Aber sie stand ihm gut, wie sie am Rande bemerkte. Leider zog er Mantel und Jackett sofort aus und warf beides mit verzogenem Gesicht in die Ecke.

»Puh. Ich wäre fast gestorben in diesem juckenden Ding«, murrte er.

»Und?«, fragte Ariane erneut, diesmal drängender.

Raban kramte in der Aktentasche und blickte kurz auf. »Ich habe eine gute und eine schlechte Nachricht«, verkündete er. »Nein, eigentlich zwei schlechte Nachrichten. Nein – drei schlechte.«

Ariane erstarrte. »Jetzt sag schon«, drängte sie.

»Die gute zuerst: Ich habe das Manuskript.«

»Ach du Scheiße«, murmelte Ariane, halb fasziniert und halb erschrocken. »Wie heißt es?«

»Tintenschwinge.«

»Tintenschwinge«, wiederholte Ariane ehrfürchtig und streckte ihre Hände nach dem Papierstapel aus. Die Erinnerung an etwas, was sie damals am Feuer gesagt hatte, damals im Jahr 1355, stieg in ihr auf. *Ein einziger Flügelschlag, der alles in Bewegung gesetzt hat. Eine Schwinge im Gefüge der Zeit. Eine Tintenschwinge …*

Gänsehaut lief ihr über den Rücken. Was mochte das nur bedeuten? Wie gebannt starrte sie auf die Seiten. Sie hatte das geschrieben. Nein – würde es schreiben. In der Zukunft. Angestrengt riss sie sich los. »Und was sind die schlechten Nachrichten?«, fragte sie ängstlich.

»Nun ja, also du bist … Du bist immer noch tot«, sagte Raban schwach und senkte den Kopf.

Obwohl Ariane diese Nachricht erwartet hatte – eigentlich hatte sie es sogar gehofft, denn alles andere hätte bedeutet, dass sie ihren Zeitstrang bereits unwiderruflich geändert hatten, und sie hatte keine Ahnung, was das für Auswirkungen haben würde – war es, als würde ein Stein in ihren Magen fallen.

»Ich bin immer noch tot«, wiederholte sie tonlos.

»Ja. Und die zweite schlechte Nachricht ist, dass es Martin nicht gut geht.« Die Steilfalte stieg wieder auf Rabans Stirn auf.

Ariane spürte das Brennen hinter ihren Augen. Hilflos ließ sie sich wieder auf das Bett sinken, umklammerte ihre Beine und sah Raban flehentlich an.

»Du … du verurteilst mich, weil ich das getan habe, oder? Du verurteilst mich noch immer«, begann sie. »Ich weiß doch, dass es falsch war – falsch sein wird! Aber glaub mir, ich wollte leben … ich wollte immer leben …«

Raban stieß die Luft aus und fuhr sich seufzend durch die Haare. »Ich … Ariane, nein, ich verurteile dich nicht. Glaub mir, ich wollte mir selbst oft das Leben nehmen … Ich weiß, wie es sich anfühlt«, er hielt inne und setzte sich neben sie. »Ariane. Sieh mich an.«

»Ich bin schwach!«, flüsterte sie verzweifelt. »Ich bin schwach und ein schrecklicher Mensch, Raban! Warum habe ich das getan? Ich habe Martin verletzt, ich habe ihm das Herz zerrissen …«

Raban streichelte hilflos über ihre Schläfe und drückte sie an sich. Eine Art Erinnerung stieg in ihm auf, ein vages Gefühl, das er nicht in Worte fassen konnte. Als hätte er vor langer Zeit einen Traum gehabt, an den er sich nur schemenhaft erinnern konnte. Und doch …

»Ich halte dich nicht für schwach, Ariane«, sagte er fest. »Ich halte dich für stark. Du hast viel Schlimmes erlebt, doch du hast immer gekämpft, das weiß ich. Du bist dem Schmerz entgegengetreten … Doch das ist jetzt nebensächlich, es ist alles nebensächlich. Es ist Vergangenheit, vor dir liegt die Zukunft.«

»Du hast Schlimmeres erlebt als ich, Raban«, hauchte Ariane. »Du musstest so viel mehr durchstehen. So viel mehr Schmerz erleben.«

Raban holte tief Luft. »Auch das ist nebensächlich. Woher der Schmerz ursprünglich kam, ist nicht mehr wichtig, wenn er sich bereits so tief in deine Seele gefressen hat. Aber …«

Ariane schreckte auf. »Was hast du gerade gesagt?«, fragte sie ungläubig.

»Ich sagte, woher der Schmerz ursprünglich kam …«

»Ja, ich weiß, aber … Raban, das hast du schon einmal gesagt.« Arianes Stimme klang tonlos.

»Ich … was? Wann?«

»Früher. Noch vor dem Abend, als wir zum ersten Mal miteinander gesprochen haben. Ich dachte, ich hätte es geträumt … Ich dachte, es wäre nur ein Traum gewesen …«

Raban musterte sie nachdenklich. Dann lächelte er unwillkürlich. »Ist es wirklich wichtig, Ariane?«, fragte er sanft. »Unsere Leben sind miteinander verwoben, das ist nichts Neues. Warum sollten nicht auch unsere Träume miteinander verwoben sein?«

Ariane schluckte den Knoten in ihrer Kehle hinunter und nickte schließlich. »Ja. Du hast recht«, sagte sie leise und musste schließlich lachen. »Weißt du, was seltsam ist? An diesem Abend, in diesem Traum, habe ich dich gefragt, ob du mich überhaupt magst. Ob du jemanden wie mich überhaupt mögen könntest.«

Raban lächelte noch breiter, was Arianes Magen in Aufruhr versetzte. Er holte tief Luft, als wollte er etwas sagen, doch schließlich hielt er inne und hauchte nur einen zögerlichen Kuss auf ihre Lippen.

Ariane ließ sich für einen Moment in seine Umarmung sinken, ließ die Welt für einen Moment verschwinden, bis die Ernsthaftigkeit der Situation ihr wieder bewusst wurde.

Sie seufzte tief und richtete sich auf. »Und die dritte Nachricht?«, fragte sie zögernd.

»Hm?«, machte Raban, der seine Nase in ihrem Haar vergraben hatte.

»Die dritte schlechte Nachricht?«

»Oh. Ähm, ja.« Er setzte sich eilig auf und griff nach dem Manuskript. »Ich habe schon kurz in ›Tintenschwinge‹ reingelesen. Es ist … Nun ja, sagen wir: düster.«

Ariane erstarrte. »Wie schlimm ist es?«, fragte sie.

»Nun ja, also … Ich habe die Stelle gefunden, an der Dr. Mobius ein Medikament entwickelt, mit dem er Feuerauge zu einer Zeitreisenden macht.«

Ein eiskalter Schauer lief Arianes Rücken hinunter. Also hatten sich die Charaktere doch nicht selbstständig gemacht. Sie, Ariane, hatte sie höchstpersönlich ganz alleine in die Scheiße geritten.

»Aber ich dachte, er würde zuerst Jakov zurückholen«, flüsterte sie entsetzt.

»Ja, das will er auch versuchen«, meinte Raban und blätterte fieberhaft durch die Seiten. »Doch zuerst möchte er sich Jakovs Fähigkeit unter den Nagel reißen, ohne ihn dafür zu töten. Das Problem für Dr. Mobius ist: Um sich Jakovs Fähigkeit über eine Pille einzuverleiben – so wie Feuerauge es mit dem Zeitreise-Gen getan hat –, müsste er seinem Sohn in der Vergangenheit erst größere Mengen an Blut abnehmen. Und das würde Jakov natürlich misstrauisch machen. Also sucht er nun nach einer anderen Möglichkeit.« Raban schauderte nun ebenfalls. »Doch, ich bin eine unmittelbare Gefahr für Dr. Mobius, deshalb ist es für ihn wichtiger, zuerst mich zu eliminieren. Erst danach ist Jakovs Rettung dran. Und wie ich Dr. Mobius kenne, stellt Feuerauge für ihn ein Versuchskaninchen dar. Er ist im Grunde seines Herzens feige, oder? Deshalb hat er ihr die Pille gegeben, damit sie seine Drecksarbeit macht. Erst will er sehen, ob sie auch unbeschadet von der Zeitreise zurückkehrt, dann wird er sich um die Sache mit Jakov kümmern. Doch, es muss einfach so sein.« Raban hielt kurz inne. »Es ist seltsam, zu wissen, dass Jakov meine Erinnerungen gelöscht hat. Ich erinnere mich nicht an ihn«, fügte er dann hinzu.

»Das war der Sinn der Sache«, seufzte Ariane.

Raban runzelte die Stirn, schien jedoch nicht wütend zu werden. Zum Glück.

»Was war Jakov für ein Mensch?«, fragte er.

»Er war ein guter Mensch. Anfangs hat er noch seinem Vater geglaubt und deswegen getan, was dieser von ihm wollte. Doch dann hat er erkannt, dass Dr. Mobius schlechte Ziele verfolgt, und sich gegen ihn gestellt.«

»Und das war sein Todesurteil«, murmelte Raban, während ihm ein Schauer über den Rücken lief.

»Genau«, sagte Ariane und vergrub erneut ihr Gesicht in den Händen. »Was habe ich nur getan?«

Raban zog ihre Hände weg und legte beruhigend eine Hand auf ihre Schulter. »Wir werden es in Ordnung bringen, hörst du? Es wird alles gut. Wir haben einen riesigen Vorsprung, denn wir können herausfinden, was Dr. Mobius als Nächstes plant.«

Arianes Blick fiel auf das Manuskript. »Stimmt. Soll ich vorlesen oder willst du?«

Raban zögerte, dann entschloss er sich. »Lies du. Es ist dein Werk.«

∞

Tintenschwinge

Der Mantel bauschte sich hinter ihm auf, als er die Allee entlangging. Es war Herbst geworden und Blätter fielen von den Bäumen, die im Nebel wahrlich geheimnisvoll aussahen. Dr. Mobius lächelte und blickte den Vollmond an. Es war ein ganz besonderer Abend und die Atmosphäre erinnerte ihn fast an einen Schauerroman.

Nun, natürlich – er war der Wissenschaftler und er hatte gerade einen besonderen Durchbruch erlangt. Heute war der Tag, an dem er seinen zwei Hauptzielen einen großen Schritt näher kommen würde.

Das Ziel, das ihm persönlich wichtiger war, würde auch seine primäre Aufmerksamkeit bekommen.

Er drückte den Knopf für die Türglocke und lächelte in die Kamera, die über seinem Kopf angebracht war. »Hallo, Brankovic. Muss ich mich wirklich vorstellen?«

Der Türsummer wurde zur Antwort bestätigt. Dr. Mobius schritt weiter. Zu seiner Enttäuschung musste er den Mantel, der sich so stilvoll aufbauschte, abgeben. Brankovic durchsuchte ihn und traktierte ihn anschließend mit einem Gerät, das erkennen sollte, ob er etwas hineinschmuggelte.

»Sorry, Doc«, grinste er. »Vorschrift ist Vorschrift.«

»Aber natürlich«, entgegnete Dr. Mobius höflich. »Sind Sie bald fertig?«

»Schon passiert. Sie können nun zu ihm.«

Erneut fühlte Dr. Mobius sich an einen Roman – oder in diesem Fall eher an einen Film, den er vor langer Zeit gesehen hatte – erinnert, als er von einem Aufseher, den er nicht kannte, die Gänge des Gefängnisses entlanggeführt wurde. Ein Aufzug brachte ihn in das Kellergeschoss. »Was hat er eigentlich verbrochen?«, fragte er den Aufseher, der ihn an Stavanger erinnerte.

»Wer?«, fragte der Aufseher kaugummikauend. Mobius runzelte die Stirn. Obwohl der Mann Stavangers Bruder hätte sein können, hatte er offensichtlich nichts von dessen scharfer Intelligenz.

»Proband 814 natürlich. Was hat er verbrochen?«

»Ich habe keine Ahnung. Und es interessiert mich auch nicht. Ich weiß nur, dass er gestern in eine Einzelhaftzelle verlegt wurde.«

»Hm. Ich verstehe. Werden wir bei unserem Gespräch unter uns sein?«

»Aber natürlich. Und keine Angst, Sie sind vollkommen sicher, Doc.«

Dr. Mobius zog die Brauen hoch. Um seine Sicherheit sorgte er sich nun wirklich nicht.

»Gehen Sie einfach zur letzten Zelle am Gang. Wenn Sie etwas brauchen, drücken Sie den roten Knopf an der Wand.«

»Alles klar.« Dr. Mobius ging den Gang entlang.

Ein Neonlicht flackerte. Als er an der letzten Zelle angekommen war, schob er neugierig die Klappe auf, die an der Stahltür angebracht war. Der Mann drehte sich um.

Er erinnerte Dr. Mobius im ersten Moment ein wenig an Nummer 023, obwohl das natürlich Blödsinn war – Proband 814 war etwas größer, älter, und sein dunkelbraunes Haar war bereits von Silber durchzogen, obwohl er sicherlich jünger war, als er aussah. Er war mager, fast ausgezehrt.

»Milos, nicht wahr?«, fragte Dr. Mobius freundlich.

Der Mann blickte ihn aus grauen Augen scharf an und nickte.

»Bekommen Sie genug zu essen, Milos? Ich kann Ihnen besseres Essen organisieren, wenn Sie wollen.«

Milos schritt näher an die Luke und unterbrach seinen Blick nicht. »Was wollen Sie?«, fragte er schließlich.

Dr. Mobius lächelte. »Ich will Ihnen eine Geschichte erzählen«, sagte er sanft. »Haben Sie Kinder, Milos?«

»Nicht mehr«, wisperte Milos »Ich hatte zwei Töchter. Zwillingsmädchen.«

Dr. Mobius machte sich eine imaginäre Notiz, Brankovic zu fragen, was Milos verbrochen hatte. Doch zuerst gab es andere Dinge zu erledigen.

»Meine Geschichte handelt von meinem Sohn, Jakov. Ich habe Jakov geliebt, das habe ich. Er war mein Ein und Alles, Milos. Aber er kam bei einem fehlgeschlagenen Experiment ums Leben. Seine Fähigkeit, Gedanken zu manipulieren, ging auf mich über. Vielleicht können Sie mir helfen, es rückgängig zu machen. Sie könnten mir helfen, meinen Sohn zurückzubringen. Hätten Sie gerne Ihre Töchter zurück, Milos?«

Der Schmerz fraß sich durch Milos' Augen. »Leah. Mina«, flüsterte er tonlos.

»Welch wunderhübsche Namen.«

Milos ging nicht darauf ein. »Das können Sie?«, fragte er fieberhaft. Nun konnte Dr. Mobius den Wahnsinn sehen, der sich durch seinen Blick fraß. Hatte er gar etwas mit dem Tod seiner Töchter zu tun? Nun, dies war irrelevant. Sie hatten eine Diskussionsbasis.

»Ja, das kann ich. Doch zuerst müssen Sie mir helfen. Wir müssen sehen, ob es funktioniert. Zuerst probieren wir, ob wir es schaffen, meinen Sohn zurückzuholen, dann kann ich Ihnen mit Ihren Töchtern helfen. Haben wir einen Deal?«

Milos schien zu überlegen, doch er überlegte nicht lange. Er streckte eine Hand durch das Gitter, doch Dr. Mobius schlug nicht ein.

»Es tut mir leid«, sagte er leise. »Aber ich habe keine Ahnung, was passieren wird, wenn ich Sie berühre. Ich kann mir wie Sie die Fähigkeiten anderer Menschen aneignen. Wenn ich Sie berühre – werden Sie mir meine Fähigkeiten stehlen? Werde ich Ihnen Ihre stehlen? Ich weiß es nicht. Es ist in jedem Fall zu gefährlich. Wenn ich Ihre Fähigkeit erlange, sterben Sie. Und meine bekommen Sie natürlich nicht, die will ich gerne selbst behalten. So etwas nennt man wohl eine Pattsituation, nicht wahr?«

»Ist es das, was ich kann?«, erklang Milos' Stimme heiser. »Die Fähigkeiten anderer Probanden zu erlangen? Ich weiß noch, gestern dachte ich, ich hätte durch das Obediphenitan keine Fähigkeit erlangt. Doch dann berührte ich diesen anderen Probanden … Und seitdem kann ich das hier.« Er hob seine Hand und eine Fontäne erhob sich aus der Toilette in seiner Zelle. »Ich kann Wasser kontrollieren«, fügte Milos unnötigerweise hinzu.

Offensichtlich war er etwas schwer von Begriff. »Und was ist mit dem anderen Probanden passiert?«, fragte Dr. Mobius freundlich.

Milos runzelte die Stirn. »Nichts, soweit ich weiß. Er war ziemlich sauer. Wie geht es ihm?«

»Gut, gut«, sagte Dr. Mobius aufgeräumt. »Aber seine Fähigkeit ist weg. Vermutlich war er deshalb verärgert. Sie ist auf Sie übergegangen, Milos.«

Milos' Mund klappte auf. »Aber das ist … Bin ich deswegen in Einzelhaft? Damit ich niemanden mehr berühren kann?«

»Ja. Aber ich werde Sie hier herausholen. Solange Sie mir zusichern, mir zu helfen. Es wird noch ein weiteres Treffen geben, eine meiner engsten Vertrauten wird dabei sein. Sie heißt Feuerauge und Sie werden sie … interessant finden.« Dr. Mobius lächelte. Er musste Milos ja nicht auf die Nase binden, dass Feuerauge erkennen würde, wenn er ihn hintergehen wollte. »Leider ist sie gerade auf Reisen. Aber es wird nicht mehr lange dauern, bis sie zurückkehrt.«

Seine Gedanken schweiften kurz zu dem Mädchen. Er konnte gar nicht fassen, wie perfekt alles geklappt hatte. Offensichtlich hatte sie wirklich nicht durchschaut, dass sie ihm erneut als Versuchskaninchen diente. Natürlich hätte er selbst die Pille mit der Fähigkeit zum Zeitreisen einnehmen und Raban suchen können, immerhin hatten Zeitreisen den netten Nebeneffekt, dass man durch sie nie wieder unter Zeitdruck stehen musste. Doch es war ihm lieber, wenn jemand anderes die Aufgabe übernahm, den Jungen im Zeitgefüge zu finden. Es konnte immer noch zu viel schiefgehen. Und er selbst war schließlich um einiges wertvoller als das Mädchen. Wenn ihr etwas passierte, machte das nichts. Doch wenn ihm selbst etwas passierte, wäre es natürlich eine Katastrophe.

Mühsam riss er sich aus seinen Gedanken. »Was ist Ihr Lieblingsgericht, Milos?«, fragte er freundlich.

Verdutzt überlegte Milos. »Steak und Bratkartoffeln«, gab er schließlich zögerlich bekannt.

»Dann wird das heute Ihr Mitternachtssnack. Ich werde es veranlassen. Leider habe ich noch einen Termin. Auf gute Zusammenarbeit, Milos.«

Er wartete nicht auf eine Antwort und eilte zurück zum Aufzug. Er hatte tatsächlich noch einen Termin.

Er gab Brankovic Milos' Bestellung bekannt und verließ das Gebäude. Als er schon wieder die Allee entlangschritt, fiel ihm ein, dass er vergessen hatte zu fragen, was mit Leah und Mina passiert war. Und warum Milos einsaß.

Doch er zuckte mit den Schultern, stieg in den Mercedes, der schon wartete, und gab dem Fahrer ein Zeichen. Darum würde er sich später kümmern.

Auf zum nächsten Termin.

Als er die nächtliche Stadt betrachtete und sich zufrieden in den Ledersitzen zurücklehnte, konnte er sein Glück kaum fassen. Innerhalb weniger Tage hatte er eine Möglichkeit zum Zeitreisen gefunden, und nun hatte er dank Milos auch endlich eine Idee, wie er in der Vergangenheit Jakovs Tod verhindern konnte, ohne dass dieser Verdacht schöpfen würde.

Für seinen bevorstehenden Termin hatte er sich seinen besten Kugelschreiber zurechtgelegt, denn für diesen gab es einen ganz besonderen Anlass. Das Patent, auf das er so lange gewartet hatte, lag vor ihm auf dem Tisch. Die Rechte für seine Erfindungen. Der Schritt zu seiner uneingeschränkten Macht. Seine Geldgeber warteten gespannt. Mit ruhigen Händen ergriff Dr. Mobius den Kugelschreiber und wartete, bis sich leises Tuscheln ausbreitete. Erst dann setzte er seine Unterschrift auf das Papier.

Jubeln und Klatschen breiteten sich aus. Natürlich, immerhin würden seine Sponsoren ebenso unermesslichen Reichtum erlangen.

Dr. Molkow räusperte sich kaum hörbar.

»Ja?«, fragte Dr. Mobius gespannt. Er konnte den Mann mit den stechend grünen Augen noch immer nicht einschätzen.

»Wie geht es weiter, Dr. Mobius?«, fragte er. »Was ist der weitere Plan?«

Dr. Mobius klatschte in die Hände und strahlte in die Runde. »Gut, dass Sie fragen, Herr Kollege! Ich denke, es ist an der Zeit, ernsthaft loszulegen. Ich plane gerade die Farmen. Wir brauchen noch einige Fähigkeiten, die bis jetzt von keinem der Probanden entwickelt wurden. Inzwischen bin ich überzeugt, dass China der perfekte Standort ist. Ein paar Waisenkinder mit psychischen Problemen hier und da werden niemandem fehlen … Es wird mir langsam zu stressig, die erste Probandengruppe in Schach zu halten. Vielleicht werde ich alt«, scherzte er. »In den nächsten Tagen werde ich endlich meine Firma gründen: *Mobius Inc.* … Ich denke, dass wir innerhalb des nächsten Jahres die ersten Produkte verkaufen können.«

»Was wird eigentlich mit den Probanden der ersten zwei Gruppen passieren, wenn wir die ersten Medikamente verkaufen?«, fragte Molkow im Plauderton. »Wie können wir sichergehen, dass etwa die Probanden der ersten Gruppe uns nicht gefährlich werden? Natürlich sind sie die größere Gefahr. Aber auch die Probanden der zweiten Gruppe … Sie könnten … *rebellieren*«, artikulierte er sorgfältig.

Dr. Mobius lehnte sich entspannt zurück. »Gute Frage, wirklich gute Frage«, sagte er anerkennend. »Nun, natürlich habe ich dafür eine Lösung. Sie mag Ihnen vielleicht hart erscheinen, aber … In meinen Augen gibt es keinen anderen Weg, als sie nach Beendigung der Experimente zu *neutralisieren*.« Er achtete darauf, seine Worte ebenso sorgfältig zu artikulieren wie Dr. Molkow zuvor.

Niemand schien daran Anstoß zu nehmen, im Gegenteil, die Anwesenden lächelten sich gegenseitig fröhlich an und plauderten miteinander. Doch als sich Dr. Molkows Blick in den von Dr. Mobius bohrte, beschloss er, den Mann äußerst sorgfältig im Auge zu behalten.

Sieben

»Das ist nicht gut. Das ist gar nicht gut«, flüsterte Ariane, legte den Manuskriptstapel beiseite und begann, im Zimmer auf- und abzugehen. »Er will sie alle töten! Wie soll ich das bloß wieder rückgängig machen? Sollten wir nicht doch lieber …«

Raban zerraufte sich das Haar und sah sie an. Er wirkte müde. »Ich habe ja auch Angst um 331. Nein, um alle. Aber wir wollten die Zeitreisen aus dem Spiel lassen«, erinnerte er sie. »Die Tatsache, dass Feuerauge jetzt auch zeitreisen kann, macht alles noch komplizierter. Meine Fähigkeit ist nicht mehr das As im Ärmel, das sie anfangs war. Nein, wir müssen deine Fähigkeit verwenden. Von ihr weiß niemand, sie wissen nicht einmal, dass du existierst. Noch.«

Eisige Kälte kroch Arianes Rücken hinunter. »Noch«, wiederholte sie tonlos und blickte sich panisch um, als würde Feuerauge im nächsten Moment im Zimmer auftauchen. Als auch Raban sich umblickte, wurde ihr mit voller Kraft bewusst, dass Feuerauges Erscheinen nicht besonders ungewöhnlich wäre. Sie mussten ab jetzt so vorsichtig wie möglich sein. Hoffentlich war Silas' und damit auch Feuerauges Fähigkeit tatsächlich nicht so gut wie Rabans. »Sie hat sich verletzt«, murmelte Ariane vor sich hin, um sich selbst zu beruhigen. »Ihre Fähigkeit muss einfach schlechter sein als deine, Raban.«

Raban nickte nachdenklich. »Hoffen wir es. Jedenfalls sollten wir uns ab jetzt mit dem Schlafen abwechseln. Einer von uns muss immer Wache halten. Und wir sollten unsere wichtigsten Besitztümer immer bei uns tragen. Ich mein Skalpell, zur Verteidigung, und du dein Notizbuch. Falls Feuerauge auftaucht, können wir sofort verschwinden.«

Ariane ruckte zustimmend mit dem Kopf. »Wir müssen das fertig lesen«, flüsterte sie und griff nach dem Papierstapel. »Wir müssen wissen, was Dr. Mobius vorhat. Und wenn wir fertig sind, sollten wir es verbrennen. Niemand darf es in die Finger bekommen.«

»Gute Idee«, meinte Raban anerkennend. »Am besten, wir gehen nach draußen und zünden ein Feuer an. Dann können wir jede Seite gleich verbrennen, nachdem wir sie gelesen haben.«

Ariane nickte zögerlich. Ihren ersten Gedanken, dass es gefährlich wäre, die Hütte zu verlassen, verwarf sie sofort. Es war völlig egal, wo sie sich aufhielten – Feuerauge konnte sie überall finden. Mauern stellten nun keinen Schutz mehr dar.

Ariane kaute an ihren Fingernägeln herum, als Raban sich um das Feuer kümmerte. Als es brannte, reichte er ihr mit ernstem Gesichtsausdruck »Rabenkralle« und alles, was sie von »Tintenschwinge« bereits gelesen hatten.

»Du solltest das tun«, sagte er leise.

Mechanisch griff Ariane nach den Seiten und atmete tief durch, bevor sie sie ins Feuer warf. Ihre Augen brannten, doch sie hatte das altbekannte Gefühl, längst keine Tränen mehr vergießen zu können. Raban legte ihr den Arm um die Schulter und zog sie tröstend an sich heran. »Tut mir leid«, flüsterte er. »Aber bei Martin sind die Manuskripte besser aufgehoben. Es ist besser, wenn nur er sie hat. Feuerauge wird ihn nicht finden. Ganz sicherlich nicht.«

Ariane lehnte sich seufzend gegen seine Schulter. »Hoffen wir es«, murmelte sie. »Wir müssen weiterlesen«, fügte sie dann hinzu.

Raban löste sich von ihr und sah ihr bestimmt in die Augen. »Wir kriegen das hin«, sagte er überzeugt. »Wir schaffen das. Und dann finden wir eine Möglichkeit, in deine Zeit zurückzugehen. Gemeinsam.«

Arianes Herz flatterte in ihrer Brust. »Willst du das wirklich?«, fragte sie zögerlich. »Mit mir leben? Ganz normal?«

Raban lächelte. »Das will ich. Ich denke, wir haben für eine Weile genug von Aufregungen. Ein ganz normales Leben klingt überaus verlockend.«

»Aber ich bin in der Zukunft immer noch tot, du hast es ja gesehen …«, murmelte Ariane mutlos. »Ich muss sowieso sterben. Wenn ich nicht sterben werde, wirst du nicht meine Todesanzeige finden. Dann werden wir uns niemals begegnen und das zerstört vielleicht das Universum.«

»Auch das werden wir hinkriegen«, sagte Raban bestimmt. »Gemeinsam. Ich weiß es einfach.«

Bevor Ariane in düsteren Gedanken versinken konnte, riss sie sich am Riemen und griff nach dem Rest von »Tintenschwinge«. Sie hatten jetzt andere Probleme.

»Willst du diesmal lesen?«, fragte sie Raban. Er nickte, setzte sich ans Feuer und klopfte einladend auf seinen Oberschenkel. Trotz der Ernsthaftigkeit der Situation breitete sich ein warmes Gefühl in Arianes Brust aus. Sie ließ ihren Kopf auf Rabans Schoß sinken und sog seinen Geruch tief in ihre Lungen, als er mit ruhiger Stimme zu lesen begann.

∞

Tintenschwinge

»Es tut mir leid, Dr. Mobius. Bis jetzt hatte ich noch kein Glück«, sagte Feuerauge und rieb sich mit schmerzverzerrtem Gesicht den Knöchel.

Dr. Mobius zwang einen verständnisvollen Ausdruck auf sein Gesicht. »Ach, kein Problem, meine Liebe«, flötete er. »Du kannst später weitersuchen. Zuerst kümmern wir uns um deinen Knöchel, ja? Was ist denn passiert?«

»Ich bin im Mittelalter gelandet«, murrte Feuerauge. »Ein Bauernmädchen hat mich gefunden. Ich kann die Medizin im Mittelalter wirklich nicht weiterempfehlen«, fügte sie hinzu und deutete auf ihre Platzwunde, die aufklaffte, obwohl sie an den Rändern bereits zu verheilen begonnen hatte. »Deshalb bin ich zurückgekommen. Ich glaube, ich hatte eine Gehirnerschütterung. Bin wohl kurz ohnmächtig geworden.«

Dr. Mobius sprühte schweigend Betäubungsspray auf die Wunde und begann sie zu nähen. Dann wandte er sich ihrem Fuß zu. »Das wird jetzt etwas unangenehm«, sagte er kurz angebunden und renkte im nächsten Moment den Knöchel ein.

Feuerauge brüllte vor Schmerz auf. »Unangenehm?«,

keuchte sie. »Da hätte ich ja gleich den Knochenbrecher im Mittelalter ranlassen können.«

Dr. Mobius lachte und legte dem Mädchen einen von Dr. Kühleborns neuartigen Verbänden an, der starke schmerzstillende Mittel enthielt und sich vollautomatisch dem Fuß anpasste. »Ist es jetzt besser?«

»Viel besser. Danke.« Sie stand probehalber auf und nickte zufrieden, als ihr Fuß ihr Gewicht wieder trug. »Perfekt. Soll ich gleich wieder zurück auf meine Mission?«

Dr. Mobius überlegte. Natürlich wäre es klüger, zuerst die unmittelbare Gefahrenquelle – 023 – auszuschalten, aber … »Jakov«, flüsterte er leise. »Du wirst noch mein Untergang sein.«

»Pardon?«, fragte Feuerauge.

»Ach, nichts. Nein, bleib ruhig noch hier und ruh dich aus, meine Liebe. Das ist wichtiger. Außerdem würde ich dir gerne jemanden vorstellen. Ich lasse ihn holen, ja?«

Feuerauge nickte neugierig. »Wen denn?«

Dr. Mobius grinste. »Ich war nicht untätig, während du weg warst. Im Gegenteil. Ich habe jemanden gefunden, der mir eine große Hilfe sein könnte. Und ich hätte gerne, dass du ihn unter die Lupe nimmst.«

»Was soll ich herausfinden?«

»Ich muss wissen, ob er wirklich mit mir kooperieren wird. Er hat es mir zugesichert, doch ich muss Gewissheit haben.«

»Kein Problem, Doc.«

*

Milos rutschte unruhig auf dem unbequemen Holzsessel hin und her.

»Nehmen Sie sich doch«, sagte Dr. Mobius auffordernd und deutete auf die Kekse, die auf einem geblümten Teller lagen. Milos griff zögernd nach einem Keks und betrachtete ihn unschlüssig.

»Jetzt essen Sie schon! Ich brauche Sie bei Kräften. Und wenn ich Sie vergiften wollte, hätte ich das längst getan, vertrauen Sie mir. Da fackle ich im Normalfall nicht lange.« Er brach in Gelächter aus.

Milos zuckte mit den Schultern und begann zu knabbern. Das Mädchen, das Dr. Mobius als Feuerauge vorgestellt hatte, verunsicherte ihn. Sie hatte noch keinerlei Anzeichen gezeigt, ein Gespräch mit ihm führen zu wollen und starrte ihm unentwegt in die Augen. Er schauderte. Was für ein seltsames Treffen war das hier?

Endlich nahm Feuerauge den Blick von ihm, lächelte und nickte Dr. Mobius kaum merklich zu. »Also, Sie können die Fähigkeiten anderer Menschen an sich reißen, ja?«, fragte sie im Plauderton. Ihr Blick huschte zu den Handschellen, mit denen Milos am Sessel gefesselt war. »Sie können die ruhig abnehmen, Dr. Mobius. Ich bin mir sicher, Milos will uns nichts Böses, nicht wahr?«

Milos nickte unsicher.

Bereitwillig kramte Dr. Mobius den Schlüssel aus seiner Kitteltasche, zog sich Lederhandschuhe an und schloss dann die Handschellen auf. »Entschuldigen Sie die Handschuhe. Reine Vorsichtsmaßnahme. Wir dürfen uns keinesfalls gegenseitig berühren.«

Milos nickte erneut und befühlte seine Handgelenke.

»Alles klar, Doc. Also, wie sieht es nun mit unserem Deal aus?«

»Großartig, wirklich großartig. Ich denke, dass wir in einigen Tagen loslegen können. Bald haben Sie Ihre Kleinen zurück, keine Sorge.« Er sah Milos mit einem Blick an, der wohl warm und fürsorglich sein sollte, doch seine Augen blieben kalt.

Milos schauderte unwillkürlich.

Plötzlich schrie Feuerauge leise auf und schlug sich die Hände vor den Mund. »Ich habe eine Idee«, keuchte sie leise auf. Sowohl Milos als auch Dr. Mobius sahen sie neugierig an, doch sie zog Dr. Mobius am Ärmel und deutete auf die Tür. »Kann ich Sie kurz draußen sprechen, Doc?«, fragte sie.

»Aber, aber, Feuerauge. Du kannst doch auch vor Milos frei reden. Er ist jetzt unser Verbündeter, oder?«

Feuerauge schien zu zögern, doch dann nickte sie und beugte sich zu Milos hinüber, als würden sie belauscht werden. »Milos, wären Sie bereit, uns zuerst noch mit einer anderen Sache zu helfen? Es ist wirklich sehr wichtig, sonst würde ich nicht fragen.«

Milos sah sie flehend an. Mina … Leah …

In Dr. Mobius' Augen war ein seltsames Glühen getreten. »Ach, Feuerauge«, flüsterte er fieberhaft. »Du bist genial. Einfach genial. Warum bin ich da noch nicht selbst draufgekommen? Milos, ich bitte sie inständig. Ich werde Sie reich belohnen, Sie haben mein Wort. Was würden Sie dazu sagen, wenn ich veranlasse, dass Sie freigelassen werden? Ich könnte Ihnen auch ein kleines Häuschen organisieren … Vielleicht mit Meerblick? Sie wollen

Ihren Kindern doch auch etwas bieten können, oder? Ich verspreche, bald sind Sie wieder vereint.«

Milos seufzte tief auf, dann nickte er. Dr. Mobius hatte recht, er wollte nicht, dass seine Töchter einen Vater hatten, der im Gefängnis saß. Und eine Hand wusch die andere. Wenn jemand seine Freilassung erwirken konnte, dann Dr. Mobius. Der Mann konnte offensichtlich alles. Er musste mit ihm kooperieren.

»Worum geht es denn?«, fragte er schwach.

Feuerauge und Dr. Mobius neigten sich synchron zu ihm hinüber. Leise tuschelnd begann Feuerauge, ihm den Plan zu erzählen.

∞

»Welchen Plan?«, schimpfte Ariane aufgelöst, riss Raban das Manuskript aus der Hand und blätterte durch die Seiten. »Nichts, auch nichts – verdammt, warum steht hier nichts? Das ist wichtig, ganz sicher! Solche Cliffhanger schreibe ich nur, wenn es um etwas wirklich Großes geht!«

Raban wirkte nun ebenfalls unruhig. Er betrachtete den immer kleiner werdenden Papierstapel und runzelte die Stirn. »Mit Jakov kann es nichts zu tun haben, sonst hätte Feuerauge nicht dezidiert erwähnt, dass es um etwas anderes geht …«, grübelte er. »Was zur Hölle hat er vor?«

»Nichts Gutes jedenfalls«, sagte Ariane mit düsterem Gesichtsausdruck und ließ die soeben gelesenen Seiten ins Feuer fallen. »Dr. Mobius ist eiskalt, Raban. Er hat wirklich keinen Funken Mitgefühl. Seine einzige Schwachstelle ist Jakov.«

Raban schauderte. »Glaub mir, das mit dem fehlenden Mitgefühl habe ich hautnah erleben dürfen.«

»Tut mir leid«, flüsterte Ariane betreten. Doch gleich danach setzte sie sich abrupt auf. »Raban«, wisperte sie hektisch. »Was, wenn sich das Manuskript wirklich selbstständig gemacht hat? Feuerauge hat erwähnt, dass ein Bauernmädchen sie gefunden hat. Was – was, wenn sie damit mich gemeint hat? Was, wenn sich das Manuskript schon längst von selbst schreibt?« Sie riss die Seiten erneut an sich und betrachtete sie mit großen Augen, als könnte jederzeit neuer Text auf dem Papier erscheinen.

»Nein, das kann nicht sein«, sagte Raban und wollte wohl beruhigend klingen, doch zum ersten Mal hatte er nicht mehr die feste Überzeugungskraft in der Stimme, die er sonst an den Tag legte. »Das kann einfach nicht sein.«

Ariane schnaubte. »Das kann genauso wenig wahr sein wie ein Buch, das Wirklichkeit wird, meinst du?«

»Zynismus bringt uns nicht weiter, Ariane.«

»Das sagt der Richtige«, fauchte sie, riss sich dann aber am Riemen. Streitereien würden sie jedenfalls tatsächlich nicht weiterbringen.

Raban grübelte weiter. »Was ist eigentlich Dr. Mobius' Endziel? Jeder Bösewicht hat ein Endziel.«

Ariane schnaubte erneut. »Ich hatte da ein ganz klassisches Ziel im Auge: die absolute Weltherrschaft, und das für alle Zeiten. Genau das macht es ja so schlimm. Raban, wenn sich das Buch wirklich selbstständig macht – ich weiß nicht, wie wir ihn aufhalten können. Er ist unsterblich, deine Fähigkeit ist durch Feuerauge fast wertlos – und vielleicht wird meine Fähigkeit uns auch nichts mehr nützen, wenn sich alles selbstständig macht. Und obendrein wissen wir jetzt nicht einmal, was er gerade vorhat.«

»Das Buch macht sich nicht selbstständig«, entgegnete Raban mit zusammengezogenen Brauen. »Das mit dem Bauernmädchen war ein Zufall, Ariane, hörst du? Reiner Zufall. Außerdem bringt es gerade sowieso nichts, sich darüber den Kopf zu zerbrechen. Wir müssen so schnell wie möglich mit unserem Plan fortfahren. Es ist nicht mehr viel Lesestoff übrig, das kriegen wir heute noch hin. Dann gehen wir dir einen Laptop besorgen und bringen das in Ordnung. Wir bringen es in Ordnung, hörst du?«

Ariane nickte mutlos, griff dann aber doch nach dem verbleibenden Stapel. »Also gut. Soll ich wieder?«

Nachdem Raban genickt hatte, begann sie zu lesen.

∞

Tintenschwinge

Diesmal wartete 331 auf Eloise. Er hatte begonnen, sie beim Namen zu nennen, den sie sich selbst gegeben hatte. Nur an seinen eigenen neuen Namen hatte er sich noch nicht gewöhnt. Als sie zu ihm hinüberhuschte, grinste er sie an. Auch auf ihrem Gesicht breitete sich ein Lächeln aus. Sie hatte Grübchen in den Wangen, was ein seltsames Gefühl in seiner Bauchgegend hervorrief – als würde sein Magen Trampolin hüpfen.

»Ich habe tolle Neuigkeiten«, flüsterte Eloise nah an seinem Ohr. Ihre Haare kitzelten und 331 bekam eine Gänsehaut.

»Was ist denn? Du strahlst ja richtig!«

»Unsere Widerstandsgruppe macht große Fortschritte. Wir sind jetzt schon sieben Leute, was sagst du dazu?«

»Sieben?« 331 schüttelte den Kopf. »Unmöglich. Du sprichst doch seit Tagen nach dem Essen nur mit mir. Wie konntest du Leute rekrutieren? Warte ... du hast doch nicht etwa deine Fähigkeit entdeckt, oder? Lass mich raten, es ist Telepathie!« Er riss den Mund auf.

Eloise schüttelte grinsend den Kopf. »Guter Ansatz«, sagte sie anerkennend. »Du bist wirklich schlau.«

331 wurde rot. Als schlau hatte ihn noch nie jemand bezeichnet.

Eloise sprach weiter. »Nein, Fehlanzeige. Ich habe noch immer keine Ahnung, was meine Fähigkeit ist. Aber ich habe etwas anderes entdeckt. Ich wollte dich bloß vorwarnen. Du wirst es heute Abend selbst herausfinden.«

331 zog die Stirn in Falten. Ob sie mit 023 verwandt war? Der hatte auch oft so geheimnisvoll getan. »Jetzt sag schon«, drängte er, doch Eloise schüttelte den Kopf. »Es würde viel zu lange dauern, das jetzt zu erklären. Wir müssen weiter.«

331 sah auf und erschrak. Die Kolonne der anderen Insassen verschwand schon um die Ecke. Sie eilten ihnen nach.

»Bis morgen, Julius«, rief Eloise ihm nach, so leise, wie man rufen konnte, und warf ihm eine Kusshand zu.

Wieder hüpfte etwas in 331s Magen und er ging den restlichen Weg zu seiner Zelle mit einem breiten Grinsen.

Als er sich neben der Zellentür aufgestellt hatte, krächzte wie immer der Lautsprecher los. »Achtung, Insassen. Stellt euch ruhig neben eure Zellentür und ...« Plötzlich brach der bekannte Vortrag ab. Nur leises Rauschen und Knacken erklang aus den Lautsprechern. Unruhe und verhaltenes Gemurmel breitete sich unter den Jungen aus, die neben ihren Zellentüren aufgereiht standen. Alle hüpften erschrocken in die Höhe, als der Lautsprecher mit einem Schlag wieder funktionierte, nur etwa hundertmal lauter als zuvor.

»... verdammte Scheiße, was ist denn schon wieder mit den verfluchten Lautsprechern los?«, fluchte Dr. Mobius' Stimme in ohrenzerfetzender Lautstärke durch die Gänge. Gekicher erklang, als die Insassen den ersten Schreck verdaut hatten. Auch 331 musste grinsen. Heute war ein guter Tag gewesen. Abwechslung war immer gut. Sie half einem, nicht verrückt zu werden. Und auch Eloise half ihm dabei. Ein warmes Gefühl stieg in ihm auf. Was wohl die Überraschung war, von der sie gesprochen hatte?

An diesem Abend schlief er nicht sofort ein, wie es sonst immer der Fall war. Unglücklich wälzte er sich auf seiner Pritsche hin und her. Es war nichts passiert, absolut nichts. Hatte Eloise ihn angelogen? Oder hatte das, was sie vorgehabt hatte – was auch immer es sein mochte –, nicht geklappt?

Schließlich seufzte er, stand auf und begann, in völliger Dunkelheit in der Zelle auf- und abzutigern. 023 hatte das auch manchmal gemacht, erinnerte sich 331 wehmütig. Der Gedanke an seinen Freund und über das, was ihm wohl passiert sein mochte, ließ 331 noch trauriger werden. Dabei hatte der Tag so gut begonnen!

Ein leises Knistern ließ ihn innehalten. Erschrocken und gleichzeitig fasziniert versuchte er, die Quelle des Geräusches auszumachen. Er hatte es noch nie gehört.

Vorsichtig tastete er die Wand ab. Als er an der Stelle angekommen war, an der das Geräusch am lautesten war, hielt er entmutigt inne. 023 hatte immer vermutet, dass die Abhörgeräte sich hinter den Wänden befanden. Die Zellenwände waren aus Metall, wodurch es ihm völlig unmöglich war, sie zu zerstören – egal, wie übermenschlich stark seine körperlichen Kräfte waren. Er fand schlicht keinen Halt, um die Verkleidung abzureißen. Auch zerschlagen konnte er sie nicht, er hatte es oft genug probiert. Vermutlich lag das massive Steingemäuer dahinter, aus dem die gesamte Anstalt erbaut war. 023 war sich sicher gewesen, dass die Abhörgeräte existierten – doch sie hatten nie eines gefunden. Vielleicht war das Abhörgerät in seiner Zelle, hinter den Wänden, schlicht kaputt gegangen und machte nun seltsame Geräusche? Oder es hatten sich Ratten eingenistet.

»Was für eine Scheiße«, fluchte er und machte einen Satz, als ein leises Lachen erklang.

»Dir auch einen schönen guten Abend«, spöttelte eine Stimme.

331 sah sich panisch um, was natürlich vollkommen sinnlos war, denn es war stockfinster. War er nun völlig durchgedreht? Begann er nun, Stimmen zu hören?

»Was … wer bist du?«, fragte er ängstlich in die Dunkelheit hinein.

Die Stimme lachte leise. »Du bist 331, nicht wahr? Eloise hat mir von dir erzählt. Freut mich, dich kennenzulernen. Man nennt mich den ›Flüsterer‹.«

»Existierst du nur in meinem Kopf?«, fragte 331 mit zitternder Stimme.

»Was? Oh, du hast Angst, verrückt zu werden, nicht wahr?« Die körperlose Stimme lachte erneut. »Das ist nachvollziehbar. Aber nein, du wirst nicht verrückt, in diesem Punkt kann ich dich beruhigen. Du kannst mich hören, weil meine Stimme aus dem Lautsprecher in deiner Wand kommt. Und ich kann dich hören, weil auch eine Wanze dort versteckt ist. Du musst wissen – meine Fähigkeit ist es, elektronische Geräte zu manipulieren. Zum Glück hat es bis jetzt noch niemand herausgefunden. Das heißt, niemand bis auf diejenigen, die dem Widerstand angehören.«

Falls eine Stimme eine stolzgeschwellte Brust haben konnte, war dies gerade der Fall. 331 atmete auf. Das klang logisch.

»Heute – das mit den Lautsprechern, warst du das?«, fragte er neugierig.

Der Flüsterer kicherte. »Natürlich. Dr. Mobius soll glauben, dass hier zurzeit alle Elektrogeräte verrückt spielen. Das erklärt besser, warum ganz zufälligerweise manchmal die Wanzen ausfallen. Es ist zwar eine gefährliche Gratwanderung – er könnte auch auf die Idee kommen, dass es hier jemanden mit meiner Fähigkeit gibt –, aber bis jetzt hatten wir Glück. Trotzdem, wir müssen vorsichtig sein, sehr vorsichtig. Viel Zeit zum Reden haben wir nicht. Und wir sollten immer nur nachts kommunizieren. Dennoch – heute wird es eine etwas längere Sitzung.

Ich will, dass alle Mitglieder des Widerstands sich gegenseitig kennenlernen.«

331 fühlte sich so glücklich wie lange nicht mehr.

Plötzlich schaltete sich eine zweite Stimme dazu. »Hallo, Julius, kannst du mich hören?«

Eloise! Obwohl 331 nicht gedacht hätte, dass dies möglich war, fühlte er sich mit einem Schlag noch glücklicher. »Hallo«, raunte er. »Ist deine Zellengenossin bei dir? Die Schleicherin?«

»Ja, ich bin hier«, sagte eine zweite Stimme, die 331 vage bekannt vorkam. Nach kurzem Nachdenken ordnete er sie dem Mädchen zu, das im Speisesaal immer neben Eloise saß. Er musste lächeln. Sie waren wohl gut befreundet, das hatte man immer sehen können. Doch die kleine und zarte Eloise bildete mit ihren blitzenden, dunkelbraunen Augen einen scharfen Kontrast zu ihrer blonden, hochgewachsenen und blauäugigen Freundin. Sein Lächeln wurde noch breiter, als er sich Eloise' Gesicht wieder in Erinnerung rief, ihre funkelnden Augen, mit denen sie ihn heute angestrahlt hatte.

Er wurde aus seinen Gedanken gerissen, als sich eine weitere Stimme einschaltete. »Hier 001 und der Feuerspucker. Könnt ihr mich hören?«

Nachdem alle bekundeten, dass sie sich gegenseitig hören konnten, und 331 auch die neuen Stimmen vage einem großen, brünetten Jungen und seinem schwarzhaarigen Zellengenossen zuordnen konnte, fasste 331 sich ein Herz und fragte: »Eloise, du hast heute gemeint, dass wir zu siebt sind. Wo ist der Siebte im Bunde?«

»Die Siebte«, mischte die Schleicherin sich ein. »Es ist ein Mädchen. 509. Doch es ist zu gefährlich, sie zu kontaktieren. Wir wissen nicht genug über ihre Zellengenossin, der Flüsterer meint, sie könnte verblendet sein und Dr. Mobius und 616 wirklich glauben. Vielleicht ist sie eine seiner Spitzel. Wir müssen 509 immer nach dem Essen kurz abfangen und ihr unsere Besprechungen zusammenfassen.«

331 nickte, bis ihm auffiel, dass niemand ihn sehen konnte. Klar, der Flüsterer hatte recht, sie mussten vorsichtig sein. Die Erkenntnis durchzuckte ihn wie ein Blitzschlag.

»Leute! 616 – Feuerauge – wir müssen unglaublich wachsam sein! Sie kann Gedanken lesen. 023, mein früherer Zellengenosse, hat es mir erzählt.«

Die Neuigkeit schlug ein wie eine Bombe. Plötzlich redeten alle wild durcheinander.

»Wusstet ihr das etwa nicht?«, fragte 331 verblüfft. Alle verneinten. »Jedenfalls – habt keine Angst. Soweit ich weiß, funktioniert es nur, wenn man Blickkontakt zu ihr hat. Und ich habe das Problem immer so gelöst, dass ich ihre Brandwunde angestarrt habe und lang und breit darüber nachgedacht habe, wie hässlich sie ist. Sie scheint da sehr empfindlich zu sein, denn bisher hat sie sich immer wütend abgewendet.«

»Sehr klug«, sagte Eloise anerkennend.

331s Magen kribbelte. Nun hatte sie ihn schon zum zweiten Mal als schlau bezeichnet!

»Gut. Dann machen wir das ab jetzt so. Wie sieht der weitere Plan aus?«

»Zuerst müssen wir mehr Leute werden. Aber das übernehme ich. Ich lausche jeden Abend ein paar Zellen ab, um durch die Gespräche der Insassen zu erfahren, wer auf unserer Seite steht. Wir müssen ein wirklich gutes Team zusammenstellen und dann können wir einen Ausbruch planen. Ihr glaubt doch ohnehin nicht, was Dr. Mobius und – wie hast du sie genannt, Feuerauge? – euch da erzählen, oder? Das dürft ihr auf keinen Fall. 001 ist ein Seelenwanderer, zumindest nennt er es so. Er kann geistig zu anderen Orten reisen, auch zu jenen, die außerhalb der Anstalt liegen. Niemand weiß von uns, könnt ihr euch das vorstellen? Niemand hat eine Ahnung, dass wir hier lebendig begraben sind! Und natürlich gibt es auch keinen, der uns angreifen wird, sobald wir draußen sind. Mobius und Feuerauge haben gelogen!«

Befriedigt hieb 331 mit einer Faust durch die Luft. Er hatte es doch gewusst!

»001?«, fragte er. »Könntest du … Kannst du herausfinden, was mit 023 passiert ist? Er war mein Zellengenosse und mein Freund … Und er ist verschwunden.«

»Ich kann nicht kontrollieren, wohin ich komme«, sagte 001, der Seelenwanderer. »Ich muss immer auf den Zufall hoffen. Aber, 331 … Es kann sein, dass deinem Freund etwas Schlimmes passiert ist.« Er zögerte. »Ich habe es schon beim gestrigen Treffen erzählt, aber du weißt es noch nicht. Dr. Mobius kann Fähigkeiten an sich reißen, ich habe es auf einer meiner Seelenreisen gesehen. Und … und dabei stirbt derjenige, der beraubt wird.«

Schweigen breitete sich aus. Wieder überschlug sich 331s Magen, aber diesmal aus Entsetzen.

»Ach du Scheiße«, flüsterte er leise. »Und … und warum sind wir nicht tot?«

»Das wissen wir nicht«, sagte der Flüsterer. »Aber 001 und der Feuerspucker vermuten, dass es deshalb ist, weil unsere Fähigkeiten einzigartig sind. Nur, wenn es einen zweiten mit denselben Fähigkeiten gibt, reißt Dr. Mobius sie an sich. Es gab noch einen Zweiten, der Feuer erscheinen lassen konnte, wisst ihr noch? Der kleine Feuermagier. Doch einen Tag, nachdem der Feuerspucker seine Fähigkeit entdeckt hatte, verschwand der Feuermagier für immer. Denn einer reicht Dr. Mobius.«

Erneut breitete sich Totenstille aus.

»Leute, wir sollten für heute Schluss machen«, erklang dann wieder die Stimme des Flüsterers. »Ich bin langsam müde. Es kostet viel Kraft, so viele Geräte zu manipulieren. Gute Nacht und passt auf euch auf.«

Alle verabschiedeten sich, bis 331 noch etwas einfiel.

»Flüsterer?«, fragte er misstrauisch. »Du hast gemeint, dass wir wegen der Siebten im Bunde vorsichtig sein müssen – wegen ihrer Zellengenossin. Aber was ist denn mit deinem Zellengenossen?«

Er konnte förmlich hören, wie der Flüsterer die Augenbrauen hob. »Ich habe keinen«, sagte er schließlich. »Ich bin in einer Einzelzelle. Derjenige, dessen Tod der Seelenwanderer beobachtet hat, war mein Zellengenosse. Ich habe niemals einen neuen bekommen.«

Dann brach die Verbindung ab.

*

»Na endlich«, fluchte Dr. Mobius und lehnte sich befriedigt zurück. Nur ein Neustart hatte das Überwachungssystem wiederherstellen können. In letzter Zeit schienen alle Elektrogeräte verrückt zu spielen. Vielleicht lösten die Fähigkeiten der Insassen das aus? Dr. Mobius konnte es sich gut vorstellen. Die Fähigkeiten waren noch viel zu wenig erforscht. Er würde viel Zeit für eine vollständige wissenschaftliche Untersuchung brauchen. Doch derzeit genügte es ihm, zu wissen, dass er seinem Plan von Tag zu Tag näher kam. Bald, sehr bald würde er alle Macht der Welt besitzen. Er schenkte sich ein Glas Whiskey ein, während er Pläne schmiedete. Die Idee, die Weltbevölkerung auf etwa 10 000 zu reduzieren, gefiel ihm immer besser. Arme Menschen brachten ihm kein Geld ein. Sie waren wertlos, außer diejenigen mit der Veranlagung für psychische Krankheiten. Die würde er einsperren lassen, um alle erdenklichen Fähigkeiten zu züchten. Bis auf die Sklaven sollten nur die Reichen überleben und ihm seine Medikamente abkaufen. Dann würde die Welt aus Übermenschen bestehen. Was sie alles erreichen könnten! Sie könnten zu neuen Planeten aufbrechen … Sie könnten jedes Geheimnis des Universums erkunden.

Zufrieden nahm er noch einen Schluck. Er war stets durch und durch Wissenschaftler gewesen. Was für ein Durchbruch! Auch Jakov würde wie früher an seiner Seite sein und ihn wieder lieben. Ihm würde gar nichts anderes übrig bleiben. Milos würde ihm seine Fähigkeit nehmen, dann könnte er Jakovs Fähigkeit von Milos bekommen – er musste sich nur noch überlegen, wie er das bewerkstelligen konnte. Vielleicht wäre es am Besten, Milos zuerst in Sicherheit zu wiegen und die Fähigkeit aus seinem Blut zu isolieren, denn Dr. Mobius wollte es nicht riskieren, Milos zu berühren. Über Milos konnte er endlich Jakovs Fähigkeit besitzen, ohne dass dies seinen Tod bedeuten würde. Dann würde er Jakovs Gedanken manipulieren. Das Beste an dem Plan war, dass Jakov zwar seine Fähigkeit, nicht aber sein Leben verlor. So würde er gar nicht bemerken, wenn Dr. Mobius seine Gedanken und Erinnerungen veränderte. Jakov würde für immer auf seiner Seite sein, sobald seine Gedanken verändert waren. Er hätte gar keine andere Wahl.

Dr. Mobius musste lachen, als ihm auffiel, dass er Milos nicht einmal angelogen hatte. Er konnte ihm tatsächlich mit seinen Töchtern helfen. Theoretisch. Er könnte ihnen tatsächlich ein kleines Haus mit Meerblick besorgen – würde er aber nicht. Und er würde tatsächlich dafür sorgen, dass sie bald wieder vereint waren. Im Tode.

Nachdenklich blätterte er durch die Seiten von Milos' Akte. Nun war ihm klar, warum der Mann ihn so sehr an den Jungen 023 erinnert hatte: Beide sahen um einiges älter aus, als sie eigentlich waren. Milos war offensichtlich sehr jung Vater geworden und war erst Ende zwanzig.

Und Dr. Mobius wusste nun auch, warum er einsaß. Selbstjustiz. Milos hatte den Mann getötet, der mit großer Wahrscheinlichkeit seine Töchter auf dem Gewissen hatte. Wie edelmütig. Doch andererseits war Dr. Mobius klar, dass er für Jakov dasselbe getan hätte.

Jakov. Bald würden sie wieder vereint sein.

Ein schmatzendes Geräusch erklang. Noch bevor Dr.

Mobius aufsah, wusste er, was es bedeutete. Feuerauge war wieder da.

Sie klopfte sich geschäftig Staub von der Kleidung. Dr. Mobius wartete geduldig. Er hatte Zeit.

Schließlich blickte das Mädchen auf und Dr. Mobius war sofort klar, was passiert war. Sie lächelte.

»Gute Neuigkeiten, Doc«, sagte sie leise. »Ich habe 023 gefunden.«

Acht

»Was?«, brüllte Ariane. »Das war es? Es hört hier auf? Das kann doch einfach nicht wahr sein!«, fluchend warf sie auch die letzte Seite ins Feuer und sah sich hektisch um, doch es war tatsächlich kein einziges Blatt Papier mehr zu sehen. »Wir müssen irrtümlich die Seiten verbrannt haben, auf denen es weitergeht. Das kann einfach nicht wahr sein!«

Raban schwieg mit zerfurchter Stirn. »Wir haben nicht irrtümlich Seiten verbrannt«, sagte er mit der gefährlich sanften Stimme, die anzeigte, dass er dem Durchdrehen nahe war. »Das nennt man ein offenes Ende.«

»Ich weiß, wie man das nennt!«, heulte Ariane auf. »Ich bin Autorin, verdammt noch mal! Was zur Hölle sollen wir jetzt tun? Feuerauge kann jederzeit auftauchen!«

»Du brauchst einen Laptop«, sagte Raban kurz angebunden. »Du musst schreiben. Los, wir gehen dir einen besorgen.«

Ariane sackte in sich zusammen, setzte sich dann aber auf. »Es ist schon spät. Wo zur Hölle sollen wir jetzt einen Laptop herbekommen?« Erst, als sie ausgeredet hatte, wurde ihr klar, wie dämlich ihre Frage gewesen war.

Raban lächelte grimmig. »Nimm meine Hand«, sagte er,

noch immer mit dieser abgehackten Stimme, die Unheil bedeutete.

Ariane kam zögerlich näher. »Du bist sauer auf mich«, stellte sie fest.

Raban schien aus seinen Gedanken aufzuschrecken. »Sauer?«, fragte er entgeistert, mit einem Tonfall, der ihr klarmachte, dass er tatsächlich nicht böse war. »Ariane, ich dachte, wir hätten das geklärt. Ich bin dir nicht böse! Wir stecken da jetzt gemeinsam drin, ob wir wollen oder nicht. Ich ...«, er zögerte. »Ich habe Angst«, gab er dann ehrlich zu. »Tut mir leid.«

»Angst?«, fragte Ariane leise. Raban hatte niemals Angst gehabt. Zumindest nicht oft.

»Ja, Angst«, bestätigte er und anstatt ihr die Hand zu geben, zog er sie in die Arme, legte seinen Kopf auf ihre Schulter und atmete tief ein. Er unterdrückte eindeutig ein Zittern.

»Ich ... Wir kriegen das hin. Es wird alles gut, Raban«, sagte Ariane leise, obwohl sie selbst nicht daran glaubte.

Er atmete noch einmal tief ein, straffte die Schultern und blickte sie dann mit grimmiger Entschlossenheit an. »Es bringt ohnehin nichts, Gedanken zu wälzen. Los, gehen wir dir einen Laptop klauen.«

Nachdem sie sich in einer Seitenstraße materialisiert hatten, blickte Ariane sich ängstlich um. »Wo sind wir? Und wann sind wir?« Es war wieder Nachmittag.

»Santiago de Chile«, antwortete Raban und ging voran. »Ich hielt es nicht für nötig, weit wegzugehen. Und es ist wieder heute Nachmittag.«

Er fasste sie bei der Hand und zog sie durch enge, geschäftige Straßen. Ariane blickte sich immer wieder hektisch um.

Raban musterte sie. »Du kannst nichts dagegen tun, Ariane. Sie wird früher oder später auftauchen. Wir können es nicht verhindern.«

»Ja, aber … was wird dann passieren? Werden sie dann kommen, um uns zu holen?«

»Das würde bedeuten, dass sich das Buch selbstständig macht. Du hast nichts davon geschrieben, dass sie mich oder uns holen. Nur, dass sie uns finden.«

»Also du glaubst nicht daran, dass es sich selbstständig gemacht hat?«

Er blieb inmitten der Menschenmassen stehen und sah ihr in die Augen. »Ich weiß nicht mehr, was ich glauben soll«, gab er dann zu. »Aber, Ariane … In diesem Moment liegt es nicht in unserer Macht, etwas zu tun, egal, was mit dem Manuskript ist. Du brauchst jetzt einen Laptop. Du musst schreiben. Das hat erste Priorität.«

Das beruhigte Ariane kaum, aber schließlich nickte sie. Er hatte ja recht.

Schließlich zog Raban sie in ein kleines Elektronikgeschäft. »Such dir einen aus«, sagte er leise.

Ariane klappte mit zittrigen Fingern Notebooks auf und zu und deutete schließlich auf ein Modell.

»Alles klar. Ich warte dann draußen«, sagte Raban und ging aus dem Geschäft, ohne zu zögern. Ariane zauderte kurz, dann folgte sie ihm nach draußen und kam gerade in dem Moment an, als er aus einer Seitenstraße spazierte, den verpackten Laptop unter dem Arm. Galant hielt er ihr den Arm hin. »Ganz frisch aus dem Lager. Also? Wollen wir?«

Mit dröhnendem Kopf saß sie vor dem Bildschirm, wieder in der Hütte. Raban betrachtete sie stirnrunzelnd. Ab und zu legte sie die Finger auf die Tastatur, nur um sie gleich darauf wieder zurückzuziehen, als hätte sie sich verbrannt.

Schließlich schrie sie frustriert auf und hieb auf ihren Kopf ein. »Ich kann einfach nicht«, murmelte sie. »Es geht nicht. Ich habe Angst und mir fällt absolut nichts ein. Wie soll ich diese riesengroße Scheiße wieder hinkriegen?«

Rabans Stirn verdüsterte sich. Für einen Moment zuckte Wut durch seinen Blick, doch als Ariane sich krümmte, war sie mit einem Schlag wie weggeblasen.

»Es tut mir leid«, sagte er schließlich.

»Was tut dir leid? Du hast ja gar nichts gemacht.«

»Wollte ich aber. Ich wollte wütend werden. Wütend auf dich. Aber das wäre falsch gewesen«, sagte er ruhig und kam näher. Er legte seine Hände auf ihre Schultern. Sie sah sein Spiegelbild seltsam verzerrt im Bildschirm des Laptops. »Ich … Mir tut leid, wie ich dich früher oft behandelt habe. Es ist nicht deine Schuld. Nichts davon ist deine Schuld. Du wolltest niemals, dass das alles passiert.«

Ariane seufzte auf. »Aber ich bin auch wütend, Raban. Ich bin verdammt wütend, und zwar auf mich selbst. Dass ich uns so in die Scheiße geritten habe und dass ich jetzt nicht weiß, wie ich es wieder geradebiegen soll.«

Raban wandte sich kommentarlos ab und ging nach draußen. Ariane sackte erneut zusammen. Er war also doch wütend. Erst als Flammenschein durch die Fenster der Hütte brach und die Tür sich knarrend wieder öffnete, sah sie auf. Raban stand im Türrahmen.

»Kommst du?«, fragte er.

»Ich – aber …«, sie deutete kläglich auf den Laptop.

Raban grinste sie an, wild und ein wenig verwegen. »Scheiß drauf, Ariane. Wenn es nicht geht, geht es eben nicht. Du brauchst einen klaren Kopf. Wir sind beide müde. Du brauchst eine Pause. Und wenn sich wirklich alles selbstständig gemacht hat und dies bedeutet, dass es unser letzter Abend auf Erden ist – was ich nicht glaube –, egal. Dann soll es eben so sein.«

Sie stand mit wackeligen Knien auf und folgte ihm nach draußen. Es war immer noch ziemlich heiß. Er hatte sich das T-Shirt ausgezogen und blickte in die Flammen. Das Feuer ließ seinen Blick unstet erscheinen, hob seine scharfen Wangenknochen hervor und bewirkte eine Art Glühen in seinen Augen.

»Unser letzter Abend auf Erden …«, wiederholte sie seine vorherigen Worte.

»Ja«, sagte er leise. »Wir sollten ihn unvergesslich machen.« Langsam kam er ihr entgegen.

»Unvergesslich …«, flüsterte sie. Ihr Blick huschte über seinen sehnigen Oberkörper. Die flackernden Flammen hoben jede Narbe, jede Unebenheit scharf hervor. Schließlich nickte sie.

Als hätte er nur auf ein Zeichen von ihr gewartet, war er im nächsten Moment bei ihr und küsste sie hungrig, fast verzweifelt, wie er sie noch nie geküsst hatte. Schließlich öffnete er die Augen, atmete tief durch und musterte sie fragend. Sie verstand und nickte erneut. Ihre Angst, ihre Wut, Schmerz und Hoffnungslosigkeit wandelten sich. Zu Hitze, die sich mit seinen Berührungen über ihren Körper zog wie Feuer.

Am Rande ihres Bewusstseins huschte der Gedanke vorbei, dass es richtig war, loszulassen. Endlich loszulassen, die Verzweiflung zu verbrennen. Am Ende nahm sie nur noch Haut auf Haut wahr und Rabans flackernden Blick, der erneut einen fragenden Ausdruck in sich trug. Sie nickte noch einmal und ließ los, schloss die Augen und versank.

In dem kurzen Moment zwischen Traum und Wachsein, in dem alles wie in Watte gepackt war, schien die Welt in Ordnung zu sein. Verschlafen drehte Ariane sich zu Raban um, kuschelte sich an seine Brust und sog seinen nun schon vertrauten Geruch ein. Er murmelte etwas im Halbschlaf und zog sie näher zu sich heran. Gerade, als Ariane noch einmal die Augen zumachen wollte, nur kurz, für fünf Minuten, fuhr er mit einem erstickten Schrei hoch und erschreckte Ariane damit so sehr, dass sie fast aus dem Bett gefallen wäre.

»Verdammt, wir haben viel zu lange geschlafen«, fluchte er.

Ariane fuhr sich gähnend durch die Haare. Er hatte recht. Sie sollte längst am Laptop sitzen und schreiben. Müde rappelte sie sich auf und wollte mit einer routinierten Handbewegung nach ihrer Hose greifen, die sie normalerweise abends achtlos auf den Boden fallen ließ, als ihr wieder einfiel, dass sie ja noch draußen lag. Zusammen mit all ihren anderen Klamotten. Sie ärgerte sich über sich selbst, dass sich aufgrund dieser Tatsache leichte Hitze in ihr Gesicht stahl. Raban schien die mangelnde Kleidung nichts auszumachen, denn er schälte sich aus den Laken und marschierte splitterfasernackt nach draußen.

Als er zurückkehrte, Ariane ihre Klamotten reichte und ihr rotes Gesicht sah, zwinkerte er sie an und lächelte breit. Sie riss ihren Blick eilig von dem Anblick los, der sich ihr bot.

Sie hatte Wichtigeres zu tun, als ihren … Nun, was war Raban jetzt eigentlich? Ihr Freund? Auch darüber konnte sie sich später Gedanken machen. Sie beschloss aber, dass es sich gut anhörte. Auf jeden Fall hatte sie Wichtigeres zu tun, als ihren Freund anzustarren, der sich absichtlich besonders langsam anzuziehen schien.

Auch Ariane schlüpfte in ihre Klamotten, klappte den Laptop auf und verzog irritiert die Stirn, als ihr Magen laut knurrte.

»Soll ich uns etwas zu essen besorgen?«, fragte Raban.

»Klingt gut«, meinte Ariane und musste erneut gähnen. »Und einen Kaffee?«, fragte sie hoffnungsvoll.

»Wird gemacht. Ariane, ich … ich habe nachgedacht …«

Angst zog ihren Magen zusammen. Er bereute es doch nicht etwa?

»… ich glaube, es wäre ganz gut, wenn ich heute etwas spazieren gehe«, fügte er eilig hinzu, als er ihren entsetzten Gesichtsausdruck sah. »Damit du dich besser konzentrieren kannst.«

Ariane atmete erleichtert aus. Sie kaute nachdenklich auf ihrer Unterlippe herum. »Mir ist nicht wohl dabei, wenn du alleine unterwegs bist«, gab sie dann zu.

Raban sah ebenfalls nachdenklich aus. »Mir auch nicht«, meinte er dann. »Aber überleg doch mal – eigentlich ist es sogar sicherer für uns. Du bist nun mit deiner Fähigkeit die einzige Rettung. Niemand darf von dir wissen. Absolut niemand.«

Erneut schreckte Ariane entsetzt auf. Er meinte doch nicht …

»Du willst weggehen?«, flüsterte sie leise.

»Ich … Was? Nein, Ariane, doch nicht so!« Im nächsten

Moment war er an ihrer Seite und zog sie fest an sich. »Ich lasse dich doch nicht alleine! Nur für eine Weile, ich dachte, ich spaziere zu Fuß ins Dorf und hole uns etwas zu essen und Kaffee. Wenn ich zurück bin, hast du sicher schon ein paar Zeilen geschrieben. Wie klingt das, hm?«

»Also schön«, willigte sie ein. Sein Plan klang gar nicht so schlecht.

»Na siehst du. Du wirst sehen, heute wird es gut gehen mit dem Schreiben. Keine Angst, Ariane«, er lächelte sie an, küsste sie und drückte sie noch einmal fest an sich. »Hast du ein paar Münzen?«, fragte er dann. »Kaffee ist schwer zu klauen.«

Ariane musste lächeln, kramte in ihrer Hosentasche und drückte ihm etwas Kleingeld in die Hand.

Sie winkte ihm nach, als er den Weg ins Dorf hinunterging, und musste lächeln. Normalerweise verschwand Raban immer so sang- und klanglos ins Zeitgefüge, dass es ihr seltsam erschien, wie er sich nun ab und zu umdrehte und ihr noch eine Kusshand zuwarf.

Als er schon zu weit weg war, schloss sie seufzend die Tür und setzte sich an den Laptop. Sie musste schreiben. Es musste einfach klappen. Sie brauchte eine zündende Idee. Einige Minuten starrte sie ratlos auf den Bildschirm. Dann sprang sie auf und begann wieder einmal, auf- und abzutigern. Fühlte sich so eine Schreibblockade an? Wenn ja, dann konnte sie sie gerade wirklich nicht gebrauchen. Ein leicht hysterisches Lachen entrang sich ihrer Kehle. Sie machte sich Sorgen um Raban. Wie sollte sie sich so konzentrieren können? Das war eine bescheuerte Idee gewesen.

Wütend zerraufte sie sich das Haar. »Denk nach«, sagte sie beschwörend zu sich selbst. »Denk nach, Ariane.«

Wirre Gedanken sausten durch ihren Kopf. Sie musste den Plot um die Widerstandsgruppierung weiter ausbauen, das war die einzige Lösung. Sie mussten Dr. Mobius zur Strecke bringen. Doch wie? Er war unsterblich. Außerdem besaß er unglaubliche körperliche Kräfte, beherrschte Telekinese, konnte Feuerbälle werfen, sich unsichtbar machen … Und sie hatte sicher noch einiges vergessen. Fast hätte sie erneut hysterisch gelacht. Sie hatte einen Superbösewicht erschaffen. Warum musste sie immer gleich so übertreiben?

*

»Äh … *un café, por favor?*«, testete Raban seine Spanischkenntnisse aus, von denen er bisher nicht gewusst hatte, dass er sie überhaupt besaß. Er grinste überrascht. Es gab noch so vieles, was er Ariane über sich selbst fragen musste. Stirnrunzelnd zählte er die Münzen ab und deutete dann auf die Pappbecher. Hoffentlich würde der Mann verstehen, dass er den Kaffee zum Mitnehmen haben wollte. Dann zeigte er auf die Sandwiches. Seine frisch entdeckten Sprachkenntnisse ließen ihn leider sofort wieder im Stich.

»Sandwich?«, fragte der schnauzbärtige Mann grinsend.

»Äh … *Si! Dos.*« Er hielt zwei Finger hoch. »*Con queso?*«

Tatsächlich packte der Mann das Gewünschte in eine Tüte und reichte ihm einen Pappbecher mit Kaffee. Raban atmete erleichtert auf, weil der Mann keine Einwände erhob, als Raban ihm die Münzen in die Hand drückte. Er hatte die Zahl, die er genannt hatte, überhaupt nicht verstanden. Er musste Ariane dringend fragend, warum sie ihm keine besseren Spanischkenntnisse verpasst hatte.

Sie begleitete seine Gedanken, als er die Dorfstraße entlangschlenderte. Er konnte sie immer noch riechen. Ein verrücktes, euphorisches Schwindelgefühl tanzte in seinem Kopf, wenn er an gestern Nacht zurückdachte. Nun war ihm völlig schleierhaft, warum er unbedingt hatte warten wollen, bis alles normal zwischen ihnen war. Zwischen ihnen würde nie irgendetwas normal sein, denn sie waren beide nicht normal und würden auch nie ein normales Paar sein.

Er zuckte kurz mit den Schultern, als er sich darüber wunderte, dass er sie in Gedanken als Paar bezeichnet hatte. Nun, das waren sie doch auch, irgendwie.

Kurz versuchte er, sich einzureden, dass sie wirklich ein normales Paar waren. Er war mit seiner Freundin Ariane im Urlaub, in Chile, und sie hatten eine tolle Nacht verbracht. Nun brachte er ihr Frühstück und Kaffee. Unerwartet heftige Sehnsucht krampfte seine Brust zusammen. Ob es jemals so sein würde? Ganz normal? Der glühende Wunsch brannte mit einem Mal so klar in ihm wie nie zuvor. Sie beide, ihr gemeinsames Leben … Ariane würde wieder zur Uni gehen, er würde eine Möglichkeit finden, ein paar Dokumente zu fälschen, die ihm ein normales Leben in Arianes Zeit ermöglichten. Vielleicht würde er einen Job annehmen oder auch ein Studium beginnen. Irgendetwas mit Sprachen vielleicht.

Ihr ganzes Leben lief wie in einem inneren Film an ihm vorbei. Die erste gemeinsame Wohnung, Ariane, grinsend und in einem farbbefleckten T-Shirt, weil sie gerade die Wände frisch gestrichen hatten und in eine Farbschlacht geraten waren. Und er würde Martin richtig kennenlernen und auch Jonas und Susanna, sie würden am Abend ins Restaurant gehen oder ins Museum oder in einen Pub. Manchmal würden sie sich abends Pizza bestellen und absolut gar nichts tun, außer sich vollzufressen und Filme zu gucken. Sie würden in den Urlaub fahren, manchmal in ihrer Zeit und manchmal in die Steinzeit, manchmal zurück ins Mittelalter oder in die Renaissance … Gut, dieser Teil war weniger normal.

»Bald«, sagte er sich in Gedanken und es klang in jedem Schritt mit. »Bald, bald, bald …« Und nach einer Weile bemerkte er entsetzt, dass ihm Tränen über die Wangen liefen. Er konnte sich nicht erinnern, jemals geweint zu haben. Aber der schreckliche Gedanke, dass all diese Gedanken einfach zu schön waren, um eines Tages wahr zu werden, ließ nichts als Entsetzen und Leere in ihm zurück.

Er hatte Ariane nicht beunruhigen wollen, aber inzwischen hielt er es durchaus für möglich, dass sie recht hatte. Dass sich alles selbstständig gemacht hatte.

Ihm war jedenfalls völlig klar, dass er sich nicht weiter verstecken konnte. Feuerauge würde ihn finden. Sie würde ihn überall finden. Und dann würde er kämpfen. Sein Skalpell trug er stets bei sich. Er würde nicht weglaufen. Aber Ariane. Sie musste weglaufen, wenn die Zeit gekommen war. Sie war jetzt ihre letzte Hoffnung.

Eine einzige Gewissheit war ihm geblieben, eine Gewissheit, an der er sich festhalten konnte. Ariane war auf seiner Seite. Sie wünschte sich ebenso ein normales Leben und sie hielt die Möglichkeit in den Händen, es ihnen zu schenken.

Als er an der Hütte angekommen war, atmete er instinktiv auf, obwohl ihm völlig klar war, dass er nirgendwo sicher war. Er ging den Weg entlang, in Gedanken schon ganz bei Ariane. Ob sie etwas geschrieben hatte? Vielleicht war sie ja gut vorangekommen und würde eine Pause einlegen. Er scheuchte grinsend den Gedanken an die vergangene Nacht beiseite. Obwohl er nichts gegen eine Wiederholung einzuwenden hatte, im Gegenteil.

Schon als das Geräusch erklang, wusste er, dass es so weit war. Die Härchen in seinem Nacken stellten sich auf und er griff nach dem Skalpell in seiner Hosentasche, als er herumwirbelte. Doch er erhaschte nur einen kurzen Blick auf Feuerauge. Im nächsten Moment verschwand sie schon wieder im Zeitengefüge. Doch zuvor grinste sie ihn noch breit an, auf eine Art, die ihm unmissverständlich klarmachte, dass es zu spät war. Sie waren verloren.

Neun

In dem Moment, als Ariane aufatmend die Finger auf die Tastatur legte, wurde die Tür aufgerissen. Mit einem erstickten Schrei fuhr sie hoch. Raban stürmte herein und sie wusste es sofort. Es war geschehen.

»Nimm den Laptop und *lauf!*«, brüllte er, das Skalpell gezückt. Er sah sich gehetzt um.

»Ich … nein, Raban, ich lasse dich nicht allein …«

»Du *musst*!«, innerhalb einer Sekunde war er bei ihr, klappte den Laptop zu und drückte ihn ihr mit bebenden Händen unter den Arm. »Hast du dein Notizheft? Ja? Gut, dann *lauf*!«

»Aber … du hast gesagt …«

»Ja, aber es wird etwas passieren, *jetzt gleich*. Ich kann es spüren. Sie werden kommen. *Renn*! Sie dürfen dich nicht finden, sie dürfen einfach nicht …«

Schluchzend nickte Ariane. Und riss sich los. Er holte sie noch einmal ein, drückte sie hastig an sich. Wisperte etwas in ihr Ohr. »Ich werde kämpfen«, hörte sie. Und dann, leiser: »Ich liebe dich«, flüsterte er. »Ich liebe dich, Ariane. Du wirst es schaffen. Lauf jetzt! Und dreh dich nicht um, dreh dich bloß nicht um … Du sollst das nicht sehen …«

Noch einmal nickte sie unter Tränen. »Ich liebe dich auch.«

Und dann lief sie, stolperte, schlug sich das Knie auf, umklammerte den Laptop, sie konnte nicht mehr atmen. Und dennoch lief sie weiter, auf den schützenden Waldrand zu. Hechtete hinter einen besonders dicken Baumstamm.

Und drehte sich um. Es ging nicht anders. Im ersten Moment atmete sie erleichtert auf. Raban stand immer noch vor der Hütte, das Skalpell fest umklammert und von sich gestreckt. Und wenn er sich geirrt hatte? Wenn Raban sich geirrt hatte mit dem Gefühl, dass gleich etwas passieren würde? Vielleicht würde gar nichts passieren. Nein, das Buch konnte sich nicht selbstständig gemacht haben. Es konnte einfach nicht sein.

Und selbst wenn … Raban konnte verschwinden. Er würde einfach ins Mittelalter zurückgehen, oder irgendwo anders hin, in die Steinzeit vielleicht oder …

Die Gedanken hämmerten in ihrem Kopf. Und dann brach sie in die Knie. *Nein! Nein, nicht so!*

»Raban«, wollte sie schreien, doch ihre Stimme brach und wurde zu einem hilflosen Röcheln. Mit einem Mal war ihr mit völliger Klarheit bewusst, was Feuerauge Dr. Mobius und Milos zugeflüstert hatte. Doch es war zu spät.

»Raban«, brachte sie nun doch heraus, brüllte es, mit aller Verzweiflung, die ihren ganzen Körper schüttelte. »Raban! Ich liebe dich, ich …« Sie musste jegliche Willenskraft aufbringen, die sie hatte, um nicht loszulaufen, zurück zu ihm, um sich zwischen ihn und das, was kommen würde, zu werfen.

Er sah zu ihr hinüber, als ihr Schrei weithin hallte, machte eine Handbewegung, als würde er ihr signalisieren wollen, dass alles in Ordnung war, doch im nächsten Moment war es zu spät. Ariane würgte vor Entsetzen, als ein schwarzer Schemen aufblitzte, hinter Raban, hinter der Hütte, genau so, dass Ariane keinen Blick darauf erhaschen konnte, und nur eine Sekunde später Dr. Mobius und Feuerauge vor ihm aus dem Nichts erschienen. Raban zückte das Skalpell und nahm Kampfstellung ein. Die Erkenntnis fuhr durch Arianes Gehirn. Er wollte Feuerauge außer Gefecht setzen, wollte Dr. Mobius den Fluchtweg zurück in die Zukunft versperren, wollte selbst zurückkehren, um dort alles in Ordnung zu bringen, weil Dr. Mobius ihn dann dort nicht aufhalten konnte. Natürlich. Wie immer hatte er blitzschnell geschaltet.

Doch diesmal war es vergebens. Ariane presste sich die zitternden Hände auf den Mund, erstickte den Schrei, das verzweifelte »Raban! Hinter dir!«.

Denn er hatte recht, nun war sie ihre einzige Hoffnung. Alles hing davon ab, dass sie nicht gefunden wurde.

Wie zum Hohn zuckten unzusammenhängende Gedanken durch ihr Gehirn. »Du musst immer nach vorne schauen, nicht zurück«, hörte sie Dr. Jelinek freundlich sagen.

Doch diesmal irrte sich Dr. Jelinek. Milos näherte sich Raban langsam, aber stetig, hinter seinem Rücken.

Raban bemerkte es zu spät. Als er herumwirbelte, hatte Milos schon die Hand nach ihm ausgestreckt und im nächsten Sekundenbruchteil legte er sie um sein Handgelenk.

Nur einen Augenblick später hob Dr. Mobius den Arm und Raban sackte zusammen. Ariane stopfte sich, am ganzen Körper zitternd, ihre Hand in ihren Mund, damit ihre Schreie erstickt wurden.

Und dann waren sie weg. Einfach so.

Ariane brüllte.

*

Sie hatte jegliches Zeitgefühl verloren, als sie sich zurück in die Hütte schleppte, den Laptop fest umklammert. Wie lange hatte sie im Wald gelegen und hatte sich die Seele aus dem Leib geschrien? Sie wusste es nicht. Stunden, wahrscheinlich. Völlig entkräftet sackte sie am Boden zusammen, legte den Laptop neben sich und griff nach dem T-Shirt, das Raban gestern getragen hatte. Gedanken rasten durch ihren Kopf, während sie ihr Gesicht in seinem Geruch vergrub, der bald verfliegen würde. Wie lange würde es dauern? Ein paar Tage? Wochen? Jahre?

Bald würde nichts mehr an ihn erinnern. Er wäre dann einfach weg, als hätte es ihn nie gegeben.

Die Bilder jagten sich, die Bilder, die sie sich ausgemalt hatte. Ihr gemeinsames Leben. Die kleine, gemütliche Wohnung mit dem Kaminofen. Die Katze, die sie aus dem Tierheim adoptieren würden. Abende, an denen sie gemeinsam Musik hörten und über die verrückte Geschichte ihres Lebens lachten. Ausflüge in andere Zeiten. Vielleicht eines Tages Kinder, die vielleicht auch besondere Fähigkeiten haben würden, das wusste sie nicht.

Als sie erneut aufschreckte aus diesem Gefühl, dass sie jedes Zeitgefühl verloren hatte, hämmerte das Wort »Fähigkeiten« in ihrem Kopf. Sie hatte etwas vergessen, etwas Wichtiges. Aber was?

Schließlich hallte ein entsetzter Schrei durch die Hütte, und erst, als er verklungen war, wurde Ariane klar, dass es ihr eigener gewesen war. Fähigkeiten! Feuerauge! Sie würde Rabans Gedanken lesen. Und dann wäre auch sie selbst, Ariane, in großer Gefahr. Dr. Mobius und Feuerauge würden auch sie holen. Und dann wäre alles verloren.

Mit einem erneuten Schrei sprang sie auf, stellte den Laptop auf den Tisch und schaltete ihn ein. Seltsame Leere breitete sich in ihrem Kopf aus, als er startete. Das dauerte zu lange. Viel zu lange. Raban war in großer Gefahr. Nun ging es um alles.

Die Panik hämmerte in ihrem Kopf, die Angst, dass die Schreibblockade dauerhaft sein würde, dass sie nie wieder etwas zu Papier bringen würde …

Ariane krallte ihre Hand in die Tischkante. Sie durfte sich diese Gedanken nun nicht erlauben. Sie musste stark sein. Für Raban, für sich selbst, für die Zukunft der gesamten Menschheit. Fast wäre sie in Gelächter ausgebrochen. Sie musste es wirklich immer übertreiben. Warum hatte sie in ihrem Manuskript gleich die gesamte Zukunft der Menschheit zerstören müssen? Sie hätte doch auch einen netten Liebesroman mit Happy End schreiben können.

Erneut musste sie sich am Riemen reißen. Es brachte nun nichts, wenn sie die Nerven verlor.

»Atme tief ein. Konzentriere dich auf das Hier und Jetzt«, hörte sie Dr. Jelineks ruhige, freundliche Stimme und sah seine blinzelnden Augen hinter den Brillengläsern. Diesmal hatte er recht. Plötzlich war es so, als würde sie wieder in dem Behandlungszimmer sitzen, damals, es war ein Frühlingstag gewesen und die Vögel hatten durch das offene Fenster gezwitschert.

»Führe deine Gedanken zu etwas Schönem. Zu jemandem, der dir wichtig ist, oder zu einem Ziel, für das es sich zu kämpfen lohnt. Und dann atme tief durch. Es gibt Menschen, die dich lieben, Ariane. Und es gibt Ziele, die du auch erreichen kannst. Du kannst es schaffen. Du bist stark. Es wird gut werden. Das musst du dir immer selbst vor Augen halten. Aber zuallererst musst du daran glauben, dir ganz sicher gewiss werden, dass du Glück verdient hast. Du hast es verdient, dass du deine Ziele erreichst. Es gibt da so einen blöden Spruch, den meine Mutter mir immer gesagt hat. Du wirst vermutlich lachen, aber es steckt ein Körnchen Wahrheit darin, finde ich. Sie hat immer gesagt: Am Ende wird alles gut. Und wenn es noch nicht gut ist, ist es auch nicht das Ende.«

»Nicht das Ende …«, murmelte Ariane vor sich hin. »Nicht das Ende.«

Es gab nur eine einzige Lösung. Sie musste einen dritten Band beginnen.

»Danke, Doc«, flüsterte sie und startete das Programm. Auch Dr. Jelineks zweiten Ratschlag befolgte sie. Instinktiv umklammerte sie das Amulett, das Raban ihr gekauft hatte und das seitdem um ihren Hals hing. Der Tag im Mittelalter schien eine Ewigkeit her zu sein. War er ja auch, mehrere hundert Jahre. Sie dachte an Raban, rief sich sein verwegenes Lächeln vor Augen, seine spitzen Eckzähne, die winzige Narbe unter seiner Augenbraue … Die Bilder der Wohnung, in der sie leben würden, die schwarze Katze namens Gundula, ihre Abschlussfeier an der Uni, bei der Raban so stolz auf sie sein würde … Die Küche, in der er ihr morgens immer Kaffee kochen würde. Und dann noch mehr Bilder, Jahre, die vor ihr lagen, das Grau, das sich langsam in Rabans Haar stahl, ihre

Lesebrille, die sie eines Tages vielleicht brauchen würde, auf dem Nachttisch, viele Feste, weil es viele Gelegenheiten zum feiern geben würde, immer wieder ein aufblitzendes Lächeln, das eindeutig zu einem Kind gehörte. Eine winzige Hand, die sich um Rabans Daumen schlang, sein Strahlen, gemeinsame Abende am Kamin …

Doch diesmal riefen diese Bilder keine Verzweiflung hervor, sondern Hoffnung. Sogar ein leises Lächeln breitete sich auf Arianes Gesicht aus. Geistesabwesend bemerkte sie, dass sie mit dem Zeigefinger etwas auf den Tisch zeichnete.

Sie sah ihrem Finger eine Weile zu. Eine liegende Acht. Zwei verschlungene Ringe, das Symbol für Unendlichkeit. Eine endlose Schlinge.

Mit einem Ruck setzte sie sich auf und tippte die ersten Worte ein.

»Die endlose Schlinge«, sagte sie sich leise vor.

Doch, das klang gut. Sie lächelte erneut. Und dann begann sie, in die Tasten zu hämmern.

III

Die endlose Schlinge

Eins

Die endlose Schlinge

»Wartet in meinem Büro«, sagte Dr. Mobius kurz angebunden zu Feuerauge und Milos. Die beiden wechselten einen verdutzten Blick, nickten dann aber und bogen nach links ab, während Dr. Mobius Raban an den Handgelenken packte und ihn hinter sich herzog, als wöge er nichts.

Er pfiff laut vor sich hin, um das Poltern zu übertönen, als Rabans schwere Stiefel über die Stufen rutschten. Endlich waren sie im Keller angelangt. Achtlos warf Dr. Mobius den Jungen auf die harte Pritsche in der Kellerzelle. Er hob die Hand, woraufhin sich ein Klappstuhl laut krachend einen Weg den Gang entlangbahnte. Schließlich setzte er sich seufzend auf den Klappstuhl und massierte seine Schläfen, während er den Jungen musterte.

»Was machen wir jetzt mit dir, du kleiner Bastard?«, fragte er in die Stille hinein. Doch der Angesprochene antwortete nicht. Natürlich nicht. Dr. Mobius hatte ihn in eine kurzfristige Ohnmacht befördert.

Sosehr es ihn auch in den Fingern juckte, nach einigen Minuten kam er zu dem Schluss, dass er den Jungen nicht töten durfte. Da hätte er ihm ja gleich selbst die Fähigkeit rauben können, doch er wusste instinktiv, dass dies keine gute Idee war. Deshalb war er ja auch so begeistert von Feuerauges Idee gewesen.

Er brauchte den Jungen unbedingt als Versuchskaninchen. Sie wussten noch viel zu wenig über Milos' Fähigkeit und die Auswirkungen, die sie hatte. Immerhin würde Milos seine Fähigkeit auch bei Jakov anwenden. Da wäre es besser, mehrere Kontrollpersonen zu haben, die er beobachten konnte. Allzu viele von ihnen würde es ja ohnehin nicht geben. Vielleicht würden die Probanden auch, nachdem sie von Milos beraubt wurden, eines Tages andere Fähigkeiten entwickeln. Er wusste es nicht, doch er musste es herausfinden.

Dr. Mobius seufzte noch einmal tief. »Sieht so aus, als dürftest du am Leben bleiben, Junge. Als Beobachtungsexemplar. Um sicherzugehen, dass mit meinem Sohn nichts Unvorhergesehenes geschehen wird, wenn Milos ihm genau wie dir seine Fähigkeit raubt. Allerdings – vielleicht ist das sogar die schlimmere Strafe«, er musste schmunzeln, »du wirst nämlich den Rest deines Lebens in dieser Zelle verbringen. Ohne jeglichen Kontakt zur Außenwelt. Du bleibst mein höchstpersönliches Versuchskaninchen. Na, wie findest du das?«

Wieder antwortete der Angesprochene nicht. Zum Glück. Er war ohnehin immer so fürchterlich frech gewesen. Dr. Mobius grübelte weiter und kam schließlich zu einem weiteren Schluss. Er musste dem Jungen seine Erinnerungen nehmen. 023s unzählige Ausbruchsversuche waren ihm noch unangenehm in Erinnerung. Inzwischen kannte er die Anstalt wohl wie seine eigene Westentasche. Wenn jemand einen Weg hier herausfinden würde, dann er. Außerdem – er hatte lange genug die Gefühle der Menschen analysiert. Wenn der Junge sich an seinen Ausbruch und das Leben draußen erinnerte, würde er vermutlich daran zerbrechen und eine Möglichkeit finden, sich umzubringen. Das konnte er nicht riskieren. Er brauchte ihn schließlich lebendig, um ihn zu beobachten. Es würde nicht viele Menschen geben, die ihrer Fähigkeit beraubt wurden und dies überlebten, denn die Pille für Fähigkeitenraub würde nicht auf den Markt kommen. Natürlich nicht. Ganz im Gegenteil, Dr. Mobius musste bald jegliche Beweise darüber vernichten, dass Milos' Fähigkeit jemals existiert hatte. Sobald alles erledigt war. Etwas, das auch gestohlen werden konnte, ließ sich schwerer teuer verkaufen. Außerdem wollte Dr. Mobius der Einzige bleiben, der Fähigkeiten an sich reißen konnte. Bald würde er das auch wieder sein. Milos würde er wohl *neutralisieren* müssen, sobald er 023s und auch Jakovs Fähigkeiten aus seinem Blut isoliert hatte. Denn noch immer wollte er lieber nicht austesten, wer wem die Fähigkeiten rauben würde, wenn er Milos berührte.

Und was den Jungen anging, es war besser, wenn sie von Null anfingen. Träge hob Dr. Mobius die Hand und begann sein Werk.

∞

Ariane stieß einen erleichterten Seufzer aus. Wenigstens diese Gefahr war nun gebannt. Sie hoffte nur, dass ihre Lösung genug Sinn ergab, um wahr zu werden. Ganz kurz huschte der Impuls durch ihr Gehirn, nach Raban zu rufen und ihm die Neuigkeit zu erzählen. Dann fuhr der Schmerz wieder in ihre Brust. Sie konnte Raban nichts erzählen, weil er weg war. Erneut stahlen sich Bilder vor ihr inneres Auge, sein Lächeln, die unnachahmliche Art, wie er eine Augenbraue hob, sein flackernder Blick im Feuerschein …

Mit wackeligen Knien stand Ariane auf. Das Feuer. Gestern Nacht … Es schien Ewigkeiten her zu sein. Wie ferngesteuert ging sie nach draußen. Inzwischen war es Nacht geworden. Die Tüte mit den Sandwiches lag noch neben der Eingangstür. Erneut schossen Tränen in ihre Augen.

»Danke, Raban«, sagte sie leise. Ihr Magen, der nun schon an ein schwarzes Loch erinnerte, machte ihr bewusst, dass sie etwas essen musste. Lustlos verschlang sie eines der Sandwiches und ärgerte sich über sich selbst, dass sie immer noch gegen die Tränen kämpfte. Sie musste jetzt stark sein. Für Raban. Schwach nützte sie ihm absolut nichts.

Als sie aufgegessen hatte, verlor sie den Kampf. Eigentlich hatte sie gedacht, keine Tränen mehr zu haben, doch irgendwie quälten ihre längst verquollenen und brennenden Augen doch noch welche hervor. Die allumfassende Einsamkeit, die ihr so vertraut war, war zurückgekehrt. Schlimmer als je zuvor. Denn nun wusste sie, wie es war, nicht einsam zu sein.

In diesem Moment, weinend, eine Tüte mit einem trockenen Sandwich umklammernd, wurde ihr mit völliger Klarheit bewusst, dass sie ein Leben ohne Raban nicht verkraften würde. Nun wusste sie, was dieses blutende Loch in ihrer Brust bedeutete, das ihr so grausam vertraut war. Es war die Stelle, an der die Gewissheit pochen sollte, dass ihre andere Hälfte stets an ihrer Seite war. Raban, ihr Seelenverwandter, ein Teil ihres Selbst. Der Mensch, ohne den sie nicht leben konnte.

Sie konnte nicht verhindern, dass die Angst erneut ihre klebrigen Finger nach ihr ausstreckte. Angst, dass Dr. Mobius recht behalten könnte, dass Raban sich das Leben nehmen würde, wenn sie nicht bald alles in Ordnung brachte. Allumfassende Furcht, dass sie ihn niemals wiedersehen würde.

Das Buch hatte sich selbstständig gemacht, wurde ihr nun mit völliger Klarheit bewusst. Sie hatte niemals geschrieben, dass Milos, Feuerauge und Dr. Mobius Raban zurück in die Anstalt holen würden. Sie hatte es bloß in die Wege geleitet, die Gewissheit, *dass sie es tun würden* in die Köpfe ihrer Charaktere gepflanzt. Hatte sie damit auch in die Wege geleitet, dass Raban den Rest seiner Tage in der Zelle verbringen würde und sich vielleicht eines Tages umbringen würde? Noch eine zweite Erkenntnis fuhr wie eine glühende Klinge durch ihren gesamten Körper. Raban war in der Zukunft gewesen, in ihrer, Arianes Zukunft. Und sie war immer noch tot. Bedeutete das, dass alles verloren war? Dass er tatsächlich für immer weg war und sie, Ariane, deshalb mit vierundzwanzig Selbstmord begehen würde? Würde sie ohne Raban in ihr altes Leben zurückkehren, niemandem von all dem erzählen dürfen und mit vierundzwanzig den Schmerz über den Verlust ihres Geliebten nicht mehr ertragen können?

Entsetzen schüttelte sie. Das war eine Liebesgeschichte mit tragischem Ende, die von ihr selbst hätte stammen können – zwei Seelenverwandte, die nur kurz von ihrem Glück kosten durften, die in einem seltsamen Zeitparadoxon für wenige Wochen glücklich waren und schlussendlich erst wieder im Tode vereint wären. Schließlich war sie immer ein Fan von

Shakespeare gewesen. Aber was, wenn Dr. Mobius sich umentscheiden würde – was, wenn er Raban unsterblich machen würde, so wie er es mit sich selbst und Jakov vorhatte? Das würde zu ihm passen. Seinem Gefangenen zur Strafe nicht einmal den Tod gewähren. Und somit sogar die Möglichkeit versperren, dass Ariane eines Tages zumindest im Tode wieder mit Raban vereint wäre. Auch, wenn sie es nicht geschrieben hatte – sie hatte die Idee gehabt, dass Dr. Mobius es tun *könnte*. Bedeutete das nun, dass er es auch tun würde?

Mit zittrigen Beinen ging sie wieder nach drinnen und ließ sich mutlos auf das Bett sinken. Erneut umklammerte sie Rabans T-Shirt und spielte mit dem Amulett um ihren Hals.

»Was soll ich nur tun?«, murmelte sie in seinen Geruch hinein.

Er antwortete nicht. Natürlich nicht.

Aber dann tauchte eine schwache Erinnerung in ihr auf, anfangs kaum wahrnehmbar. Doch langsam wurde sie stärker, seine Stimme klarer.

»Hältst du mich für schwach, Raban?«, fragte ihre eigene Stimme leise.

Er lächelte, schüttelte den Kopf und legte seinen Finger an ihre Lippen. »So etwas darfst du gar nicht denken, Ariane. Du musst auf dich selbst vertrauen.«

Und wie in dieser Nacht versank sie, diesmal in der Erinnerung an seine Arme, die sich um sie legten. Und plötzlich wurde ihr klar, was sie tun musste. Sie musste Raban Hoffnung geben.

∞

Die endlose Schlinge

023 konnte nicht schlafen. Die Gedanken in seinem Kopf zogen Kreise, die kein Ende fanden. Die unzähligen Fragen. Er wusste nicht, warum er hier war – es war, als wäre es schon immer so gewesen. Vier Wände, eine Pritsche und eine Toilette, die ihm gleichzeitig als Trinkgelegenheit diente. Er musste etwas Schlimmes verbrochen haben, sonst wäre er nicht hier, überlegte er erneut. Nur Menschen, die etwas verbrochen hatten, landeten in solchen Räumen. Doch er erinnerte sich nicht. Er wusste nicht, ob es jemanden gab, der ihn vermisste, jemanden, der überhaupt wusste, dass er existierte. Hatte er Freunde gehabt? Familie? Die Gewissheit, dass er nicht einmal seinen eigenen Namen wusste, schmerzte fast mehr als alles andere. Er wusste auch nicht, wie alt er war, obwohl er an seinem Spiegelbild in der Wasseroberfläche der Toilette erahnen konnte, dass er wohl Anfang zwanzig sein musste.

Wieder dachte er über die vagen Gefühle nach, die in ihm hochkamen, wenn seine Gedankenketten wieder von vorne begannen. Er konnte sie nicht benennen. Nur eine einzige Sache war ihm fast zur vollständigen Gewissheit geworden: Man hatte ihm etwas weggenommen, etwas ganz Essenzielles war ihm gestohlen worden. Das Gefühl, dass in seiner Brust an der Stelle, wo ein Herz schlagen sollte, nur ein tiefes, blutendes Loch war, hatte ihn auf diesen Gedanken gebracht. Es kam ihm so entsetzlich vertraut vor, obwohl er nicht einmal wusste, wie lange er schon hier war. Wo auch immer »hier« war.

Das Einzige, was ihn von dem Versuch abhielt, sich im Klo zu ertränken, war die Hoffnung, dass da eines Tages etwas gewesen war. Etwas, wofür es sich zu leben lohnte. Etwas, das auf ihn warten würde, wenn er es eines Tages hier rausschaffen würde. Oder jemand.

Seufzend drehte 023 sich auf die andere Seite. Es war schwer, zu schlafen, wenn das Licht Tag und Nacht brannte. Er wusste, dass dies eine Foltermethode war, aber er wusste nicht, wo er das eines Tages gelernt hatte. Schlussendlich übermannte ihn die Erschöpfung doch.

Als er mit bloßen Füßen über nasses Gras wanderte, wurde ihm plötzlich bewusst, dass er träumte. Verwundert hielt er inne und berührte die Rinde eines Baumes. Schließlich lächelte er. Es fühlte sich unglaublich echt an. Und doch wusste er, dass dies ein Traum war. Ein schöner Traum.

Bin ich ein luzider Träumer?, fragte er sich verwirrt.

Probeweise schlug er mit den Armen, als wären sie die Flügel eines Vogels, woraufhin er tatsächlich ein Stück in die Höhe stieg. Es funktionierte! Staunend ging er weiter. Er hatte das Gefühl, dass er ein Ziel hatte, dass er nach etwas suchen musste. Als der Wald sich lichtete und die glitzernde Oberfläche eines Sees in der Dämmerung erschien, wusste er, dass er es gefunden hatte. Er ging zum Ufer, ließ einen Kieselstein ins Wasser fallen und beobachtete die konzentrischen Kreise. Er musste auf etwas warten. Oder auf jemanden. Das wusste er plötzlich ganz genau.

Ein leises Rascheln schreckte ihn auf, doch schon im nächsten Moment wusste er, dass ihm keine Gefahr drohte. Langsam drehte er sich um. Ein Mädchen in einem luftigen grauen Sommerkleid kam lächelnd auf ihn zu.

»Hallo«, sagte sie leise mit einer melodiösen Stimme, die etwas tief in ihm berührte. Eine Erinnerung? Er runzelte die Stirn, konnte aber nicht den Finger darauf legen. Sie kam ihm so seltsam bekannt vor. Der Traum kippte. Im nächsten Moment stand sie vor ihm und zog ihn schweigend in ihre Arme. Er hatte etwas sagen wollen, doch als sie ihn berührte, hatte er es vergessen. Ihr Haar kitzelte und die Härchen in seinem Nacken stellten sich auf.

»Wer bist du?«, fragte er neugierig.

»Das ist nun nicht wichtig«, sagte das Mädchen leise und schob ihn wieder ein Stückchen von sich, um sein Gesicht zu betrachten. Zärtlich strich sie über seine Wange. »Wichtig ist nur, dass du hier in Sicherheit bist. Hier, in deinen Träumen.«

»Also träume ich wirklich. Aber es fühlt sich so … real an.«

»Das ist verständlich.« Sie lächelte geheimnisvoll. »Es *kann* real sein, weißt du? Es war einmal Realität und es kann auch wieder Realität werden. Aber im Moment ist es nicht real. Tut mir leid.«

»Das verstehe ich nicht. Also ist es eine Erinnerung?«, fragte er und wunderte sich über die tiefe Verbindung, die er zu der Unbekannten spürte. Es war, als würde die Luft zwischen ihnen knistern.

Sie unterbrach seine Gedanken. »Erinnerung ist nicht ganz das richtige Wort. Lass uns einen Spaziergang machen«, sagte sie.

Er ging neben ihr her und griff schließlich wie selbstverständlich nach ihrer Hand.

Sie lächelte und atmete dann tief ein. »Ich kann mir vorstellen, dass du eine Menge Fragen hast.«

»Allerdings. Moment – weißt du etwas über mich? Über den Ort, an dem ich bin? Warum bin ich dort?«

Sie schien zu überlegen und setzte sich dann auf einen flachen Stein, klopfte einladend neben sich. Er setzte sich ebenfalls.

»Ich kann dir nicht zu viel sagen«, flüsterte sie dann niedergeschlagen. »Es könnte gefährlich sein.«

Er wollte etwas entgegnen, hielt dann aber inne. Die Verzweiflung des Mädchens war echt. Er glaubte ihr, dass sie ihm gerne alles erzählt hätte, aber nicht konnte. »Kannst du … kannst du mir meinen Namen sagen?«

Mit zusammengepressten Lippen schüttelte sie den Kopf. Tränen glitzerten in ihren Augen. »Es tut mir leid«, flüsterte sie. »Dort, wo du jetzt bist, ist es nicht sicher. Aber ich werde dich beschützen, soweit es in meiner Macht steht. Ich bin immer bei dir, das musst du wissen.«

Er überlegte lange und sah auf die Wasseroberfläche. »Warum?«, fragte er dann.

Erneut lächelte sie. »Weil ich dich liebe.«

Sein Herz machte einen Satz. Er kannte sie nicht einmal, aber dennoch erfüllte ihn plötzlich die Gewissheit, dass er dasselbe für sie fühlte. »Ich schätze, du kannst mir auch nicht sagen, warum ich das Gefühl habe, dass ich dich schon mein ganzes Leben lang kenne?«

Sie schüttelte wieder traurig den Kopf. »Aber ich denke, eine Sache kann ich dir sagen …«

Er lauschte gespannt, nachdem sie ihre Lippen an sein Ohr gelegt hatte und schließlich so leise flüsterte, dass er es kaum hören konnte: »Ich hole dich von dort weg. Das schwöre ich dir. Gib nur niemals die Hoffnung auf. Versprichst du es mir?«

Verdattert nickte er. »In Ordnung, ich verspreche es.«

»Danke«, wisperte sie und hauchte einen Kuss auf seine Lippen.

Mit rasendem Herzen wachte er auf und starrte die Zellenwand an. Eines wusste er nun ganz sicher: Dies war kein gewöhnlicher Traum gewesen. Doch auch, wenn er sich irrte: Plötzlich keimte dort, wo vorhin nur ein klaffendes Loch gewesen war, leise Hoffnung.

∞

Ariane ließ müde den Kopf auf den Tisch sinken. Sie streichelte sanft über das Amulett. Hoffentlich war es wahr geworden. Hoffentlich ging es Raban nun ein wenig besser. Nun musste sie nur noch die Zukunft der Menschheit retten. Doch ihre brennenden Augen und die bleierne Müdigkeit in ihren Gliedern machten ihr klar, dass sie dringend Schlaf brauchte. Es konnte gefährlich sein, übermüdet zu schreiben – am Ende würde sie noch einen Logikfehler einbauen. Sie schleppte sich zum Bett und vergrub ihr Gesicht in den Laken, die immer noch nach Raban rochen.

Obwohl wilde Gedanken durch ihren Kopf rasten, schlief sie ein, sobald ihr Kopf das Kissen berührte.

Raban wartete schon auf sie und zog sie schweigend in die Arme.

»Ich wünschte, dies wäre echt«, seufzte Ariane an seiner Schulter. »Aber es ist nur ein Traum …«

Im nächsten Moment schreckte sie aus seiner Umarmung auf und runzelte die Stirn.

»Bin ich … bin etwa *ich* eine luzide Träumerin?«, fragte sie verdutzt. »Oder ist das *echt*?«

Er lächelte spitzbübisch. »Ich weiß es nicht, Ariane. Vielleicht bin ich nur eine Manifestation deines Unterbewusstseins. Aber ist das wirklich wichtig, spielt das jetzt eine Rolle? Ich bin hier bei dir. Wie geht es dir? Bist du gut vorangekommen?« Er musterte sie besorgt. »Du siehst müde aus.«

»Bin ich auch. Aber ja, ich habe etwas geschrieben. Es geht wieder. Trotzdem habe ich noch keine Ahnung, wie ich das alles wieder hinkriege …«

Er lächelte erneut und strich ihr vorsichtig die Haare hinter das Ohr. »Du musst keine Angst haben«, bekräftigte er. »Du hast in Wirklichkeit schon alles in die Wege geleitet.«

»Was meinst du damit?«

»Es ist alles schon da. Du musst nur noch die letzten Puzzlesteine zusammenfügen. Ich weiß es, Ariane. Es ist alles schon hier …« Er tippte gegen ihre Schläfe. »Hier, in deinem Kopf. Doch nicht nur in deinem Kopf. Auch in vielen anderen

Köpfen … Der Funke zur Revolution ist schon gezündet. Nun musst du nur noch das Feuer anfachen.«

»Ich …« Sie brach ab. Dann, ganz plötzlich, breitete sich ein Lächeln auf ihrem Gesicht aus. »Meine Charaktere«, murmelte sie. »Es ist alles schon in ihren Gedanken angelegt … Es fehlt nur noch der letzte Anstoß.«

Raban lächelte zurück. »Na siehst du. Ich habe doch gesagt, es ist alles schon in deinem Kopf. Genau wie ich. Ich bin immer bei dir.«

»Also ist das doch nur ein Traum«, murmelte sie traurig und schmiegte sich noch einmal an ihn.

»Ja«, flüsterte er und strich ihr tröstend über die Wange. »Aber wir beide, wir wissen doch, wie es ist, nicht wahr? Ich war schon immer in deinem Kopf. Das bedeutet nicht, dass ich nicht echt bin.«

Sie schreckte auf und ihr war, als könnte sie seine Berührung noch spüren. Erstaunt bemerkte sie, dass es schon dämmerte. Sie hatte tatsächlich die ganze Nacht durchgeschlafen. Als ihr Gehirn langsam wach wurde, fuhr sie erneut zusammen, diesmal heftiger. Raban! Ihre Idee!

Aufgeregt stürzte sie zum Laptop und klappte ihn auf. Plötzlich war ihr vollkommen klar, was sie tun musste. Sie brauchte einen glaubwürdigen Helden. Nein, noch besser: mehrere glaubwürdige Helden. Und sie wusste auch schon ganz genau, wer infrage kam.

Zwei

»Sehr verehrte Damen und Herren«, eröffnete Dr. Mobius die Runde und räusperte sich gewichtig. »Heute habe ich zwei ganz besondere Neuigkeiten zu verkünden. Wollen Sie zuerst die gute oder die andere gute Neuigkeit hören?«

Leises Gekicher breitete sich aus. »Zuerst die gute!«, rief Rasnikova begeistert.

»Also schön«, hob Dr. Mobius erneut an. »Zuerst die Neuigkeit, die weniger bahnbrechend ist. Ich hatte es Ihnen bis jetzt noch nicht erzählt, weil ich befürchtet habe, dass es Sie beunruhigen könnte. Vor einigen Wochen brach ein Proband aus der ersten Gruppe aus.«

Leises Getuschel breitete sich aus. Dr. Mobius unterbrach es. »Keine Sorge, meine Freunde, die Gefahr ist nun gebannt. Besagter Proband ist wieder hinter Gittern und seine Fähigkeit, die ihm den Ausbruch ermöglichte, ist weg. Dies war einer meiner genialeren Einfälle.« Er zwinkerte in die Runde. »Aber ich will Sie nicht langweilen.«

»Oh, aber Sie langweilen uns doch nicht, Doktor. Ich interessiere mich brennend für die Geschichte«, sagte Dr.

Molkow ruhig und starrte Dr. Mobius an. Die Umsitzenden nickten.

»Also schön, also schön«, sagte Dr. Mobius großzügig. »Nun, ich habe Ihnen doch von Milos erzählt, nicht wahr? Der Mann aus der zweiten Probandengruppe, der eine Fähigkeit hat, die meiner ähnlich ist. Es war folgendermaßen ...« In knappen Sätzen fasste er die Ereignisse zusammen. Er blickte in bewundernde Mienen, als er geendet hatte.

»Das war wirklich genial, Dr. Mobius«, sagte auch Dr. Molkow anerkennend.

Dr. Mobius sonnte sich in der Aufmerksamkeit. »Aber es gibt sogar noch bessere Neuigkeiten, meine Freunde«, begann er. »Die ersten Medikamente, die auch tatsächlich so in Produktion gehen können, sind fertig.« Mit ruhigen Fingern stellte er ein Röhrchen auf den Tisch, in dem mehrere grüne Pillen lagen. »Ich darf Ihnen präsentieren: Unsichtbarkeit in Tablettenform!«

Jubel erklang. Alle schrien aufgeregt durcheinander.

Rasnikova hob den Arm.

»Ja, mein Freund?«, sagte Dr. Mobius mit einbetoniertem Lächeln.

»Dürfen wir es mal ansehen?«, fragte Rasnikova gestelzt.

»Also schön«, meinte Dr. Mobius großzügig. »Bitte, nehmen Sie!«

Rasnikova beugte sich gierig über den Tisch, kam aber nicht an das Röhrchen heran.

»Ich gebe es Ihnen durch«, lächelte Dr. Mobius und reichte den Behälter zu seiner Linken an Elaine weiter.

Dr. Molkow, der zwischen Elaine und Rasnikova saß, nahm das Röhrchen entgegen und musterte die Pillen neugierig. »Ich denke, ich spreche für uns alle, wenn ich sage: Ein Hoch auf Dr. Mobius! Oder?«

Zustimmendes Gemurmel erklang, alle hoben die Gläser.

»Wie viele haben Sie produziert?«, fragte Molkow im Plauderton und drehte das Röhrchen zwischen den Fingern.

»Nur diese zwanzig Pillen«, entgegnete Dr. Mobius. »Eine echte Rarität, sozusagen.«

Dr. Molkow musterte weiter die Medikamente. »Es sind aber nur neunzehn«, sagte er dann erstaunt.

»Ich ... was?«

»Es sind nur neunzehn Pillen.«

Dr. Mobius zog die Brauen zusammen. »Es ... nein, Sie haben sich sicher verzählt.«

»Habe ich nicht. Ganz sicher nicht. Ich bin Mathematiker, wie Sie sehr genau wissen. Ich kann die Anzahl von Objekten mit einem Blick erfassen. Habe ich schon immer getan. Sagen Sie, Dr. Mobius, wer hat die Medikamente produziert?«

»Eine vertrauenswürdige Firma. Dachte ich jedenfalls. Verdammte Scheiße!«, fluchte Dr. Mobius. Jemand hatte eine Pille geklaut. Verdammt!

»Sie sollten sofort jemanden losschicken, um die Angestellten zu befragen«, meinte Dr. Molkow besorgt. »Das könnte Probleme geben.«

»Ich ... ja, Sie haben recht. Stavanger?«

Der Mann schlurfte herein und salutierte. Dr. Mobius

verdrehte die Augen. Stavanger musste immer übertreiben.

»Stavanger – wie ich Sie kenne, haben Sie ohnehin gelauscht. Setzen Sie sofort die Zuständigen in Kenntnis. Wenn ich recht informiert bin, sollten die Angestellten noch da sein. Durchsuchen Sie sie. Wenn Sie nichts finden, lassen Sie sie alle einsperren. Wenn einer der Angestellten fehlt – oder besser gesagt, wenn er nicht sichtbar ist – riegeln Sie sofort das gesamte Gebiet ab. Ich komme nach, sobald wir hier fertig sind.«

Stavanger salutierte erneut und marschierte zur Tür hinaus.

»Kein Grund zur Besorgnis, kein Grund zur Besorgnis. Das haben wir schnell gelöst. Wollen wir noch rasch die Einzelheiten für die anstehende Produktion besprechen? Es werden nur noch einige Tests durchgeführt, in wenigen Wochen können Sie dann selbst unsichtbar werden. Wer hat Lust?«

Rasnikova meldete sich und hatte immer noch den gierigen Ausdruck in den Augen. »Ich! Wie funktioniert es?«, fragte er.

»Na, Sie denken sich: ›Ich will unsichtbar sein‹, und schon ist es so weit«, erklärte Dr. Mobius mit gespielter Geduld.

Rasnikovas Kinnlade fiel nach unten. »Und wie mache ich mich wieder sichtbar?«

Dr. Mobius verdrehte innerlich die Augen. »Sie denken sich: ›Ich wäre gerne wieder sichtbar.‹ Wer will noch?«

Alle Hände bis auf eine erhoben sich. »Sie nicht, Stephan?«, fragte Dr. Mobius überrascht.

»Nein, vielen Dank. Ich warte zuerst, ob es wirklich sicher ist«, erklärte Dr. Molkow.

»Ich versichere Ihnen, das ist es.«

»Ich glaube Ihnen. Doch ich bin ein Hypochonder. Ganz sicherlich werde ich mir nicht existente Nebenwirkungen einbilden. Verzeihen Sie bitte, Dr. Mobius.«

Dr. Mobius wandte sich achselzuckend ab. Sein Pech. »Können wir dann mit den organisatorischen Dingen weitermachen?«, fragte er. »Elaine, haben Sie sich um den neugierigen Polizeipräsidenten und den Reporter gekümmert?«

Nachdenklich trommelte er mit seinen Zeigefingern auf den Tisch. Der Polizeipräsident hatte vor einigen Wochen begonnen, unangenehme Fragen zu stellen, und einer seiner Freunde, ein Reporter, hatte einen überaus bedenklichen Artikel über verschwundene Kinder und Jugendliche veröffentlicht, der großes Aufsehen erregt hatte.

»Ja, keine Sorge, Dr. Mobius. Dr. Kühleborn hat sich darum gekümmert. Wir sind übereingekommen, dass zwei inszenierte Selbstmorde nur noch mehr Fragen in der Bevölkerung aufwerfen würden. Dr. Kühleborn hatte eine geniale Idee: Er hat ihnen jeweils eines der neuen Implantate verpasst. Auf der jährlichen Polizeigala gab es für die beiden Schweinsbraten mit starken Beruhigungsmitteln, in der Nacht ist ein Mittelsmann bei ihnen eingebrochen und hat ihnen die Geräte implantiert. Sie halten fünf Jahre. Sowohl der Polizeipräsident als auch der Reporter bekommen nun jeden Tag eine starke Dosis Delarizan verabreicht. Ganz automatisch. Die Wirkung dieser Droge ist am ehesten mit Ketamin vergleichbar. Sie löst starke Halluzinationen aus. Es wird sich schnell herumsprechen, dass die beiden schlicht und einfach nicht mehr alle Tassen im Schrank haben.« Sie grinste. »Und niemand wird Verdacht schöpfen.«

Dr. Mobius nickte ihr anerkennend zu. Das war wirklich ein kluger Schachzug. Schade, dass Dr. Kühleborn noch nicht genügend Implantate hergestellt hatte, um auch jedem seiner Probanden automatisch die tägliche Dosis Beruhigungsmittel zu verpassen. Es war so unpraktisch, jeden Tag Medikamente ins Essen und in die Wasserrationen zu mischen. Aber bald würde es so weit sein und Dr. Mobius würde eine Sorge weniger haben.

»Haben Sie sich entschieden, wer der neue Polizeipräsident werden soll?«, fragte Elaine neugierig.

»Ja. Ich finde, Stavanger sollte das machen. Er war früher bei der Polizei, sogar ein hohes Tier, also müssen wir nicht einmal so viele Dokumente fälschen. Nur einige Beweise verschwinden lassen. Die Sache wurde ohnehin schnell vertuscht, es wissen nicht viele Menschen davon. Falls jemand unangenehme Fragen stellt, kriegt derjenige eben auch ein Implantat.«

Elaine zog neugierig die Augenbrauen hoch, doch Dr. Mobius ging nicht weiter darauf ein. Stavanger war wegen Amtsmissbrauchs gefeuert worden, doch das war unwichtig. Dr. Mobius hatte sich viele Freunde in Politikerkreisen gemacht, sie würden ihm helfen, Stavangers Akte aufzupolieren. Und dann hätte er nicht nur den derzeitigen Kanzler und seine Berater, sondern auch die gesamte Exekutive unter seiner Kontrolle.

Nachdem sie noch die Finanzen besprochen hatten und die Sitzung beendet war, erhob sich Dr. Mobius seufzend. »Ich muss mich nun um die Sache mit der gestohlenen Pille kümmern. Ich schätze, Sie wollen sich noch ein wenig unterhalten?«

Alle nickten, doch Dr. Molkow stand ebenfalls auf. »Ich begleite Sie hinaus, Dr. Mobius. Ich habe noch einen Termin.«

Dr. Mobius nickte wenig begeistert. Er wurde aus diesem seltsamen Mann einfach nicht schlau. »Also schön, gehen wir gemeinsam nach draußen.«

*

Als Dr. Molkow im Taxi saß und Dr. Mobius schon längst verschwunden war, kramte er die Pille hervor und grinste sie triumphierend an. Das war besser gelaufen als erwartet. Nun besaß er eine Fähigkeit und gleichzeitig hatte er Chaos gesät, das Dr. Mobius noch länger beschäftigen würde. Wie gut, dass er als Taschendieb aufgewachsen war. Er stammte aus einer armen Familie, als zehntes Kind seiner Eltern hatte es selten genug zu essen gegeben. Seine Kindheit war hart gewesen, hart, aber spannend. Er hatte viele neue Orte gesehen, gelernt, sich durchzuschlagen. Früher war er sogar ab und zu mit seiner Mutter im Zirkus aufgetreten. Er kannte alle Tricks. Nun musste er nur noch den nächsten Funken entfachen.

Zuerst hatte er noch mit Begeisterung bei Dr. Mobius' Plänen mitgemacht. Doch nach und nach hatte er begonnen, zu zweifeln. Spätestens, als er herausgefunden hatte, wie Dr. Mobius an seine erste Probandengruppe gekommen war, war ihm klar geworden, dass diesem Mann Einhalt geboten werden musste. Und als die ersten Kinder gestorben waren ... Er seufzte. Das hatte er niemals gewollt. Ja, man musste im Namen der Wissenschaft Opfer bringen, aber es war falsch, Kinder umzubringen. Dr. Mobius war gefährlich und schon längst viel zu mächtig, um ihn mit konventionellen Mitteln zu stoppen. Doch ihm musste um jeden Preis das Handwerk gelegt werden. Und nun würde Dr. Molkow mit seinem Plan beginnen ...

Er hatte lange überlegt, wie er es am besten bewerkstelligen sollte. Ja, nun hatte er eine eigene Fähigkeit ... Doch Unsichtbarkeit würde ihm wenig nützen, wenn er einen Superbösewicht mit unzähligen Fähigkeiten und fast uneingeschränkter Macht bekämpfen musste. Nein, die Lösung lag in der Teamarbeit. Möglichst viele Probanden der ersten und zweiten Gruppe mussten sich zusammenschließen, nur so konnte Dr. Mobius besiegt werden. Der Funke glomm gewiss schon in vielen Köpfen. Er musste nur noch das Feuer entfachen. Sein eigener Atem klang laut in seinen Ohren, als er die Briefe schrieb, sie in Kuverts steckte und dann in seiner Jacketttasche verstaute.

Er hatte schon vor einiger Zeit die Akten gewälzt, in die er als Geldgeber Einsicht hatte, und zwei Probanden ausgewählt. Es blieb nur zu hoffen, dass sein Gefühl ihn nicht trog. Dass Milos nun auch noch zeitreisen konnte, wie Dr. Mobius bei dem Meeting erklärt hatte, kam ihm nur zugute. Er hatte sich sehr zusammenreißen müssen, um nicht laut loszujubeln. Das würde alles vereinfachen. Milos konnte nun Wasser kontrollieren, Fähigkeiten an sich reißen und zeitreisen. Das war ein guter Anfang für den Sieg über Dr. Mobius.

Dr. Molkow hoffte nur, dass sein Gefühl ihn nicht getrogen hatte, dass Milos wirklich im tiefsten Herzen ein guter Mann war. Ein verzweifelter Mann zwar, aber jemand mit einem starken Sinn für Gerechtigkeit. Ihm war klar geworden, wie Dr. Mobius ihn dazu gebracht hatte, für ihn zu arbeiten. Er erpresste den armen Milos mit großer Sicherheit damit, seine Töchter wieder lebendig zu machen. Doch in Wirklichkeit würde er Milos bald umbringen.

Die erste Priorität war nun, dass die Probandengruppen von Dr. Mobius' Plänen der *Neutralisierung* und auch voneinander erfuhren. Nur, wenn sie zusammenarbeiteten, würden sie einen ernst zu nehmenden Widerstand gründen können.

Er hatte lange überlegt, wen er aus der ersten Probandengruppe herauspicken sollte. Schließlich war seine Wahl auf das Mädchen 192 gefallen. Er hoffte, dass er sich auch in ihr nicht täuschte. Über sie wusste er im Vergleich zu Milos weniger, doch er hatte aus den Akten erfahren, dass sie eine ähnlich harte und triste Kindheit wie er selbst gehabt hatte. Vielleicht hatte er sie deshalb instinktiv ausgewählt – weil sie ihn an ihn selbst erinnerte. Mit elf war sie in ein Hochbegabten-Förderungsprogramm aufgenommen worden, hatte aber, wohl durch den Druck, der in dem Internat herrschte, schwere Depressionen entwickelt und mehrmals versucht, sich das Leben zu nehmen. Deshalb war sie ursprünglich in Dr. Mobius' Anstalt gekommen. Vor der Löschung ihrer Erinnerungen hatte es das Mädchen auf stolze 37 Ausbruchsversuche gebracht und somit sogar auf drei mehr als der Junge 023. Sie hatte zwar ihre Fähigkeit noch nicht gefunden, doch Dr. Molkow hatte das untrügliche Gefühl, dass sie wichtig werden könnte. Sein Bauchgefühl hatte ihn noch selten im Stich gelassen.

Nur seine Entscheidung, bei Dr. Mobius' Machenschaften mitzumachen, bereute er heute bitter. Damals hätte er wohl besser nicht seinem Instinkt vertraut. Doch diesmal konnte er sich einfach nicht täuschen! Er *durfte* sich nicht täuschen.

Noch einmal fuhr er über sein Jackett, wo in der Tasche die zwei Kuverts knisterten. Das ungewöhnlich dicke Papier darin knisterte nicht.

Dr. Molkow seufzte, kreuzte die Finger und schluckte schließlich die Pille ohne Wasser hinunter. Es war so weit.

»Fahren Sie bitte da vorne rechts ran«, sagte er zum Taxifahrer. Dieser nickte und bedankte sich, als Dr. Molkow ihm einen zerknitterten Geldschein in die Hand drückte und »Behalten Sie den Rest« murmelte.

Wenige Sekunden später riss der Taxifahrer die Tür auf. »Hey, Sie haben mir einen Fünfhunderter gegeben! Das kann doch …« Er stutzte. Ein winziger Notizzettel fiel zu Boden, als er den Geldschein entfaltete. »Ich war niemals hier«, stand darauf. Der Taxifahrer sah sich stirnrunzelnd um. *Was zur …*

Der Mann mit den leuchtend grünen Augen, den er gerade gefahren hatte, war spurlos verschwunden …

*

Milos machte seine täglichen Liegestütze. Nach dem hundertsten brach er keuchend zusammen und blieb eine Weile reglos liegen. Die Gedanken jagten sich in seinem Kopf, blieben niemals still stehen. Immer wieder sah er seine lachenden Mädchen, dann wieder den entsetzten Blick des Jungen, dem er seine Fähigkeit gestohlen hatte. In der Vergangenheit. Er schauderte. Der Junge war doch fast noch ein Kind gewesen. Vielleicht zwanzig. Die Panik in seinen Augen verfolgte Milos seitdem. Das untrügliche Gefühl, dass er einen riesigen Fehler gemacht hatte … Aber er musste doch seine Mädchen zurückhaben. Seine kleinen Engel. Es war die einzige Möglichkeit.

Er schleppte sich zu seiner Pritsche. Dr. Mobius hatte ihm tatsächlich eine bequeme Matratze und ein Kissen besorgt. Doch der Komfort schmeckte schal, seitdem Milos nicht aufhören konnte, daran zu denken, zu welchem Preis er ihn erlangt hatte. Immer wieder zuckte der Gedanke durch seinen Kopf, dass er jetzt zeitreisen konnte. Er könnte es vielleicht ungeschehen machen, doch er hatte das vage Gefühl, dass dies keine gute Idee wäre. Wenn er in die Vergangenheit reisen würde, um ungeschehen zu machen, dass er die Fähigkeit des Zeitreisens erlangt hatte … Oder wenn er in die Vergangenheit reisen würde, um den Tod seiner Mädchen ungeschehen zu machen, um niemals ins Gefängnis zu kommen, um niemals an dem Experiment teilzunehmen … An dieser Stelle verknotete sich sein Gehirn regelmäßig. Nein, es war sicher keine gute Idee.

Und außerdem … Er musste doch mit Dr. Mobius kooperieren. Es war die einzige Möglichkeit, egal wie sehr es ihm missfiel. Nur Dr. Mobius konnte seine Kleinen zurückholen.

Wie schon so oft schreckte er aus seinen Gedanken hoch und hatte keine Ahnung, wie lange er dagelegen und die Wand angestarrt hatte. Doch es musste wohl draußen schon dunkel sein. Seine Zelle hatte keine Fenster, aber unter dem Türspalt auf den Gang hinaus war bereits das etwas dunklere Nachtlicht zu sehen. Milos seufzte. Wann würde es endlich so weit sein? Wann konnte er endlich hier heraus?

Ein leises Knistern ließ ihn innehalten. Was …

Vorsichtig stand er auf und näherte sich wachsam der Stahltür. Er erstarrte, als er einen Umschlag erblickte, der unter der Tür hindurchgeschoben worden war. Hektisch sah er sich um, bis ihm klar wurde, wie blöd das war. Es war außer ihm niemand hier. Zögerlich hob er den Umschlag auf.

»Hallo?«, rief er leise unter dem Türspalt hindurch, doch es kam keine Antwort.

Nach einigen Minuten, in denen er den Umschlag angestarrt und überlegt hatte, ob er wohl gefährlich war, begann er ihn achselzuckend zu öffnen. Dr. Mobius brauchte ihn. Ihm konnte hier drinnen nichts geschehen.

Ein ungewöhnlich dickes und kleines Blatt Papier fiel heraus. Mit wachsender Fassungslosigkeit las Milos die in winziger Schrift geschriebenen Zeilen.

Milos,
ich bin mir ziemlich sicher, dass Dr. Mobius Sie mit Ihren Töchtern erpresst, aber Sie dürfen ihm auf keinen Fall glauben. Alles, was er sagt, ist gelogen. Der Mann schreckt für seinen eigenen Vorteil nicht einmal davor zurück, Kinder zu töten. Und auch Sie wird er töten, sobald Sie erledigt haben, was er von Ihnen will (Ich weiß nicht, was es ist, aber tun Sie es auf keinen Fall. Dr. Mobius hat nur Schlechtes im Sinn.).
Ich habe einige wichtige Informationen für Sie. Es gibt eine zweite Probandengruppe, bestehend aus Kindern und Jugendlichen, sie haben unfreiwillig und ohne ihr Wissen an dem Experiment teilgenommen und Dr. Mobius hat schon einige von ihnen getötet. Am Ende will er sie alle töten. Sie befinden sich in dem Gebäudekomplex direkt neben dem Gefängnis, in dem Sie sitzen. Noch wissen sie nicht, dass es eine zweite Probandengruppe gibt, doch sie werden es erfahren. Die Probandin 192, in die ich große Hoffnungen setze, wird von mir einen ähnlichen Brief erhalten. Ich bin überzeugt, dass die einzige Lösung für den Sieg über Dr. Mobius eine Widerstandsgruppierung aus beiden Probandengruppen ist.
Tun Sie das Richtige, Milos. Verwenden Sie Ihre Fähigkeit. Denken Sie an die Kinder.
Ein Freund.

PS: Dieses Papier ist essbar. Vernichten Sie die Beweise. Ich bitte Sie inständig, denken Sie an die unschuldigen Kinder.

PPS: Auch 616 dürfen Sie nicht trauen. Ich weiß, dass sie eine Verbündete von Dr. Mobius ist. Sie kann Gedanken lesen. Wenn sie Ihnen in die Augen sieht, denken Sie um Himmels willen an etwas anderes!

Milos las die Zeilen noch einmal ungläubig, dann noch einmal. Dann sackte er in sich zusammen. *Mina. Leah.* Seine kleinen Engel. Tot. Weg. Für immer.

Eine Träne lief über seine Wangen, als er mit zitternden Fingern den Brief ergriff, eine Ecke abbrach und zu kauen begann.

Drei

Wie im Rausch atmete Ariane auf und nahm ihre Finger von der Tastatur. Sie hatte wieder einmal so fest in die Tasten gehämmert, dass ihr nun die Fingerkuppen wehtaten. Nachdenklich strich sie sich über die Schläfen. Seltsamerweise war sie von einer Art wilden Euphorie erfüllt. Erst nach einigem Grübeln wurde ihr bewusst, woher das Gefühl rührte. Es funktionierte wieder so wie früher. Der altbekannte Trancezustand beim Schreiben war zurück. Es war, als würden die Worte von weit her kommen, so, als würde sie die Zeilen gar nicht selbst schreiben.

Ariane erstarrte. *Sie musste vorsichtig sein!* Was würde passieren, wenn sie in ihrem Trancezustand etwas schrieb, was sie später wieder löschen müsste, weil es keinen Sinn ergab oder in die falsche Richtung führte? Würde es dann trotzdem wahr werden? Was, wenn sie sich erneut in die Bredouille schrieb? Das durfte auf keinen Fall passieren.

Sie las die letzten Seiten noch einmal und bemerkte mit Schrecken, dass sie schon wieder eine neue Gefahrenquelle eingebaut hatte. Fluchend stand sie auf und begann, im Zimmer auf- und abzulaufen. Warum hatte sie das getan? Sie erinnerte sich nicht mehr an ihre Gedankengänge, die sie zu der Szene bewogen hatten. Die letzten Stunden, in denen sie geschrieben hatte, lagen wie im Nebel, als wäre sie nicht sie selbst gewesen. Wie hatte sie sich dazu hinreißen lassen können, im Rausch zu versinken? Dr. Mobius war doch schon mächtig genug. Es war völlig unnötig gewesen, seine Macht noch einmal zu verstärken, indem er nun auch noch die Polizei infiltrieren würde. Sie hatte alles noch schlimmer gemacht.

Entsetzt betrachtete sie ihre eigenen Hände. Sie musste endlich lernen, beim Schreiben immer daran zu denken, dass alles wahr werden würde! Nun hatte sie zwei weitere Unschuldige auf dem Gewissen, den armen Polizeipräsidenten und den Reporter. Auch wenn sie nicht tot waren, es war nicht angenehm, für verrückt gehalten zu werden, das wusste Ariane nur zu genau.

Ein eiskaltes Prickeln breitete sich in ihrem gesamten Körper aus, als sich eine Idee in ihrem Kopf formte: Was, wenn die seltsame Trance, in die sie während des Schreibens fiel, ein Zeichen dafür war, dass sie längst keine Kontrolle mehr über das Manuskript hatte? Dass sie keine Macht mehr hatte, alles in die richtige Richtung zu lenken?

Nachdenken. Sie musste nachdenken. Als sie weiter auf- und abtigerte, umklammerte sie ihr Amulett wie einen Rettungsanker. Was hatte die alte Frau gesagt? *Es hat magische Kräfte.*

Der Satz hallte in ihrem Kopf. Plötzlich hielt sie inne. Nach einigen Augenblicken breitete sich ein Grinsen auf ihrem Gesicht aus. Doch, das könnte funktionieren. Und das Beste war – mit diesem Plan würde sie zwei Fliegen mit einer Klappe schlagen.

Obwohl ihr Magen vor Hunger röhrte und sie sich vor Müdigkeit kaum mehr auf den Beinen halten konnte, setzte sie sich wieder an den Laptop. Als sie die Finger wieder auf die Tasten legte, hielt sie angsterfüllt inne. Was, wenn sie wieder in Trance fallen würde? Wenn sie weiterhin alles schlimmer machen würde? Doch ihr Entschluss zementierte sich immer fester. 192, also Eloise, war der Schlüssel zur Lösung. Es war richtig, dass Ariane sie ausgewählt hatte. Das Mädchen war mutig, klug und würde niemals aufgeben. Eine leise Erinnerung stahl sich in Arianes Gedanken und erst da wurde ihr klar, woher der Gedanke gekommen war.

»Ariane, dass du nicht mutig und klug bist, stimmt einfach nicht. Und auch nicht, dass du aufgeben wirst. Deine schlechten Erfahrungen können zwar nicht ungeschehen gemacht werden, sie werden immer ein Teil von dir sein, aber sie definieren dich nicht als Person. Du hast so viele positive Eigenschaften, die dich ausmachen. Finde sie. Glaube an dich, Ariane!«, sagte Dr. Jelinek und zwinkerte sie über seine Brillengläser hinweg an.

Unwillkürlich musste sie lächeln. Es war kein Zufall, dass sie so viel von sich selbst in Eloise hineingeschrieben hatte. Ariane mochte Eloise. Und nun wusste sie auch, welche Rolle 192 zukommen würde.

∞

Die endlose Schlinge

Wie jeden Abend saß 331 gebannt auf dem Boden vor der Stelle an der Wand, hinter der die Wanze versteckt war.

Endlich knackste es und der Flüsterer eröffnete die Sitzung.

»Können mich alle hören?«, fragte er geschäftig.

Alle stimmten zu. 331 runzelte die Stirn, als er bemerkte, wie aufgeregt Eloise klang. Ganz offensichtlich brannte ihr etwas auf der Seele. Und tatsächlich unterbrach sie den Flüsterer und begann zu erzählen.

»Leute, es ist etwas Unglaubliches passiert. Die Schleicherin weiß es schon. Es war ganz seltsam.«

Die Schleicherin stimmte Eloise sofort zu. Aufregung begann in 331s Brust zu brennen. »Erzähl schon, Eloise«, sagte er drängend.

Sie erzählte hastig weiter. »Als sie die Schleicherin heute Morgen für eine Untersuchung geholt haben, wurde ich von jemandem kontaktiert. Per Brief. Er schrieb, er wäre ein Freund.« Sie stockte kurz und rang um Luft. »Das Papier war essbar. Ich habe es bereits vernichtet. Hat sehr eklig geschmeckt.«

331 musste grinsen, doch der Flüsterer räusperte sich vernehmlich. »Das tut doch jetzt nichts zur Sache, Eloise!«

»Stimmt, du hast recht. Also – die schlechte Nachricht, die im Brief stand, ist, dass Dr. Mobius uns am Ende alle töten will.«

331 keuchte auf und Stille breitete sich aus, doch Eloise durchbrach sie. »Die gute Nachricht ist, dass wir draußen anscheinend doch Freunde haben. Oder zumindest einen. Er hat uns zu einer Widerstandsgruppierung geraten. Nun, so weit waren wir schon«, sie kicherte. »Aber es gibt auch weitere wichtige Neuigkeiten. Dr.

Mobius hat eine zweite Probandengruppe! Das Gebäude, in dem sie sich befinden, ist gleich nebenan. Das muss der neu gebaute Trakt sein, von dem Dr. Mobius schon ein paarmal gesprochen hat. Erinnert ihr euch? Nun ja, jedenfalls sind alle in dieser Probandengruppe älter als wir. Und unser Freund hat jemanden genannt, den wir dort kontaktieren sollen, falls es uns möglich ist. Sein Name ist Milos, er sitzt im anderen Trakt in Zelle 466. Eine Einzelhaftzelle. Flüsterer, glaubst du, dass du das schaffst?«

Der Flüsterer schien zu überlegen. »Ich weiß es nicht«, murmelte er dann. »So etwas habe ich noch nie probiert. Ich muss immer zuerst ein ungefähres Bild von dem anderen im Kopf haben. Außerdem weiß ich nicht, ob es über größere Entfernungen klappt. Bis jetzt habe ich nur Geräte hier im Gebäude manipuliert. 001, kannst du vielleicht versuchen, den Mann zu finden? Ich muss wissen, wie er aussieht, um ein Bild von ihm entstehen zu lassen, und ich würde auch gerne zuerst wissen, ob er wirklich vertrauenswürdig ist.«

»Ich kann es versuchen«, sagte 001 angespannt. »Ich gebe euch morgen Bescheid, ob es geklappt hat, ja?«

331 fiel noch etwas ein. »001, Seelenwanderer, konntest du meinen Freund finden? 023?«

»Leider nicht«, sagte 001 bedauernd. »Aber ich versuche es weiter, sobald ich diesen Milos gefunden habe. Das hat nun Priorität, oder?«

Alle stimmten zu, auch 331. Es hatte wirklich Priorität. Seinem Bauchgefühl nach konnte man dem mysteriösen Fremden, der Eloise den Brief zugespielt hatte, vertrauen.

Ihm fiel beim besten Willen keine Möglichkeit ein, wie dies eine Falle von Dr. Mobius sein sollte. Er konnte sie doch ohnehin jederzeit töten. Und warum sollte er jemanden dazu anhalten, eine Widerstandsgruppierung zu gründen, um ihn selbst zu stürzen? Nein, das ergab überhaupt keinen Sinn.

»… ich denke auf jeden Fall, dass wir unserem Freund vertrauen können«, schloss Eloise. 331 schreckte aus seiner Grübelei auf. Er war so in Gedanken versunken gewesen, dass er ihre Worte nur am Rande mitbekommen hatte, doch er stimmte ihr eilig zu. Offensichtlich hatten sie genau den gleichen Gedankengang gehabt.

»Ich finde es lustig, dass unser mysteriöser Unterstützer ebenfalls auf die Idee mit der Widerstandsgruppierung gekommen ist«, meinte der Flüsterer. »Aber wisst ihr was? Für einen ernst zu nehmenden Widerstand fehlt uns noch etwas. Ein Anführer.«

»Nein, Flüsterer. Eine Anführerin«, meinte 331 wie aus der Pistole geschossen. »Eloise sollte unsere Anführerin sein. Es war ihre Idee und sie ist die geborene Anführerin.«

»Meinst du das wirklich?«, fragte Eloise verunsichert. »Dass ich das kann? Außerdem, der Flüsterer hatte doch dieselbe Idee, er hat ebenfalls die ganze Zeit versucht, einen Widerstand aufzubauen.«

»Stimmt«, meinte der Flüsterer gelassen. »Aber ich gebe 331 recht, du solltest uns anführen, Eloise. Es muss einen bestimmten Grund haben, warum ausgerechnet du kontaktiert wurdest. Vielleicht weiß unser geheimnisvoller Freund etwas, was wir noch nicht wissen.«

»Ich … also schön. Ich mache es. Aber nur, wenn niemand dagegen ist.«

»Wir könnten abstimmen«, schlug 331 vor. »Wer ist dafür?«

Es gab keine Gegenstimmen.

*

»Schleicherin?«, formte Eloise das Wort mit ihren Fingern. Sie hatten ihre selbst erfundene Zeichensprache mittlerweile perfektioniert. Schon lange, bevor der Flüsterer sie kontaktiert hatte, war Eloise sich ganz sicher gewesen, dass sie abgehört wurden, also war ihr eine Zeichensprache als die beste Idee erschienen. Anfangs hatten sie noch für jeden Buchstaben ein Zeichen gehabt, doch mittlerweile hatten sie für viele Begriffe eigene Gesten, was um einiges praktischer war. Wie jeden Abend plätscherte die stumme Unterhaltung dahin, während sie darauf warteten, dass der Flüsterer sich meldete.

Die Schleicherin machte das Zeichen für »Hmm?«

»Meinst du wirklich, dass wir dem Mann vertrauen können? Mein Bauchgefühl sagt Ja. Aber ich verstehe noch immer nicht, warum er ausgerechnet mich kontaktiert hat … Ich meine, ich habe als Einzige von euch allen noch nicht einmal meine Fähigkeit gefunden. Was habe ich, was ihr nicht habt?«

»Ich weiß es nicht«, gestikulierte die Schleicherin und zog nachdenklich die Stirn in Falten. »Aber es könnte tatsächlich sein, dass er etwas weiß, was wir noch nicht wissen. Vielleicht weiß er ja bereits über deine Fähigkeit Bescheid und es ist etwas ganz Wichtiges. Nun ja, jedenfalls ist deine Fähigkeit sicher besser als meine, aber das ist auch nicht schwer. Besonders leise schleichen können«, sie stieß eine Art »pff« aus, »was soll ich denn damit bloß anstellen?«

»Ich bin mir sicher, es wird noch wichtig werden«, gestikulierte Eloise und zog die Schleicherin wie schon so oft in eine tröstende Umarmung. »Jede Fähigkeit wird wichtig sein, wenn wir Dr. Mobius schlussendlich zu Fall bringen.«

»Du meinst also wirklich, dass wir es schaffen können?«

»Aber natürlich! Wir werden es ganz sicher schaffen. Ich glaube fest an uns alle. Wir sind stark, hörst du? Stärker als er. Daran dürfen wir niemals zweifeln. Denn Dr. Mobius trägt nur Hass in sich, Hass, Kälte und Gier. Wir nicht. Wir kämpfen für Gerechtigkeit. Und für Freiheit.«

Die Schleicherin lächelte, als Eloise' feurige Gestenansprache vorbei war.

»Was denn?«, formte Eloise mit ihren Fingern.

»Also ich jedenfalls weiß ganz genau, warum du unsere Anführerin bist. Du kannst einem gut Mut zusprechen. Oder zugestikulieren.« Sie lächelte.

Eloise musste nun ebenfalls lächeln. »Vielleicht hast du recht …«

Die Schleicherin reckte zustimmend den Daumen nach oben. Dann zwinkerte sie plötzlich verschwörerisch. »Sag, Eloise …«, begann sie.

Eloise sah sie neugierig an.

»Was ist das eigentlich mit dir und 331?«, fragte die Schleicherin per Handzeichen.

Eloise wurde ein wenig rot. Dann machte sie einige zögerliche Gesten für »Ich mag ihn«. Sie wollte noch etwas hinzufügen, doch sie wurden von dem vertrauten Knacken unterbrochen. Der Flüsterer hatte die Kontrolle über die Lautsprecher erlangt. 001 sprudelte ohne Punkt und Komma los. »Ich habe ihn gefunden! Leute, ich habe ihn gefunden!«

»Du hast wen gefunden?«, fragte Eloise gespannt. »Milos?«

»Nein, nicht Milos! 023!«

∞

Ariane atmete erleichtert auf, als sie aus ihrer Trance wieder auftauchte. Hektisch überflog sie die Zeilen, die sie geschrieben hatte. Zum Glück hatte der seltsame Sog, der sie beim Schreiben leitete, sie diesmal nicht dazu getrieben, etwas potenziell Gefährliches zu schreiben. Und hoffentlich auch nichts Unlogisches, das ihr zum Verhängnis werden könnte. Fast hätte sie Eloise und die Schleicherin ihre Unterhaltung laut führen lassen, doch im letzten Moment war ihr klar geworden, dass das die Vernichtung ihrer Pläne bedeuten könnte. Dr. Mobius hatte seine Ohren überall. Wenn der Flüsterer nicht gerade die Geräte manipulierte, waren laute Unterhaltungen gefährlich. Also durfte sie auch keine lauten Unterhaltungen schreiben. Befriedigt speicherte Ariane das Geschriebene ab und stand auf, um sich kurz die Beine zu vertreten. Draußen war es bereits dunkel und ihr wurde klar, dass sie seit zwei Tagen nichts mehr gegessen hatte, wenn man das vertrocknete Sandwich nicht mitzählte. Sie musste dringend essen. Doch es war schon zu spät, um jetzt noch etwas aufzutreiben. Der Weg ins Dorf war lang und die Geschäfte waren sicher schon geschlossen. Sie seufzte auf. Wenn Raban doch nur hier gewesen wäre … Er hätte ihr etwas holen können. Doch er war nicht hier. Dieser Gedanke bohrte sich jedes Mal erneut mit der Macht nackter Verzweiflung in ihre Brust. Misstrauisch holte sie das zweite Sandwich hervor, schnüffelte daran und warf schließlich den Käse weg, dem sie ganz und gar nicht mehr vertraute. Sah so aus, als gäbe es nur steinhartes Brot. Sie würde morgen etwas zu essen besorgen. Dann fiel ihr siedend heiß ein, dass morgen Sonntag war. Sah so aus, als würde sie auch am nächsten Tag hungern müssen. Lustlos kaute sie auf dem Brot herum, das mehr an einen Kieselstein erinnerte.

Plötzlich schoss eine Idee durch ihren Kopf. Das trockene Brot fiel vergessen zu Boden. Ariane stürzte wieder zum Laptop und begann zu schreiben.

∞

Die endlose Schlinge

023 wälzte sich auf die andere Seite und starrte auf die permanent brennende Lampe an der Decke. Er fühlte sich wie von einem Lastwagen überfahren. Außerdem konnte er nicht schlafen. Dass er nicht wusste, ob Tag oder Nacht war, war pure Folter. Nur ab und zu übermannte ihn die Erschöpfung, die ihn in todesähnlichen

Schlaf gleiten ließ. Er wusste nicht mehr, wie lange es her war, dass er von dem Mädchen geträumt hatte. Er hatte sich Haare ausgerissen und in eine Zellenecke gelegt, um die Tage zu zählen, doch da er immer wieder in Schlaf fiel, der sich sehr kurz anfühlte, und das Licht immer brannte, hatte er die Zählung bald aufgegeben. Es hatte ohnehin keinen Sinn. Die Erinnerung war nur noch vage und oft fragte er sich, ob es eine Art Fiebertraum gewesen war. Wütend hieb er auf seinen Arm ein.

»Lass es«, zischte er sich zu. Es half ein bisschen. Vor einiger Zeit – er wusste nicht, wie lange es her war – hatte er diese Taktik entwickelt. Wann immer er nahe daran war, die Hoffnung aufzugeben, hieb er sich auf den Arm. Er konditionierte sich selbst, wie ein Wissenschaftler eine Ratte konditionierte. Schocktherapie. Er rieb sich die Schläfen und brach in ein hohles, freudloses Lachen aus, das ihm Angst machte. Ob er verrückt wurde? Wahrscheinlich. Er wusste, dass Menschen in Einzelhaft oft verrückt wurden. Obwohl er keine Ahnung hatte, woher er das wusste. Das Lachen wurde lauter und ging schließlich in trockenes Schluchzen über.

Er krümmte sich. Dass sein Magen sich langsam selbst verdaute, machte die Situation nicht einfacher. Natürlich, sie gaben ihm Essen. Dreimal täglich durch die Klappe an seiner Zellentür. Wenn er versuchte, mit demjenigen, der das Essen brachte, zu reden, kam keine Antwort.

023 aß nicht, was sie ihm gaben. Anfangs hatte er es getan. Doch dann hatte er bemerkt, dass seine Gedanken davon langsam und träge wurden. Sicherlich wurde er unter Drogen gesetzt. Es kostete ungemeine Willens-

kraft, das heiß ersehnte Essen in die Toilette zu spülen und auch aus selbiger zu trinken.

Er wusste nicht, wie lange er noch durchhalten konnte. Irgendwann musste er essen. Doch wahrscheinlich würde er ohnehin vorher verrückt werden. Dann wäre es auch schon egal, dass er vermutlich vergiftet wurde.

Endlich fand er eine Liegeposition, in der das Licht ein wenig gedämpft wurde. Es dauerte lange, bis die Erschöpfung ihn in ihren Sog zog.

Diesmal wartete das Mädchen schon auf ihn. Wie in Trance kam er näher, ließ sich kraftlos in ihre Arme sinken. Sie wimmerte leise, als sie ihn fest an sich drückte und ihn dann auf Armeslänge von sich wegschob, um ihn zu betrachten. Kummer zerfurchte ihre Stirn.

»Es tut mir so leid. Du siehst schrecklich aus«, flüsterte sie.

»Es ist doch nicht deine Schuld«, murmelte er müde, wollte sich wieder in die rettende Umarmung sinken lassen, die ihm Kraft gab. Doch das Mädchen zuckte zusammen, wie von einem Dolchstoß getroffen.

»Was ist? Habe ich etwas Falsches gesagt«, fragte er besorgt, plötzlich hellwach.

Sie schüttelte hastig den Kopf. »Ich … nein … Es tut mir nur leid, dass ich dir nicht alles sagen kann.« Die Kummerfalten wurden tiefer. Er wunderte sich darüber, dass ihr trauriger Gesichtsausdruck tief in sein Herz schnitt. Wieder erfüllte ihn die unumstößliche Gewissheit, dass er sie schon seit Ewigkeiten kannte. Verwirrt horchte er in sich hinein, doch da war keine Erkenntnis. Er wusste nur, dass er sie um nichts in der Welt traurig sehen wollte. Tröstend strich er über ihr Haar. »Es wird alles gut«, sagte er leise.

Sie lachte leise auf und schüttelte den Kopf. »Das sagst du immer. Aber ich habe trotzdem Angst …«

»Wir kennen uns also«, schloss er.

Panik zuckte durch ihren Blick. »Das hätte ich nicht sagen sollen«, murmelte sie vor sich hin. »Es könnte gefährlich sein … Vergiss es am besten schnell wieder, ja?«

Seufzend nickte er. Er wusste nicht warum, aber er vertraute ihr. Nein, es war mehr als Vertrauen. Als er noch ein Wort suchte für das, was er für sie empfand, sprach sie weiter.

»Du musst durchhalten. Du musst einfach, hörst du? Es wird etwas passieren. Etwas sehr Wichtiges. Bald. Ich kann dir nicht zu viel sagen, doch eine Sache musst du wissen: *Du musst ihnen vertrauen*. Wenn es so weit ist, wirst du wissen, was ich meine. Es ist sehr wichtig, dass du ihnen vertraust. Sie werden dir helfen. Alles klar?«

»Nein«, sagte er ehrlich. »Aber ich werde versuchen, es mir zu merken.«

»Gut. Das ist gut.«

Sie gingen nebeneinander her zum See. Er hatte gar nicht bemerkt, dass sie sich in Bewegung gesetzt hatten.

»Ich bin so müde«, seufzte er auf. »Denkst du, ich kann etwas schlafen, hier am Seeufer? Kann man im Traum schlafen?«

Ein Lächeln glitt über ihr Gesicht. »Du kannst es versuchen. Ich weiß nicht, ob es funktionieren wird.«

Als sie sich gesetzt hatten, bettete er seinen Kopf in

ihren Schoß, studierte ihr Gesicht, das kleine Grübchen, das sie auf der linken Wange hatte, die warmen grünbraunen Augen, das leicht im Wind wehende Haar, das ihr Gesicht umspielte. Sie legte ihm eine Hand auf die Stirn. Ihre Hände waren kühl und beruhigten das Pochen in seinem Kopf.

»Ich wünschte, ich könnte mehr über dich erfahren«, sagte er nachdenklich. »Träumst du ebenfalls gerade? Ist dies ein Traum, den wir gemeinsam träumen?«

Wieder lächelte sie, doch diesmal war es wehmütig. »Ich weiß es nicht«, sagte sie leise. »Vielleicht.«

Sie schwiegen. Er fühlte nur noch ihre Hände, die sich in seinem Haar vergruben, und dann schlief er ein.

Vier

Ariane schreckte hoch. Kaltes Entsetzen machte sich in ihr breit, als sie ihre Finger auf der Tastatur sah und ihr bewusst wurde, dass sie nicht die geringste Ahnung hatte, was sie geschrieben hatte. Mit rasendem Herzen überflog sie die Zeilen und atmete dann auf. Es war nicht allzu schlimm. Aber als sie Wort für Wort las, was Raban gerade fühlte, sammelten sich erneut Tränen in ihren Augen. Ärgerlich blinzelte sie sie weg. Sie konnte jetzt nicht schon wieder heulen. Sie hatte andere Sorgen. Die Trance schien immer schlimmer zu werden. Beim letzten Mal hatte sie zumindest noch eine vage Ahnung gehabt, was sie geschrieben hatte. Doch nun …

Angst krampfte ihren Magen zusammen, verdrängte sogar das Hungergefühl. Sie hatte diese Zeilen nicht aus eigenem Willen geschrieben. Niemals hätte sie Raban so etwas angetan. Die Schmerzen, das Gefühl, verrückt zu werden, die Folter … Sie wusste doch, wie schrecklich es war, seinem eigenen Kopf nicht mehr vertrauen zu können. Das war nicht ihr Werk gewesen.

Die endgültige Erkenntnis, dass sich alles verselbstständigt hatte, war wider Erwarten kein Schock. Nur eine langsam schleichende Gewissheit. Sie hatte recht gehabt. Sie konnte es nicht mehr kontrollieren. Sie schrieb nur nieder, was passierte, nein, passieren würde. In der Zukunft.

Ein ungläubiges Lachen stieg in ihr auf. Sie legte die Hände auf ihre Schläfen und massierte sie, was die Angst nicht beruhigte.

»Nein«, sagte sie dann zu sich selbst und schüttelte den Kopf. »Ich muss trotzdem weiterschreiben. Scheitern heißt nur, dass man es niemals versucht hat.«

Wieder und wieder sagte sie sich diesen Satz vor, drängte die Panikattacke zurück.

»Wenn du das Gefühl hast, dass sich eine Panikattacke anbahnt, atme. Ein und aus. Ganz ruhig. Lenke dich ab. Rufe jemanden an. Martin vielleicht. Plaudere ein bisschen. Gönne dir regelmäßig emotionale Pausen. Irgendwann wird es leichter, Ariane.«

Ariane musste erneut lachen. »Danke, Doc«, sagte sie leise. Ob sie verrückt wurde? Inzwischen hörte sie auffällig oft die Stimme ihres Therapeuten. Doch er hatte recht. Sie sollte sich ablenken, vielleicht einen Spaziergang machen. Zur Ruhe kommen. Sie wusste nicht, ob es Folgen haben könnte, wenn sie sich die Zeit nahm, aber heute würde sie ohnehin nichts mehr zustande bringen. Sie hatte alles in die Wege geleitet, was in die Wege geleitet werden konnte. Als ihr Magen erneut wütend knurrte, sah sie auf die Uhr. So spät war es eigentlich noch gar nicht. Dennoch, sie wusste, dass es sinnlos war, ins Dorf zu laufen. Dort würde sie nichts mehr zu essen bekommen. In der nächsten kleinen Stadt gäbe es sicher noch eine Möglichkeit, doch die war 50 Kilometer weit weg. Ariane konnte sich nur noch zu gut an die holprige Straße erinnern, über die sie mit dem Bus gekommen war, der nur einmal am Tag fuhr. Sie ärgerte sich über sich selbst. In den letzten zwei Tagen hatte sie nur ans Schreiben gedacht, nicht an schnöde Dinge wie Essen einkaufen. Und nun hatte sie nichts. Ob sie es wirklich auch noch morgen ohne Essen aushalten würde? Plötzlich wünschte sie sich, sie hätte ihr Handy mitgenommen. Sie hätte mit Martin sprechen können, oder vielleicht sogar mit Therese. Das hätte sicher gegen das Gefühl geholfen, verrückt zu werden. Und gegen den Hunger.

Als ihr Magen erneut laut knurrte, fasste sie einen Entschluss. Sie durchsuchte ihren Rucksack nach ihrer Geldbörse. Eine Weile stand sie vor der Tür der Hütte und rang mit sich selbst. Sollte sie wirklich …

Dann gab sie sich einen Ruck und trat nach draußen. Der freundliche Pferdezüchter, der ihr die Hütte für einen Monat vermietet hatte, hatte ihr halb auf Englisch, halb auf Spanisch und mit Händen und Füßen erklärt, dass sie gerne sein klappriges Moped ausborgen könnte, wenn sie damit einkaufen fahren wollte. Er war die nächsten Wochen in der Stadt und hatte das rostige Gefährt vor seinem Haus abgestellt. Die Schlüssel lagen unter einem Stein vor der Haustür. Er hatte ihr versichert, dass es kein Problem wäre, solange sie den Tank wieder auffüllte. Sie hatte abgewinkt. Es war sicher über drei Jahre her, dass sie das letzte Mal auf einem Moped gesessen hatte. Außerdem hatte das ungewohnte Vertrauen, das ein völlig Fremder ihr entgegenbrachte, sie verunsichert.

Trotzdem machte sie sich mit klopfendem Herzen auf den Weg zu seinem Haus, das etwa drei Kilometer entfernt lag.

Auf dem Weg rang sie immer noch mit sich selbst. Wieder erklang Dr. Jelineks Stimme von weit her.

»Ich weiß, dass es dich wütend macht, wenn Menschen dir sagen, dass du dein Leben in die eigene Hand nehmen musst. Das finde ich nachvollziehbar, Ariane. Du hast schlimme Dinge erlebt, und vielleicht bist du noch nicht so weit. Aber das heiß nicht, dass es niemals funktionieren kann.«

Ariane grinste. Dr. Jelinek hatte ganz sicher nicht gemeint, dass sie auf einem Weltrettungstrip in Chile fünfzig Kilometer auf einem durchgerosteten Moped fahren sollte, um sich etwas zu essen zu besorgen, doch sie beschloss, dass man es nicht so eng sehen durfte. Immerhin konnte sie Moped fahren. Sie hatte sogar selbst ein Moped gehabt, vor mehreren Jahren, sogar eines mit Gangschaltung. Ihr Vater hatte ihr das Fahren auf einem Feldweg beigebracht, als sie vierzehn gewesen war. Damals, als noch alles halbwegs in Ordnung gewesen war.

»Du weißt nie, wann du das mal brauchen wirst«, hatte er gesagt und sie sogar gelobt, als sie den Dreh mit der Schaltung schnell herausbekommen hatte. Lob war selten gewesen. Später, mit 16, hatten ihre Eltern das Moped, auf das sie so stolz gewesen war, weil sie es von ihrem lange ersparten Taschengeld gekauft hatte, wieder verkauft. Angeblich, weil es wegen der Medikamente, die sie nie gut vertragen hatte, zu gefährlich gewesen wäre. Doch Ariane hatte immer noch den Verdacht, dass es eine Strafe gewesen war, eine Strafe dafür, dass sie nicht normal war.

Erstaunt bemerkte Ariane, dass sie diesmal keine Verzweiflung verspürte. Normalerweise hatte sie dieses Gefühl, wenn sie an ihre Eltern dachte. Nun blieb nur noch ein vages Gefühl von Ärger und ein schaler Geschmack in ihrem Mund zurück.

Erneut atmete sie tief auf, als das schiefe Holzhaus des

Pferdezüchters hinter der Wegbiegung erschien. Das Moped stand davor. Mit zitternden Händen hob sie den Stein hoch. Tatsächlich lagen dort die Schlüssel. Sie zog die Stirn in Falten und grübelte. Den Mopedführerschein hatten ihr ihre Eltern damals abgenommen. Doch sie hatte ihn ja gemacht. Theoretisch. Sie kaute an ihrer Unterlippe und beschloss dann, dass es angesichts der Umstände sicher nicht so schlimm war, dass sie ihn nicht dabeihatte. Sie war sich bei näherer Überlegung nicht einmal sicher, ob man hier überhaupt einen Mopedführerschein brauchte. Gewissenhaft holte sie den Helm aus dem Schuppen, der an das Haus angrenzte und setzte ihn auf.

Sie grinste, als sich der Motor tatsächlich starten ließ.

Hochkonzentriert fuhr sie zuerst einige Übungsrunden. Als sie bemerkte, dass es unerwartet gut funktionierte, fuhr sie auf die Straße zu und atmete tief durch. Sie hatte einen langen Weg vor sich.

Eine Stunde später kam sie schwungvoll zum Stehen, was ebenfalls erstaunlich gut funktionierte, zog den Schlüssel ab und hetzte dann auf den Schnellimbiss zu, der ihr schon beim ersten Anblick das Wasser im Mund zusammenlaufen hatte lassen. Wieder zwei Minuten später stopfte sie sich aufseufzend gleich einen halben Burger, der absolut köstlich schmeckte, in den Mund. Als sie auch die Pommes aufgegessen hatte, holte sie sich noch einen Burger. Als sie auch diesen aufgegessen hatte, ließ sie sich eine Tüte Essen zum Mitnehmen geben. Der pickelige Angestellte grinste sie an und fragte sie irgendetwas auf Spanisch.

»*Hungry?*«, fragte er dann, als Ariane ihn nur hilflos ansah.

»*Si*«, sagte sie eifrig und zögerte dann. Ihr fiel beim besten

Willen nicht mehr ein, wie man auf Spanisch nach einer Möglichkeit zum Telefonieren fragte, also formte sie ihre Hand zu einem Hörer, hielt sie sich ans Ohr und machte einen fragenden Gesichtsausdruck.

Der Junge zwinkerte ihr zu und deutete nach draußen. Ariane klatschte sich gegen die Stirn. »*Internet – Telephone*«, stand auf der Straßenseite gegenüber auf Englisch angeschrieben. »*Gracias*«, murmelte sie und stürmte nach draußen.

Es tutete ewig, als sie gewählt hatte. Sie seufzte enttäuscht auf, als sich nur Martins Mailbox meldete, doch seine vertraute Stimme war trotzdem unglaublich wohltuend.

»Hey, hier ist Martin. Ich bin grade beschäftigt, aber hinterlasst mir doch eine Nachricht.«

Ariane atmete tief durch. Sie hasste Mailboxen. Doch dann begann sie zu sprechen.

»Hey, Martin«, sagte sie zögerlich. »Tut mir leid, dass ich mich bisher nicht gemeldet habe, du hast dir sicher Sorgen gemacht. Aber ich …« Sie zögerte erneut. Doch dann gab sie sich einen Ruck. »Es geht mir gut. Ich habe eine Hütte gemietet, ich schreibe den ganzen Tag, und ich hatte gerade zwei grandiose Burger. Hoffentlich geht es dir auch gut. Ich rufe demnächst wieder an. Vielleicht komme ich bald nach Hause, das Geld ist ohnehin bald alle. Ich vermisse dich schon.« Dann legte sie den Hörer auf und seufzte. Nun, zumindest war es nicht gelogen gewesen. Das meiste nicht. Man konnte zwar nicht behaupten, dass es ihr gut ging, aber sie bemerkte erstaunt, dass es ihr tatsächlich besser ging als in den letzten zwei Tagen.

»Du wirst es schaffen«, sagte sie sich vor, als sie zum Moped zurückging. Sie *musste* es schaffen. Ja, es hatte sich alles verselbstständigt. Ja, sie hatte keine Kontrolle mehr. Aber, was hatte Eloise gesagt? Sie würden gewinnen. Mussten gewinnen. *Daran dürfen wir niemals zweifeln. Denn Dr. Mobius trägt nur Hass in sich, Hass, Kälte und Gier. Wir nicht. Wir kämpfen für Gerechtigkeit. Und für Freiheit.*

»Wo du recht hast, hast du recht, Eloise«, sagte sie leise, als sie erneut den Motor startete. Vorsichtig und langsam fuhr sie zurück.

Als sie wieder in der Hütte angelangt war, atmete sie tief durch. Noch immer konnte sie nicht fassen, was sie getan hatte. Früher hätte sie sich so etwas niemals getraut. Das Gefährt war ganz und gar nicht vertrauenserweckend gewesen, und ihr wurde ganz schlecht bei dem Gedanken, was alles hätte schiefgehen können. Aber sie hatte es geschafft. Sie wunderte sich über das Gefühl, das sie erfüllte. Warm, stark, kämpferisch … Dann erst wurde ihr klar, was für ein Gefühl es war. *Selbstvertrauen.* Sie lachte zittrig, als ihr ein weiterer Gedanke kam. Es war zwar vielleicht nicht besonders vernünftig gewesen, aber *abenteuerlich*. Sie hatte ein Abenteuer erlebt. Ganz allein, in einem fremden Land. Und es fühlte sich erstaunlich gut an.

Dass sie nun etwas im Magen hatte, machte die Situation nur besser. Sie stellte die Tüte mit dem Essen nach draußen, damit sie länger frisch blieb. In den Nächten wurde es ganz schön kalt. Dann überlegte sie. Ob sie noch eine Szene schreiben sollte? Langsam kehrte die Furcht zurück. Was, wenn die Trance sie wieder erfassen würde? Doch dann schob sie entschlossen die Schultern nach hinten. Es war nicht wichtig. Es lag ohnehin außerhalb ihrer Macht. Sie konnte nicht dagegen ankämpfen. Sie wusste nicht, ob es gelingen würde. Aber sie musste es versuchen. Entschlossen suchte sie erneut in ihrem Rucksack, bis sie die angebrochene Tonflasche mit Met aus dem Mittelalter fand. Angst nützte ihr jetzt nichts. Sie musste es zumindest versuchen. Für Raban. Aufregung braute sich in ihr zusammen, wie früher. Sie richtete sich auf und prostete sich selbst zu. Dann begann sie.

∞

Die endlose Schlinge

Er schreckte hoch. Erst nach einigen wirren Momenten, in denen er überlegte, was das wieder für ein seltsamer Traum gewesen war, wurde ihm klar, dass etwas ihn aufgeweckt hatte. Ein leises Knacken war in der Zelle zu hören. Er runzelte die Stirn, sprang auf und ging instinktiv in Kampfhaltung. Beharrlich suchte er nach der Quelle des Geräusches. »Hallo? Ist da jemand?«, fragte er misstrauisch.

»023, richtig?«, fragte eine leise Stimme. 023 machte einen Satz. Was zur … War er jetzt wirklich verrückt geworden?

Doch die leisen Worte des Mädchens aus dem Traum ließen ihn innehalten. Was hatte sie gesagt? Er erinnerte sich nur noch dunkel. *Du musst … vertrauen.*

»Wer ist da?«, fragte er.

Die Stimme lachte leise. »Man nennt mich den Flüsterer. Und du wirst gleich mit einem alten Freund sprechen können. Warte, ich schalte ihn dazu.«

»023!«, erklang nach einigen Sekunden eine andere, begeisterte Stimme, die 023 vollkommen unbekannt war. Er zog die Augenbrauen hoch, bis ihm einfiel, dass derjenige, dem die Stimme gehörte, das nicht sehen konnte. »Ähm … nichts für ungut, aber wer bist du?«, fragte er angespannt.

Die Stimme klang entrüstet, als sie antwortete. »023! Ich bin es doch, 331!«

»Ich … tut mir leid, ich kann mich nicht an dich erinnern.«

Nun wurde das Getuschel mehrerer Stimmen laut. 023s Gedanken rasten. Was hatte das Mädchen gesagt? *Ihnen vertrauen*. Es würden mehrere Personen sein.

»Vielleicht wurden seine Erinnerungen manipuliert«, sagte eine weibliche Stimme. »Ist es euch nie komisch vorgekommen, dass wir uns an die Zeit vor der Anstalt nicht erinnern können? Mir schon. Dr. Mobius muss unsere Erinnerungen manipuliert haben. Es gibt keine andere Möglichkeit.«

»Wer ist Dr. Mobius?«, fragte 023 verdutzt.

»Ach du Scheiße, er hat dich ja ganz schön zugerichtet, Mann«, sagte der Junge namens 331. Und dann begann er ihm alles zu erklären.

Nach etwa zwanzig Minuten schwirrte 023 der Kopf. »Ich bin was?«, fragte er ungläubig, als die letzten Worte noch in seinen Gedanken nachhallten.

»Ein Zeitreisender, habe ich doch gesagt!«

»Ich … also, ich glaube nicht, dass ich zeitreisen kann. Sonst wäre ich doch schon längst raus hier.«

»Hast du es denn schon probiert?«, erklang die Mädchenstimme neugierig.

»Ähm, nein. So etwas wäre mir beim besten Willen nicht in den Sinn gekommen.«

»Na, dann versuch es doch!«

»In Ordnung, was muss ich tun?«

»Das weiß ich nicht genau. Ich habe keine Fähigkeit … oder besser gesagt, ich habe sie noch nicht gefunden. Flüsterer?«

»Du musst nur ganz fest daran denken, 023«, erklärte der Flüsterer. »Dann sollte es funktionieren. Du hast deine Fähigkeit also noch immer nicht gefunden, Eloise? Hast du schon probiert, ob …«

Das Gerede plätscherte weiter, doch 023 hörte nicht zu. Er konzentrierte sich, so fest er konnte. *»Ich will raus hier. Nach Venedig. Vor fünf Minuten«*, sagte er sich leise vor.

Enttäuscht sog er die Luft ein, als nichts passierte. Vielleicht hatte er etwas falsch gemacht? Ob er sich nur an denselben Ort wünschen konnte, an dem er sich gerade befand?

»Ich will hier sein, vor einer Stunde.«

Erneut passierte nichts. Als das Geplapper der anderen leiser wurde, verkündete 023 die Neuigkeit.

»Es klappt nicht, Leute. Ich hab's versucht, aber es geht nicht.«

»Scheiße. Das wäre die Rettung gewesen«, meinte 331 enttäuscht. »Na ja, macht nichts. Ich bin einfach nur froh, dass du nicht tot bist. Ich habe mir schreckliche Sorgen gemacht, Mann!«

»Ähm, danke«, sagte 023 verunsichert.

»Was hat das nur zu bedeuten?«, fragte die Stimme des Mädchens, Eloise. »Ob Dr. Mobius ihn seiner Fähigkeit beraubt hat?« Im nächsten Moment verbesserte sie sich selbst. »Nein, Blödsinn. Dabei stirbt man ja.«

023 räusperte sich. »Also, dieser Dr. Mobius – du sagst, wir können ihn besiegen, oder, Eloise? Aber wie?«

»Ach ja, das habe ich ganz vergessen.«

Erneut begann ein Vortrag, der 023 in noch tiefere Verwirrung stürzte. »Okay. Also, wir sollen diesen Milos kontaktieren, weil er uns vielleicht helfen kann?«

»Du hast es erfasst«, sagte Eloise fröhlich. »Genau das ist der Plan.«

»Gut. Worauf warten wir dann noch?«

Ein anderer Junge, 001, wenn er sich recht erinnerte, stöhnte auf. »Auf mich. Ich werde mich später darum kümmern. Ich muss Milos finden und observieren, dann kann der Flüsterer ihn kontaktieren.«

Der Flüsterer mischte sich ein. »Wir müssen jetzt sowieso Schluss machen. Heilige Scheiße, ist das anstrengend. Ich hoffe, dass ich es schaffe, eine Verbindung zu diesem Milos herzustellen.«

»Du wirst es schaffen«, sagte Eloise ermutigend. »Natürlich wirst du es schaffen! Ich glaube an dich!«

»Danke. Wir hören uns morgen, ja?«

Alle verabschiedeten sich, dann brach die Verbindung ab. 023 blieb alleine in seiner Zelle zurück, in tiefste Verwirrung gestürzt. Doch als er sich auf seine Pritsche warf und die Hände über seinen Kopf legte, kam der Schlaf schneller als je zuvor.

*

Dr. Mobius grübelte über den Personalakten der Mitarbeiter. Er hatte noch immer nicht herausgefunden, wer für die fehlende Pille verantwortlich war. Was hatte er übersehen?

Ein Klopfen an seiner Bürotür riss ihn aus den Gedanken. »Komm nur herein, Feuerauge«, rief er.

Sie tat, wie ihr geheißen, setzte sich unaufgefordert und schlug die Beine übereinander. Dr. Mobius schenkte ihr ein Glas Wasser ein und verschränkte die Finger unter dem Kinn, während er sie betrachtete. Etwas schien nicht in Ordnung zu sein.

»Was ist los, Feuerauge?«, fragte er milde. »Brennt dir etwas auf der Seele?«

Sie zog die Brauen zusammen. »Wie lange noch?«, fragte sie geradeheraus.

Dr. Mobius zog eine Unschuldsmiene. »Was meinst du?«

»Wann ich hier rauskann«, zischelte sie. »Das Apartment ist ja schön und gut, aber ich bin immer noch nicht draußen.«

»Ah, aber Feuerauge, ich dachte, wir hätten das besprochen. Wir führen den Plan zu Ende. Dann kümmere ich mich um die Insel. Ich habe schon eine im Auge. In der Karibik.«

Feuerauge überlegte. »Ich weiß nicht mehr, ob ich wirklich auf die Insel will«, sagte sie dann. »Ich wäre lieber einfach draußen, unter anderen Menschen. Ich kann mich unauffällig verhalten, das wissen Sie doch, Dr. Mobius.«

Dr. Mobius schnalzte mit der Zunge. »Aber Feuerauge! Wir hatten uns doch alles so schön ausgemalt. Eine einsame Insel, ein Luxushotel, Sandstrand, Cocktails in der Sonne – keine *Gewöhnlichen*, die uns auf die Nerven gehen. Keine Gefahr, dass deine Fähigkeiten entdeckt werden, bevor es an der Zeit ist. Du kennst doch den Plan. Du fandest ihn selbst genial.« Er sah Feuerauge erwartungsvoll an.

Sie nickte vage.

»Na also«, hob er erneut an. »Eine wunderschöne Insel, nur wir beide und einige Auserwählte, mit denen wir die neue Weltordnung planen. Außerdem, liebe Feuerauge – du weißt doch selbst, dass du jederzeit gehen kannst. Aufhalten kann ich dich ohnehin nicht. Du kannst zeitreisen, Liebes. Ich bitte dich nur noch um diesen einzigen Gefallen und verspreche dir, du wirst es nicht bereuen. Was hältst du von einem persönlichen Butler, der dir deine Cocktails holt?«

Feuerauge seufzte, als wäre eine Insel in der Karibik mit Luxushotel und persönlichem Butler etwas ganz Schreckliches. »Also schön«, grummelte sie. »Wenn ich bald hier rauskann …«

Dr. Mobius lächelte, doch innerlich wand er sich. Er hatte noch immer nicht entschieden, was mit dem Mädchen geschehen sollte. Sie hatte sich als äußerst loyal erwiesen und das imponierte ihm. Der Gedanke, sie ebenfalls zu neutralisieren, widerstrebte ihm. Gute Gefolgsleute waren immens wertvoll. Vielleicht konnte er sie am Leben lassen?

Er war wirklich froh darüber, dass Feuerauge seine Gedanken nicht lesen konnte. Die kleine 080, die früher Feuerauges Zellengenossin gewesen war – noch bevor Jakov die Erinnerungen gelöscht hatte –, hatte ihm diese Immunität gegenüber Feuerauges Fähigkeit vermacht. Natürlich nicht freiwillig. Er hatte die Immunität einfach besitzen müssen. Doch Dr. Mobius hatte sich ohnehin entschlossen, dass die Immunität gegen Gedankenlesen nicht auf den Markt kommen würde. Dies war ebenfalls eine der Fähigkeiten, die er nur für sich selbst haben wollte, genauso wie die Gedankenmanipulation.

Er blinzelte Feuerauge an und griff das vorherige Thema noch einmal auf. »Ich habe eine Überraschung für dich, Feuerauge. Deine Freiheit liegt näher, als du denkst. Milos dürfte bald da sein. Wir schmieden heute unseren Plan. Es ist alles bereit. Morgen legen wir los, retten Jakov, und dann kannst du gehen, wohin du willst. Ich habe längst genug Gefallen von dir verlangt, es ist Zeit, meine Schulden zu bezahlen«, säuselte er. »Na, wie klingt das?«

Feuerauge setzte sich auf. »Morgen schon?«, fragte sie entgeistert.

»Hast du etwa Einwände?«

»Nein, natürlich nicht«, meinte Feuerauge. »Ich …« Doch was sie hatte sagen wollen, ging in Klopfen unter. Auf Dr. Mobius' Aufforderung hin riss Stavanger die Tür auf. Er bugsierte Milos zu dem dritten Sessel und öffnete seine Handschellen.

»Danke, Stavanger«, flötete Dr. Mobius höflich.

»Sonst noch was, Doc?«

»Nein, Sie können gehen. Machen Sie doch früher Feierabend heute, ja?«

Stavanger nickte, salutierte und marschierte zur Tür

hinaus. Dr. Mobius schüttelte den Kopf. Stavanger erinnerte ihn immer unangenehm an SS-Offiziere in Filmen. Andererseits – genau deshalb mochte er Stavanger so gerne. Er stellte niemals unnötige Fragen, sondern tat, was ihm aufgetragen wurde.

»Nehmen Sie sich einen Keks, Milos«, sagte Dr. Mobius, nachdem er Stavanger aus seinen Gedanken verbannt hatte, und hielt Milos auffordernd den Teller hin.

Milos streckte seufzend die Hand aus und nahm sich wieder einen der klebrigen Schokokekse. Sie waren viel zu süß. Er musste fast würgen, als er schluckte.

Krampfhaft richtete er den Blick auf den Keksteller. Er durfte Feuerauge um keinen Preis in die Augen sehen. Es war gefährlich. Doch anscheinend hatte Feuerauge längst Lunte gerochen.

Sie räusperte sich vernehmlich. »Milos?«, fragte sie zuckersüß, was bei ihm ebenso wie die Kekse Würgereiz auslöste. »Sie haben mich ja gar nicht richtig begrüßt. Ist alles in Ordnung?«

Milos' Gehirn arbeitete fieberhaft. Er machte sich nur verdächtig, wenn er ihr nicht in die Augen sah. Er wappnete sich. *Leah. Mina.* Fieberhaft rief er sich ihr Bild vor Augen. Seine Kehle begann zu brennen, als ihm bewusst wurde, dass er sich kaum an ihre Gesichter erinnern konnte.

»Ja, alles in Ordnung«, krächzte er und hob den Blick, ließ immer wieder die Bilder vor seinem inneren Auge ablaufen wie einen Schutzschild. Mina, die ihm ein selbst gemaltes Bild hinstreckte. Leah, die mit breitem Zahnlückengrinsen auf einen Baum kletterte.

Er schluckte. »Es tut mir leid, dass ich heute abgelenkt bin. Ich kann es nur kaum erwarten, meine Mädchen wiederzusehen«, sagte er dann gequält.

Feuerauge nickte befriedigt und wandte den Blick wieder ab.

»Also«, sagte Dr. Mobius und klatschte freudig in die Hände. »Ich würde sagen, wir gehen den Plan für morgen durch.«

Milos nickte schwach.

»Feuerauge, sei bitte morgen um zehn vor zwölf in meinem Büro, ja, Liebes? Milos, ich werde Sie abholen. Wir treffen uns dann mit Feuerauge hier. Um Punkt zwölf brechen wir auf. Milos, nichts gegen ihre Zeitreisekünste, aber ich muss mit Feuerauge reisen, wie letztes Mal. Sie kommen nach. Wie wir alle wissen, dürfen wir uns leider nicht berühren.«

Milos nickte erneut mechanisch.

»Wir nehmen einen Zeitpunkt, der kurz vor dem … ähm, Unfall liegt, den Jakov hatte. Feuerauge und ich werden zuerst ankommen. Ich hoffe, du hast ein bisschen geübt, Feuerauge. Wir sollten nicht direkt vor meinem Sohn erscheinen, sondern im Nebenraum. Er darf keinen Verdacht schöpfen.« Er nickte dem Mädchen zu und wartete, bis sie zurücknickte. »Wir sollten den richtigen Zeitpunkt genau erwischen. Anschließend werde ich Jakov in ein Gespräch verwickeln. Sie reisen ebenfalls in den Nebenraum, Milos. Die Kammer neben meinem Büro. Kommt kurz mit, ja?« Dr. Mobius erhob sich und öffnete eine schwere Stahltür hinter ihnen.

Folgsam erhoben sich Milos und Feuerauge und trotteten ihm nach. Dr. Mobius machte eine ausschweifende Geste. Milos schauderte kurz. Der Raum war eiskalt.

»Das ist die Kühlkammer. Sie ist schalldicht, Jakov sollte nichts hören. Hier bewahre ich die DNA-Proben auf, deshalb ist es so kalt.« Er deutete auf die Glasschränke, von denen die Kälte ausging.

Milos öffnete einen Schrank und streckte fasziniert seine Hand nach einer Petrischale aus. »003«, stand in dicken Filzstiftstrichen darauf.

Dr. Mobius schnalzte tadelnd mit der Zunge. »Lassen Sie bitte die Hände davon, Milos. Das ist wertvoll.«

Milos stellte das Plastikgefäß wieder hin. »Tut mir leid«, murmelte er und versuchte, die Gedanken niederzukämpfen, die durch seinen Kopf rasten. Irgendetwas hatte er übersehen. Doch was?

Endlich machte es *Klick*.

Dr. Mobius und seine vielen Fähigkeiten. Er konnte Fähigkeiten an sich reißen, indem er jemanden berührte. Dabei starb man. Sein Sohn war bei einem fehlgeschlagenen Experiment ums Leben gekommen. Er schreckte nicht davor zurück, Kinder zu töten.

Dies waren die DNA-Proben von Kindern, die Dr. Mobius getötet hatte. Dr. Mobius hatte seinen eigenen Sohn getötet. Und nun wollte er das mit Milos' Hilfe rückgängig machen.

Ein eiskalter Schauer, der nichts mit der Kälte im Raum zu tun hatte, lief über Milos' Rücken. Er hoffte, dass man den Hass nicht sehen konnte, der nun in seinem gesamten Körper brannte. Plötzlich breitete sich Ruhe in ihm aus. Blut rauschte in seinen Ohren, als er mechanisch hinter Dr. Mobius und Feuerauge herging und sich in Dr. Mobius' Büro wieder auf den Stuhl setzte.

Er hörte kaum, wie Dr. Mobius erneut zu sprechen begann. Doch dann konzentrierte er sich. Dies war wichtig.

»Also«, sagte Dr. Mobius. »So weit, so gut. Feuerauge, du hältst dich die ganze Zeit in der Kühlkammer verborgen. Milos, ich werde Jakov ablenken und ankündigen, dass ich ihm jemanden vorstellen will. Ich werde in die Kühlkammer gehen und Sie holen. Das wird ihm nicht seltsam erscheinen, es gibt einen zweiten Eingang vom Gang aus. Ich benutze ihn manchmal. Sie kommen mit mir raus und reichen meinem Sohn die Hand. Dabei werden Sie sich wünschen, seine Fähigkeit zu besitzen – die Fähigkeit, Gedanken zu manipulieren. Sobald das geschehen ist, werde ich Jakov in eine kurzfristige Ohnmacht befördern, damit er keine Angst bekommt. Danach habe ich noch einige Sachen zu erledigen. Und dann steht unserer Rückkehr nichts mehr im Wege.«

Milos nickte wie in Trance. »Alles klar, Doc«, sagte er hohl. »Genauso machen wir das.«

Dr. Mobius lächelte zufrieden. »Und, sind Sie schon aufgeregt, Ihre Töchter wiederzusehen?«, fragte er im Plauderton. »Ich habe mich schon nach Häusern umgesehen. Was halten Sie von der Nordsee? Da gibt es sicher etwas Schönes für Sie.«

Milos nickte wieder und zwang ein Lächeln auf sein Gesicht. »Ich kann es kaum erwarten«, sagte er leise.

Sobald Dr. Mobius die Zellentür hinter ihm geschlossen hatte, brach er schluchzend zusammen. Die Gewissheit wühlte nun in seinen Gedanken wie nie zuvor.

Er musste Dr. Mobius Einhalt gebieten. Um jeden Preis. Auch wenn das bedeutete, dass er Leah und Mina niemals wiedersehen würde.

Fünf

Ariane kühlte seufzend ihre erhitzten Wangen und sah auf die Uhr. In einigen Stunden würde bereits die Morgendämmerung hereinbrechen. Diesmal war die Trance nicht so schlimm gewesen, sie konnte sich an fast alles erinnern und war erleichtert, als sie durch die geschriebenen Seiten las und merkte, dass nichts Schlimmes passiert war. Sie speicherte das Dokument und schloss den Laptop. Dann ging sie nach draußen und blickte in den Sternenhimmel, der hier in Chile viel heller war als zu Hause. Instinktiv wusste sie, dass sie heute nicht weiterschreiben sollte. Sie war zu müde. Einem Impuls folgend entzündete sie ein Feuer. Das war immer Rabans Aufgabe gewesen … Sie ließ sich auf den Rücken sinken und betrachtete den Mond. Kurz kam ihr der Gedanke, dass derselbe Mond auch dort schien, wo Raban gerade war. Doch sehen konnte er ihn natürlich nicht. Sie zeichnete mit ihrer Fingerspitze die verschlungene Acht auf das Amulett und drückte einen Kuss darauf. Im Feuerschein funkelte der Anhänger verheißungsvoll.

Wenn sie es schaffen würde, wäre sie bald wieder mit ihm vereint. Sie lauschte den knisternden Flammen, suchte nach der Erinnerung. *Einst gab es Wesen, die fliegen konnten, vor sehr, sehr langer Zeit ...*, hörte sie wieder Rabans Stimme.

Sie musste es einfach schaffen. Sie musste ihn einfach wiedersehen. Doch was dann? Sie hatte den Gedanken zu lange verdrängt, wurde ihr plötzlich klar. Ihr Tod. Wie schon so oft zuvor verspürte sie kalte Wut auf sich selbst. Warum hatte sie es getan, würde es tun? Warum würde sie eines Tages, mit vierundzwanzig, die Hoffnung aufgeben? Sie wollte doch nicht sterben. Nicht, solange es noch Hoffnung gab. Doch das Paradoxon begann erneut, ihre Gedanken zu verknoten. Wenn sie nicht mit vierundzwanzig sterben würde, würde Raban nicht in einem Dachboden die Todesanzeige und das Manuskript finden. Dann würde er sich nicht auf den Weg machen, um ein Mädchen namens Ariane zu suchen, und ihr niemals sagen, dass sie weiterschreiben musste. Und dann würde vielleicht das Universum implodieren. Sie lachte zittrig.

Mit einem Schlag bemerkte sie, dass es ihr egal war. Auch, wenn sie vielleicht nur noch sechs Jahre mit Raban hätte – es war egal. Mit Freuden würde sie diese sechs Jahre annehmen, sogar über einen einzigen Tag mit ihm würde sie sich freuen, solange sie ihn nur wiedersehen durfte. Nur noch ein einziges Mal sein schiefes Lächeln sehen, die Narbe unter seiner Augenbraue, die er so unnachahmlich hochziehen konnte. Seine dunklen Augen im Feuerschein, ihre Finger mit seinen verknoten. Seine Haut an ihrer, sein Atem an ihrem Ohr.

Über die Erinnerung schlief sie ein.

*

Wie jedes Mal wartete er auf sie. »Was ist los?«, fragte er stirnrunzelnd.

»Ich … ich vermisse dich«, sagte sie leise und ließ einen Kieselstein in den See fallen. »Und ich mache mir Sorgen über die Zukunft.«

Er grinste.

»Was ist so lustig?«, fragte sie beleidigt.

»Hm. Na ja, ich bin gerade in der Zukunft. Kein Wunder, dass du dir Sorgen machst«, sagte er lässig, hielt jedoch sofort inne, als sie die Arme um sich schlang und zu zittern begann. »Tut mir leid, das war nicht lustig. Verzeih mir«, sagte er, legte einen Arm um sie und seufzte.

Sie drehte eine Haarsträhne um den Zeigefinger. »Was bedeutet das?«, fragte sie leise. »Dass du von mir träumst, ergibt Sinn. Ich schreibe es ja. Aber warum bist du in meinem Traum? Warum träume ich von dir?«

Er zögerte.

»Spuck es aus«, sagte sie.

»Ich habe eine Theorie«, murmelte er grüblerisch.

»Und die wäre?«

»Nun ja – du hast schon früher von mir geträumt, nicht wahr?«

»Worauf willst du hinaus?«

»Ich weiß es selbst nicht genau.« Er zögerte. »Aber es war doch von Anfang an so – du warst immer ein Teil von mir, ich war immer ein Teil von dir. Wir werden niemals wissen, was zuerst da war, die Henne oder das Ei. Wir werden niemals wissen, wo das in sich verschlungene Möbiusband seinen Anfang hat, wo die liegende Acht beginnt.«

Sie ließ seine Worte nachklingen und grübelte. »Du meinst,

dass dies ein Ort außerhalb der Zeit ist«, vervollständigte sie seinen Gedanken. »Ein seltsames Paradoxon inmitten der endlosen Schlinge.«

»Etwas in der Art. Vielleicht. Es wäre doch möglich, nicht wahr?« Er lächelte. »Unsere gesamte Geschichte ist verrückt und seltsam. Wir sollten einfach annehmen, dass es Dinge gibt, die wir uns nicht erklären können.« Er verschränkte seine Finger mit ihren.

Sie nickte langsam und hörte den Grillen zu, die ihr endloses Konzert zirpten.

»Das heißt, hier an diesem Ort können wir alles tun, was uns beliebt?«, fragte sie hoffnungsvoll.

»Ich denke schon. Wieso, was …«

Ariane erstickte seine Frage mit ihren Lippen. Er kicherte leise an ihrem Mund.

»Was?«, fragte Ariane beleidigt.

»Ich … nichts«, entgegnete er grinsend.

»Halt die Klappe«, fauchte sie und warf ihn auf den Rücken, pikste die Finger in seine Seite.

Er seufzte auf, zog sie näher an sich. »Ein schöner Traum«, flüsterte er noch an ihr Ohr und dann fühlte sie nur noch seine warme Haut, umhüllt von seinem Geruch, der ihr so vertraut war, als würde sie ihn schon seit Ewigkeiten kennen.

∞

023 erwachte seufzend aus dem Traum, wusste zuerst nicht, wo er sich befand. Dann schlug er die Augen auf, ließ die Bilder noch einmal nachklingen. Das hatte ihm gerade noch gefehlt. Verwirrt schüttelte er den Kopf,

doch die Szenen, die vor seinem inneren Auge flackerten, ließen sich nicht abschütteln, obwohl alles seltsam verschwommen wirkte.

Doch wenn er ehrlich mit sich selbst war, wollte er sie gar nicht abschütteln. Nein. Lieber noch ein wenig weiterträumen ... Er rollte sich wieder ein, legte die Hände über seinen Kopf und dachte an das mysteriöse Mädchen, das ihn nicht mehr losließ. Über was hatten sie gesprochen? Irgendetwas mit der Zukunft ... Und etwas über Hennen und Eier. Was auch immer das bedeuten mochte. Er scheuchte die Gedanken erneut weg. Wenn er sich konzentrierte, war es fast, als würde sie neben ihm liegen.

∞

Ariane starrte fassungslos auf den kurzen Absatz. Sie hatte das Dokument gerade geöffnet. Und dann war er dagewesen. Zittrig umklammerte sie das Amulett. Sie hatte das gestern nicht geschrieben. *Sie hatte diese Zeilen nicht geschrieben.* Die Worte waren über Nacht erschienen. Und sie konnte sich der Gewissheit nicht erwehren, dass Raban aus einem ähnlichen Traum erwacht war wie sie selbst. Oder aus demselben Traum.

»Scheiße«, sagte sie leise und entgeistert. Es war so weit. Nun konnte sie es tatsächlich nicht mehr kontrollieren. Das Manuskript schrieb sich von selbst. Was zur Hölle sollte sie jetzt tun? Ächzend raufte sie sich die Haare. Es kostete sie viel Willenskraft, den Gedanken beiseitezuscheuchen. Sie durfte sich auf keinen Fall zu sehr in ihre Panik hineinsteigern. Sonst würde sie es nie schaffen, alles doch noch in die richtige Richtung zu lenken. Dennoch musste sie sich zwingen, ihre Finger auf die Tastatur zu legen. Die nächsten Szenen waren ungemein wichtig. Sie durfte auf keinen Fall versagen.

∞

Die endlose Schlinge

Nachdenklich starrte Eloise an die Decke ihrer Zelle. Es schien eine Ewigkeit her zu sein, dass sie die Schleicherin für eine Untersuchung abgeholt hatten, und langsam begann sie, sich Sorgen zu machen. Hoffentlich war ihr nichts geschehen. Auch der Flüsterer hatte sich heute noch nicht gemeldet. Vielleicht war er ja schon dabei, Milos zu kontaktieren. Sie seufzte tief. Ihre Augenlider begannen, schwer zu werden. Träge wälzte sie sich auf die andere Seite und versuchte, die Sorgen um ihre Freundin zu verscheuchen. Sie konnte ohnehin nichts tun. Sie würde ein kleines Nickerchen machen, nur ein halbes Stündchen. Letzte Nacht hatte sie von 331 – Julius – geträumt, und sie musste immer noch lächeln, wenn sie daran dachte. Vielleicht konnte sie ja noch ein wenig weiterträumen …

Ein merkwürdiges Geräusch erklang. Zuerst starrte sie verwirrt die Zellenwand an, bis ihr klar wurde, dass sie es sich nicht eingebildet hatte. Es war aus ihrer Zelle gekommen. Direkt neben ihr. Sofort erfasste Panik ihren Körper. Mit einem erstickten Quietschen sprang sie auf und starrte fassungslos den hageren Mann an, der etwa dreißig Zentimeter neben ihrer Pritsche stand und unentschlossen auf sie hinabblickte. Ihr Körper übernahm die Kontrolle, sie ballte die Hand zur Faust und wollte auf ihn einschlagen. Er runzelte perplex die Stirn und wich ihr verdutzt aus.

Nachdem sie es erneut versucht hatte, bemerkte Eloise entsetzt, dass ihr Angriff zu absolut nichts führte. Der Mann wich ihr mühelos aus und wirkte immer noch völlig unbeeindruckt. Als sie mit rasendem Herzen einen Schritt zurücktrat, hob er die Hand und legte einen Finger an die Lippen.

»Wird deine Zelle abgehört?«, hauchte er leise.

Eloise nickte verängstigt. Er hob die Hand erneut zu einer Geste, die wohl beruhigend wirken sollte. Dann deutete er ihr, näher zu kommen.

Eloise musterte ihn mit zusammengekniffenen Augen. Nun, da der erste Schreck verdaut war, wirkte er eigentlich nicht besonders gefährlich. Und er trug eine Häftlingsuniform, genau wie sie. Langsam begannen ihre Gedanken, wieder klarer zu werden. Es gab nur eine einzige Erklärung: Er war einer der Häftlinge aus dem neuen Trakt, denn Eloise hatte ihn hier noch nie gesehen und er wirkte auch viel älter als alle anderen. Er musste eine Fähigkeit besitzen, denn sonst hätte er sich wohl kaum in ihre Zelle hineinteleportieren können. Ob das seine Fähigkeit war, Teleportation? Zögernd und vorsichtig kam sie näher. Er bedeutete ihr, stehen zu bleiben.

Sie nickte unentschlossen und tat wie geheißen. Langsam kam er nun ebenfalls näher und reckte ihr den Kopf entgegen, um ihr etwas ins Ohr zu flüstern.

»Hören sie uns, wenn wir flüstern?«, hauchte er.

»Ich weiß nicht«, wisperte Eloise zurück. »Hoffentlich nicht. Ich bin mir nicht sicher.«

»Falls doch, könnte ich es rückgängig machen. Theoretisch. Aber dazu müsste ich dich berühren, und es könnte sein, dass ich dir dann deine Fähigkeit stehle.«

Eloise starrte ihn verdutzt an. »Warum das?«, fragte sie.

»Weil ich Fähigkeiten an mich reißen kann.«

Ein breites Grinsen breitete sich auf Eloise' Gesicht aus.

Nun sah er sie verwirrt an. »Was?«, fragte er so leise, dass sie es kaum hören konnte.

»Machen Sie sich deshalb keine Gedanken. Ich habe keine Fähigkeit.«

Es schien hinter seiner Stirn zu arbeiten. »Ach. Nun ja, wenn das so ist ...« Im nächsten Moment quietschte Eloise erneut erschrocken auf, als seine Hand sich mit festem Griff um ihren Arm legte. Und dann wurde alles dunkel.

Einen Moment später sah sie verwirrt in gleißendes Sonnenlicht. Sie stand auf felsigem Untergrund und konnte das Meer rauschen hören.

»Was ... was zum ...«, stammelte sie. »Wo zur Hölle sind wir?«

Der Mann grinste zufrieden. »Norwegen. Vor fünf Minuten.«

Eloise' Kinnlade fiel nach unten. »Sie ... Sie können zeitreisen!«, flüsterte sie.

»Gut erkannt. Entschuldige bitte unseren überstürzten

Aufbruch. Ich dachte nur, hier können wir besser miteinander reden.«

Eloise nickte mit noch immer offenem Mund und betrachtete mit großen Augen die malerische Umgebung. Plötzlich überfiel die Erkenntnis sie wie ein Keulenschlag. Freiheit! Sie war frei! Jauchzend breitete sie die Arme aus und stieß einen Schrei aus. Der Mann betrachtete sie geduldig. Als sie fertig war, streckte er ihr die Hand hin.

»Ich bin übrigens Milos.«

Eloise nickte erneut, schwach diesmal. Sie fühlte sich inzwischen zu überwältigt, um erstaunt zu sein.

»Eloise«, sagte sie kurz, während sie die Hand des Mannes – Milos – schüttelte. »Sehr angenehm.«

*

»Nun, Eloise, entschuldige bitte, dass ich dich vorhin so erschreckt habe. Ich wollte bloß mit dir reden. Es ist nämlich so … Ich bekam einen seltsamen Brief …« Die Geschichte brach förmlich aus ihm heraus. Es tat gut, endlich jemandem zu erzählen, was mit dem Jungen passiert war, dem er seine Fähigkeit geraubt hatte. Noch immer lähmte ihn die Scham, dass er es getan hatte.

Nach einer gefühlten Ewigkeit, in der Eloise immer wieder verdutzt nickte, schloss er mit den Worten: »Also morgen ist es so weit. Ich habe einfach das Gefühl, dass dies die letzte Möglichkeit ist, Dr. Mobius das Handwerk zu legen. Nun ja … ich denke, er wird mich töten, sobald ich getan habe, was er von mir verlangt. Genauso, wie er all die armen Kinder getötet hat. Ich … Eloise, ich habe ihre DNA-Proben in der Kühlkammer gesehen. Sie sind nur noch DNA in Reagenzgläsern. Dr. Mobius hat sogar seinen eigenen Sohn Jakov getötet, ich weiß es. Mir gegenüber hat er behauptet, es wäre ein Unfall gewesen, doch ich weiß, dass er ihn getötet hat. Jakov konnte Gedanken manipulieren … Und jetzt hat Dr. Mobius diese Fähigkeit.«

»So etwas in der Art habe ich mir schon gedacht«, sagte Eloise düster. »All unsere Gedanken wurden manipuliert, da bin ich mir sicher. Ich habe keinerlei Erinnerung an meine Zeit vor der Anstalt. Und du sagst, Dr. Mobius bewahrt die DNA all seiner Opfer auf? Wie furchtbar.« Sie schüttelte sich angewidert.

Milos nickte. »Ja. Mehr ist von ihnen nicht übrig. Und bald wird von mir auch nicht mehr übrig sein.« Schaudernd umklammerte er seinen eigenen Oberkörper.

Eloise strich sich grübelnd über das Kinn. »Damit könntest du recht haben«, entgegnete sie nervös. »Er will uns alle töten, nicht wahr? Wir brauchen einen Plan. Einen guten.«

»Ich zerbreche mir schon den ganzen Tag den Kopf. Aber nun, wo ich nicht mehr allein bin, fühle ich mich schon viel zuversichtlicher.« Er atmete tief durch. »Ich muss ehrlich sein, Eloise, anfangs war ich nicht sicher, was ich von all dem halten sollte. Fast hätte ich einfach mit Dr. Mobius kooperiert. Aber nur fast. Es war eine schwierige Entscheidung. Aber meist ist die richtige Entscheidung auch die schwierigere, nicht wahr?«

Eloise nickte nachdenklich. »Ja, das denke ich auch. Ich bin froh, dass du dich richtig entschieden hast, Milos.«

Dann huschte ein Lächeln über ihr Gesicht. »Und ich bin mir auch schon fast sicher, dass ich den perfekten Plan habe.«

Milos zog überrascht die Augenbrauen hoch. »So schnell? Also gut, dann lass mal hören.«

Eloise beugte sich nach vorne und sah sich hektisch um, obwohl weit und breit kein Mensch zu sehen war. Dann begann sie zu erklären.

*

Milos hatte sie wieder in ihre Zelle zurückgebracht – und zwar genau zu dem Zeitpunkt, als sie aufgebrochen waren. Niemand durfte von ihrem Plan erfahren.

Endlich öffnete ein Aufseher die Zellentür und stieß die Schleicherin unsanft hinein. Eloise wartete bedächtig, bis die Schritte sich entfernt hatten. Doch dann platzte sie sofort in Zeichensprache mit den Neuigkeiten heraus.

Die Augen der Schleicherin wurden immer größer und ab und zu konnte sie ein Japsen nicht unterdrücken. Als Eloise geendet hatte, saß sie eine Weile einfach da, vermutlich, um die Neuigkeiten zu verdauen. Endlich formte sie wieder Worte mit ihren Händen.

»Und du bist sicher, dass wir diesem Milos vertrauen können?«

»Ja. Nenne es Bauchgefühl. Ich glaube, dass Dr. Mobius ihn mit etwas erpresst – aber er hat sich offensichtlich trotzdem dafür entschlossen, sich dem Widerstand anzuschließen. Er ist ein guter Mann, Schleicherin. Ich weiß es ganz genau.«

Die Schleicherin nickte bedächtig. »Gut, Eloise. Ich vertraue dir, dass du das richtige Urteil triffst.« Sie schien noch zu zögern und noch etwas mitteilen zu wollen, doch da wurde ihr Gespräch von dem vertrauten Knacken in den Lautsprechern unterbrochen.

*

Noch einmal ging Eloise mit der Schleicherin den morgigen Plan durch. »Und du bist dir sicher, dass das funktionieren wird?«, deutete die Schleicherin.

»Ja«, gestikulierte Eloise zurück. »Es muss einfach funktionieren. Das muss es einfach.«

Ein leises Rascheln unterbrach ihr Gespräch.

Eloise blickte sich verdutzt um. »Flüsterer?«, formte sie stumm an die Schleicherin gewandt mit den Lippen, schüttelte aber im nächsten Moment den Kopf. Das konnte nicht sein. Sie hatten doch gerade eben erst geredet und alles geklärt. Der Plan stand fest.

Die Schleicherin sah ebenso ratlos aus. »Ich glaube, es kam von da drüben ...«, deutete sie.

Erneut raschelte es. Die Schleicherin hob die Augenbrauen, bückte sich, um unter ihre Pritsche zu sehen und sprang im nächsten Moment kreischend hoch.

»Eine Maus! Uah!«

»Was? Wo?« Eloise wechselte vor Aufregung ebenfalls wieder in gesprochene Sprache, hüpfte auf die Beine, kniete sich hin und blickte nun auch unter die Pritsche.

Tatsächlich! Die Maus hatte sich eng in eine Ecke gedrängt. Vorsichtig griff Eloise nach ihr.

»Sieh doch mal, sie ist verletzt«, sagte sie und hielt der Schleicherin das Tier hin. »Armes Ding. Oh nein, es ist noch ein Baby!«

Tatsächlich sah die winzige Maus gar nicht gut aus. Blut klebte an ihrer Schnauze und sie hatte eine schlimme Wunde an der Seite. Die Schleicherin schien nun gefasster und kam vorsichtig näher, dennoch beäugte sie das Tier misstrauisch. Als die Maus zu zittern begann, schmolz ihr Blick.

»Sie ist eigentlich wirklich ganz süß. Ich bin nur im ersten Moment erschrocken. Aber wie ist die bloß hier reingekommen?«

»Vermutlich wurde sie verletzt und hat sich hierher geflüchtet. Mäuse passen fast überall durch, sie muss unter der Zellentür hindurchgekrochen sein.«

»Möglich. Aber was machen wir jetzt mit ihr?«

»Ich weiß nicht, ob wir noch etwas für sie tun können ... Ich ... ich glaube, sie stirbt.« Tränen sammelten sich in Eloise' Augen.

»Oh nein«, sagte die Schleicherin erschrocken. Trotz ihres anfänglichen Schrecks berührte sie nun sanft den kleinen Nagetierkörper. »Nicht sterben, Kleines! Halte durch, wir pflegen dich gesund, du kannst etwas von unseren Essensrationen haben ...«

Doch es war zu spät.

Eloise schniefte auf, als die Maus mit eindeutigem Zucken ihren letzten Atemzug tat. »Arme Kleine«, sagte sie mit zitternder Stimme. »Wer hat dir das bloß angetan?«

»Wir können sie nicht einmal begraben«, sagte die Schleicherin nach einigen Minuten traurig.

Diese Worte brachten Eloise zum Weinen. Sie setzte sich auf die Pritsche und ließ die Schultern nach vorne sacken. Sanft berührte sie den kleinen Körper, der trotz der kurzen Zeit schon völlig ausgekühlt war, und umschloss ihn in ihrer Hand.

»Es tut mir leid, dass wir dir nicht helfen konnten. Ich wünschte, du hättest nicht sterben müssen, Kleines«, sagte sie schniefend.

Im nächsten Moment zappelte es in ihrer Hand. Die winzigen Beinchen der Maus kitzelten sie so sehr, dass Eloise erschrocken losquietschte. Nachdem sie einen verdutzten Blick mit der Schleicherin gewechselt hatte, öffnete sie die Finger.

Die Maus war quicklebendig. Bevor sie auf die Pritsche sprang und quiekend durch den Türspalt entschwand, sah Eloise noch, dass die Wunde an ihrer Seite vollkommen verschwunden war.

Stumm starrten sich die beiden Mädchen an. Eloise' Gehirn ratterte. Und dann ergriff sie als Erste das Wort. Sie machte die unmissverständliche Geste für »Planänderung«.

*

023 schwirrte der Kopf. Eloise' Plan klang gut, doch es konnte auch schrecklich viel schiefgehen. Zu viel für seinen Geschmack. Konnte er den anderen wirklich vertrauen? Seufzend drehte er sich auf die andere Seite und versuchte, die bitteren Gedanken fortzuscheuchen. Er würde morgen keine besonders große Hilfe sein. Zumin-

dest war es ein schwacher Trost, dass auch Eloise keine Fähigkeit hatte. So waren sie immerhin zu zweit. Nur langsam sank er in einen erschöpften Schlaf.

Er war nicht einmal erstaunt, als das Mädchen ihn erneut an dem See erwartete. Diesmal lächelte sie. Wissend.

»Du weißt Bescheid«, sagte er verwundert.

»Ja.«

»Wird es funktionieren?«

»Ich hoffe es.« Sie strich grübelnd ihr Haar beiseite.

»Du weißt es also auch nicht sicher«, sagte er bitter.

»Hab Zuversicht«, flüsterte sie tröstend. »Es tut mir so leid … Aber du wirst verstehen. Morgen. Ich verspreche es.«

Wieder einmal konnte er nicht anders, als ihren Worten Glauben zu schenken. Zögerlich nickte er. »Morgen?«

»Morgen.«

»Ich will einfach nur frei sein«, seufzte er. »Weißt du, wie sich das anfühlt? Eingesperrt zu sein, und nicht einmal zu wissen, warum?«

Sie lächelte erneut, traurig diesmal. »Du wirst frei sein. Ich tue alles, was in meiner Macht steht.«

Er nickte und sog ihren Geruch ein, der ihm so vertraut war. »Werden wir uns wiedersehen?«, fragte er.

Wilder Schmerz zuckte über ihr Gesicht. So leise, dass er sie kaum verstehen konnte, flüsterte sie: »Auch das hoffe ich.«

∞

Ariane atmete tief durch. Sie hatte längst jegliches Zeitgefühl verloren. Ein Blick auf die Uhr sagte ihr, dass es schon wieder weit nach Mitternacht war. Seufzend speicherte sie das Dokument und schloss den Laptop. Sie sollte schlafen gehen. Morgen war ein großer Tag, auch für sie. Sie würde all ihre Konzentration brauchen. Und doch wusste sie instinktiv, dass der Schlaf nicht kommen würde. Zu sehr graute ihr vor dem Gedanken, dass sie am nächsten Morgen den Laptop aufklappen würde, um wieder neue Zeilen zu lesen, die sie nicht geschrieben hatte. Vielleicht sogar das Ende. Ein schlechtes Ende. Schleppenden Schrittes ging sie nach draußen, entzündete wieder das Feuer und starrte in die tanzenden Flammen.

Wenn sie morgen versagte, würde das das Ende der Welt bedeuten. Nicht sofort natürlich. In der Zukunft. Doch ihre eigene Welt, ihre eigene Zukunft, wäre sofort verloren. Und das für immer.

Sechs

Die endlose Schlinge

Noch einmal sah Milos auf seine Armbanduhr, ein Geschenk von Dr. Mobius. Zum wiederholten Mal stand er auf, atmete durch, wappnete sich für das, was kommen würde. Exakt um elf Uhr fünfundvierzig öffnete sich seine Zellentür mit einem Quietschen. Dr. Mobius lächelte und streifte sich die Lederhandschuhe über.

»Sind Sie bereit?«, fragte er munter und klimperte mit den Handschellen.

Etwas in Milos erstarrte. *Handschellen!* Warum legte Dr. Mobius ihm auf einmal wieder Handschellen an? Das hatte er die letzten Male doch auch nicht getan. Doch natürlich konnte er nicht dagegen protestieren, denn dann hätte Dr. Mobius sicherlich Verdacht geschöpft. Seine Gedanken rasten. Was sollte er jetzt bloß tun?

»Im letzten Moment«, hatte Eloise gesagt, »im allerletzten. Er darf keinen Verdacht schöpfen, auf keinen Fall. Und reise um Himmels willen nicht in der Zeit zurück. Es könnte so viel schiefgehen.«

Und nun war der Plan, den Eloise so sorgfältig geschmiedet hatte, vereitelt. Fast hätte Milos gelacht. Ihr ganzer schöner Plan, vernichtet durch ein Paar Handschellen.

Dr. Mobius schien seine Anspannung zu bemerken und zog fragend die Augenbrauen hoch.

Milos räusperte sich. »Bin nur aufgeregt«, nuschelte er.

Dr. Mobius nickte, das Gesicht in eine verständnisvolle Maske verzogen.

Milos blieb nichts anderes übrig, als völlig stillzuhalten, während Dr. Mobius ihm die Handschellen anlegte. In seinen Gedanken pochte nur Leere. Was sollte er bloß tun?

Wie betäubt ließ er sich von Dr. Mobius mitziehen, durch den Gefängnistrakt, nach draußen in den Hof, durch das Tor. Dann wieder durch ein Tor, auf einen Weg, der hinüber zum anderen Trakt führte. Durch die schwere Stahltür. Die Treppen hinauf. Mit jedem Schritt sank Milos' Hoffnung. Ihm musste etwas einfallen, und das bald. Noch ein Schritt, wieder einer. Und noch immer keine Idee.

Als Dr. Mobius' Bürotür schon in Sichtweite war, verweigerten seine Beine den Dienst. Dahinter wartete Feuerauge, und er wusste instinktiv, dass es zu spät sein würde, sobald er durch diese Tür gegangen war. Dies war die letzte Möglichkeit, die allerletzte. Die einzige. Mit rasendem Herzen sah er sich auf dem Gang um. Niemand zu sehen, sie waren völlig allein. Mit zitternden Knien blieb er stehen, was Dr. Mobius aus dem Takt brachte. Er wandte sich um und Milos sah schon, wie seine Augenbrauen sich wütend zusammenzogen, als er zusammensackte und sich mit der Schulter an der Wand abstützen musste.

»Was ist los mit Ihnen, Milos?«, fragte Dr. Mobius ungeduldig.

Doch über Milos' Lippen kam nur ein Keuchen, als in diesem Moment eine ungeheure Idee durch sein Gehirn schoss.

»Doktor ...«, hauchte er, so leise er konnte.

»Was?«, fauchte Dr. Mobius, nun noch ungeduldiger.

»Unser Plan«, flüsterte Milos noch leiser. »Ein Fehler ... Oh Gott, wie konnten wir das nur übersehen?«

Dr. Mobius kam näher. »Jetzt reden Sie schon, Mann. Was ist mit dem Plan? Ich kann nichts übersehen haben, das ist nicht möglich!«, zischte er wütend.

»Doch ... ich ... der Plan«, hauchte Milos und ließ den Rest seiner Worte in einem kaum hörbaren Geflüster untergehen.

Dr. Mobius' Gesicht kam noch näher. Und dann noch ein Stückchen.

Als es etwa zwanzig Zentimeter von Milos' Gesicht entfernt war, wusste er, dass der richtige Zeitpunkt gekommen war.

Dr. Mobius' Augen weiteten sich in Entsetzen, als Milos sich blitzschnell von der Wand abstieß und seinen Mund auf die kalten, schmalen Lippen von Dr. Mobius legte. Nur für den Bruchteil einer Sekunde.

Als der Doktor mit angstgeweiteten Augen zurückfuhr und die Hand hob, wahrscheinlich um eine Fähigkeit einzusetzen, war es längst zu spät.

Ein triumphierendes Lächeln verzerrte Milos' Gesicht. Er wusste genau, dass es funktioniert hatte.

Noch ehe Dr. Mobius schreien konnte, sackte er zusammen. In der nächsten Sekunde hatte Milos die Handschellen in Flammen aufgehen lassen. Und wieder eine Sekunde später hievte er Dr. Mobius' leblosen Körper mit Leichtigkeit über seine Schulter.

Als er sich umsah, erfüllte plötzlich seltsame Ruhe seinen Körper. Nun musste er schnell sein.

»Die Treppen hinunter, dann rechts, dann durch die Stahltür … Die erste Zelle links«, rief er sich noch einmal Eloise' gestrige Worte ins Gedächtnis.

Und dann lief er. Zum Glück bereitete es ihm keinerlei Mühe, Dr. Mobius zu tragen. Offensichtlich war auch übermenschlich starke Körperkraft auf ihn übergegangen. Zum Glück, denn er musste sich beeilen. Auch wenn sie nun einen großen Vorteil auf ihrer Seite hatten, konnte immer noch zu viel schiefgehen. Auch Eloise hatte nicht genau gewusst, wie viele der Insassen sich als Spitzel auf Dr. Mobius' Seite hatten ziehen lassen. Und dann waren da auch noch die Aufseher. Ein Risiko, das man nicht unterschätzen durfte. Ein gezielter Treffer mit dem Elektroschocker konnte auch jemanden mit Fähigkeiten außer Gefecht setzen. Sie mussten so lange wie möglich unerkannt bleiben. Falls sie nicht schon längst aufgeflogen waren.

Endlich war Milos an der beschriebenen Zellentür angelangt.

Er wusste nicht einmal, mit welcher Fähigkeit er sie öffnete. Eloise' Gesicht verzerrte sich in Erleichterung, als sie ihn erblickte. Auch ein anderes Mädchen, groß und blond, sprang mit einem unterdrückten Jubelgeräusch von ihrer Pritsche.

Milos legte den Finger vor die Lippen und deutete nach draußen. Beide nickten und folgten ihm.

»Also«, begann Milos am Gang. »Sind hier auch Wanzen? Kameras? Drüben in meinem Trakt hängt an jeder Ecke eine Überwachungskamera.«

»Ich weiß es nicht«, sagte Eloise bedauernd. »Aber nun ist es ohnehin zu spät. Früher oder später werden sie sowieso Verdacht schöpfen. Zuerst solltest du Dr. Mobius in die Hochsicherheitszelle im Keller bringen, nur zur Sicherheit. 023 sitzt derzeit dort. Aber nicht mehr lange.« Ein triumphierendes Lächeln erhellte ihr Gesicht. »Und wir befreien inzwischen die anderen Mitglieder des Widerstands.«

»Und wie?«, fragte Milos stirnrunzelnd. »Ihr braucht mich, keiner von euch beiden kann Zellentüren aufbrechen.«

»Das macht nichts, Milos. Dr. Mobius hat einen Generalschlüssel. In seiner Kitteltasche. 331 hat mir davon erzählt. Früher wurde er nämlich immer von Dr. Mobius persönlich in seine Zelle gebracht.«

»Gut mitgedacht, Eloise«, sagte Milos anerkennend und kramte in der Kitteltasche des leblosen Doktors, wo er tatsächlich den Generalschlüssel fand. »Oh, hier ist sogar noch ein zweiter. Wie praktisch. Dann muss ich die Tür der Hochsicherheitszelle gar nicht aufbrechen. Also gut. Seid ihr sicher, dass ihr alleine klarkommt?«

»Wir werden nicht alleine sein«, meinte Eloise fröhlich. »Wir werden vielleicht bald mehr Verstärkung haben, als du denkst. Die Umstände schreien nämlich nach einer Planänderung.«

»Eine Planänderung?«

»Du wirst schon sehen. Ich kann noch nicht sicher sagen, ob es funktionieren wird. Aber ich hoffe es. Treffen wir uns wieder hier, sobald alle befreit sind und Dr. Mobius sicher in der Hochsicherheitszelle vor sich hinschlummert.«

Milos nickte, schickte noch ein schnelles »Viel Glück« in Eloise' Richtung und eilte davon.

*

023 machte einen Satz, als sich ein Schlüssel in seiner Zellentür drehte. Misstrauisch wich er zurück und starrte den hochgewachsenen Mann im Türrahmen an. »Wer sind Sie?«, fragte er scharf.

»Mein Name ist Milos. Und wenn du hier rauswillst, komm lieber schnell mit und stell keine unnötigen Fragen. Wir reden auf dem Weg«, sagte der Mann hastig.

023 nickte zögerlich. Milos. Das war gut, sehr gut. Offensichtlich lief alles nach Plan. Trotzdem blieb er auf der Hut, als er dem Mann nacheilte.

»Also«, begann Milos. »Eloise befreit alle anderen Mitglieder des Widerstandes. Dann müssen wir so schnell wie möglich alle Aufseher eliminieren – keine Sorge, ich werde sie nicht töten, nur kurzfristig bewegungsunfähig machen – und dann können wir hier raus.«

023 nickte wieder. Er hatte ein seltsames Bauchgefühl. Als hätten sie etwas übersehen. »Was machen wir eigentlich, sobald wir draußen sind?«, fragte er.

Milos blieb verdutzt stehen. »Ich … um ehrlich zu sein,

habe ich mir darüber noch keine Gedanken gemacht«, gestand er dann.

023 seufzte. Das wurde ja immer besser. »Ich wünschte nur, ich könnte mich an die Zeit vor der Anstalt erinnern. Und die anderen auch«, sagte er leise. »Dann wäre alles viel einfacher. Wir könnten zu Menschen gehen, denen wir vertrauen. Jemand könnte uns helfen, alles an die Öffentlichkeit zu bringen. Aber ich habe niemanden da draußen, dem ich vertrauen kann. Du etwa?«

Milos seufzte entmutigt und schüttelte dann langsam den Kopf. »Uns wird etwas einfallen«, murmelte er. »Eloise wird etwas einfallen. Ganz sicher.«

»Also schön. Dann suchen wir sie.«

»Du hast recht, wir sollten uns beeilen. Hier entlang.« Milos setzte sich wieder in Bewegung und atmete erleichtert auf, als Eloise umgeben von einem Grüppchen genau dort wartete, wo sie sich getrennt hatten. Ein großer, breitschultriger Junge jauchzte leise auf, lief auf 023 zu und zog ihn in eine knochenzerquetschende Umarmung.

023 musste grinsen, doch nach einigen Momenten rang er nach Luft und machte sich los.

»Du musst 331 sein«, ächzte er. »Entschuldige, ich kann mich noch immer nicht an dich erinnern. Aber ich freue mich, dich auch mal persönlich zu treffen.«

Alle anderen schüttelten ihm die Hand und stellten sich vor, als Letzte war Eloise dran, die 023 anstrahlte. Sie ging ihm kaum bis zum Kinn und setzte sofort zu reden an, als die Vorstellungsrunde vorbei war. »Also, Leute. Ich schlage eine Planänderung vor. Ich …«

»Was für eine Planänderung?«, fragte der Flüsterer, ein hochgewachsener brünetter Junge ernst. »Ich dachte, wir hätten alles durchgekaut.«

»Ja, aber es haben sich neue Umstände ergeben. Vertraut mir. Bitte. Ich muss es einfach versuchen.« Sie sah in die Runde und nickte befriedigt, als niemand Einwände erhob. »Doch vorher muss ich noch etwas austesten. Milos, ich brauche mal deine Hilfe, ja?«

Milos nickte und trat vor.

»Gut«, begann sie aufgeräumt. »Also, du kannst Fähigkeiten an dich reißen. Ich will bitte, dass du nun versuchst, 023 seine Fähigkeit zurückzugeben.«

Milos riss die Augen auf, als wäre ihm diese Idee noch nie in den Sinn gekommen.

023 sog entsetzt die Luft ein. »*Du* hast mir meine Fähigkeit genommen?«, fragte er wütend.

Milos' Wangen röteten sich. »Es tut mir leid«, murmelte er. »Denkst du wirklich, dass es funktionieren wird?«, fragte er dann aufgeregt an Eloise gewandt.

»Ich bin mir nicht sicher. Aber wenn es funktioniert, haben wir bald einen riesigen Vorteil. 023, bist du einverstanden?«

023s Gedanken schwirrten. War er das? Was, wenn etwas schiefgehen würde?

Doch dann dachte er wieder an das Mädchen aus seinen Träumen und raffte seinen Mut zusammen. Plötzlich wusste er genau, dass sie es versuchen mussten.

»Also schön«, sagte er leise und trat ebenfalls vor.

Milos runzelte ängstlich die Stirn. »Also gut … Bist du auch wirklich einverstanden?«

023 nickte entschlossen.

Milos legte eine zitternde Hand auf den Unterarm von 023 und atmete tief durch. 023 riss die Augen auf, als sich plötzlich eine seltsame Wärme in seinem ganzen Körper ausbreitete und ihn bis in die Zehenspitzen erfüllte. Als Milos seine Hand wieder wegzog, brauchte er einige Sekunden, um sprechen zu können.

»Ich glaube, es hat funktioniert«, sagte er dann.

Eloise stieß einen leisen Jubelschrei aus. »Probier es schnell aus, damit wir sichergehen können!«, flüsterte sie aufgeregt.

»Also gut, was soll ich tun?«

»Ich schlage Norwegen in fünf Minuten vor. Mir hat es dort sehr gefallen. Aber das ist natürlich deine Entscheidung«, sagte sie grinsend. »Komm bitte genau zu diesem Ort und Zeitpunkt zurück, nur eine Sekunde später.«

023 nickte aufgeregt. Sein Herz hämmerte in der Brust. Vielleicht würde es tatsächlich funktionieren ... Vielleicht wäre er bald frei. Er schloss konzentriert die Augen und atmete tief durch. *»Ich will nach Norwegen. Eine Klippe am Meer. In fünf Minuten«*, sagte er sich in Gedanken vor.

In der nächsten Sekunde erklang ein Möwenschrei. Salzgeschwängerte Luft strömte in seine Lungen und er wusste sofort, dass es funktioniert hatte.

Einen lauten Freudenschrei konnte er sich nicht verkneifen, bevor er zurückkehrte.

Von unterdrückten Freudenschreien wurde er auch wieder empfangen. Eloise fackelte nicht lange. »Also, Milos, wo ist diese Kühlkammer?«, fragte sie.

Milos sog entsetzt die Luft ein. »Das ist viel zu gefährlich, Eloise«, sagte er beschwörend. »Feuerauge sitzt im Nebenraum!«

»Du sagtest doch, die Kammer sei schalldicht und dass es einen zweiten Eingang vom Gang aus gibt.«

»Ja, schon, aber …«

»Kein aber. Vertraut mir, ich weiß, was ich tue. Ich bin eure Anführerin oder etwa nicht?«

»Ich … also gut. Hier entlang«, sagte Milos zögerlich, doch 023 bewegte sich als Einziger nicht.

»Nein, Eloise«, sagte er hitzig. »Ich komme nicht mit, bevor du mir nicht sagst, was du vorhast.«

Eloise hob seufzend die Schultern. »Also schön. Die Kurzfassung: Ich kann Tote zum Leben erwecken und will alle unschuldigen Opfer, die Dr. Mobius auf dem Gewissen hat, wieder zurückholen. Ein paar Verbündete wären doch gerade nicht schlecht, oder? Wir werden sie brauchen. Und bei ihnen können wir ganz sicher sein, dass sie nicht auf Dr. Mobius' Seite sind, nicht wahr? Immerhin hat er sie getötet.«

331s Augen waren so rund wie Untertassen geworden. Nun zog er Eloise in eine Umarmung, die genauso knochenzerquetschend aussah wie jene, in die er vorhin 023 gezogen hatte. Als Eloise leise aufschrie, ließ er sie erschrocken wieder los.

»'tschuldige«, nuschelte er betreten, doch Eloise grinste nur.

»Also? Wollen wir?«, fragte sie voller Tatendrang.

Alle tuschelten aufgeregt durcheinander, als sie unter Milos' Führung loszogen. 023 wiegte unschlüssig den

Kopf, folgte ihnen aber dann. Wenn diese Feuerauge und die Aufseher wirklich so gefährlich waren, wie die anderen ihm erklärt hatten, gingen sie ein großes Risiko ein und er hätte den Plan gerne noch eine Weile durchdacht. Doch andererseits erfüllte ihn der Gedanke, Dr. Mobius' abscheuliche Taten rückgängig zu machen, mit wilder Genugtuung.

Während er hinter den anderen hereilte, wanderten seine Gedanken zu dem mysteriösen Mädchen aus seinen Träumen. Er konnte nur hoffen, dass sie wirklich auf irgendeine Art über ihn wachte.

Milos schloss mit zitternden Händen eine schwere Stahltür auf.

»Das muss es sein. Ja, doch«, murmelte er vor sich hin und atmete gleich darauf erleichtert auf. »Ja, das ist es«, sagte er leise und winkte die anderen hinein. »Dr. Mobius hat mir versichert, dass die Kammer schalldicht ist. Seid bitte trotzdem leise. Und mach schnell, Eloise.«

Eloise nickte konzentriert, öffnete einen der Glasschränke und griff nach dem ersten Schälchen, das ihr in die Finger kam. »Jakov«, flüsterte sie leise. »Ist das nicht …«

»Dr. Mobius' Sohn, genau«, bestätigte Milos.

Eloise zog entschlossen den Deckel von der Petrischale und wollte ihre Finger schon hineinstecken, da unterbrach 023 sie fieberhaft.

»Eloise, warte! Wir wissen nicht, ob wir ihm vertrauen können!«

»Aber natürlich können wir ihm vertrauen«, sagte Eloise ungerührt. »Dr. Mobius hat auch ihn getötet. Und er kann uns helfen, er kann uns mehr über die Zeit vor der Anstalt erzählen. Über unsere Vergangenheit, 023. Würdest du nicht gerne wissen, was passiert ist?«

023 nickte zögerlich. »Ja, schon, aber …«

»Hab Vertrauen, 023«, bat Eloise.

»Und wenn er gefährlich ist?«

Eloise lachte. »Ist er nicht. Ich bin mir sicher, 023. Seine Fähigkeit ist ja weg, die hatte sich Dr. Mobius unter den Nagel gerissen. Und seit ein paar Minuten verfügt Milos über sie, der alle Fähigkeiten von Dr. Mobius übernommen hat. Und wir sind ja nun wirklich in der Überzahl.«

023s Kopf ratterte. »Warte, Eloise!«, wandte er ein. »Es hängt davon ab, ob Dr. Mobius die Proben entnommen hat, bevor oder nachdem er seinen Opfern die Fähigkeiten geklaut hat! Wenn er die Proben vor dem Raub der Fähigkeiten entnommen hat, hätten all diese Leute ihre Fähigkeiten noch, sobald du sie zurückholst.«

Eloise zuckte mit den Schultern. »Wir werden es gleich herausfinden, oder?«, fragte sie leichthin. »Keine Sorge, 023. Ich bin mir sicher, dass Jakov auf unserer Seite sein wird. Und auch, falls er seine Fähigkeit noch haben sollte, wir werden schon mit ihm fertig.«

»Aber wenn …«, begann 023, doch es war zu spät.

Eloise legte schon ihre Finger in die Plastikschale.

Alle stießen einen erstickten Schrei aus, als im nächsten Moment ein Junge vor ihnen stand. 023 betrachtete ihn fasziniert. 331 hatte instinktiv nach 023s Oberarm gegriffen.

»Ach du Scheiße, Mann. Im ersten Moment dachte ich, du wärst dein Vater. Wollte dich schon angreifen. Du siehst ihm sehr ähnlich«, hauchte 331 und schauderte dann. »Wahnsinn!«

Jakovs Miene war ein einziges Fragezeichen. Zögerlich betrachtete er seine Hände und schüttelte dann perplex den Kopf.

Eloise schien erst jetzt zu begreifen, dass es funktioniert hatte. Stumm starrte sie auf die Petrischale, dann wieder auf den Jungen, der nun zu sprechen begann.

»Was ist hier los?«, fragte er verwirrt, mit einer Stimme, die 023 sofort sympathisch war. »Gerade war ich noch im Labor ... Mein Vater und ich haben uns gestritten. Ich wollte nicht mehr die Erinnerungen der Insassen manipulieren, ich ... Wer seid ihr?« Er blickte sich verwundert um.

»Freunde. Ich bin Eloise«, sagte Eloise kurz angebunden. »Wir haben jetzt keine Zeit für lange Erklärungen, Jakov. Entschuldige. Wir müssen schnellstmöglich hier raus.«

Jakov betrachtete sie neugierig. »Ihr seid Insassen«, sagte er dann und Erkenntnis huschte über sein Gesicht. »Ist das ein Aufstand? Wo ist mein Vater?«

»Er ist noch am Leben, keine Sorge. Aber du musst zugeben, dass er falsch gehandelt hat, Jakov. Das tust du doch, oder?«

Jakovs Stirn umwölkte sich. Dann sackte er zusammen. »Ja«, flüsterte er. »Auch darum ging es in dem Streit. Ich wollte, dass er alle freilässt. Ich sagte ihm, dass es falsch wäre, Menschen so einzusperren, wie er es tut.«

»Wunderbar, dann sind wir uns ja einig. Wirst du uns also helfen?«, fragte Eloise fröhlich, und als Jakov schwach nickte, griff sie nach der nächsten Petrischale und las konzentriert die Aufschrift. »Ihr könnt ja inzwischen nach Leuten suchen, die ihr gekannt habt. Wir können sie alle zurückholen«, sagte sie in die Runde.

Alle nickten begeistert und schwärmten aus, doch 023 war der Einzige, der sich nicht vom Fleck rührte. Jakovs fragender Blick traf ihn.

»Ich kann mich an niemanden erinnern«, erklärte er Jakov bitter. »Er hat mir all meine Erinnerungen weggenommen.«

Jakov, der seinen eigenen Oberkörper umarmte und vor- und zurückwippte, gab ein leises, schmerzerfülltes Geräusch von sich und murmelte vor sich hin.

»Er hat mir meine Fähigkeit genommen«, sagte er erstickt. »Mein Vater. Ich habe sie nicht mehr, das kann ich spüren.«

Eloise hielt mit der Sucherei inne und betrachtete ihn mitfühlend. »Das tut mir leid, Jakov.«

Tränen schwammen nun in Jakovs Augenwinkeln. »*Mir* tut es leid«, flüsterte er. »Wenn ich meine Fähigkeit noch hätte, könnte ich euch allen sicherlich die Erinnerungen zurückgeben.«

Eloise blickte auf. »Wirklich?«, fragte sie neugierig. »Das würdest du tun?«

»Ja. Aber ich kann ja nicht. Mein Vater hat die Fähigkeit jetzt.«

Ein breites Grinsen erhellte Eloise' Gesicht. Sie tauschte einen Blick mit 023. »Jakov, ich fürchte, du bist nicht ganz auf dem neuesten Stand der Ereignisse. Milos, komm mal her, ja?«

Der Angesprochene eilte herbei. Auch die anderen scharten sich wieder um Eloise, Petrischalen in den Händen.

»Milos, gib doch bitte Jakov ebenfalls seine Fähigkeit zurück«, sagte sie dann entschlossen.

Jakov keuchte auf. »Ich … Das kannst du? Das würdest du tun?«, fragte er flehentlich. »Obwohl ich … nun ja, der Sohn meines Vaters bin?«

Eloise lächelte ihm beruhigend zu. »Du hast gerade bewiesen, dass du vertrauenswürdig bist, Jakov. Als du gesagt hast, du würdest uns unsere Erinnerungen zurückgeben. Ich konnte in deinen Augen sehen, dass das dein voller Ernst war. Du bekommst deine Fähigkeit wieder. Ich finde, du solltest derjenige sein, der uns allen unsere Erinnerungen wieder zurückgibt.«

Jakov nickte und wischte sich unauffällig über die Augen. »Ich … vielen Dank«, stammelte er, als Milos nach seinem Arm griff.

Trotz der ernsten Situation musste 023 grinsen, als Jakov im nächsten Moment die Kinnlade hinunterfiel. Vorhin hatte er sicher selbst genauso verdutzt dreingesehen.

Nachdem Jakov sich wieder gefasst hatte, straffte er die Schultern und blickte in die Runde. »Also? Wer will als Erstes?«

Wie betäubt beobachtete 023, wie einer nach dem anderen vortrat und Jakov die Hand reichte. Ausnahmslos jeder sackte in sich zusammen, als er die Erinnerungen erhalten hatte. Doch reden wollte offensichtlich noch niemand darüber. Der Schleicherin liefen stumme Tränen über die Wangen. Nervosität krampfte 023s Brust zusammen, als nur noch er übrig war.

Wortlos wandte Jakov sich ihm zu. »Also?«, fragte er auffordernd und hielt 023 die Hand hin.

Die Zeit dehnte sich. Es schien Stunden zu dauern, bis 023 seine zitternden Finger nach Jakovs Hand ausgestreckt hatte. Bilder flackerten vor seinem inneren Auge. Die Zelle. Die Neonröhren. Seine wirren Traumbilder. Beim Gesicht des Mädchens kamen die Gedanken zu einem Halt. Die Erinnerung an ihr Gesicht beruhigte ihn und gab ihm neuen Mut.

Doch plötzlich gab es kein Halten mehr.

Der Schwall der Erinnerungen überströmte Raban – *Raban, denn das war sein Name* – und riss ihn mit.

Sieben

Ariane atmete erleichtert auf. Bisher war das ja wirklich gut gelaufen. Hoffnung strömte in ihre Brust. Vielleicht konnte sie es ja wirklich schaffen. Mit zitternden Knien stand sie auf, um sich kurz die Beine zu vertreten. Nur eine Minute. Sie musste nun nur noch überlegen, wie sie es am besten aus der Anstalt schaffen konnten, sobald Eloise alle wieder zurück ins Leben gerufen hatte.

Unwillkürlich musste sie grinsen. Sie war fast ein wenig stolz auf sich selbst. Raban würde überglücklich sein, dass sie eine Möglichkeit gefunden hatte, auch Alef zu retten. Ihr Grinsen wurde zu einem liebevollen Lächeln, als die Hoffnung nun Fuß fasste, ihr Herz schneller pochen ließ. Bald wären sie wieder vereint. Solange sie nur zusammen waren, würde alles gut werden. Sie würden schon eine Lösung finden. Und wenn nicht … Auch, wenn sie vielleicht nur noch wenige Jahre hatten – es war ihr egal. Das war ihr nun wirklich klar geworden.

Aufseufzend kehrte sie zum Schreibtisch zurück und setzte sich, wollte schon die Hände auf die Tastatur legen, als sie erstarrte. Es war, als würde ihr der Boden unter den Füßen weggezogen.

Buchstaben, Worte, die sich zu Sätzen formten, flackerten in Windeseile über den Bildschirm. Panisch hieb sie auf die »Löschen«-Taste ein, erneut und erneut, doch nichts passierte.

Pures Grauen zerquetschte ihre Brust, als sie versuchte, den Sinn der Worte zu entziffern, als sie begriff, was hier passierte.

Es war zu spät. Es war vorbei.

∞

Wie zuvor die anderen sackte nun auch Raban zusammen, unfähig, Worte oder auch nur klare Gedanken zu finden, die ausdrücken konnten, was er fühlte.

Und dann ging alles zu schnell, als dass er reagieren konnte. Während er sich noch sammelte, die Abertausenden Erinnerungen zu verarbeiten versuchte, wurde eine Tür aufgerissen. Wieder schien die Zeit stillzustehen, als alle sich perplex umdrehten. In Zeitlupe breitete sich Panik auf ihren Gesichtern aus. Für Eloise war es zu spät.

Sie stieß ein ersticktes Japsen aus, als jemand ihre Arme packte, sie auf den Rücken drehte und ihr ein Messer an die Kehle hielt.

Raban fühlte nur leeres, kaltes Entsetzen, als er in Feuerauges höhnisches Gesicht starrte.

Ein kleines Rinnsal Blut lief nun über Eloise' Hals. Feuerauge grinste weiterhin und starrte alle Anwesenden der Reihe nach an. Raban musterte sie besonders lange und schnalzte ärgerlich mit der Zunge, als er nach einer Schocksekunde eilig den Blick abwandte.

»So sieht man sich wieder, 023«, sagte sie in einem gespielten, hocherfreuten Tonfall. Dann verzog sie ihr Gesicht in ein Schmollen. »Was? Freust du dich denn gar nicht? Willst du mir etwa keinen Kuss geben?«

023 konnte sich nicht rühren. Was sollten sie jetzt bloß tun?

»Also, ich sage euch, wie es laufen wird, Leute. Eine falsche Bewegung und die süße, kleine 192 stirbt. 023, komm bloß nicht auf die Idee, zeitzureisen. Ja, 023, ich weiß es. Du hast deine Fähigkeit zurück. Das konnte ich noch sehen, du hast deinen Blick zu langsam abgewandt.« Sie lachte. »Deine Reflexe sind auch nicht mehr das, was sie einmal waren. Deine Fähigkeit wird dir nichts nützen. Wie du sehr wohl weißt, kann ich es ebenfalls. Und ich habe euch allen einen Vorteil voraus: 192s Leben in meinen Händen und jederzeit die Gewissheit, was ihr als Nächstes tun werdet. Ich warne dich, 023! Wenn du es versuchst, wird es schlimm enden!«

023 löste sich aus seiner Schockstarre, sah sich um. Wie betäubt bemerkte er, dass weder die Schleicherin noch Jakov zu sehen waren. Vielleicht versteckten sie sich. Vielleicht schmiedeten sie einen Plan. Die beiden waren nun ihre letzte Hoffnung. Er durfte Feuerauge bloß nicht in die Augen sehen, um keinen Preis.

»Gut. Ich sehe, wir sind uns einig«, hob Feuerauge erneut zu sprechen an. »Es passiert jetzt Folgendes: Ich gehe mit der lieben 192 im Schlepptau nach nebenan und alarmiere die Wärter. Sie bringen euch wieder in eure Zellen. Eure kleine Revolution ist vorbei. Wo ist Dr. Mobius? Du«, sie ruckte mit dem Kopf zu Milos hinüber, »sag es mir!«

Milos antwortete nicht. Feuerauge drückte zu. Eloise wimmerte auf und das Rinnsal an ihrem Hals wurde größer.

»Er ist in der Hochsicherheitszelle«, stammelte Milos sofort.

»Gut. Sehr gut.« Feuerauge grinste, dann brach sie in Lachen aus. »Es ist wirklich zu komisch«, kicherte sie. »Ihr solltet eure Gesichter sehen. Fast hättet ihr es geschafft. Aber nur fast. Euer Heldenmut hat alles versaut. Wenn ihr gleich abgehauen wärt, statt erst noch eine Rettungsaktion zu starten, wärt ihr längst draußen. Mitgefühl und Heldentum lohnen sich eben nicht.« Sie grinste hämisch und begann, sich mit Eloise langsam zu der immer noch offenen Stahltür in ihrem Rücken zurückzubewegen.

»Feuerauge!«, sagte 023 beschwörend. Er musste Zeit schinden. »Feuerauge, das ist nicht, was du willst! Dr. Mobius will uns alle töten! Was auch immer er dir versprochen hat, denkst du wirklich, er würde es dir geben? Überleg doch mal, Feuerauge. Er wird auch dich töten, ganz sicher. Er will die Macht nur für sich selbst haben, er ist niemand, der teilt! Das muss dir doch ebenfalls klar sein, du bist doch nicht dumm!«

Feuerauge stockte kurz, doch dann schüttelte sie den Kopf und erneut überzog das Grinsen, das nun einen Hauch von Wahnsinn in sich barg, ihr Gesicht.

»Nein, 023«, sagte sie hochmütig. »Du willst nur deine eigene Haut retten. Genau das würde ich sagen, wenn ich in deiner Situation wäre. Du willst mich verunsichern. Aber das lasse ich nicht zu. Du hattest deine Chance und hast sie verpasst. Es ist zu spät.«

»Feuerauge«, flehte Raban. »Hörst du dir überhaupt selbst zu? Du musst doch erkennen, dass du direkt ins Verderben rennst!«

Als sie ihn anblickte und er nicht schnell genug wegsah, um ihrem Blick zu entgehen, hätte er fast entsetzt aufgekeucht. Der Wahnsinn, der noch einen Augenblick zuvor nur untergründig zu sehen gewesen war, verzerrte ihre Miene nun zu einer Grimasse. Sie war vollkommen verrückt geworden.

Endlich – nur ein Aufblitzen im Augenwinkel – sah Raban eine kleine Bewegung hinter Feuerauge, kaum wahrnehmbar.

Er brauchte nur ein bisschen Zeit, nur noch ein wenig ...

»Feuerauge«, begann er erneut, diesmal versöhnlich. »Wir hatten doch so schöne Zeiten miteinander ... ich wollte immer nur dein Bestes, glaub mir, bitte!«

Feuerauge warf den Kopf zurück. Raban versuchte verzweifelt, ihrem Blick erneut auszuweichen.

»Ach ja?«, fauchte sie. »Und warum hast du mich dann nicht hier rausgebracht, als du die Gelegenheit dazu hattest? Warum hast du mich hier verrotten lassen?«

»Ich biete dir hier – jetzt – erneut meine Hilfe an. Feuerauge, bitte tu das nicht. Ich ...« Er rang um seine Fassung.

Doch Raban musste sich keine weiteren Worte mehr zurechtlegen. Die Schleicherin stand nun schon so dicht hinter Feuerauge, dass sie sie fast berühren konnte. Jakov hatte sie im Schlepptau.

Raban wunderte sich nicht darüber, dass auch seine Schritte völlig lautlos waren. Die Schleicherin hielt ihn an der Hand. Vielleicht funktionierte ihre Fähigkeit auch bei anderen, wenn sie Körperkontakt mit ihnen hatte, wie das Zeitreisen bei ihm selbst.

Gerade, als Feuerauge sich umdrehte, sprangen sie. Es ging alles so schnell, dass Raban erst realisierte, was passiert war, als Feuerauge schon am Boden lag. Jakov blickte einmal grimmig in die Runde, während Eloise sich bereits losgerissen hatte und auf 331 zustürzte.

Dann legte Jakov seine Hände auf Feuerauges Stirn.

Und wieder schien alles in Zeitlupe abzulaufen.

Jakov rollte sich ächzend zur Seite. »Wie gut, dass das Büro nicht abgeschlossen war«, sagte er dumpf.

»Wie gut, dass meine Fähigkeit anscheinend doch nicht so nutzlos ist«, fügte die Schleicherin hinzu.

Feuerauges Gesichtsausdruck, gerade noch in Hass verzerrt, wandelte sich in Entsetzen. Sie betrachtete ungläubig ihre Hände und stieß gleich darauf einen erstickten Schrei aus. Dann brach sie in unkontrolliertes Schluchzen aus.

»Mein Name ist Madlen«, heulte sie völlig zusammenhangslos heraus. »Mein Name ist Madlen! Ich ... Was habe ich bloß getan?« Erneut schrie sie auf und krümmte sich zitternd zusammen. »Was habe ich getan?«

331 löste sich von Eloise, die sich bebend an seine Brust geschmiegt hatte, und ging auf Feuerauge zu. Er musterte sie mit grimmigem Gesichtsausdruck.

»Also, Madlen. Ich bin Paul. Und ich werde dich jetzt in eine Einzelzelle bringen, bis wir entschieden haben, was mit dir passiert. Jakov, kommst du mit?« Er sah zu Jakov hinüber, der bestimmt nickte.

Feuerauge – Madlen – schlug sich die Hände vors Gesicht. »Werdet ihr mich töten?«, drang es dahinter hervor.

»Nein«, sagte Eloise mit klarer Stimme. »Dir wird nichts passieren. Wir sind nicht wie Dr. Mobius. Aber wir müssen nachdenken. Alle gemeinsam. Und du gehörst nicht zu uns. Diese Chance hast du verspielt.«

Feuerauge schluchzte erneut auf, ließ ihre Hände sinken und sah sie aus tränenverquollenen Augen an. Widerstandslos ließ sie sich von Jakov und 331 – Paul! – abführen.

»Bin gleich wieder da«, sagte Paul an Eloise gewandt. »Mach dir keine Sorgen. Und dann hauen wir endlich von hier ab.«

Eloise nickte. An der Tür riss Feuerauge sich los, drehte sich um.

»Es tut mir leid«, sagte sie kaum hörbar.

Eloise nickte nun Feuerauge zu. Und dann waren sie weg.

Raban schwankte. Er konnte sich kaum noch auf den Beinen halten. Zu gerne hätte er auch Eloise gefragt, was ihr wahrer Name war, sich allen richtig vorgestellt, sie nach draußen begleitet … Doch in seinem Kopf pochte nur noch ein einziger Gedanke.

»Leute, ich … es tut mir leid. Ich muss weg, sofort. Bin gleich wieder da. In einer Sekunde.« Er sah ihre verwirrten Gesichter, doch im nächsten Moment lösten sie sich auf und das Zeitgefüge verschluckte ihn.

∞

Ariane saß zitternd am Schreibtisch und las den letzten Absatz noch einmal. Was auch immer passiert war, es war vorbei.

Ihre eigene Todesanzeige, die Raban ihr einst überreicht hatte, war tränenverschmiert. Die verschlungenen Linien auf ihrem Amulett hatten sich in ihre Hand eingegraben. Wo blieb er? Was war los? War etwas schiefgegangen? Vielleicht war es nun zu Ende. Vielleicht hörte die Geschichte auf, an dieser Stelle, und das seltsame Paradoxon, das sie zusammengeführt hatte, war aufgelöst. Vielleicht musste sie sterben, in einigen Jahren, um ihn zu retten.

Doch im nächsten Moment legten seine Hände sich auf ihre Schultern.

»Ariane«, sagte er leise. Und er war es, unverwechselbar Raban.

Sie stieß einen Schrei aus und sprang auf, warf sich in seine Arme. Er lachte erstickt und wie am Rande bemerkte Ariane, dass er wohl auch weinte, denn seine Lippen schmeckten salzig, als er sie küsste, als wollte er nie damit aufhören. Und das wollte er wohl auch nicht, denn es dauerte eine Ewigkeit, bis er sich wieder von ihr löste.

»Ariane«, sagte er wieder und wieder, als könnte er es kaum fassen.

Und auch sie konnte es nicht fassen, konnte – wollte – ihn nie wieder loslassen. Am ganzen Körper zitternd ließ sie sich schließlich von ihm zum Bett bugsieren, wo er sie am Bettrand platzierte und sich neben sie setzte.

»Du hast es geschafft, Ariane! Jetzt ist alles gut«, sagte er fest und umarmte sie noch einmal.

Doch sie schüttelte nur den Kopf an seiner Schulter. »Nichts ist gut«, flüsterte sie.

Er stutzte. Dann fiel sein Blick auf ihre Hand, mit der sie immer noch fest die Todesanzeige umklammert hielt, und Verstehen huschte über sein Gesicht. »Wir finden auch dafür eine Lösung, Ariane. Ganz sicher. Wir schaffen das, gemeinsam.«

Noch einmal warf sie sich in seine Arme und heulte sein T-Shirt nass. Dann war es endlich vorbei.

»Ich habe viel geheult in den letzten Tagen«, sagte sie schniefend. »Wie ein Hydrant. Gut, dass du nicht da warst, du hättest mich ausgelacht. Es war furchtbar.«

Raban grinste und nun brach sie in Lachen aus. Er war wirklich hier! Sie konnte es noch immer kaum fassen.

»Ich hätte dich nicht ausgelacht«, sagte er liebevoll. »Das würde ich niemals tun.« Und dann seufzte er und wurde ernst.

Ariane richtete sich auf. Es war so weit. Das Thema, das sie mehr fürchtete als alles andere.

»Ich habe viel nachgedacht, Raban«, sagte sie leise. »Unsere Zeit ist begrenzt. Ich muss sterben, wenn alles so geschehen soll, wie es geschehen ist. Es gibt keine andere Möglichkeit.«

»Uns wird etwas einfallen«, sagte er beruhigend. »Ganz sicher. Wir – du hast auch dies hier geschafft. Alles ist gut, Ariane. Sie werden aus der Anstalt gehen und frei sein. Ich weiß es.«

»Ich ...«, sie zögerte. »Ich bin nicht sicher, wie viel von dem wirklich ich geschafft habe.« In Windeseile erzählte sie, wie sich das Manuskript mehr und mehr selbstständig gemacht hatte. Seine Brauen zogen sich zusammen. Als sie geendet hatte, grübelte er lange, dann stand er auf und begann, im Zimmer auf- und abzugehen.

»Das habe ich auch ständig gemacht«, sagte Ariane dumpf.

»Hm? Was?«

»Na ja, herumrennen wie ein aufgescheuchtes Huhn«, erklärte sie. »Du hast wohl auf mich abgefärbt.«

Er hob eine Augenbraue und ging zum Laptop, klappte ihn auf.

»Da ist nichts«, sagte er beruhigend. »Die letzte Szene ist die, in der ich abhaue.«

Ariane atmete erleichtert auf. Zum Glück. Sie fasste sich ein Herz und sprach das aus, was ihr wirklich auf der Zunge brannte.

»Aber es ist noch nicht zu Ende. Dies hier ist kein Ende, noch nicht. Sie müssen noch nach draußen, sie müssen die Öffentlichkeit informieren … Dr. Mobius muss einen gerechten Prozess bekommen.« Eine Idee dämmerte ihr. »Ich weiß sogar schon, wie ich das löse. Vor einigen Kapiteln habe ich einen Polizeichef und einen Reporter erwähnt. Eloise und die anderen müssen sie finden und ihr Implantat entfernen. Sobald die Droge nicht mehr in ihrem System ist, können sie die ganze Sache aufklären, an die Öffentlichkeit bringen.«

Raban fragte nicht nach. »Alles klar«, murmelte er abwesend und scrollte in Windeseile durch die Seiten. »Das ist gut.«

Ariane schüttelte vehement den Kopf. »Nein«, sagte sie leise. »Das ist nicht gut. Das ist alles andere als gut. Überleg doch mal – wenn die Trilogie zu Ende ist, wirklich zu Ende, mit Happy End und all dem Kram –, was ist dann mit uns? All das war nur ein seltsames Paradoxon, und sobald ich ein ›Ende‹ unter den letzten Satz schreibe, werde ich dich nie wiedersehen. Ich weiß es. Ich weiß es einfach.«

Raban klappte den Laptop wieder zu und kam zu ihr zurück, strich ihr beruhigend über die Schulter. »Das wird nicht passieren«, sagte er fest. »Ich liebe dich, Ariane. Ich werde nicht verschwinden.«

»Ich liebe dich auch«, sagte sie und zog ihn wieder an sich. Die Verzweiflung pochte durch jede Ader ihres Körpers. »Ich liebe dich. Wenn wir doch nur ein ganz normales Leben haben könnten ... Eine Wohnung, gemeinsame Freunde, ein Haustier – irgendwann Kinder ... Gemeinsam alt werden, Raban! Ich wünsche es mir so sehr.«

Er zog sie an sich heran. »Ich wünsche mir das auch«, sagte er leise. »Mehr als alles andere sogar. Ariane, wir hatten keine Gelegenheit mehr, darüber zu sprechen, bevor sie mich geholt haben ... Ich will das auch. Ganz normal sein. Gemeinsam mit dir. Das ist mir nun klarer als alles andere. Ich will bei dir sein, für immer. Mit dir gemeinsam frei sein. Von Aufregungen hatte ich mein Lebtag lange genug, das kann ich dir sagen. Und ich verspreche dir, wir werden es schaffen. Gemeinsam können wir alles schaffen.«

Die Hoffnung, die nun wieder in ihrer Brust erwachte, quälte sie noch stärker als zuvor die Verzweiflung. »Nein«, sagte Ariane traurig. »Es ist doch schon einmal so geschehen, wie es geschehen muss. Ich muss sterben, nur so kannst du mich finden. Warum habe ich das nur getan?«

Raban schob sie auf Armlänge weg und betrachtete sie nachdenklich. Und dann, ganz plötzlich, breitete sich ein breites Grinsen auf seinem Gesicht aus.

»Ganz genau«, flüsterte er fieberhaft. »Es ist schon einmal so geschehen. Alles ist bereits passiert.«

Ariane stutzte. Das war nun wirklich nicht zum Grinsen. Doch er grinste sogar noch breiter.

»Was ist los?«, fragte sie verwirrt. »Warum grinst du?«

»Weil«, setzte er an und lächelte erneut. »Weil ich eine Idee habe.«

*

»Und du meinst wirklich, dass das klappen könnte?«, fragte Ariane aufgeregt, nachdem Raban das Manuskript von »Die endlose Schlinge« zu Ende gelesen hatte und ihr von seinem Plan erzählt hatte.

»Das muss es. Das muss es einfach. Ich könnte es nicht verkraften, dich zu verlieren. Es darf einfach nicht sein«, sagte er leise an ihrem Ohr und hauchte ihr einen Kuss auf die Schläfe. »Ich weiß nun ganz genau: Das, was ich schon mein ganzes Leben lang schmerzlich vermisse, das bist du. Ich will dieses Gefühl keinen einzigen Tag in meinem Leben mehr ertragen müssen.«

Sie lehnte sich mit einem Seufzen an ihn. Wie gut er roch. Sein Plan kam ihr immer besser vor.

»Aber was, wenn etwas schiefgeht?«, fragte sie ängstlich.

»Das kann es nicht. Hab Vertrauen. In dich selbst, und auch in mich und darin, dass alles gut wird. Denn wenn es noch nicht gut ist, ist es noch nicht das Ende.«

Ariane grinste schwach.

»Was?«, fragte er.

»Nichts. Wir ziehen nur oft dieselben Schlüsse.«

»Kein Wunder.« Er hauchte ihr noch einen Kuss auf die Schläfe. »Wir gehören ja schließlich zusammen. Wir haben schon immer zusammengehört. Wir wussten es nur noch nicht immer.«

Ariane nickte. »Also gut«, sagte sie aufatmend. »Und wenn doch etwas schiefgeht?«

»Wird es nicht. Du hast dich doch schon längst selbst in das Manuskript hineingeschrieben. In die Träume, die ich hatte. Und, Ariane, mein erstes Verschwinden im Manuskript von ›Rabenkralle‹ … es wurde nie aufgeklärt. Ich bin mitten im Kampf mit Dr. Mobius verschwunden und dann haben sie mich wiedergeholt. Aber es ergab für den Plot überhaupt keinen richtigen Sinn. Kommt dir das nicht komisch vor? Doch jetzt wird es aufgeklärt werden. Sobald ich zurück in der Zukunft bin, erzähle ich den anderen einfach alles, was passiert ist, während ich weg war. Ich erzähle ihnen von dir und deiner Fähigkeit und wie du all das erschaffen hast. Und sobald du selbst im Manuskript vorkommst, ist unsere Begegnung überhaupt nicht mehr unlogisch, im Gegenteil! Und wenn es nicht mehr unlogisch ist, ist unser Treffen auch kein seltsames Paradoxon! Und dann kehre ich zu dir zurück. Für immer, nicht nur für sechs Jahre, Ariane. Denn wir werden auch dafür eine Lösung finden.«

Sie nickte noch einmal. »Also schön«, sagte sie dann und legte die Finger auf die Tastatur.

Doch er zog sie noch einmal hoch und küsste sie, diesmal richtig. »Wir sehen uns wieder«, sagte er dann ernst. »Sehr bald.«

Gerade, als Ariane dachte, sie könnte ihn niemals loslassen, wenn er nicht bald aufhörte, verschwand er.

Sie schluckte und setzte sich. Jetzt ging es erneut um alles. Hoffentlich würde Rabans Plan funktionieren.

Acht

Die endlose Schlinge

Die Gesichter der anderen waren nicht so verdutzt wie Raban erwartet hatte, als er sich nur Sekunden nach seinem Verschwinden wieder materialisierte.

»Wo warst du?«, fragte Eloise neugierig.

Raban lächelte. »Warten wir, bis Paul und Jakov zurück sind. Und dann verschwinden wir endlich von hier. Sobald wir an einem sicheren Ort sind, erzähle ich euch die Geschichte.«

Eloise nickte. »In Ordnung«, sagte sie.

»Du machst es aber spannend«, grummelte die Schleicherin.

»Entschuldige«, meinte Raban. »Glaubt mir, es lohnt sich. Auch, wenn es eine lange Geschichte ist. Eine wirklich lange.«

»Also gut. Und was machen wir bis dahin?«, fragte der Flüsterer mit seiner klaren Stimme.

Raban hatte die anderen noch immer nicht nach ihren richtigen Namen gefragt, doch das verschob er ebenfalls auf später. »Wir sollten endlich alle zurückholen«, sagte er und deutete auf die Petrischalen.

Eloise schlug sich die Hände vor den Mund. Die oberflächliche Wunde an ihrem Hals begann bereits, zu verschorfen. »Das habe ich ja völlig vergessen über all die Aufregung«, kiekste sie. »Wo soll ich denn bloß anfangen?«

Raban räusperte sich. »Hast du hier irgendwo eine Schale, auf der »429« oder der Name Alef draufsteht? Alef war ein Freund von mir.«

»Oh. Ja, die war hier irgendwo. Warte kurz …« Nach wenigen Sekunden hob sie triumphierend eine Schale hoch. Ohne Zögern öffnete sie sie und legte ihre Finger hinein. Nur einen Moment später stand Alef inmitten von ihnen und sah sich verloren um.

Sein Blick blieb an Raban hängen. »023?«, fragte er mit dünner Stimme. »Ich … Was machst du hier? Wo bin ich? Ich war doch gerade noch bei Dr. Mobius im Behandlungszimmer, und …«

Raban ging auf ihn zu und schloss ihn in eine beruhigende Umarmung. »Alles gut, Kleiner«, flüsterte er erstickt. »Es wird alles gut. Ich verspreche es.«

Alef klammerte sich an ihn und er behielt ihn im Arm, während um sie herum durch Eloise' Werk immer mehr Menschen im Raum erschienen und sich verwirrt umsahen. Alle wurden mit großem Hallo in Empfang genommen, bis Eloise ächzend die letzte Petrischale fallen ließ.

»So, das war's. Mann, ganz schön anstrengend«, keuchte sie. »Ich weiß nicht, wie es euch allen geht, aber ich bin wirklich bereit zum Aufbruch!« Sie lächelte, als in diesem Moment Paul und Jakov hereinkamen.

»Alles okay?«, fragte sie besorgt.

Paul legte ihr beruhigend den Arm um die Schultern. »Alles gut. Hauen wir endlich ab von hier, oder? Wir brauchen einen Plan, einen guten. Aber den sollten wir irgendwo ganz weit weg von hier entwerfen.«

Es gab keine Gegenstimmen. Blicke richteten sich auf Eloise, die verdutzt dreinsah, bis ihr offenbar wieder einfiel, dass sie die Anführerin war.

»Ich … Oh, ich würde sagen, Norwegen in fünf Minuten, so wie es Tradition ist?«, grinste sie dann. »Sobald wir wissen, wie wir hier alles in Ordnung bringen, können wir genau an diesen Zeitpunkt zurückkehren. Ähm, ich schlage vor … Wir stellen uns in einem Kreis auf und halten uns an den Händen? Schaffst du es, so viele Leute mitzunehmen?«, fragte sie an Raban gewandt.

Er nickte. »Muss ich wohl schaffen. Es wird schon gut gehen.«

Als sich der Kreis formiert hatte, nickte Raban entschlossen. »Also gut, Leute. Schnallt euch an. Los geht's!«

Lautes Geschrei erklang nur wenige Augenblicke später. Einige begannen, wild herumzuspringen und Schreie auszustoßen, als sie die weite Landschaft sahen. Andere sonderten sich ab und blickten stumm die Klippen hinab. Doch der harte Kern der Widerstandsgruppierung ließ sich auf dem Boden nieder. Auch Alef blieb an Rabans Seite und blinzelte schüchtern, als könnte er noch gar nicht fassen, wie ihm geschah.

»Bleibt alle in der Nähe«, rief Raban einigen Leuten zu, die sich weiter absonderten. »Ich muss euch ja schließlich später zurückbringen, wenn alles geklärt ist!«

Eloise schüttelte seufzend den Kopf. »Die kommen schon wieder. Lass sie sich erst mal austoben.«

Raban nickte grinsend. »Also schön. Ich habe euch ja eine Geschichte versprochen, nicht wahr? Doch ich würde vorschlagen, wir stellen uns alle erst mal vor, so richtig? Ich bin Raban.«

»Raban!«, rief 331 – Paul – aus und klatschte sich an die Stirn. »Darauf hätte ich aber auch kommen können, Alter! Ist ja logisch! Rabe – Raban. Mann, ich bin so ein Idiot!«

Eloise blickte ihn verwirrt an.

Raban winkte ab. »Ist ein Running Gag zwischen uns.«

»Alles klar«, murmelte sie und verdrehte die Augen.

331 ergriff wieder das Wort. »Also, ich bin Paul, aber das habt ihr nun wohl schon alle mitbekommen.«

»Lisa«, sagte die Schleicherin schüchtern.

»Hamid«, sagte der Seelenwanderer, 001.

»Mark«, flüsterte der Feuerspucker.

»Erik«, stellte der Flüsterer sich vor.

»Alef«, sagte Alef leise. Raban knuffte ihn in die Seite und grinste ihn an.

»Und du, Eloise?«, fragte Paul neugierig.

Eloise zuckte mit den Schultern. »Mein neuer Name gefällt mir besser. Ich bleibe bei ›Eloise‹, wenn es euch recht ist.«

»Alles klar, Eloise«, sagte Paul fröhlich und lächelte sie etwas verklärt an.

Raban musste schmunzeln. Sah so aus, als hätte sein ehemaliger Zellengenosse sich ein wenig verknallt.

»Was ist eigentlich mit 509?«, fragte Eloise plötzlich.

»Wer?«, fragte Raban verdutzt.

»509. Sie gehört ja auch zur Widerstandsgruppierung, aber sie konnte nie an unseren Sitzungen teilnehmen, weil ihre Zellengenossin nicht vertrauenswürdig war«, erklärte Eloise.

»Ach, mach dir keine Sorgen«, sagte Paul an Eloise gewandt. »Wir befreien auch sie. Sobald wir entschieden haben, was passieren soll.«

Raban ergriff das Wort. »Ich weiß, was passieren muss. Es gibt drei Leute, die ihr finden müsst. Erstens den Polizeipräsidenten und einen Reporter. Sie sind beide derzeit auf Drogen gesetzt – natürlich steckt Dr. Mobius dahinter –, aber sobald sie wieder klar im Kopf sind, werden sie euch helfen. Sie hatten schon Verdacht geschöpft, deshalb die Drogen. Damit sie nichts ausplaudern können beziehungsweise eher, damit niemand ihnen glaubt. Und wir müssen einen Mann namens Dr. Molkow finden. Auch er wird auf unserer Seite sein. Ich helfe euch, sie zu finden, damit ihr alles in Ordnung bringen könnt. Doch dann – dann muss ich weg. Tut mir leid.«

Plötzlich begannen alle gleichzeitig, auf ihn einzureden und ihn mit Fragen zu löchern.

Raban grinste schief und hob abwehrend die Hand. »Alles zu seiner Zeit, Leute. Zuerst planen wir das Happy End. Milos, ich bin mir sicher, Eloise wird dir helfen, deine Töchter zu finden. Nicht wahr, Eloise?«

Eloise stutzte. »Deine Töchter?«

»Ja«, sagte Milos und seufzte tief auf. »Sie sind tot. Dr. Mobius hat mich damit erpresst, dass er sie für mich zurückholen würde, wenn ich mit ihm kooperiere.«

»Oh«, sagte Eloise. »Das tut mir leid, Milos. Natürlich werde ich dir helfen. Sobald die größten Gefahren gebannt sind, werde ich mich darum kümmern.«

Raban lächelte ihn an und sprach weiter. »Also, was ihr mit euren Fähigkeiten anstellt, müsst ihr natürlich selbst entscheiden. Ob ihr sie geheim halten wollt oder so eine Art Superheldentruppe gründen wollt – es ist eure Entscheidung. Aber geht mit Bedacht damit um«, schloss er dann ernst.

Eloise nickte. »Du kannst dich auf uns verlassen, Raban«, sagte sie ebenso ernst. »Ich werde dafür sorgen, dass alles gut wird.«

»Ich passe ebenfalls auf sie auf. Bin ja der Älteste hier, ich halte die Rasselbande schon in Schach«, sagte Milos.

Raban grinste. »Danke, Milos.«

Sofort gingen die Fragen wieder los. »Was ist jetzt mit dieser mysteriösen Geschichte?«, fragte Eloise und musterte ihn neugierig.

»Stimmt. Die Geschichte. Also, ihr habt euch sicher gefragt, was ich gemacht habe, nachdem ich plötzlich weg war?«

Aufgeregte Zustimmung erklang.

Raban räusperte sich. Und dann begann er, zu erzählen. Von seiner Zeitreise. Von einem Manuskript, das er auf einem Dachboden gefunden hatte. Und von einem Mädchen namens Ariane, das von einer dunklen Gestalt verfolgt wurde.

∞

Ariane starrte auf die Seiten, die sich erneut von selbst schrieben. Nur ab und zu erhaschte sie einen Satz, ein Wort, bevor es in Windeseile weiterging. Nur eines wurde ihr klar: Die Geschichte, die sich gerade von selbst schrieb, war die von Raban und ihr. Viele, viele Seiten lang erzählte Raban von ihrem Treffen, von ihren Abenteuern im Mittelalter und ihrer Zeit in Chile. Wie auf Nadeln saß sie, bis der Bildschirm plötzlich zur Ruhe kam. Und nur noch ein einziges Wort sichtbar war.

Ende.

Sie scrollte noch einmal einige Absätze zurück, begann, an einer beliebigen Stelle zu lesen.

∞

Die endlose Schlinge
Epilog

»Habt ihr alles im Griff?«, fragte Raban und ließ sich von Paul in eine Umarmung ziehen. Sobald Raban sich ächzend befreit hatte, griff Eloise sofort wieder nach Pauls Hand und strahlte ihn an. Doch dann ließ sie kurz wieder los, um Raban freundschaftlich auf die Schulter zu klopfen.

»Aber klar. Mach dir keine Sorgen. Wir kriegen das alles gut hin. Ganz sicher.«

Raban nickte und lächelte sie an. Er mochte sie. Und sie und Paul passten wirklich gut zusammen. Schön, dass sie sich gefunden hatten.

»Vielleicht kann ich euch ja eines Tages besuchen«, sagte er hoffnungsvoll.

»Warum denn nicht? Ich würde dich gerne wiedersehen«, bekräftigte Paul. »Du kannst doch nicht für immer in die Vergangenheit zu deiner Ariane verschwinden, Mann! Ich sage dir: Das hier ist die Zukunft, hier geht es ab. Es wird hier alles viel besser werden, dafür sorgen wir schon. Ganz sicher.«

Raban klopfte ihm noch einmal auf den Arm und wandte sich dann Alef zu. »Ich hoffe, dass du deine Eltern findest«, sagte er sanft und drückte ihn fest.

»Das werde ich. Ganz sicher. Danke für alles, Raban«, sagte Alef schüchtern und strahlte ihn an. »Hoffentlich sehen wir uns wieder.«

Raban lachte und tätschelte ihn am Arm, weil er nicht wusste, wie er sonst seine Verlegenheit verbergen sollte. Alef schien ihn gar nicht loslassen zu wollen.

Lisa strich über Alefs Kopf. »Ich passe schon auf ihn auf, Raban. Keine Sorge.«

»Also gut«, sagte Raban und musste sich tatsächlich verstohlen eine Träne wegwischen. »Ich … ich komme euch besuchen, falls das geht. Ich kann nichts versprechen, aber ich werde es versuchen.«

Auch Milos, Hamid, Erik und Mark zogen ihn noch einmal in ihre Mitte und verabschiedeten sich mit Handschlag und Schulterklopfen. Dies war anscheinend das Zeichen für eine erneute Verabschiedungsrunde.

Doch schließlich war es tatsächlich so weit. Raban stellte sich etwas abseits von ihnen hin und atmete tief durch. Dann winkte er noch einmal und schloss die Augen. Als er verschwand, erklang ein Geräusch, das an ein Flügelschlagen erinnerte.

Neun

Ariane war schwindelig, als sie die letzten Zeilen überflogen hatte. Es hatte tatsächlich funktioniert! Nun stand schwarz auf weiß im Manuskript, dass Raban in die Vergangenheit zurückkehren würde, zurück zu ihr. Also musste es doch auch so geschehen. Die Gewissheit erfüllte sie nur langsam, doch Euphorie erfasste sie, als ihr vollständig klar wurde, was das bedeutete. Sechs Jahre. Sie hatten zumindest sechs Jahre.

Als er diesmal zurückkehrte, wusste sie, dass sie diesen Moment für den Rest ihres Lebens – wie lange es auch sein mochte – in ihrem Herzen tragen würde. Die Art, wie die Erleichterung seine Miene erfasste, sobald er sich vollständig materialisiert hatte und sie erblickte. Die Geste, mit der er sich das Haar, das mittlerweile weit über seine Schultern reichte, zurückstrich. Das Lächeln, das er ihr schenkte, als er näher kam.

Endlich zog sie ihn fest an sich heran und atmete so tief auf wie noch nie zuvor in ihrem Leben, sog seinen Geruch ein. Vertraut umströmte er sie, Luft und Fliegen und Freiheit. Noch fester zog sie ihn an sich, küsste ihn, als hätte sie in ihrem Leben niemals etwas anderes getan. Er ließ sich aufs Bett mitziehen, und als er sie an sich drückte, war es, als würde das Gefühl von Freiheit ihre Brust sprengen.

»Sechs Jahre«, murmelte sie leise vor sich hin und strich ihm das Haar aus dem Gesicht. »Das ist eine lange Zeit, Raban …«

Er lächelte und berührte beruhigend ihre Wange. »Nein, Ariane. Nicht nur sechs Jahre. Denkst du wirklich, ich würde zulassen, dass dir etwas geschieht? Nein. Wir haben sehr viel mehr als sechs Jahre. Wir haben ein ganzes Leben vor uns. Ein gemeinsames Leben.«

»Du meinst wirklich, wir werden eine Lösung finden?«, fragte sie leise. »Du weißt doch, wenn ich nicht sterbe, wirst du niemals die Anzeige finden, und …« Ihre Stimme versagte.

»Ich meine es nicht nur. Ich weiß es, Ariane. Und du weißt es auch.« Er lächelte geheimnisvoll.

»Ich …«, hob sie an und verzog dann nachdenklich die Stirn.

»Es ist alles schon da«, sagte Raban und berührte vorsichtig ihre Schläfe. »Genau hier, in deinem Kopf. Du musst dir selbst vertrauen.«

Sie ließ zu, dass sie in seinen Augen versank. Im Licht der untergehenden Sonne, das durch die Fenster brach, schien es, als würden sie von innen glühen. Ariane betrachtete sein Gesicht, fuhr die Konturen mit ihren Fingern nach, seine leicht krumme Nase, die Augenbrauen und die kleine Narbe darunter. Er seufzte zufrieden und das Geräusch hallte in ihr nach, breitete sich aus und brachte sie zum Lächeln. Als ihre Hand sich um seine schloss, so selbstverständlich, dass es ihr Herz schneller schlagen ließ, breitete sich noch etwas anderes in ihr aus.

Erkenntnis.

Ganz plötzlich war es, als hätte sie es immer gewusst. Es lag auf einmal vor ihr ausgebreitet, so klar, dass ihr fast wieder Tränen in die Augen geschossen wären.

Es war alles ganz einfach.

Sie musste noch eine letzte Geschichte schreiben.

Ihre eigene.

*

Das Feuer verbreitete seinen beruhigenden Schein in der Abenddämmerung und Ariane brütete über dem Notizheft, das auf ihrem rechten Oberschenkel lag. Auf dem linken lag Rabans Kopf. Er hatte sich der Länge nach auf den Boden gelegt und blickte sie blinzelnd von unten an.

»Hattest du schon die zündende Idee?«, fragte er neugierig.

Ariane seufzte und streckte sich. »Wie soll ich mich denn konzentrieren, wenn du mich so ansiehst?«, fragte sie gespielt tadelnd.

»Oh, entschuldige«, sagte er hastig und setzte sich auf, um sich zu strecken. »War eigentlich sowieso nicht so besonders bequem.«

Ariane legte das Notizheft zur Seite. »Ich glaube, ich weiß jetzt, wie ich es lösen werde«, begann sie zögerlich.

»Erzähl!«, sagte Raban aufgeregt.

»Nun, darüber wollte ich mit dir sprechen. Ich … ich will nicht zu viel schreiben, verstehst du? Natürlich, ich könnte uns ein wundervolles Leben voller Lottogewinne und spannender Partys schreiben, aber … eigentlich will ich lieber alles auf mich zukommen lassen. Sonst wäre es doch überhaupt nicht mehr spannend, oder?«, meinte sie unsicher.

Raban grübelte eine Weile. »Ja, du hast recht«, sagte er dann bestimmt. »So sehe ich das auch. Ich habe es völlig ernst gemeint, als ich sagte, dass ich mir ein normales Leben wünsche. Ja, vielleicht können wir ab und zu ein paar Abenteuer erleben … Aber ich will auch nicht, dass ich vorher schon weiß, was alles passieren wird.« Er griff nach ihrer Hand und sah ihr in die Augen. »Im Gegenteil. Ich will all das mit dir gemeinsam entdecken, Ariane.«

Ihr Herz hüpfte und für einen Moment wurde ihr schwindelig vor lauter Glück. »Gut, also ist das abgemacht«, sagte sie dann mit belegter Stimme. Sie würde auf gar keinen Fall schon wieder zu heulen anfangen, auch nicht, wenn es diesmal vor Freude war.

»Und, hast du schon eine Idee wegen Martin?«, fragte Raban neugierig.

Ariane kaute unschlüssig auf ihrem Kugelschreiber herum. »Vielleicht«, sagte sie zögerlich und zog angestrengt die Stirn in Falten. »Obwohl es mir als Autorin fast schon peinlich ist, auf diese Lösung zurückzugreifen, denn es handelt sich bei meiner Lösung wohl um eines der größten Klischees in der Literaturgeschichte. Bist du dir sicher, dass wir nichts übersehen haben, Raban?«

Er nickte entschlossen. »Ja, ganz sicher. Wir müssen nur das Problem mit Martin lösen, wenn du deine eigene Zukunft umschreibst. Nur mit ihm hatte ich Kontakt, als du schon tot warst. Dieses Zusammentreffen ist die einzige Stelle, an der sich eventuell Logikfehler ergeben können. Und die Sache mit der Todesanzeige natürlich. Aber dafür haben wir ja nun bereits eine Lösung gefunden.«

Ariane nickte grübelnd. Raban hatte recht. Sie hatten die

ganze Sache in den letzten Tagen mindestens tausendmal durchdacht und durchgesprochen. Es konnte – durfte einfach nicht schiefgehen. Und dennoch hatte sie Angst, den ersten Satz zu schreiben.

Raban schien zu ahnen, was in ihr vorging, denn er drückte sie vorsichtig an sich und hauchte ihr einen Kuss auf die Lippen.

»Tu es, Ariane«, sagte er fest. »Nimm deine eigene Zukunft – unsere Zukunft – selbst in die Hand. Du wirst es schaffen, ich vertraue dir. Weißt du, woran ich gerade denken musste?«

Ariane lächelte. Er sah so aufgeregt aus, als das Feuer seinen Blick zum Glühen brachte.

»Woran denn?«, fragte sie.

»›Feder und Klinge‹, der Titel, den du deiner Romantrilogie vorangestellt hast – da hattest du dieses alte Sprichwort im Sinn, nicht wahr? ›Die Feder ist mächtiger als das Schwert‹?«

»Aber klar«, bestätigte Ariane. »Das ist mein Lieblingssprichwort. Ich finde den Gedanken dahinter einfach wunderschön.«

Raban nickte nachdenklich. »In Sprichwörtern steckt oft mehr als ein Körnchen Wahrheit, denke ich. Und genau deshalb bin ich absolut überzeugt davon, dass es funktionieren wird, wenn du deine eigene Zukunft aufschreibst. Es wird alles so kommen, wie du es schreibst. Denn die Feder ist mächtiger als die Klinge.«

Ariane atmete tief durch. Langsam und vorsichtig setzte sie den Stift aufs Papier. Und sobald sie den ersten Buchstaben geschrieben hatte, ging es plötzlich ganz leicht.

»Ariane Varitas nahm sich nicht selbst das Leben, als sie

24 war«, kritzelte sie, atmete tief durch und setzte dann einen Punkt hinter den Satz.

Raban blinzelte sie aufmunternd an. »Spannender Beginn für eine Kurzgeschichte«, sagte er anerkennend.

Ariane musste grinsen, riss sich dann aber sofort wieder am Riemen. Dies war wichtig. Aufgeregt schrieb sie weiter.

»Sie dachte nicht einmal im Entferntesten daran. Und dennoch erwachte ihr Cousin, Martin Varitas, eines Tages aus einem überaus seltsamen Traum. Er hatte geträumt, dass …«

Zehn

Sechs Jahre später

»Du bist dir also sicher?«, fragte Raban aufgeregt.

Ariane grinste ihn nicht minder aufgeregt an. »Jetzt ist es ohnehin zu spät«, sagte sie zwinkernd und drückte ihm einen schnellen Kuss auf die Lippen. »Unterschrieben ist unterschrieben. Ich weiß ganz genau, dass wir dort glücklich sein werden. Auch wenn es andererseits sehr schade ist. Ich mochte diese Wohnung. Aber ich habe das Gefühl, dass wir nun in einen neuen Lebensabschnitt aufbrechen.«

Erneut ließ sie sich von der Aufregung mitreißen. Sie wusste genau, welch großes Glück sie gehabt hatten. Normalerweise wurden in der Gegend keine Häuschen vermietet, schon gar nicht, wenn sie so hübsch waren wie das Häuschen, für das sie gerade einen Mietvertrag unterschrieben hatten. Es war klein, winzig sogar, ja – aber sie brauchten nicht viel Platz.

Noch einmal zögerte sie, bevor sie die Eingangstüre des Wohnhauses aufschloss, in dem sie nun bald nicht mehr wohnen würden.

Raban atmete tief durch. »Und du bist dir sicher?«, fragte er erneut.

Ariane wusste instinktiv, dass er diesmal nicht ihre neue Bleibe meinte.

»Ich bin mir völlig sicher. Es muss so passieren. Und es wird funktionieren. Dies ist der letzte Logikfehler, den wir noch beseitigen müssen«, versicherte sie und sah sich noch einmal um.

Das Herbstlaub hatte sich bereits rot gefärbt, manche Bäume reckten ihre Zweige schon völlig kahl dem Himmel entgegen. Ein Hauch Wehmut stieg in Ariane auf. Sieben Jahre hatte sie hier verbracht. Das erste Jahr in diesem Haus, dieser Wohnung, mit Therese war fast – nicht ganz, aber fast – das schlimmste in ihrem Leben gewesen, wie sie sich jetzt völlig nüchtern eingestehen musste. Und in den folgenden sechs Jahren war sie so glücklich gewesen wie noch nie zuvor. Nachdem Therese ausgezogen war, war Raban sofort eingezogen. Obwohl er eigentlich ohnehin schon dort gewohnt hatte, was Therese immer wieder zu ausgeprägtem Augenrollen veranlasst hatte.

Raban lächelte ebenfalls wehmütig, als sie die Treppen hinaufgestiegen waren und noch einen allerletzten Blick in die Wohnung warfen. Dann wurde sein Gesicht ernst.

»Es ist so weit«, flüsterte er und kramte in seiner Manteltasche.

Die windschiefe Treppe, die auf den Dachboden führte, knarzte in den Angeln. Nachdem er die Luke geöffnet hatte und hindurchgeklettert war, hielt er Ariane die Hand hin und zog sie nach oben.

Sein Blick schweifte ab, als er sich umsah. »Das kommt mir alles so bekannt vor …«, flüsterte er andächtig. »Hier hat alles begonnen.«

Ariane nickte unbestimmt und schauderte. Die Atmosphäre war beklemmend. Ihr ganzes früheres Leben war in diesen Dachboden gesperrt. Ihr Bett, ihre alten Kuscheltiere … Ihr Schreibtisch und alle sonstigen Möbelstücke. Es tat ihr zwar leid, alles zurückzulassen, aber dies war die einzige Möglichkeit.

»Ist alles so, wie du dich erinnerst?«, fragte sie angespannt.

Raban nickte. »Das war eine furchtbare Zeit«, sagte er und schauderte nun ebenfalls.

Ariane ging zum verstaubten Fenster und starrte über die Dächer der Stadt. »Gut, dass der Vermieter uns erlaubt hat, meinen ganzen Kram noch eine Weile hierzulassen«, sinnierte sie.

Raban trat neben sie und zog sie in die Arme. »Ihm blieb ja nicht wirklich etwas anderes übrig«, meinte er schließlich und entspannte sich merklich, als Ariane ihr Gesicht an seine Brust legte und treuherzig zu ihm aufsah.

»Na gut, vielleicht habe ich ein wenig mit meiner Fähigkeit nachgeholfen«, sagte sie schließlich und konnte sich ein Grinsen nicht verkneifen. »Er konnte sich wohl nicht dagegen wehren, als ich eine Kurzgeschichte darüber geschrieben habe, wie er sich dazu entscheidet, extra für mich eine Ausnahme zu machen. Also? Wollen wir?«

Raban nickte, hielt dann aber inne. »Warte kurz«, flüsterte er.

»Hm, was ist denn?«, fragte Ariane.

»Ach, nichts. Es ist nur … Als ich das letzte Mal hier war … Verdammt, ich kann dir gar nicht sagen, wie froh ich bin, dass ich diesmal mit dir hier bin.«

Ariane verstand und strich ihm tröstend über den Arm.

Noch eine Weile betrachteten sie die gegenüberliegenden Häuser und die Bäume, die fallenden Blätter.

Schließlich fasste Ariane sich ein Herz. »Willst du oder soll ich?«, fragte sie.

Raban überlegte. Seine Brauen zogen sich zusammen.

»Du siehst mal wieder aus wie ein Professor«, zog Ariane ihn auf und musste lachen, als seine Miene dadurch noch düsterer wurde.

»Pass auf, vielleicht werde ich eines Tages wirklich noch einer. Und dann habe ich kein Mitleid mit so frechen Studentinnen wie dir!«, führte er die Kabbelei weiter, ohne eine Miene zu verziehen.

Ariane streckte ihm die Zunge heraus und kassierte prompt eine Kitzelattacke.

»Also ich muss doch sehr bitten«, keuchte sie übermütig. »Ist das das Verhalten eines Professors? Außerdem, wenn hier jemand seinen Doktor macht, dann bin das ich!«

Raban zwinkerte ihr zu. »Ich weiß. Und ich bin schrecklich stolz auf dich, dass du mit dem Studium weitermachst, das weißt du, oder?«

»Das will ich dir auch geraten haben. Sonst setzt es was«, dozierte Ariane, als würde sie in einem Hörsaal stehen.

Als ihr Lachanfall abgeflaut war, streckte sie die Hand aus. »Ich werde es machen«, sagte sie, nun wieder völlig ernst.

Raban nickte und kramte in seiner Manteltasche. Dann zog er die Hand wieder heraus und hielt ihr das alte Skalpell, das Manuskript und die Todesanzeige hin.

Noch immer krampfte sich Arianes Brust zusammen, wenn sie auf das Blatt Papier blickte. Ihr eigenes Gesicht, das ihr auf dem Schwarz-Weiß-Foto entgegenstarrte, war ihr völlig fremd. Sie war froh, dieses Ding bald für immer los zu sein. Und dennoch musste sie Raban Respekt zollen. Er hatte sie wirklich perfekt gefälscht. Natürlich hatte er eine Vorlage gehabt, nämlich die Anzeige, die er einst auf dem Dachboden gefunden hatte. Nein, *finden würde.*

Ehrfürchtig ging sie zu ihrem alten Schreibtisch, der in einer Ecke des Dachbodens stand.

»Und hier hast du es gefunden?«, fragte sie, ein Schaudern unterdrückend.

»Genau hier«, murmelte Raban.

Sobald sie das Manuskript, die Anzeige und das Skalpell in der Schublade platziert hatte, wurde ihr leichter ums Herz.

»Wirst du sie nicht vermissen? Deine Klinge?«, fragte sie, als sie sich zu Raban umdrehte.

Doch er schüttelte den Kopf. »Nein. Ich brauche das Skalpell nicht mehr. Wofür denn auch?«

Sie nickte entschlossen, nahm seine Hand und atmete tief durch, als die Anspannung von ihr abfiel. »Also gut. Lass uns gehen.«

Raban drückte fest ihre Hand. Noch einen letzten Blick warf er zurück in den Dachboden, dann schloss er hinter ihnen zu und lächelte sie an.

»Ich habe ihn damals mit einem geklauten Schlüssel aufgeschlossen«, erklärte er auf ihren fragenden Blick hin. »Also sollte er wohl auch zugeschlossen sein, damit ich wirklich alles so auffinde, wie ich es schon einmal aufgefunden habe. Puh, mein Kopf verknotet sich immer noch, wenn ich daran denke, dass nun alles so kommen wird, wie es gekommen ist. Obwohl du nicht tot bist.« Er räusperte sich betreten. »Gut, lass uns gehen«, fügte er dann hinzu.

Nachdem sie die knarrende Treppe hinuntergestiegen waren, lachte er kurz auf und packte sie plötzlich um die Mitte, hob sie ein Stück hoch.

Ariane quietschte und strampelte. »Was soll das?«, beschwerte sie sich.

»Ich habe eine Idee«, schlug er vor, mit einer Stimme, die Ariane gut kannte. Sie bedeutete, dass er irgendeinen Plan ausgeheckt hatte.

»Spuck es aus«, forderte sie.

Er sah betont unschuldig aus, und dann ließ er sie plötzlich los. »Wer zuerst draußen in unserem neuen Leben ist«, sagte er hastig. »Der Verlierer macht heute den Abwasch.« Und im nächsten Moment lief er schon die Treppen hinunter.

»Oh, du Mistkerl«, schrie Ariane ihm verdutzt hinterher. »Na warte, ich nehme das Treppengeländer.« Sie schwang sich auf besagtes Geländer und rutschte an ihm vorbei, während sie ihm erneut die Zunge zeigte.

Als er zu kichern begann und stehen blieb, um sich die Seiten zu halten, rannte sie als Erste zur Haustür und hielt sie ihm galant auf.

»Also?«, fragte sie strahlend. »Wollen wir?«

Epilog

Ariane hievte Susanna, die leise schnarchte, ächzend auf das Bett. »Kind, du wirst immer größer«, sagte sie fassungslos zu dem schlafenden Mädchen. »Bald wächst du mir über den Kopf, Kleine.«

Nun ja. Ganz so bald würde das zum Glück nicht passieren. Ariane schloss leise die Tür des Kinderzimmers hinter sich und ging wieder nach unten.

Martin nahm sie in Empfang und streckte ihr ein Glas Sekt entgegen. »Danke, dass du sie ins Bett gebracht hast«, sagte er strahlend. »Jetzt, wo wir Erwachsenen unter uns sind, müssen wir uns dringend unterhalten. Mir kommt es so vor, als hätten wir uns seit Ewigkeiten nicht mehr gesehen! Erzähl, was passiert in deinem Leben gerade? Ich will alles wissen, lass ja kein Detail aus!«

Ariane musste grinsen. Sie hatten sich vor knapp einer Woche zum letzten Mal gesehen. Martin neigte nur dazu, auf Feiern etwas rührselig zu werden. Aber heute war das natürlich klar. Beim fünften Hochzeitsjubiläum konnte das schon mal passieren.

Jonas eilte herbei und schaffte es, Martin gleichzeitig tadelnd und liebevoll anzusehen. »Fragst du unseren Gästen schon wieder Löcher in den Bauch? Du weißt, das kann ich nicht zulassen. An unserem Hochzeitstag wollen wir bitte keine löchrigen Gäste«, meinte er milde empört, hielt Ariane den Arm hin und begleitete sie zurück zum Sofa, wo Raban sich geduldig von Elias vollquatschen ließ.

Ariane ließ sich ächzend auf Rabans Schoß sinken. »Also, das mit den Kindern habe ich mir noch mal überlegt«, flüsterte sie ihm ins Ohr. »Die werden nämlich ganz schön schwer.«

Raban lächelte nur leise an ihrer Wange und nickte ab und zu an den richtigen Stellen von Elias' ausschweifender Geschichte. »Also, ja. Dies ist die Geschichte, wie Therese und ich uns kennengelernt haben, obwohl wir uns doch schon die ganze Zeit kannten. In Wirklichkeit war der Mensch, den ich gesucht habe, eigentlich schon die ganze Zeit direkt vor meiner Nase«, schloss er irgendwann und schob sich die Brille nach oben.

Therese lächelte. »Und ich bin froh, dass es so gekommen ist. Aber langweile doch bitte nicht alle zu Tode mit deinen endlosen Geschichten, ja?«, zog sie ihn auf.

Elias sah empört drein. »Ich langweile niemanden zu Tode!«

Dr. Jelinek – Marvin –, der neben den beiden saß und etwas fehl am Platz wirkte, konnte sich ein Schmunzeln nicht verkneifen. Ariane warf ihm einen amüsierten Blick zu und er zwinkerte zurück. Sie wusste genau, was ihr früherer Psychologe gerade dachte. Doch für Ariane war es völlig natürlich, dass Marvin ebenfalls mit von der Partie war. Nach dem abrupten Ende ihrer Therapiestunden hatte sich eine Art Freundschaft zwischen ihnen entsponnen, und Ariane zählte ihn insgeheim automatisch zur Familie dazu.

»Ariane«, sagte Martin und lehnte sich gespannt nach vorne. »Ich bin heute so in Geschichtenlaune. Wann erzählst du mir eigentlich endlich mal, wie ihr beiden euch kennengelernt habt?« Er deutete ausschweifend auf sie und Raban.

Ariane zwinkerte und tauschte einen wissenden Blick mit Raban.

Raban räusperte sich und sagte: »Martin, das ist eine wirklich lange Geschichte. Zu lange, wenn du mich fragst. Es würde einen ganzen Roman brauchen, um sie zu erzählen. Nein, Blödsinn. Einen? Drei! Mindestens!«

Martin seufzte gespielt theatralisch, akzeptierte dann aber die Antwort. »Also schön. Dann erzähle ich euch etwas. Ich habe heute Nacht etwas geträumt, das glaubt ihr nicht!«

Ariane setzte eine gespannte Miene auf. »Was?«, drängte sie. »Erzähl, Martin!«

Er zierte sich zum Spaß, doch irgendwann klopften alle auf ihre Beine oder auf den Tisch und forderten ihn im Chor auf. »Märchenstunde, Märchenstunde!«

Martin erzählte manchmal die irrsten Geschichten.

»Also schön«, meinte er gedehnt. »Also, ich wette, das glaubt ihr mir nicht.«

»Raus damit«, sagte Ariane lachend und machte es sich noch bequemer auf Rabans Schoß, der die Arme fester um sie schlang.

»Es ging um dich, Ariane. Zuerst hat es als Albtraum begonnen. Warte, wie war das schnell … Also, aus irgendeinem Grund warst du tot. Ich weiß nicht mehr, warum«, sagte er stirnrunzelnd.

Ariane riss den Mund auf. »Was träumst du denn für Zeug?«, fragte sie empört. Doch insgeheim fiel ihr ein Stein – nein, ein ganzes Gebirge – vom Herzen. Ihr Plan hatte also tatsächlich funktioniert! Jetzt konnte sie endlich ganz sicher sein.

»Entschuldige, Liebes. Aber das ist wichtig für den Kontext. Sei beruhigt, ich war ganz fürchterlich traurig. Wie erwähnt war es zuerst ein Albtraum.«

»Na, dann bin ich aber gespannt«, sagte Raban gelassen.

»Also, du warst tot. Nun ja, ich habe den ganzen Tag nur geheult. Aber dann … Dann klopfte es plötzlich an der Tür. Und rate mal, wer davorstand?«

Ariane lächelte innerlich. »Keine Ahnung. Jetzt rück schon raus damit!«

»Es war Raban. Und zwar in einem schicken Anzug.«

Kollektives Prusten breitete sich aus. Jonas verschluckte sich sogar an seinem Sekt und begann zu husten.

»Was?«, fragte Raban milde beleidigt. »Ist das wirklich so unvorstellbar?«

»Ja, ist es«, gluckste Therese. »Du – in einem Anzug – nein, also ich kann nicht mehr!«, sie hielt sich ächzend die Seiten.

Raban zupfte an seiner kunstvoll zerrissenen Jeans und dem schwarzen T-Shirt herum, das das Logo einer alten Rockband trug. Er zog weiterhin eine Grimasse. »Also wirklich, Therese. Nächstes Mal tauche ich im Frack auf, dann wirst du schon sehen. Das Lachen wird dir noch vergehen!«

Therese verging das Lachen nicht – im Gegenteil, sie brauchte einige Momente, bis sie ihren Heiterkeitsanfall eingestellt hatte.

»Seid ihr fertig?«, fragte Martin und verdrehte die Augen. »Also, es ging noch weiter. Raban gab sich als irgendjemand anders aus. Ragnar … nein, Blödsinn, Rafael. Rafael Klein.

Genau, so war es … Und seltsamerweise, ihr wisst ja, wie das in Träumen manchmal ist, akzeptierte ich das einfach. Raban wollte mir aus irgendeinem Grund Arianes Manuskripte abluchsen.«

»Das wird ja immer schöner«, seufzte Raban. »Warum sollte ich so etwas tun?«

»Ich habe keine Ahnung, mein Lieber. Aber jedenfalls – das Spannende kommt gleich. Ich wollte dir noch nachlaufen, weil ich irgendetwas fragen wollte. Aber du hast dich plötzlich in Luft aufgelöst. Zack, einfach so. Und wartet, Leute, jetzt kommt's.« Martin machte eine Kunstpause.

»Jetzt mach es doch nicht so spannend«, ächzte Therese.

Martin summte eine mysteriöse Melodie. Dann redete er endlich weiter. »Ihr werdet es nicht glauben. Als ich aufwachte, wollte ich ein wenig in Arianes Manuskript weiterlesen, das direkt auf meinem Schreibtisch lag. Doch es war auf einmal spurlos verschwunden! Als hätte es sich auch in Luft aufgelöst!«

»Nein!«, stießen Elias, Therese und Marvin im Chor aus und begannen, durcheinanderzureden.

»Wie kann das sein?«

»Das ist doch unmöglich!«

Jonas grinste nur. »Ich sage euch, wie das möglich ist. Für mich ist die Sache glasklar. Mein lieber Ehemann hat das Manuskript verlegt, was auch kein Wunder ist bei dem Chaos, das er sein Arbeitszimmer nennt.«

»Ich habe es nicht verlegt«, rief Martin beleidigt. »Du weißt, dass ich niemals etwas verlege. Und schon gar nicht das Manuskript meiner Lieblingscousine, also wirklich!«

Eine mittelschwere, liebevolle Kabbelei entspann sich zwischen den beiden. Ariane seufzte nur. Sie war das zur Genüge gewohnt. Am Ende waren sie doch wieder ein Herz und eine Seele.

Raban rutschte unruhig unter ihr hin und her. »Mir schläft das Bein ein«, flüsterte er an ihr Ohr. Sie konnte sein Lächeln regelrecht spüren. »Tut mir leid.«

Ariane tat ihm den Gefallen und verlagerte das Gewicht auf sein anderes Bein.

Er pikste sie sanft und flüsterte weiter. »Ariane?«

»Hmm?«, machte sie.

»Fällt dir beim Stichwort ›Manuskript‹ und ›verlegen‹ nicht etwas ein?«

Sie stieß einen leisen Schrei aus und schlug sich die Hände vor den Mund. Wie hatte sie das nur vergessen können? Eigentlich hatte sie es Martin gleich nach der Feier in dem Restaurant, in dem sie zuvor gewesen waren, erzählen wollen. Im Restaurant war es ihr wirklich schwergefallen, nicht mit der Nachricht herauszuplatzen. Sie hatte schließlich nicht Martins und Jonas' Anlass übertrumpfen wollen. Und darüber hatte sie es wirklich kurzzeitig vergessen.

Raban hielt sie stoisch fest, als sie ins Wanken geriet. Als sie sich wieder gefangen hatte, galt ihr die ungeteilte Aufmerksamkeit. Sie rutschte gnädig von Rabans Schoß. Seine Beine mussten mittlerweile beide völlig eingeschlafen sein. Doch er schien es zu ignorieren und legte stattdessen den Arm um sie, blinzelte sie aufmunternd an. Sie holte tief Luft.

»Leute, ich habe völlig vergessen, euch etwas zu erzählen. Es gibt eine ganz großartige Neuigkeit! Wie seltsam, dass du diesen Traum ausgerechnet heute hattest, Martin«, begann sie aufgeregt.

Als alle an ihren Lippen hingen, machte sie nun ebenfalls eine genüssliche Kunstpause.

»Jetzt sag schon!«, drängte Martin schließlich.

Ein zufriedenes Grinsen breitete sich auf Arianes Gesicht aus.

Raban räusperte sich kurz. »Ich will nur vorausschicken, dass ich unglaublich stolz auf dich bin, Ariane«, sagte er geheimnisvoll und drückte sie noch einmal fest und aufmunternd an sich.

Sie schmiegte sich an ihn und wie jedes Mal verschwamm die Welt um sie herum kurzfristig, als er ihr einen Kuss auf die Schläfe hauchte. Als sie blinzelte und wieder in der Gegenwart ankam, sah sie in große Augen und gespannte Mienen.

»Was ist denn nun, Ria?«, fragte Therese aufgeregt. »Jetzt mach es doch nicht gar so spannend!«

Ariane straffte die Schultern und lächelte in die Runde. »Also, ich habe euch ja erzählt, dass ich meine Manuskripte an einen Verlag geschickt habe …«, begann sie bedeutungsschwanger.

Als sie die Gesichter ihrer Freunde und Familie musterte und bemerkte, dass Therese rote Flecken auf den Wangen bekommen hatte, Elias im Sekundentakt seine Brille hochschob, Marvin die Kinnlade hinuntergefallen war und Martin und Jonas synchron etwas von ihrem Sekt verschüttet hatten, schmolz ihr Herz. Sie durfte ihre Lieben nicht so auf die Folter spannen.

»… es gibt großartige Neuigkeiten, Leute«, sagte sie lächelnd. »›Feder und Klinge‹ wird nächstes Jahr im Sommer erscheinen.«

Offensichtlich brauchten alle ein wenig, um die Neuigkeit zu verdauen. Doch dann brach Jubel los.

Raban küsste sie und sie konnte sein Lächeln an ihren Lippen spüren. Als sie sich von ihm losmachte, um Glückwünsche zu empfangen, spürte sie dennoch seinen Arm, der immer auf ihrem Rücken blieb. Als Martin aufgeregt in die Küche huschte, um noch eine Flasche Sekt zu holen, grinste Raban sie zufrieden an.

»Ich hab's dir doch gesagt«, flüsterte er ihr ins Ohr. »Und du wusstest es auch die ganze Zeit, Ariane. Wir beide wussten es, immer. Am Ende wird alles gut. Und wenn es noch nicht gut ist, ist es auch noch nicht das Ende.«

∞ Ende ∞